Knaur.

Über die Herausgeberin:
Michelle Stöger, geboren 1980, studierte Komparatistik, Amerikanistik und Deutsch als Fremdsprache. Heute arbeitet sie in der Verlagsbranche in München.

Michelle Stöger (Hrsg.)

Maria, Mord und Mandelplätzchen

24 Weihnachtskrimis
von Sylt bis zur Zugspitze

Knaur Taschenbuch Verlag

Besuchen Sie uns im Internet:
www.knaur.de

Originalausgabe Oktober 2011
Knaur Taschenbuch
Copyright © 2011 bei Knaur Taschenbuch
Ein Unternehmen der Droemerschen Verlagsanstalt
Th. Knaur Nachf. GmbH & Co. KG, München
Redaktion: Michelle Stöger
Umschlaggestaltung: ZERO Werbeagentur, München
Umschlagabbildung: FinePic®, München
Satz: Adobe InDesign im Verlag
Druck und Bindung: GGP Media GmbH, Pößneck
Printed in Germany
ISBN 978-3-426-51013-1

2   4   5   3   1

☠ INHALT ☠

Erst 1, dann 2, dann 3, dann 4 –
dann steht der Mörder vor der Tür ...

Gisa Pauly

Her mit dem Zimtstern –
oder ich beiße!

Sylter Rundschau, 15. 12.
*Urlauber von Möwen angegriffen! Touristen mussten in der
Nordsee-Klinik behandelt werden! – Sylter Naturschützer
warnen immer eindringlicher davor, Möwen zu füttern.
Dadurch verlieren die Tiere die Angst vor den Menschen und
holen sich Fischbrötchen, Eiskugeln, Zimtwaffeln und Crêpes
aus den Händen flanierender Feriengäste. Die Gemeinde Westerland, so fordern die Naturschützer, soll endlich das Füttern
der Möwen verbieten, damit sich die Vögel wieder artgemäß
verhalten.*

Kümmerliche Verhältnisse waren das damals auf der Hallig
Jordsand, in der großen Brutkolonie im Watt. Ein paar Fische,
um die man sich balgen musste, Muscheln, Krebstiere, Insek-
ten, Würmer und Schnecken. Gelegentlich ein paar Eier aus
fremden Gelegen oder mal ein Küken, das sich nicht wehren
konnte. Alles sehr mühsam. Haben Sie sich mal überlegt, wie
man als Silbermöwe klarkommt? Ja, das dachte ich mir. Aber
dann meckern, wenn man nach einfachen Wegen sucht! Abfälle
von einer Mülldeponie? Igitt! Wer nur eine einzige Saison über
der Friedrichstraße und der Kurpromenade kreist, wird unweigerlich zum Feinschmecker. Jedenfalls in der Hauptsaison.
Während der Nach- und Nebensaison darf man nicht wähle-
risch sein, da muss man sehen, wo man bleibt.
Aber zum Glück gibt es die Zwischensaison, in der Sylt so voll

ist wie im Sommer, weil die Touristen über den Hindenburg-damm kommen, sobald ein hoher Feiertag in Sicht ist. Egal, wie das Wetter ist. Nach dem langen entbehrungsreichen November, in dem bei Gosch nicht mal die Abfallbehälter was hergeben, geht es Anfang Dezember schon los mit den Holzhäuschen, die die Lokale vor ihren Eingängen errichten, damit sich die Touristen einbilden können, sie säßen im Freien, weil sie unter ihren Füßen das Pflaster der Friedrichstraße haben und trotz der Heizstrahler ihre Mäntel anbehalten müssen. Ab dem Nikolaustag sind alle Touristen auf Sylt in Weihnachtsstimmung. Wie zufrieden die dann aussehen! Als hätten sie dem Christkind ein Schnippchen geschlagen!

Und uns Möwen auch. Dabei merkt jede Silbermöwe spätestens am ersten Advent, dass ein paar bequeme Sitzgarnituren direkt an die Flaniermeile gerückt worden sind, über deren Rückenlehnen warme Decken hängen. Da kuscheln sich die Touristen so fest hinein, dass sie ihre Hände erst befreit haben, wenn ich mit ihrer Ofenkartoffel schon auf und davon bin. Einmal habe ich sogar ein paar Krabben in der Sour Cream erwischt. Bereits gepult! Sensationell! Allerdings durfte ich mich danach eine Weile nicht mehr in Westerland City blicken lassen.

Sylter Rundschau, 17.12.
Schwerer Zwischenfall auf der Friedrichstraße! Ein Ehepaar, das gestern vor dem Café Orth einen Imbiss einnahm, wurde von einer rabiaten Silbermöwe angegriffen. Das Tier ging äußerst aggressiv vor. Nachdem es mit einem einzigen Flügelschlag die beleuchteten Rentiere vom Eingang gefegt hatte, stürzte es sich auf ein Tellergericht, das soeben serviert worden war. Dabei fügte die Möwe dem Kellner, der die Gäste schützen wollte, eine nicht unerhebliche Wunde zu und griff den Gast, der sich auf seine Ofenkartoffel warf, derart brutal an, dass ein Krankenwagen geholt werden musste. Die Möwe hinterließ

eine Spur der Verwüstung. Das Café Orth musste für mehrere
Tage wegen Renovierungsarbeiten geschlossen werden.

Lieber Himmel, war das ein Theater! Ich kreiste noch eine
Weile über der Friedrichstraße, um mir aus sicherer Höhe
anzusehen, was unter mir passierte, aber unterhaltsam war das
nicht. Dann kam ich jedoch auf die Idee, mir die Unaufmerk-
samkeit der Touristen zunutze zu machen. Einige hatten nämlich, als sich der Kellner mit einer Gabel bewaffnete, ihre Pha-
risäer und Toten Tanten – heißen Kakao mit Rum – im Stich
gelassen und auch vergessen, dass sie sich Christstollen bestellt
hatten. Sie hatten nur noch Augen und Ohren für den Gast, der
seiner Ofenkartoffel hinterherschrie.
Aber wie gesagt – danach durfte ich mich in der Friedrichstraße
nicht mehr blicken lassen. Ich weiß, wann genug ist. Es gibt ja
noch die vielen Ferienwohnungen, die in der Zwischensaison
durchweg ausgebucht sind. Klar, die Balkontüren sind nicht so
häufig geöffnet wie im Sommer, aber gelüftet wird immer mal.
Und komischerweise wollen die meisten Touristen auch im
Urlaub einen Weihnachtsbaum haben, um das Fest zu feiern,
vor dem sie nach Sylt geflüchtet sind. Während das Bäumchen
aus dem Auto gehoben, vors Haus getragen, begutachtet, in
den Garten geschleppt, noch einmal begutachtet und schließlich auf den Balkon gehievt wird, bleiben die Türen offen stehen.
Alles Weitere ist nur eine Sache des Mutes. Das ältere Ehepaar,
das in ein reetgedecktes Haus in der Nähe der Dorfkirche
St. Niels gezogen war, kannte ich übrigens schon. Die machten
bereits auf Sylt Urlaub, als ich gerade der Brutkolonie den
Rücken gekehrt hatte, um mein Leben in und über Westerland
zu genießen. Ich kann mich noch gut an das Gekreische der Frau
erinnern, als ich ihr zum ersten Mal einen Besuch in ihrer Küche
abstattete, wo ein Fisch in der Pfanne schmurgelte. Fuhr mir der
Schreck ins Gefieder, als sie zu schreien anfing! Kein Wunder,

dass mein Magen-Darm-Trakt außer Kontrolle geriet. Und war es vielleicht meine Schuld, dass ich vorher stundenlang im Blaubeerfeld geschwelgt hatte? Auch dass ich erst im zweiten Anlauf die Terrassentür traf, lag nicht an meiner Orientierungslosigkeit, sondern an der schrillen Stimme der Frau, die schon im Zustand der Friedfertigkeit schwer zu ertragen war. Auf dem Gartenzaun musste ich mich erst mal von dem Gezeter erholen. Von dort konnte ich auch beobachten, wie sie die Bilder wieder gerade hängte, an dem Teppichboden herumschrubbte und sich so laut über die violetten Flecken aufregte, dass der Pfarrer von St. Niels erschien, um seelischen Beistand anzubieten. Allerdings zog er sich schnell wieder zurück, nachdem er aufgefordert worden war, die Möwenscheiße zu entfernen, statt darauf zu warten, dass sie durchs Vaterunser von selbst verschwand.

Ihr Mann stellte sich sogar auf meine Seite. »Wärst du nicht auf die Möwe losgegangen, hätte sie nicht die Nerven verloren.«

Doch das kam gar nicht gut an. »Hilf mir lieber, statt Sprüche zu klopfen! Aber du bist ja zu faul, deinen Hintern zu heben.«

Das war eine ihrer harmlosesten Antworten. Die anderen habe ich nicht verstanden, sie schienen aber direkt ins Zentrum der männlichen Ehre gezielt und auch getroffen zu haben. Trottel, Weihnachtsmann, Schnarchzapfen, Niete … solche hässlichen Wörter fielen. Eine wirklich unangenehme Person! Dass der Mann es immer noch mit ihr aushält, ist mir unbegreiflich. Wie gesagt, seit Jahren kommen die beiden nach Sylt und gönnen sich während ihres Urlaubs kein freundliches Wort. Weihnachten ist es besonders schlimm. Schon im letzten Jahr waren die beiden von Heiligabend bis Silvester so schlecht gelaunt, dass es kaum auszuhalten war. Er hatte angeblich ein Weihnachtsgeschenk für sie gekauft, das es im Sonderangebot gegeben hatte, während sie das Teuerste ausgesucht hatte, was die Sansibar-Boutique zu bieten hatte.

»Von meinem Geld«, hatte der Mann erwidert. »Da lässt sich gut großzügig sein.«

Hätte er bloß seinen Mund gehalten! Zwar konnte ich mich, während sie ihm lang und breit von den Mühen des Hausfrauenlebens erzählte, in aller Ruhe über das Weihnachtsgebäck hermachen, das in der Nähe der geöffneten Balkontür stand, aber bei dem Gekeife ging es mir quer runter. Und als der arme Mann kurz darauf unter den Verdacht geriet, das Gebäck heimlich gegessen zu haben, das sie sogar noch in der heimischen Küche hergestellt hatte, tat er mir leid. Ich wünschte ihm ein Paar Flügel, so dass er einfach abheben und seiner Frau auf den Kopf … na, Sie wissen schon.

Sylter Rundschau, 18. 12.
Die Touristen, die die Weihnachtsfeiertage und den Jahreswechsel auf Sylt verleben, werden dringend gebeten, geöffnete Fenster und Türen zu beaufsichtigen, um Möwen das Eindringen zu verwehren, besonders wenn kleine Kinder im Haus sind. Die Möwen stürzen sich auf alles, was essbar ist. Es kommt immer häufiger vor, dass die Tiere in Wohnhäuser eindringen. Sollte das geschehen sein, wird geraten, den Möwen in der Nähe der Tür etwas Essbares vorzuwerfen, damit sie die Wohnung wieder verlassen. Und bitte schreien oder verfolgen Sie das Tier nicht. Eine Möwe, die sich bedrängt fühlt, wird äußerst aggressiv, erst recht, wenn sie die Orientierung verliert und den Ausgang nicht auf Anhieb findet. Und wieder fragen die Sylter Naturschützer: Wann wird die Verwaltung endlich aktiv und verbietet das Füttern der Möwen?

Ein paar Tage vor Weihnachten, und die Terrassentür stand weit offen. Wie eine Einladung zum vorgezogenen Heiligabend! Die Frau war gerade mit einer Einkaufstasche losgezogen, natürlich nicht, ohne ihrem Mann vorher zuzurufen, er könne auch mal die Lebensmittel besorgen, immer müsse sie sich abschleppen, aber er meinte, es reiche ja schon, wenn er das Geld verdiene.

Ich ließ mich am Rande der Blumenbeete nieder und stellte erfreut fest, dass der Mann auf die Terrasse trat. Wahrscheinlich wollte er heimlich eine Zigarette rauchen, weil er die fünf, die ihm seine Frau täglich zubilligte, bereits inhaliert hatte. Das war schade, denn er blieb dann immer in der Nähe der Tür stehen und würde mir den Weg in die Küche versperren.

Doch was war das? Diesmal schien er nicht ans Rauchen zu denken. Er zog sich sogar seine dicke Jacke über, während er sonst immer mit der Zigarette in der Hand frierend von einem Bein aufs andere trat und die Ermahnungen seiner Frau, er würde sich den Tod holen, in den Wind pustete. Nun aber kam er in den Garten und sah sich aufmerksam um. Er schien mich gar nicht wahrzunehmen. In seinem Gesicht stand ein Ausdruck, den ich sonst nur bei Menschen gesehen habe, ehe sie die Flinte auf eine zutrauliche Möwe anlegten. Im November waren am Strand von Westerland tatsächlich einige Jäger aufgetaucht und hatten versucht, der Möwenplage, wie sie es nannten, auf ihre Weise Herr zu werden. Aber zum Glück war das strengstens untersagt worden. Die Sylter Weihnachtsurlauber sollten nicht durch Gewehrsalven und erst recht nicht durch Möwenkadaver erschreckt werden, die ihnen auf der Kurpromenade vor die Füße fielen.

Der Mann sah sich erneut prüfend um, blickte zu den Balkons und Fenstern der Nachbarhäuser, als wollte er sichergehen, dass er unbeobachtet blieb, und näherte sich dabei unauffällig dem Blumenbeet am Ende des kleinen Gartens. Derart unauffällig, dass es sogar mir auffiel, obwohl Silbermöwen eigentlich nur darauf aus sind, sich möglichst schnell, bequem und umfangreich zu ernähren. Sensibilität, Umsicht, Uneigennützigkeit … so was macht einen nicht satt.

Ich flatterte Richtung Terrassentür, ohne den Mann aus den Augen zu lassen. Das war dumm von mir, ich wusste es. Vernünftiger wäre es gewesen, mich schnurstracks in die Küche zu begeben, mir zu schnappen, was auf dem Küchentisch stand, und schleunigst zu verschwinden. Aber ich konnte den Blick einfach nicht von dem Mann und seinem merkwürdigen Verhalten abwenden.

Noch einmal sah er sich vorsichtig um, dann holte er ein Paar Handschuhe aus der Jackentasche und zog sie an. Bedächtig neigte er sich zu einer Pflanze herab und betrachtete sie eingehend. So, als überlegte er, ob es Sinn mache, sie zu beschneiden, damit sie im Frühjahr besonders kräftig ausschlug.

Nun wurde mir die Sache langweilig. Ich hüpfte auf die Terrassentür zu und spähte in die Wohnung. Auf dem Küchentisch sah ich nichts Essbares, auf der Anrichte auch nicht, und sämtliche Schranktüren waren geschlossen. Sehr ärgerlich!

Aber so leicht gab eine Silbermöwe nicht auf! Ich hüpfte zurück und wunderte mich ein wenig, dass der Mann mich noch immer nicht zur Kenntnis nahm. Er konzentrierte sich derart auf diese Pflanze, dass er alles um sich herum zu vergessen schien. Vielleicht ging er gleich zurück in die Küche und kümmerte sich um eine kleine Zwischenmahlzeit, um seiner Frau ein Lächeln aufs Gesicht zu zaubern? Darauf wollte ich noch warten. Geöffnete Terrassentüren waren in der Zwischensaison ohnehin selten genug, so dass man sie unbedingt im Auge behalten musste.

Vorsichtig grub der Mann nun die Pflanze aus, streckte die Wurzeln weit von sich und betrachtete sie, obwohl er sie sicherlich genauer hätte in Augenschein nehmen können, wenn er sie dichter vors Gesicht gehalten hätte. Man konnte meinen, diese Pflanze sei etwas sehr Kostbares, so vorsichtig und respektvoll ging er mit ihr um. Er ließ sie nicht aus dem Blick, während er zur Mülltonne ging und den Deckel aufklappte, schloss dann aber ängstlich die Augen, während er die Stiele abbrach und den Deckel der Mülltonne herabfallen ließ, als sollte niemand sehen, was er dort entsorgt hatte.

Dann nahm er die Wurzeln in beide Hände und trug sie feierlich in die Küche. Er hatte mich noch immer nicht bemerkt, obwohl er nur wenige Meter an mir vorbeigegangen war. Er hatte nur Augen für diese komische Wurzeln, die keinerlei Geruch ausströmten und mich deshalb kein bisschen interessierten.

Gelangweilt schlug ich mit den Flügeln und wollte mich gerade in die Lüfte erheben, da sah ich, dass der Mann eine Schranktür öffnete und eine Dose herausnahm. Mir lief das Wasser im Schnabel zusammen. Das war die Dose mit dem Weihnachtsgebäck! Die Frau hatte wirklich nicht viele gute Eigenschaften, aber backen konnte sie, das musste man ihr lassen. Ihre Lebkuchen waren sensationell. Gleich nach ihrer Ankunft auf Sylt hatte ich ein Stück klauen können, als die Dose offen in der Nähe der Terrassentür stand.

Ich legte die Flügel wieder an und hüpfte unauffällig über die Terrasse. Vielleicht hatte ich Glück, und das Telefon läutete. So wie neulich ein Haus weiter, als ich auf diese Weise zu einer Marzipankartoffel gekommen war.

Doch leider verlief die ganze Angelegenheit sehr unbefriedigend für mich. Das Telefon blieb stumm, ständig hielt sich der Mann in der Nähe des Weihnachtsgebäcks auf und ließ es nicht aus den Augen, während er die Wurzeln der Pflanze wusch, schälte und schließlich in winzige Würfel zerschnitt. Dann mischte er Puderzucker mit Zitronensaft und rührte so lange in dem Zuckerguss herum, dass mir schon wieder ganz fad wurde. Hätte ich nicht gewusst, dass in der Dose köstliche Zimtsterne waren, wäre ich längst zur Kurpromenade geflogen, um mich in der Nähe des Imbiss-Standes umzuschauen, der heiße Crêpes verkaufte. Dann aber traute ich meinen Augen nicht. Der Mann mischte ein paar Würfel der zerkleinerten Wurzeln in den Zuckerguss. Dann holte er einen Backpinsel, suchte den schönsten und größten Zimtstern aus der Gebäckdose und verpasste ihm eine zweite Glasur. Die feinen Würfel der Blumenwurzeln sahen aus wie gehackte Mandeln. Hm, lecker! Der Zimtstern hätte bei Leysieffer nicht köstlicher aussehen können!

Aber was half's? Wenn der Mann noch lange dastand und den Zimtstern betrachtete, als hätte er die englischen Kronjuwelen vor sich, würde ich wohl versuchen müssen, vor dem Café Wien ein paar Weihnachtsurlauber zu erschrecken, damit sie ihren Apfelstrudel im Stich ließen. Oder schräg gegenüber, vor dem Black & White, wo sie unter dem Heizpilz saßen und versuchten, den warmen Kirschkuchen mit ihren dicken Fäustlingen zu essen. Ein gefundenes Fressen für eine Silbermöwe! Obwohl ich sagen muss, dass für mich nichts über selbstgebackene Weihnachtsplätzchen geht. Das Cappuccinotörtchen, das ich neulich einer Frau aus der Hand stibitzt habe, kaum dass die Tür vom Café Luzifer hinter ihr zugefallen war, schmeckte auch nicht schlecht, aber wie gesagt … Zimtsterne sind für mich das Höchste. Erst recht mit ganz viel Zuckerguss. Deswegen zog es mich auch eine Stunde später noch einmal in die Nähe von St. Niels, um zu sehen, ob die Terrassentür noch immer geöffnet war.

Nein, sie war geschlossen. Leider! Die Frau stand auf der Terrasse, und ich hörte, wie sie durch die geschlossene Scheibe rief: »Das könnte dir so passen! Immer willst du den Zimtstern mit der dicksten Glasur! Dabei bin ich es, die stundenlang in der Küche steht und bäckt!«

Die Antwort des Mannes war nicht zu hören. Wahrscheinlich hatte er sich hinter einer Zeitung verschanzt, wie ich es schon im Sommer beobachtet hatte, und versuchte zu vergessen, dass er verheiratet war.

Die Frau trug eine Winterjacke, schlammfarben, wie sie gut zu ihrem Teint passte. So dick wattiert war sie, dass ihr Körper die Ausmaße eines Sumō-Ringers angenommen hatte. Sie verzichtete darauf, die Kapuze über den Kopf zu ziehen, vermutlich, weil sie am Morgen beim Friseur gewesen war und die Innenrolle schützen wollte, die man ihr dort geföhnt hatte.

Sie zog die Augenbrauen so hoch, dass sie unter dem ebenso sorgfältig geföhnten Pony verschwanden, und sah mich misstrauisch an. »Runter von unserem Gartenzaun! Wehe, du vergreifst dich an meinem Zimtstern!«

Tatsächlich hätte ich am liebsten etwas geschrien, was sich anhörte wie: »Her mit dem Zimtstern – oder ich beiße!« Aber mir blieb das Krächzen im Halse stecken. Denn kaum hatte die Frau ein Stück von dem Zimtstern abgebissen und genießerisch gekaut, war auch schon Schluss mit dem Genuss. Als sie den Zimtstern ein zweites Mal zwischen die Vorderzähne nahm, griff sie sich plötzlich an den Hals, wechselte die Gesichtsfarbe von fahl zu purpur und schließlich sogar zu violett. Dann fiel sie wortlos vornüber ins Gras, den Zimtstern noch zwischen den Lippen. Ihr Kopf federte auf der fleischigen Nase ein-, zweimal, und sie gab einen Laut von sich, als wollte sie ihrem Mann eine letzte Gemeinheit an den Kopf werfen. Doch dazu kam es nicht mehr. Ihr dicker Hintern vibrierte noch ein Weilchen, ihre Vorderzähne verkeilten sich in dem Zimtstern, die frisch geföhnte Innenrolle wippte, dann entspannte sich ihr Körper.

Ich machte zwei, drei entschlossene Flügelschläge und ließ mich neben ihr nieder. Auf dem Balkon in der ersten Etage des Nachbarhauses schrie jemand: »Die Möwe! Die Möwe!«

Aber das ließ mich kalt. Ich wollte den Zimtstern! Und zwar sofort! Ehe die Frau wieder aufwachte und ehe der Mann kam, um ihr zu helfen.

Doch beides blieb aus. Die Frau rührte sich nicht, und hinter der Terrassentür war alles ruhig. Nur im Nachbarhaus wurde noch immer gerufen: »Die Möwe! Die Möwe!«

Ich hatte Mühe, der Frau den Zimtstern abzunehmen, der immer noch zwischen ihren verkrampften Schneidezähnen steckte. Eilig hackte ich auf ihre Jacketkronen ein, pickte in ihre Mundwinkel, schlug meinen Schnabel in ihre Lippen, bis ich endlich den dicken Zimtstern mit der doppelten Glasur ergattert hatte. Die Stimmen aus dem Nachbarhaus waren noch immer weit entfernt, ich konnte es mir also sparen, meine Beute in Sicherheit zu bringen, bevor ich sie verschlang.

Sylter Rundschau, 20.12.

Die Forderung, das Füttern von Möwen nicht nur zu verbieten, sondern sogar unter Strafe zu stellen, hat neue Nahrung erhalten. Gestern geschah in der Nähe der alten Dorfkirche St. Niels ein schreckliches Unglück: Ein weiblicher Feriengast wurde von einer Möwe angegriffen, die ihr böse Gesichtsverletzungen beibrachte. Zeugen haben beobachtet, wie das Tier auf die Frau einhackte, die bereits am Boden lag. Warum diese Attacke zum Tod der Frau führte, konnte bisher nicht geklärt werden. Möglicherweise erlitt sie aufgrund des Schreckens einen Herzstillstand. Ebenfalls ist unklar, warum auch die Möwe ihren Angriff mit dem Leben bezahlte. Der leblose Tierkörper wurde kurz nach dem Auffinden der weiblichen Leiche in einem Blumenbeet entdeckt.

Sylter Rundschau, Weihnachtsausgabe.

Die Obduktion sowohl der weiblichen Leiche als auch der Silbermöwe hat nun ergeben, dass die Frau nicht an den Verletzungen gestorben ist, die ihr von der Möwe zugefügt wurden. Beide, die Frau und die Möwe, starben eindeutig an dem Gift des Blauen Eisenhuts. Offenbar hat das Tier das Gift irgendwo aufgenommen und es bei seiner Attacke auf die Frau übertragen.

Es sieht so aus, als hätte die Gemeinde Westerland zu lange gezögert, das Füttern der Möwen unter Strafe zu stellen und die Tiere wieder zu artgerechtem Verhalten zu führen. Um dem Ehemann der Verstorbenen ihre Anteilnahme auszudrücken, hat die Stadtverwaltung ihm angeboten, die Weihnachtsfeiertage auf Kosten der Insel Sylt im Hotel Stadt Hamburg zu verleben, um sich dort von dem schweren Schicksalsschlag zu erholen. Wie man hört, hat der Witwer daraufhin verlauten lassen, er wolle auf eine Klage gegen die Stadt Westerland verzichten.

Gisa Pauly war Lehrerin an einer kaufmännischen Berufsschule, bevor sie 1994 »ausstieg«. Seitdem arbeitet sie als freie Schriftstellerin, Journalistin und Drehbuchautorin. Sie veröffentlichte sechzehn Bücher, am bekanntesten sind ihre Sylt-Krimis um Mamma Carlotta. Der fünfte Band *Inselzirkus* stürmte sogar die Spiegel-Bestsellerliste. Neben ihrer Arbeit als Schriftstellerin schreibt sie regelmäßig mit an der ARD-Serie *Sturm der Liebe*.

Helga Beyersdörfer

Die Spur des Bussards

Ostseebad Scharbeutz

Wir feiern Weihnachten alleine. Jede für sich. Jahr für Jahr.
Wir – das sind Ella und ich. Wie sie wirklich heißt, weiß ich nicht. Ich habe noch nie ein Wort mit ihr gewechselt. Den Namen habe ich für sie ausgesucht, weil ich finde, dass er zu meinem Namen Emily gut passt. Das gefällt mir, denn schließlich begleitet Ella meine Tage und ich die ihren, sie sieht mir beim Alleinsein zu und ich ihr. Jahr für Jahr. Das schweißt zusammen.

Über unsere kleine Straße hinweg beobachten wir uns gegenseitig jeden Morgen dabei, wie wir die Gardinen zur Seite schieben, das Fenster öffnen, anschließend in die Küche gehen, Kaffee kochen und das Frühstück zubereiten. Ich bevorzuge ein weichgekochtes Ei, Ella zieht es vor, sich ein Spiegelei zu braten. Das weiß ich, weil jede von uns bei warmem Wetter an einem kleinen Klapptisch auf einem winzigen Balkon frühstückt. Unsere Balkone sind sich so nahe, dass wir uns über unser schmales Gässchen hinweg beinahe die Hände reichen könnten. Versucht haben wir das allerdings noch nie. Immerhin sind wir inzwischen schon vertraut genug, uns zuzunicken. Von Balkon zu Balkon oder, wie zurzeit, von Fenster zu Fenster.

Ella hat die liebenswürdige Angewohnheit, jede Jahreszeit und jeden Feiertag mit einem entsprechenden Tischschmuck zu würdigen. Daher weiß ich, was mich heute erwartet, denn heute ist der neunzehnte Dezember. Ich bin ein wenig früher aufgewacht als sonst, taste im Halbdunkel nach meinem Wecker und stelle zufrieden fest, dass ich noch ein paar Minuten Zeit habe bis zum Aufstehen. Um ziemlich genau halb neun nämlich, keinesfalls früher, wird Ella wie jedes Jahr am neunzehnten Dezember die silberne Vase mit den geschmückten Tannenzweigen auf ihren Frühstückstisch stellen. Und wie jedes Jahr werde ich ihr dabei von meinem Küchenfenster aus zusehen. Da Ella ihren Frühstückstisch, wie ich den meinen auch, ans Fenster gerückt hat, kann ich meistens sogar die glänzenden Kugeln an den Zweigen erkennen.

Erwartungsvoll stehe ich also endlich auf, schiebe die Vorhänge in meinem Schlafzimmer zurück und lasse die kalte Winterluft herein. Der Himmel hängt tief und milchig über den Dächern. Es riecht nach Schnee. Mich schaudert – aber nicht wegen der Kälte, sondern wegen Ella. Still und unbewegt ist es gegenüber, keine Gardine wird weggezogen, kein Fenster geöffnet. Ein paar Minuten warte ich noch, dann laufe ich hinüber in meine Küche, um von dort aus auf Ellas Esstisch zu schauen. Keine Vase, kein Weihnachtsschmuck. »Ella, wo bist du?«, will ich rufen, aber der Ruf bleibt mir im Halse stecken, weil mir einfällt, dass sie ja gar nicht wirklich so heißt und dass wir uns außerdem nicht duzen. Ich drücke mir die Nase an der Scheibe platt, weil ich auf ihrem Tisch einen Gegenstand liegen sehe, der dort nicht hingehört. Was ist das? Ich husche zurück ins Schlafzimmer, vergewissere mich, dass die Gardinen noch immer unbewegt vor Ellas Fenster hängen, und angele nach dem Fernglas, das verstaubt und vergessen ganz oben auf dem Schuhschrank liegt. Zurück in der Küche, drücke ich mir das Fernglas gegen die Augen, drehe hektisch an dem Rädchen zur Scharfeinstellung und bin mir dabei selbst peinlich. Was ich hier mache, ist nichts anderes als ekelhaftes, niederträchtiges Nachspionieren! *Unsinnige Bedenkenhuberei*, weise ich mich zurecht. Endlich gelingt mir die Scharfeinstellung, und ich nehme das Ding auf Ellas Küchentisch ins Visier. *Das gibt's nicht*, denke ich, *das kann nicht wahr sein.* Was ich sehe, ist ein rundes

Holzamulett, in das der Kopf eines Bussards geschnitzt ist. Das alleine wäre nicht sonderlich erstaunlich, läge nicht ein exakt gleiches Amulett auch in meiner Wohnung, irgendwo achtlos beiseitegeschoben zwischen Postwurfsendungen, einigen wenigen Weihnachtskarten und dem Brief, mit dem mir besagtes Amulett vor etwa acht Tagen zugesandt wurde.

»Um Himmels willen«, rufe ich in meine menschenleere Wohnung, »sie wird doch nicht ...« Fast schon panisch reiße ich mir den Morgenmantel vom Leib, rase ins Badezimmer, ziehe mich an, fahre mir durch die Haare, rase zurück in die Diele, suche dort mit zitternden Händen den Brief samt Amulett, werfe mir den Wintermantel über, klemme meine Handtasche unter den Arm, knalle die Tür hinter mir zu und überlege noch beim Hinauslaufen, wie ich es anstelle, Ella schnellstmöglich ausfindig zu machen.

Atemlos stehe ich vor der Eingangstür des Hauses, in dem sie lebt, und studiere zum ersten Mal die Klingelschilder. Vier Namen stehen da säuberlich untereinander. Ella wohnt, so wie ich, in der ersten Etage. Blindlings drücke ich also auf den zweiten Knopf von unten. Den Namen daneben registriere ich nicht. Ella soll Ella bleiben. Vor allem aber soll sie zu Hause sein und mir öffnen. Aber nichts rührt sich. Nichts. In meiner Aufgeregtheit drücke ich wild auf alle Klingeln. Niemand zu Hause. Nirgends.

Nun fängt es auch noch an zu schneien. Zunächst segeln nur wenige kleine weiße Sternchen vom Himmel, denen in vorsichtigem Abstand doppelt so viele folgen, dann immer mehr, bis die gesamte Atmosphäre zwischen Himmel und Erde aus lautlos schwebenden Schneeflocken zu bestehen scheint. Ich stecke meine klammen Finger in die Manteltasche und ertaste das hölzerne Amulett und den Brief.

Es ist wie eine Eingebung. *Scharbeutz*, denke ich, und bin schon auf dem Weg zum Bahnhof. Der ist recht übersichtlich, kein Metropolenbahnhof. Aber immerhin halten IC und ICE auf dem Ferngleis. Schon einmal bin ich von hier aus nach Scharbeutz gefahren, damals allerdings im Sommer. Badeurlaub an der Ostsee, Lübecker Bucht, plätscherndes Meer, weißer feinkörniger Sand, eine Luft wie Samt und Seide, der Blick weithin über das Wasser. Ich schließe die Augen und habe den Eindruck, eine Sekunde lang, Sonne und Salz auf der Haut zu spüren. Ich seufze und beschleunige meinen Schritt. Aus meinen Haarspitzen tropft Schneewasser, als ich den Bahnhof erreiche. Ich bleibe stehen, beuge mich vor, um nach Luft zu schnappen, und als ich mich aufrichte, sehe ich einen wehenden roten Mantel. Ella. Sie läuft auf den IC auf dem Ferngleis zu, der gerade einfährt. Ich gehe ohne Hast hinterher. Wenn dieser Zug da nach Hamburg fährt, dann weiß ich, dass meine Vermutung stimmt: dann fährt Ella nach Scharbeutz, Bahnhof Haffkrug, mit Umstieg in Hamburg. Von unserem rheinischen Städtchen aus werden wir gute fünf Stunden unterwegs sein. Ja, wir, denn wenn sie wirklich einsteigt, werde ich mitfahren.

Sie steigt ein.

Ich betrete das erste Abteil hinter der Lok – Ella ist in dem Wagen nebenan – und finde sogar einen freien Platz gleich neben der Tür. Meinen feuchten Mantel hänge ich an den Haken gegenüber, bevor ich mich in meinem Sitz zurücklehne, meine Tasche an mich presse und tief durchatme. Durch den Zug geht ein Ruck, dann fährt er los. Durch mich geht ebenfalls ein Ruck. Ich brauche einen Plan. Aber zuallererst muss ich mich sammeln und die Fakten sortieren, alles der Reihe nach:

Auf Ellas Küchentisch liegt ein Amulett mit einem geschnitzten Bussardkopf. Ein genau gleiches Modell habe ich selbst vor acht Tagen zusammen mit einem beiliegenden Brief per Post zugeschickt bekommen. Es handelt sich dabei um einen verlogenen, rührseligen Schmachtfetzen, den ich schon beim ersten Überfliegen als dreisten Bettelbrief entlarvt und in die Ecke geschmissen habe. Absender ist Gerhard aus Scharbeutz, der sich selbst gerne *Schäraar* nannte und mit einem französischen

Akzent kokettierte. Ich habe ihm das nie abgekauft, habe ihn aber gewähren lassen. Er sah gut aus, war jünger und spontaner als ich und hat mich eine Woche lang in jeder Hinsicht gut unterhalten. Wieder zu Hause, habe ich ihn unter der Rubrik »Sommerliebe, teuer« in die Archive meiner Erinnerungen gepackt und vergessen. Bis zu jenem plumpen Brief, dessen Anweisungen ich selbstverständlich ignoriert habe. Ich schon. Aber was ist mit Ella? Alle Indizien sprechen dafür, dass sie erstens einen ebensolchen Brief samt Amulett erhalten hat wie ich, woraus zweitens folgt, dass auch sie irgendwann dem unseligen Schäraar in die Arme gelaufen, wenn nicht gar gefallen sein muss, und dass sie drittens leider dessen widerwärtige erneute Kontaktaufnahme nicht ignoriert. Befände sie sich sonst auf dem Weg nach Scharbeutz? Nein. Eben.

Der Zugbegleiter taucht auf, ich löse eine Fahrkarte für siebenundneunzig Euro und verschiebe die Anschaffung neuer Winterstiefel auf den Herbst.

Den Besuch bei Ella im Waggon nebenan verschiebe ich ebenfalls.

Durch das Fenster sehe ich verschneite Felder und Autos mit Schneehauben auf dem Dach. Ich stelle mir vor, wie Ella in diesem Moment eingeschüchtert und verzagt auf ihrem Platz kauert und ängstlich ihre Tasche bewacht, in der sie schlimmstenfalls bereits einen größeren Geldbetrag verstaut hat. Um sie nicht zusätzlich zu verschrecken, muss ich behutsam vorgehen. Aber wie? Ich schließe die Augen, um besser nachdenken zu können. Als ich sie wieder öffne, sind wir in Hamburg Hauptbahnhof, und ich hätte fast das Umsteigen verpasst. Wieder weist mir Ellas leuchtendroter Mantel den Weg, ich muss nur hinterhergehen. Der Anschlusszug steht schon bereit. Diesmal steige ich direkt hinter ihr ein, warte, bis sie sich einen Platz gesucht hat, und setze mich dann neben sie.

»Ach«, sagt sie, »Emily? Was für ein Zufall.«

Ich erwidere erst mal gar nichts. Dafür gibt es gleich mehrere

Gründe. Erstens weiß sie meinen Namen, was darauf schließen lässt, dass sie sich mein Klingelschild angesehen hat. Zweitens verstaut sie ihre Tasche locker unter dem Sitz, anstatt sie ängstlich zu bewachen. Drittens wirkt sie keineswegs verzagt, sondern entschlossen. Viertens ist sie nicht nur schlank, sondern sie ist drahtig und durchtrainiert. Sie sieht mich auffordernd an, offenbar wartet sie auf Antwort. Noch immer verblüfft, ziehe ich wortlos das Amulett aus der Tasche und halte es ihr hin. »Na so was, Sie also auch«, sagt sie nur und ballt die Fäuste. »Dann sollten wir uns zusammentun.«

Als wir eine halbe Stunde später im Bahnhof Haffkrug-Scharbeutz ankommen, ist es früher Nachmittag, und Ella hat das Kommando übernommen. In null Komma nichts gelingt es ihr, ein Taxi herbeizuzaubern. Sie gibt dem Fahrer zwei Adressen in Scharbeutz an, zunächst als kurzen Zwischenstopp Strandallee 98, dann Am Hang. So haben wir es verabredet. Der Wagen kommt nur langsam voran auf der verschneiten Strandallee, was Ella und mir Gelegenheit gibt, den Ausblick auf die winterliche Ostsee zu genießen, die geheimnisvoller und bedrohlicher wirkt als im Sommer. Weiße Gischt spritzt an den Strand und verschmilzt mit schneebedeckten, gefrorenen Sandrillen, so dass die Grenzen zu einer einzigen unendlichen Winterlandschaft verwischen.

»Eine Jugendherberge?«, entfährt es Ella, als der Fahrer an der Strandallee 98 anhält.

»Jau«, sagt der trocken, »hab mich auch schon ein büschen gewundert.« – »Wir steigen trotzdem mal aus«, entscheidet Ella und bittet den Fahrer zu warten. Ich bin froh, dass ich meine Stiefel mit den geriffelten Sohlen anhabe. Wie auf Eiern schlittern wir auf die Jugendherberge zu, die zu allem Überfluss aus mehreren Gebäuden in einem weiten Parkgelände zu bestehen scheint. Der Schnee dämpft alle Geräusche, es ist sehr, sehr still.

»Und nun?«, frage ich und bleibe auf dem Bürgersteig stehen.

»Nun gehe ich da rein«, verkündet Ella, »wenn der Kerl diese

Adresse als Treffpunkt angibt, dann hat er auch eine irgendwie geartete Verbindung dazu. Psychologie, verstehst du.«

Noch ehe ich nicken kann, dreht sie sich um und geht auf ein langgestrecktes, braun geklinkertes Haus zu. »Willst du mitkommen?«, ruft sie mir noch über die Schulter zu.

»Ich warte hier auf dich«, rufe ich zurück. Da wir nun Verbündete sind, haben wir beschlossen, uns zu duzen. Auf meinen Wunsch hin nenne ich sie noch immer Ella, und sie hat dem mit einem, wie mir schien, amüsierten Lächeln zugestimmt.

Nach wenigen Minuten kommt sie, ungeachtet des schneeglatten Weges, schwungvoll auf mich zu.

»Wir haben ihn«, sagt sie, »der Typ ist ein solcher Idiot.«

Kurze Zeit später erreichen wir mit dem Taxi die Scharbeutzer Seebrücke, und mir werden die Knie weich. »Hier habe ich ihn das erste Mal getroffen, damals, im Sommer vor sechs Jahren«, sage ich leise zu Ella.

»Ich auch«, antwortet sie, leider überhaupt nicht leise, »war wohl sein Jagdgebiet.«

Der Fahrer beobachtet uns im Rückspiegel, und ich sehe die Lachfältchen um seine Augen. Am Seebrückenvorplatz lassen wir ihn anhalten, zahlen und steigen aus. Die Seebrücke. Ich betrachte sie und erinnere mich an warme Sommertage, an das Getrappel der Kinderfüße auf den hölzernen Planken der Brücke, die weit ins Meer hinausreicht, an das Stimmengewirr der fröhlich flanierenden Gäste, an den Geruch von Sonnenmilch. Jetzt ist die Seebrücke verschneit, Eiszapfen hängen vom Steg herunter, und eine dicke Eisenkette versperrt den Zugang.

»Hier lang«, sagt Ella und hakt sich bei mir ein. Das Meer links von uns immer im Blick, schlendern wir die Promenade entlang, entdecken zwei Dünenhäuser am Strand, die wir noch nicht kannten, halten auf der anderen Seite der Meile nach Restaurants und Geschäften Ausschau, von denen aber die meisten geschlossen sind. Einige wenige Menschen begegnen uns, dick vermummt, mit roten Gesichtern.

»Also, was hast du erfahren?«, frage ich endlich in die Winterstille hinein.

»Alles, was wir wissen müssen. Er hat in der Sommersaison in der Jugendherberge gejobbt, ist dort aber rausgeflogen. War gar nicht so einfach, das rauszukriegen. Die Herberge schließt in zwei Tagen, die räumen quasi schon zusammen. Glücklicherweise habe ich so eine Art Rezeption entdeckt, an der eine freundliche Frau arbeitete.«

»Ella, bitte, komm zur Sache.«

»Also gut. Es gibt da eine Reihe von Briefkästen. Die habe ich als erstes studiert. Und welchen Namen finde ich, wenn auch schon leicht vergilbt?«

»Wirst du es mir gleich verraten oder erst morgen?«

»Den Namen Gerhard Bussard.«

»Ach schau an. Er heißt also wirklich so. Und spielt auch noch ein Spielchen damit.« Ich bin tatsächlich überrascht über so viel Blödheit. Er schickt Frauen, die er vorsätzlich und hinterlistig ausnehmen will, einen holzgeschnitzten Bussard als Erkennungsmerkmal und offenbart damit seinen eigenen Nachnamen. »Übrigens eine Frechheit, dass ich diesen Holzbussard in der Hand halten sollte«, fahre ich fort. »Er kennt mich doch.« Ella lacht. »Aber wie lange ist das her? Außerdem, wie viele sind es, an die er sich erinnern müsste? Vielleicht Dutzende oder mehr. Wir werden das noch herausbekommen. Jetzt lauf mal ein bisschen schneller, wir haben nicht ewig Zeit.«

Inzwischen haben wir den Platz erreicht, um den sich Eiscafés, Restaurants und ein Fischgeschäft gruppieren. Ich entsinne mich, dass ich damals diesen Platz immer überquert habe, um zum Strand zu gelangen. Ella streckt den Arm aus. »Wir laufen noch ein paar Meter weiter geradeaus und dann da vorne rechts ein Stück den Hang hoch.«

Beim Fischhändler an der Ecke erstehen wir eine geräucherte Pfeffermakrele und zwei Lachsbrötchen, dann stapfen wir weiter, bis ich an dem Hang auf halber Höhe stehen bleibe. Ich kann nicht mehr. Einzig der Blick über die Strandallee hinweg auf die Ostsee, in der sich jetzt die Spätnachmittagssonne spiegelt, entschädigt mich für die unverhofften Anstrengungen, die mir der heutige Tag bringt. »Schon vier, es wird bald dunkel«, sage ich, »ist es noch weit?«

Ella nimmt mich an den Schultern und dreht mich in Richtung eines terrassenförmigen Hauses mit vielen Balkonen. »Noch zwei Schritte, dann hast du es geschafft.«

Das Appartement, das Ella vorsorglich gemietet und in das sie mich freundlicherweise eingeladen hat, verfügt neben dem eigentlichen Schlafzimmer zum Glück auch noch über ein Gästezimmer. Während ich in der Wohnküche unseren mitgebrachten Imbiss möglichst ansehnlich auf zwei Teller verteile, räumt Ella ihre kleine Reisetasche aus. Mir fällt ein, dass ich nicht einmal eine Zahnbürste dabei habe, aber das ist im Augenblick nebensächlich angesichts der bevorstehenden Begegnung.

»Ab halb sechs legen wir uns vor seiner Wohnung auf die Lauer und fangen ihn ab«, sagt Ella und schwenkt den Zettel mit Bussards Adresse. »Fischersteig. Da haben wir Schwein gehabt, das ist nämlich quasi hier um die Ecke. Sehr praktisch.«

Während wir an dem viereckigen Holztisch zwischen Herd und Couch unseren Imbiss verzehren, erklärt Ella noch einmal den Ablauf. »Er hat mich für sechs Uhr vor die Jugendherberge beordert, also wird er vor halb sechs seine Wohnung nicht verlassen, eher später. Sollte er von woandersher zum Treffpunkt kommen, dass müssen wir eben warten, bis er danach in seine Wohnung zurückkehrt.«

»Falls wir nicht vorher erfrieren«, wende ich ein. Ella wirft mir einen ungehaltenen Blick zu, dennoch stelle ich gleich die nächste unbequeme Frage: »Was ist, wenn er mich erkennt? Oder wenn er sauer wird, dass du nicht alleine bist?«

»Wir müssen es ausnutzen, dass er zunächst von der Situation überrascht sein wird. Seine Geldgier wird schließlich seine

Skepsis besiegen. Hauptsache, wir gelangen in seine Wohnung. Übrigens – erkennen wird der dich nach sechs Jahren garantiert nicht mehr.«

»Danke«, sage ich und bemühe mich, nicht beleidigt zu klingen. Als wir losziehen, ist es tiefschwarz draußen. Wir hören das Meer rauschen, ohne es zu sehen, unter unseren Sohlen knirscht der Schnee. Ich bin froh, als wir am Fuße des Hangs ankommen und gleich links in eine asphaltierte Straße abbiegen.

»Der Fischerstieg«, flüstert Ella, die das Bussard-Amulett mit der Hand umklammert.

Noch während wir versuchen, Hausnummern zu entziffern, öffnet vor unserer Nase ein Mann ein Gartentor, hinter dem ein unscheinbares spitzgiebeliges Haus zu erkennen ist. Er geht auf ein Fahrrad zu, das am Gartenzaun angekettet ist, und bückt sich, um es loszumachen, als er uns entdeckt.

Ella schaltet schnell. »Nein, so was«, ruft sie und hält das Amulett in ihrer Hand hoch wie eine Hostie, »gerade habe ich mich gefragt, wie ich bei dieser Dunkelheit wohl den Weg zu unserem Treffpunkt finden soll.« Sie steht jetzt so dicht bei ihm, als wollte sie ihm Handschellen anlegen. »Wenn du hier wohnst, können wir ja bei dir einen Kaffee trinken.«

Der Bussard – wir nennen ihn nur noch so, weil alles andere zu persönlich wäre – richtet sich verwirrt auf, wobei ich, nicht ohne Häme, einen deutlichen Bauchansatz erkenne. Jünger ist der auch nicht geworden. »Isch atte geofft, wir konnten alleinö sein«, radebrecht er und blinzelt in meine Richtung.

»Oh. Das ist meine Freundin«, erklärt Ella, »wir haben keine Geheimnisse voreinander. Also was ist, gehen wir nun rein?« Ihre Stimme klingt plötzlich wie blankes Eisen. Das merkt auch der Bussard. Sein Kopf schnellt hoch, und wenn mich nicht alles täuscht, versucht er, uns mit einem Satz zu entkommen. Doch Ella schnellt vor, und noch ehe ich begreife, was passiert, umkrallt sie seinen Arm und dreht ihn nach hinten auf seinen Rücken.

»Auaaa«, jault er, aber da schiebt ihn Ella schon durchs Gartentor. Mein Teamgeist erwacht. Ich entwinde dem hilflosen Bussard die Haustürschlüssel, schließe auf – erste Etage links – und knipse das Licht in der Einzimmerbude unseres Gefangenen an. Ella stößt ihn unter Zuhilfenahme ihres knochigen Knies auf den nächstbesten Sessel, wo er in Schräglage hängenbleibt und sich den Arm reibt.

»Nun zum Geschäftlichen«, sagt Ella sachlich. »Du willst also zehntausend Cash von mir, weil du mich sonst im Internet bloßstellst. Mit Fotos, wie du in deinem dreckigen Brief androhst. Zeig sie mir.«

»Entschuldigung. Es war ein Dummeit. Isch abe keine Foto, ärlisch nischt«, antwortet der Bussard weinerlich.

»Lass dieses Franzosengetue, du Pfeife.« Ella wendet sich einem alten Schreibtisch zu, auf dem unzählige Papierstapel liegen. »Aha«, bemerkt sie nur und stöbert ein bisschen. »Wie vielen Frauen hast du mit deinen Scheißbriefen Angst eingejagt? Und wo ist das Geld, das du von ihnen erpresst hast?«

Na hör mal«, bricht es aus dem Bussard heraus, nun ganz ohne französischen Akzent. Er will aufspringen, aber da vollführt Ella eine Drehung, schnappt ihn sich wieder, dreht ihn wie einen Korkenzieher und knallt ihn dann mit dem Rücken auf den Boden.

»Wow«, sage ich. Der Bussard sagt gar nichts mehr, liegt nur röchelnd und mit Schweißperlen auf der Stirn da.

»Das Geld«, wiederholt Ella, »wo ist es?«

Er deutet auf eine Vitrine. Damit Ella den Bussard im Zaum halten kann, übernehme ich es, die Vitrine zu durchsuchen. Und tatsächlich: Ich finde einen Schuhkarton, der zu dreiviertel angefüllt ist mit Geldscheinen. Obenauf liegt eine Liste mit zwanzig Namen und Adressen, neben denen jeweils eine Summe steht, die meisten mit einem Häkchen versehen. Verschämt suche ich die Liste nach meinem eigenen Namen ab und finde ihn auch, daneben die Summe, die der Bussard von mir verlangt, aber nicht bekommen hat, weshalb ich auch kein Häkchen habe.

»Gute Buchführung«, bemerke ich und lasse Ella einen Blick in die Schachtel werfen. »Woher hat der bloß die Adressen?«

Ella rollt mit den Augen. »Das ist doch einfach, dazu brauchst du höchstens mittlere kriminelle Energie und nicht mal viel Grips, wie du an unserem Prachtexemplar siehst.«

Der Bussard unternimmt derweil verzweifelte Abwehrbewegungen, aber Ellas Fuß hält ihn unten. Sie weist mich an, den Karton samt Buchführung zu konfiszieren und mich damit zum Ausgang zu bewegen, während sie selbst den Fuß vom Bussard nimmt und rücklings zur Tür geht.

»Das ist mein Geld«, brüllt der Bussard, reißt sich in letzter Verzweiflung hoch, nimmt die Schreibtischlampe, holt aus und greift sich noch im Wurf ans Kreuz, bevor er mit einem Aufschrei zusammenklappt. Die Lampe kracht unverrichteter Dinge zu Boden.

»Ich kann mich nicht mehr bewegen«, jammert er. Ellas Diagnose lautet: »Bandscheibenvorfall, bei einem Wamperten wie dir kein Wunder. Frohe Weihnachten.« Sie nimmt sein Telefon von der Aufladestation und schiebt es mit dem Fuß in seine Reichweite. »Telefonieren kannst du ja noch.«

Damit verschwinden wir aus Bussards Einzimmerwohnhöhle und aus seinem Leben in die dunkle, kalte Scharbeutzer Nacht. Mit beiden Händen umklammere ich unsere Beute, als wir uns den Hang hochrackern.

»Woher kannst du diese Hammergriffe?«, frage ich Ella keuchend.

»Jahrelanges Training«, antwortet sie und keucht dabei kein bisschen. »Bevor selbst ich unerwartet älter wurde, war ich niederrheinische Karatejugendmeisterin. Seither halte ich mich mit regelmäßigem Training fit.« Sie mustert mich, als suche sie den geheimen Rückzugsort meiner Taille. »Du solltest auch was tun«, setzt sie nach, »ich hätte da ein paar Ideen.«

Ich nicke, sehe den Wölkchen meiner gefrorenen Atemluft hinterher und versuche als erste Amtshandlung auf dem Weg zu neuer Fitness, meine vor Kälte taubgefrorenen Finger wieder zum Leben zu erwecken. Noch bevor wir unser Appartement betreten, hören wir aus der Ferne die Sirene eines Martinshorns. Ella lächelt.

Kaum haben wir Mäntel und Stiefel ausgezogen, kippt Ella den Karton auf dem Holztisch aus, und wir beginnen zu zählen. Zählen noch einmal und noch einmal. Vor uns liegen unglaubliche einundsiebzigtausend Euro, die wir nach strenger Berücksichtigung der Liste in dreizehn Häufchen aufteilen. Ungläubig müssen wir feststellen, dass sechs Frauen tatsächlich fünftausend Euro herausgerückt haben, fünf Gutgläubige sogar achttausend und zwei immerhin fünfhundert. Lediglich bei sieben Frauen hatte der Bussard kein Glück. Mir schwirrt der Kopf, und die Lider werden mir schwer. Ich höre noch, wie Ella sagt: »Ich gehe uns einen Tee kochen«, dann fallen mir die Augen zu.

Als ich wach werde, ist es schon Morgen. Ich liege mit verschränkten Armen über dem Tisch und trage noch die gleiche Kleidung wie gestern, was insofern praktisch ist, als ich ohnehin nichts zum Umziehen dabei habe. Die Uhr zeigt halb neun. Mir wird gerade bewusst, dass Ella nicht da ist, als sich der Schlüssel im Schloss dreht und sie mit einer frischen Schneeluftbrise hereinkommt, in der Hand eine Tüte, aus der sie triumphierend eine Zahnbürste zieht. »Habe ich in der Apotheke vorne am Kurpark gekauft, eigentlich hatten die noch gar nicht auf. Nun mach schon, wir haben zu tun.«

»Danke«, antworte ich, »du bist großartig.« Das meine ich Wort für Wort. Als ich aus dem Bad zurückkomme, liegen dreizehn Weihnachtskarten samt Umschlägen vor ihr, außerdem Briefmarken, ein Beutel Mandelplätzchen und Bussards Liste. Sie schiebt eines der abgezählten Geldbündel zwischen eine Weihnachtskarte, legt ein Mandelplätzchen dazu, steckt alles zusammen in einen Umschlag, schreibt den zur Summe passenden Namen aus der Liste darauf und klebt ihn zu.

»Das ist die Erste. Mit den restlichen zwölf machen wir das genauso. Hilfst du mir?«

»Willst du nichts dazuschreiben?«, frage ich.

»Ach wo«, Ella schüttelt energisch den Kopf, »wenn die Frauen die Scheine sehen und nachzählen, dann wissen sie sofort, um welches Geld es sich handelt. Und weißt du was? Die werden sich freuen wie die Schneekönige.«

»Besonders so kurz vor Weihnachten.« Ich halte inne, betrachte die Tannenzweige und Sterne auf den Weihnachtskarten und die Mandelplätzchen, und mit einem Mal wird mir geradezu feierlich zumute.

»Wir machen ihnen eine unverhoffte und große Freude zum Fest. Das ist schön. Warte, ich helfe dir.«

Zehn Minuten später stapelt Ella dreizehn frankierte Briefe aufeinander. »Ich wette, der hat auf einen Sportwagen gespart. Anders ist nicht zu erklären, dass er die Einnahmen nicht angerührt hat.«

»Sportwagen? Der Bussard?« Ich tippe mir an die Stirn.

»Denk doch mal nach.« Ella fegt die Krümel vom Tisch und packt ihre Sachen zusammen. »Mit einem schicken Sportwagen hätte er in eine höhere Liga einsteigen können.«

»Höher als wir, meinst du«, entgegne ich etwas pikiert, weil ich es unerhört finde, nicht gut genug zu sein für einen wie den Bussard.

Ella schiebt mir ein übriggebliebenes Mandelplätzchen in den Mund. »Nicht höher, nur reicher«, lacht sie, »sei nicht so empfindlich. Jetzt müssen wir los.«

Unten wartet schon das bestellte Taxi auf uns. Der Wagen biegt von der Zufahrt nach rechts ab und umrundet im Schritttempo die gefrorenen Schlaglöcher. Noch einmal schauen wir über die Ostsee.

»Schade«, sagt Ella, »wäre Sommer, würde ich jetzt einfach

geradeaus bis nach Timmendorf joggen. Aber wir holen das nach.«

Wir? Ich frage lieber nicht nach, ob Joggen mit zu ihren Ideen für meine zukünftige Körperertüchtigung zählt. Aber ich weiß jetzt schon: Ich werde mich fügen, wenn dem so ist. Gerne sogar.

Das Meer entschwindet vorübergehend aus unserem Blickwinkel, als der Wagen nach rechts abbiegt und um Scharbeutz herumfährt. In der Seestraße lässt Ella den Fahrer noch mal anhalten, um die dreizehn Briefe auf der Post abzugeben, anschließend geht es auf direktem Weg die Strandallee entlang nach Haffkrug zum Bahnhof.

»Ich nehme das Abteil hinter der Lok«, sage ich.

»Und ich das daneben«, ergänzt Ella. Wir lächeln uns an. So wie es ist, ist es gut.

Beim Aussteigen in unserem rheinischen Städtchen treffen wir uns wieder. Den Heimweg treten wir gemeinsam zu Fuß an. In unserem Gässchen angekommen, bleiben wir stehen, sehen nach oben zu unseren winzigen Balkonen und lachen los.

»Weihnachten wie jedes Jahr?«, fragt Ella.

»Weihnachten wie immer«, bestätige ich.

An diesem Abend gehe ich, nach einem ausgiebigen Schaumbad mit Rosenduft, zeitig schlafen und wache früh am nächsten Morgen auf. Ich schiebe die Gardinen vor meinem Schlafzimmerfenster beiseite und lasse frische Luft herein. Ellas Gardinen wehen bereits im Luftzug. Erwartungsfroh schlurfe ich hinüber in die Küche und werde nicht enttäuscht. Ella stellt soeben die silberne Vase mit den Tannenzweigen auf ihren Küchentisch. Ich trete näher ans Fenster, um die Kugeln erkennen zu können. Sie hat für dieses Jahr die blauen und die roten gewählt. Aber da hängt noch etwas. Ich kann es nicht erkennen. Was ist das? Ella lächelt, hebt die Vase hoch und hält sie näher ans Fenster. Ich zucke mit den Schultern, greife hinter mich, wo noch immer das Fernglas liegt, setze es an und stelle scharf. Laufschuhe? Laufschuhe. In Miniaturformat. Ich senke das Fernglas, recke den Daumen. Ella lacht und stellt die Vase an ihren angestammten Platz zurück. Sie wird sich jetzt ihrem Spiegelei widmen. Es ist gut so, wie es ist, denke ich, während mein Sechs-Minuten-Ei vor sich hin köchelt. Zu Weihnachten werde ich mir Laufschuhe schenken.

Noch vier Tage bis Heiligabend.

AUTORENVITA

Helga Beyersdörfer, geborene Südhessin, studierte in Frankfurt am Main, bevor sie eine Ausbildung zur Journalistin absolvierte. Sie arbeitete unter anderem als Redakteurin bei der Frankfurter Rundschau und beim Stern, schrieb Reportagen für das ZEITmagazin und die Berliner Morgenpost. Ihren ersten Roman veröffentlichte sie 1998.

Helga Beyersdörfer lebt als freie Autorin in Hamburg.

Zuletzt erschienen: *Moornächte* (2009) und *Irrlichter* (2011), beide bei Droemer Knaur.

REGINE KÖLPIN

Die Weihnachtskrähe

CAROLINENSIEL

In der Weihnachtszeit denkt man an nichts Böses, ist gefangen vom Duft des Friedens, der aus getrockneten Orangenschalen, Kerzenwachs und Tannennadeln in alle Nasen dringt. Wesentlich sind das Festessen, die Geschenke und natürlich die zu schaffende Atmosphäre. Auch ich hatte den Kopf voll mit allen möglichen Dingen, dachte wirklich an alles. Nur nicht an Mord und Totschlag, und schon gar nicht, dass mir Oma Martha vor die Füße fallen könnte.

Aber genau das passierte. Vier Tage vor dem Fest. Ich stand im Garten des Pflegeheims, wurde aus dem offenen Fenster gerade mit *Süßer die Glocken nie klingen* berieselt, als neben mir eine fette schwarze Krähe aufflog und ihr heiseres Krächzen von sich gab. Das ist hier an der Küste nichts Besonderes, die Krähenschwärme haben sich überall angesiedelt und sind vielen ein Dorn im Auge.

Im selben Augenblick jedoch hörte ich einen dumpfen Aufprall, und schon schlug meine Oma neben mir auf. Zugegebenermaßen war das ein höchst unglücklicher Zeitpunkt, so kurz vor Weihnachten. Eine tote Oma passte nicht so gut ins Konzept, und als ich allein vor ihr stand, war ich leicht überfordert und wusste nicht, wie ich mit der Situation umgehen sollte.

Ich trat einen Schritt näher. Sehr bedrohlich wirkte das Ganze eigentlich nicht, immerhin hielt sich die Größe des Blutfleckes in Grenzen. Es war nur ein winziges Rinnsal, das sich seitlich aus einer Kopfwunde schlängelte. Gravierender waren die

Zähne, die sich beim Aufprall den Weg nach draußen gesucht hatten und teilweise in ihre einzelnen Bestandteile zerfallen waren. Das sah wirklich nicht gut aus, und auch, dass Oma Martha ihr Haar zuvor scheinbar nicht frisiert hatte, tat dem Gesamtbild einen Abbruch.

Doch ich war nicht da, um über Oma Marthas letztes Bild zu urteilen.

Ich war mir sicher, dass sie nicht freiwillig vom Balkon gefallen war. Doch mein Blick konnte nichts und niemanden ausmachen. Keine Gardine bewegte sich, kein Laut war zu hören. Ich stand allein im Garten, nur dieses schwarze Vogelungeheuer hüpfte über den gefrorenen Rasen, getragen von den noch immer weihnachtlichen Melodien, die aus dem Fenster des Speisesaals quollen.

Ich fürchtete, dass der Mörder mich beobachtete. Bestimmt lauerte er irgendwo, überwachte jede meiner Handlungen. Vielleicht war er unsicher, ob Oma Martha wirklich das Zeitliche gesegnet hatte. In dem Fall befand er sich in großer Gefahr, denn eine halbtote Oma Martha wäre durchaus in der Lage, ihn zu verraten. Oma Martha war zeit ihres Lebens zäh gewesen, sie würde auch fast scheintot den mutmaßlichen Mörder noch nennen können. Doch er konnte beruhigt sein, es gab keinerlei Zweifel. Oma Martha weilte nicht mehr unter den Lebenden.

Natürlich zermarterte ich mir schon hier den Kopf, wer der oder die Schuldige sein könnte. In der Verwandtschaft galt Oma Martha nicht als die liebevolle Großmutter. Kinder waren ihr ein Graus, sie duldete nur mich als erwachsene Enkelin in ihrer Nähe, und ich war damals die Einzige gewesen, die ihre Wohnung betreten durfte. Auch im Heim konnte sie die jungen Menschen nicht ertragen, sie fühlte sich durch ihre Anwesenheit zu sehr an den eigenen Verfall erinnert.

Oma Martha hatte Geld. Nicht nur einen versteckten Sparstrumpf im Schrank, sie konnte sich durchaus etwas leisten. Aber sie hatte auf ihrem Reichtum gesessen wie ein Adler auf seinen Eiern. Keinen Cent hatte sie freiwillig herausgerückt, alles, was sie aus ihrer Schatzkammer holte, wurde dokumentiert, musste mit Zinsen zurückgezahlt werden. Oma Martha war hart, zäh und unerbittlich.

Dass sie uns allen nun mit ihrem spontanen Ableben auch das bevorstehende Weihnachtsfest kaputt machte, passte wie die Faust aufs Auge. Obwohl ich fairerweise zugeben musste, dass es nicht ganz in ihren Schuldbereich fiel, weil sie vermutlich nicht gesprungen, sondern gestoßen worden war.

Trotz allem konnte ich die gesamte Verwandtschaft als Täter ausschließen, da Oma Martha nie einen Hehl daraus gemacht hatte, dass nicht einer von uns etwas erben würde. Ein Teil ihres Geldes floss regelmäßig in die sündhaft teure Unterbringung dieses Heims, das sich direkt hinter dem Deich befand und ihr einen unvergleichlichen Blick über den Hafen von Carolinensiel bescherte. Den Rest des Geldes hatte sie vorsorglich irgendeiner Seemannseinrichtung als Schenkung überschrieben. Oma Martha war nämlich einst mit einem Matrosen verlobt gewesen, der aber von einer Seereise nicht zurückgekehrt war. Die übliche Geschichte eben. Doch was die Seefahrt anging, da war Oma Martha sentimental gewesen. Da nun kein wirklicher Reichtum durch ihr Dahinscheiden zu erwarten war, gab es also kein Motiv für die Verwandtschaft.

Mir oblag nun die Aufgabe, die Polizei zu informieren und die Familie von Oma Marthas Tod in Kenntnis zu setzen. In meinem Kopf sprangen die Gedanken hin und her. Es schien mir, als spielten sie »Himmel und Hölle«.

Es gab so verdammt viel zu beachten. Der Zeitpunkt der Beerdigung und die Weihnachtsfeier mussten koordiniert werden. Es war der 20. Dezember, die Beerdigung würde also noch vor Weihnachten, wenn nicht gar am Weihnachtstag selbst stattfinden müssen.

Ich fand, es sei strategisch günstig, die Beisetzung auf den Vormittag des Heiligen Abends zu legen, weil dann ohnehin alle da wären und das Kaffeetrinken ohne viel Federlesens in ein Café verlegt werden könnte. So würde ich sauber aus der Nummer rauskommen, schon am Nachmittag die Weihnachtsgäste bewirten zu müssen. Allerdings würde es schwierig sein, den Pastor dafür zu begeistern.

Ich stieß Oma Martha ein letztes Mal kurz mit der Fußspitze an. So gesehen hatte sie mir doch einen winzigen Gefallen getan, sich genau jetzt vom Balkon stürzen zu lassen. Ich schätzte es nämlich gar nicht, dass sich sämtliche Weihnachtsfeierlichkeiten immer in meiner engen Wohnung abspielten.

Die unvorhergesehene Situation ihres spontanen Ablebens ersparte mir definitiv viel Arbeit. Das Pastorengespräch würde ich zeitlich gut dazwischenschieben können, das bisschen Gefühlsduselei würde mir ein Leichtes sein. Zu Weihnachten ist der Mensch ohnehin emotional angestochen.

Ich hatte so weit alles geklärt. Bis auf den Mord.

Außer mir würde vermutlich kaum einer ein Verbrechen vermuten. Alle würden denken, Oma sei einfach so abgestürzt. Zu weit übers Geländer gelehnt und tschüss. Unachtsam, so wie alte Menschen eben waren.

Ich aber wusste es besser. Oma Martha war die Erfinderin der Vorsicht. Niemals würde sie unkontrollierte Dinge tun.

Doch egal, wie blöd sie sich manchmal verhalten hatte, einen solchen Tod hatte sie einfach nicht verdient. So war ich nicht gewillt, Oma Marthas Tod ungesühnt zu lassen.

Ich musste den Mörder suchen, herausfinden, was sich an diesem Nachmittag im Zimmer meiner Oma abgespielt hatte. Es war unvermeidbar, dass ich mich in die Höhle des Löwen, sprich, ins Altenheim begab. Zuvor wollte ich Oma allerdings verschwinden lassen. Ich fand, es könnte vorteilhaft sein, wenn nicht alle wussten, dass Oma Martha auf dem Weg in den Himmel war.

Ich sah mich um. Außer dem Mörder wusste niemand von alldem, und der wiederum konnte kein Interesse daran haben, mich zu verpfeifen.

Seit einer Woche herrschte tiefer Frost, selbst im Hafen trieben Eisschollen. Ich würde Oma eine Weile verstecken können, ohne dass es jemand merkte.

Mir fiel das große Gewächshaus des Seniorenheims ein, das um diese Zeit keiner betrat. Wenn ich Oma Martha ein bisschen versteckt in die Ecke hinter die vielen Kisten packen würde …

Das einzige Problem war, dass man sie im Heim vermissen könnte, doch auch dafür legte ich mir einen Masterplan zurecht.

Oma Martha war schwerer, als ich dachte. Was im täglichen Leben so zart und zerbrechlich erschien, zeigte sich mit etwa 50 Kilogramm Totgewicht als schwerwiegendes Problem.

Ich zerrte sie durch den Garten, war mir durchaus der Gefahr bewusst, dass man mich sehen könnte. Doch ich hatte Glück. Nichts dergleichen geschah.

Es gelang mir problemlos, Oma Martha im Gewächshaus zu betten und hinter Kisten und unter Planen zu verstecken.

Ich war stolz, dass mir das so einfach gelungen war. Erfahren in der Leichenbeseitigung war ich schließlich nicht.

Als Nächstes suchte ich die Heimleitung auf. Sie waren über mein Vorhaben, Oma schon jetzt über Weihnachten mitzunehmen, sehr erfreut. Eine zeternde Alte weniger.

Der kleine Koffer mit Oma Marthas Sachen war rasch gepackt, und ich fuhr vom Hof.

Damit war das Oma-Martha-Problem zwar gelöst, nicht aber, wie ich dem Mörder auf die Spur kommen könnte.

Zunächst galt es herauszufinden, wer sich um die besagte Zeit in Omas Zimmer aufgehalten hatte, und das Motiv für den Mord zu klären.

Ich hatte selbstverständlich keinen Schimmer, wie man das machte. War nur *Tatort*-erfahren, das heißt, ich schaute ihn jeden Sonntag und wusste, wie Ballauf und Konsorten ihre Fälle lösten. Sie hatten zwar sämtliche Pathologen und ein riesiges

Team an ihrer Seite, aber das betrachtete ich im Todesfall von Oma Martha als unnötig, da bei ihr sicherlich keine große Komplexität der Umstände zu erwarten war, denn der Täterkreis beschränkte sich doch eher auf ein Minimum an Verdächtigen.

Denn es kamen nur die Bewohner oder die Mitarbeiter des Heims in Frage.

Ich fuhr zurück, bot mich als Vorleserin an, um überhaupt Zugang zu den Menschen dort zu bekommen. Oma sei bei meiner Schwester gut untergebracht, erklärte ich, und dass es mir ein besonderes Anliegen sei, den alten Menschen gerade jetzt, so kurz vor dem Fest, eine Freude zu machen.

Die Pfleger waren sehr angetan.

Insgeheim jedoch war mir nach allem, aber nicht danach, meine vier Nachmittage vor dem Fest in den Ausdünstungen aus Schweiß und Urin zu verbringen und mir das eintönige Geschwätz der alten Leute anzuhören. Aber hatte ich eine Wahl? Irgendwer musste sich hier schließlich verdächtig machen. Irgendwer musste sich doch fragen, warum Oma Marthas Ableben nicht bekanntgemacht wurde. Der Täter würde wissen, dass sie nicht bei mir zu Besuch war, und demjenigen würde ebenfalls klar sein, dass ich wusste, was geschehen war. Das barg auch für mich eine große Gefahr. Vielleicht würde der Mörder versuchen, mich auszulöschen. Ich stellte mir vor, wie einer der Männer mit dem Krückstock hinter mir herwankte oder mir an der nächsten Ecke auflauerte, um mir damit eins über den Schädel zu ziehen. Vorerst sangen sie aber alle noch *Schneeflöckchen, Weißröckchen,* hoben und senkten die Hände, wackelten mit den Fingern, um das Schneetreiben zu symbolisieren. Dabei saßen sie friedlich vereint an ihren Tischen. Hin und wieder flößten ihnen die Pfleger einen Schluck Saft ein oder stopften ihnen ein Apfelstückchen in den frisch bezahnten Mund. Die Kerzen flackerten friedlich vor sich hin, nichts deutete auf das grausame Verbrechen hin, dem meine Oma zum Opfer gefallen war.

Nach dem Lied griff ich zu meiner kleinen Weihnachtsgeschichte, die ich selbst verfasst hatte. Die ersten schnarchten
schon nach einer halben Seite, der Rest wurde unruhig, als ich
bei der Krippenszene anlangte.

»Kann man nicht mal das Fenster aufmachen, es riecht hier so«,
waren die Kommentare oder: »Rede mal lauter, man versteht ja
nix.«

Ich gab wirklich alles, aber keiner der Herrschaften wollte meine Geschichte zu Ende hören. Das kränkte mich zutiefst.

Nachdem mein Vortrag leider nicht den erwarteten Anklang
gefunden hatte, legten die Pfleger eine CD ein, und wir wurden
von *Jingle Bells* beschallt. Ich lehnte mich zurück, betrachtete
die verkniffenen Gesichter der Alten, denen man nun Mensch-
ärgere-dich-nicht-Spiele und Bälle in die Hand drückte, damit
sie beschäftigt waren. Mein Blick schweifte nach draußen. Vor
der großen Fensterfront hüpfte schon wieder die Krähe von
vorhin auf und ab, klopfte mit dem Schnabel an die Scheibe, als
wolle sie uns etwas sagen.

»Das ist die Weihnachtskrähe«, nuschelte die Frau neben mir.
»Sie gehört Agnes.«

»Die Krähe gehört Frau Lachmann?«

Der alte runzelige Kopf nickte. »Ja, die füttert sie. Seit dem
1. Dezember. Das ist ihre Weihnachtskrähe, weil sie mit Beginn
der Weihnachtszeit gekommen ist.« Die Alte griff mit ihren
knochigen Fingern nach einem Apfelviertel und stimmte in *Jingle Bells* mit ein.

Weihnachtskrähe, dachte ich. So ein Blödsinn. Krähen waren
keine Vögel, die man besaß, und sie kamen und gingen nicht
mit irgendwelchen sentimentalen Festen.

Dann schossen mir ein paar Bemerkungen von Oma durch den
Kopf. Dass ihre Nachbarin sich neuerdings einen Vogel zuge-
legt habe und sich wahnsinnig etwas darauf einbilde. Aber sie
wolle ohnehin kein Tier, hatte Oma Martha weiter lamentiert.
Es musste sich um diese Krähe handeln. Ins Detail war Oma

nicht gegangen. Oder ich hatte ihrem Geschwätz nicht genug Beachtung geschenkt.

Das Klopfen der Weihnachtskrähe ignorierte ich, schließlich gab es Wichtigeres zu tun.

Ich musterte das Pflegepersonal, das ruhig und besonnen seiner Arbeit nachging, hin und wieder mit den Alten scherzte. Sie wirkten alle unauffällig. Die Küchenhilfen schloss ich als Mörder aus, sie hatten nie viel mit Oma Martha zu tun gehabt.

Klar, sie hatte ständig am Essen gemäkelt, häufig behauptet, »der Fraß« sei mit Sicherheit vergiftet. Sie hatte sogar zwei Mal das Gesundheitsamt angerufen und behauptet, dass die Küchenhilfen den Bewohnern Hundefutter zu essen gegeben hatten. Aber deshalb bringt man ja niemanden um. Das wäre doch arg kleinlich.

Auch bei Pfleger Paul konnte ich kein wirkliches Motiv erkennen. Oma Martha hatte ihn wirklich nur ein einziges Mal angezeigt und behauptet, er habe sich ihr unsittlich genähert, und er war lediglich bis zur Aufklärung der Geschichte vom Dienst suspendiert gewesen. Gut, so richtig aufgeklärt ist das alles nicht, ein Restzweifel ist bis heute geblieben. Das hatte zwar zur Folge, dass Paul seit der Sache nicht mehr allein in die Zimmer der Frauen durfte, aber das war natürlich nur eine Vorsichtsmaßnahme, damit keiner weiter Gerüchte in die Welt setzte. Oma Martha hatte allerdings bis zu ihrem Ableben kein Wort mehr mit ihm gewechselt und bis zum Schluss behauptet, der Paul sei ein ganz Schlimmer und er stehe auf Brüste, auch wenn sie der Schwerkraft schon nach unten folgten. Ich hatte das nie so geglaubt, aber warum sollte ich einer alten Dame widersprechen, so ein Pfleger wird sich doch zu wehren wissen. Paul schied also auch aus, der Vorfall war eine Lappalie, ebenfalls kein Grund zu morden.

Ich verdächtigte also weiterhin einen der Bewohner. Diese Alten hatten doch größtenteils nicht mehr alle Tassen im Schrank, vielleicht wusste Oma Marthas Mörder schon gar nicht mehr, dass er sie auf dem Gewissen hatte. Zuzutrauen war den Typen hier ja alles. Wenn ich nur daran dachte, wie zum Beispiel Herr Wagner zum Essen sein Gebiss neben den Teller legte und es erst nach der Mahlzeit wieder einsetzte. Oder daran, wie sie sich beim Abendessen gegenseitig die Schnabeltassen klauten und um die Gunst des Pflegepersonals buhlten. Kaum einer der Bewohner war noch in der Lage, die Uhr richtig zu lesen, und doch schafften es alle, exakt zur vorgegebenen Zeit ihren Rollator-Fuhrpark vor der linken Fensterfront einzuparken.

Mal ganz ehrlich: Einer solchen Truppe traut man doch alles zu. Die brauchen gar kein Motiv.

Jetzt sangen sie *Alle Jahre wieder* in etwa zehn verschiedenen Oktaven. Das war mörderisch.

Mir drängte sich schließlich die Frage auf, wer von den Bewohnern körperlich noch in der Lage war, einen Menschen über die Balkonbrüstung zu stürzen.

Erneut taxierte ich die Umsitzenden. Herr Wagner war groß und kräftig, Frau Lachmann ebenfalls.

Dann gab es noch Herrn Fritz. Von dem wusste ich zumindest, dass er Oma Martha mal angebaggert hatte. Oder besser gesagt: »Ihr den Hof gemacht hatte.« Genau so hatte Oma Martha sich ausgedrückt. Angebaggert hatte Pfleger Paul sie, das war ein Unterschied.

Drei Menschen also in Oma Marthas Dunstkreis, die in Frage kamen.

Es half nichts, ich musste undercover im Heim bleiben und die mysteriösen Umstände aufklären, bevor jemand die Oma im Gewächshaus fand. Viel Zeit blieb da nicht, zum Heiligen Abend hatten sie Tauwetter angesagt. Oma würde zu riechen beginnen. Und zwar schlimmer als die Ausdünstungen, die hier jetzt mein Hirn benebelten.

Mir blieben vier Tage.

Unauffällig schob ich mich in Richtung von Herrn Fritz. Er nagte gerade an seinem Bananenstück, das er mit der Zunge im

Mund hin und her schob. Er kaute mit offenem Mund, ließ seinen Blick durch den Speisesaal gleiten, als sauge er die Geschehnisse mit den Augen auf. Ob er meine Oma auch immer so fixiert hatte? Sie war für ihr Alter eine attraktive Frau gewesen, keine Frage. Etwas dünn vielleicht, aber doch recht ansehnlich.

Vielleicht hatte sie noch mehr Männern im Heim den Kopf verdreht? Eine merkwürdige Vorstellung, aber es war sicher überholt zu denken, im Alter spiele sich da nichts mehr ab. Diese Regung funktionierte bestimmt bis zum Schluss, zumal Oma Martha körperlich alles andere als gebrechlich war.

Ich fixierte Frau Lachmann. »Das ist eine neidische Schlange«, hatte Oma mir mal erzählt, als wir sie zum dritten Mal beim Spaziergang überholt hatten. Oma Martha und ich zu Fuß, Frau Lachmann mit ihrem Rollator.

Diese Überholmanöver waren immer ein Grund, höchsten Neid unter den Bewohnern zu erwecken. Spätestens nach der dritten Runde war man sich der hasserfüllten Blicke sicher. Es war eine Art Ehrenkodex, seine guten verwandtschaftlichen Verbindungen nicht zu sehr zur Schau zu stellen.

Oma Martha hatte sich natürlich nicht daran gehalten. Im Gegenteil, sie hatte immer noch einen draufgesetzt und sich damit gebrüstet, dass sie immer, aber auch immer von mir besucht wurde. Wahrscheinlich war die Sache mit der Weihnachtskrähe eine billige Retourkutsche von der Lachmann gewesen.

Jetzt fixierte mich die Alte mit ihren Blicken. Wenn sie Pfeile verschießen könnte: Sie würde mich mitten ins Herz treffen wollen.

Kurz: Frau Lachmann hasste mich. Allein wegen der Spaziergänge mit Oma Martha. Das war in der Tat ein handfestes Motiv. Anderen zu demonstrieren, um wie vieles man bessergestellt war, konnte im Heim nicht ungesühnt bleiben, das war mir auf der Stelle klar. Ich würde mein Hauptaugenmerk auf diese Person lenken.

Da sich nun alle über die hereingetragenen Spekulatius hermachten, bot sich mir die Möglichkeit, den Speisesaal unauffällig zu verlassen.

Ich schlenderte den Gang entlang, fuhr mit dem Fahrstuhl zwei Stockwerke nach oben. Jetzt wurde ich von schärferen Gerüchen attackiert. Salmiakartige Ausdünstungen vermischten sich mit dem Duft von Kölnisch Wasser und Tosca zu einer undefinierbaren Geruchsvariation. Für einen Augenblick zog ich in Erwägung, die Ermittlungen wegen der Überforderung meiner Nasenschleimhäute einzustellen, aber das konnte ich nicht tun. Wenn ich ein ruhiges Fest haben wollte, musste Oma Marthas Tod vor Weihnachten aufgeklärt sein. Ich kämpfte mich durch die Geruchsschwaden, die von Zimmer zu Zimmer variierten, lenkte mich ab, indem ich die kleinen geschmückten Tannenbäumchen betrachtete und die vielen Strohsterne, die die Wand zierten.

Oma Martha hatte ihr Zimmer am Ende des Ganges, dahinter lag nur noch das von Frau Lachmann. Mit ihr teilte sie sich den Balkon.

Es roch muffig in Omas Zimmer. Vorhin hatte ich nur rasch die Anziehsachen gepackt und in meiner Eile dem Zimmer selbst keine Beachtung geschenkt.

Überall lagen Bildbände herum. Von Krähen und anderen Vögeln, neben der Balkontür stand eine Tüte mit Vogelfutter. Auf der Anrichte gammelte trockenes Brot vor sich hin. Das Adventsgesteck nadelte bereits, es erschien mir wie ein Vorbote für das, was dann auch geschehen war.

Mein Blick schweifte zum Fenster. Da saß sie wieder. Die dicke schwarze Krähe. Auf der Brüstung des Balkons. Ich mochte ihre Augen nicht. Sie waren frech, vorwitzig und eine Spur gemein. Krähen können das. So richtig fies schauen.

Mir kam es vor, als wolle sie mir etwas sagen. Es hatte mit Oma Martha zu tun. Die Krähe hackte im Tannengrün der Balkonbepflanzung herum, zupfte provokativ eine Nadel nach der anderen vom Stengel.

Dann hüpfte die Krähe auf den Boden des Balkons und hämmerte mit dem Schnabel gegen die Scheibe. Es klang dumpf und in gewisser Weise auch bedrohlich.

Ich ruderte mit den Armen, fand, dass das Viech dort möglichst rasch verschwinden sollte. Es ließ sich aber nicht von meinem Abschreckungsmanöver beeindrucken, sondern blieb dort sitzen, neigte nur den Kopf ein wenig zur Seite und sah mich an, als wolle es mich ärgern.

Meine Fäuste näherten sich der Scheibe, stoppten aber kurz davor ab.

Ich hasste Krähen. Es gibt Menschen, die bezeichnen sie als Todesvögel, als Unglücksbringer.

Bislang hatte ich das immer für Humbug gehalten, aber wenn ich jetzt an meine tote Oma Martha dachte, an die mysteriösen Umstände ihres Todes, konnte ich mich der Vorstellung nicht ganz erwehren, dass diese Weihnachtskrähe der Vorbote für all das Unheil war.

Oder die Verbündete. Von der Lachmann, die Oma Martha gehasst hatte.

Ich wiederholte den Gedanken noch einmal. Die Weihnachtskrähe war die Verbündete der Lachmann, die es meiner Oma heimzahlen wollte. Neid war das Mordmotiv schlechthin, das wusste ich noch aus der griechischen Mythologie.

Ich war ganz nah dran. Die Lachmann hatte sich den schwarzen Todesvogel zum Verbündeten gemacht, meine Oma ermordet und die Krähe benutzt. Nur wie?

Ich sah mich weiter im Zimmer um.

Die Krähe hatte jetzt aufgehört, gegen die Scheibe zu picken. Sie hatte sich erneut auf der Brüstung plaziert, sah aus, als warte sie auf mich. Ich öffnete die Tür zum Balkon. Aus den geöffneten Fenstern des Speisesaals drang nun *Ihr Kinderlein kommet* zu mir nach oben. Die Alten waren schon arg in Weihnachtslaune.

Nichts ihr Kinderlein kommet, dachte ich. Krähe, ich komme.

Noch im Vorübergehen schnappte ich mir das Vogelfutter. Ich wollte das Tier fangen, es zum Reden bringen. Wie auch immer ich das anstellen wollte. Es hatte gesehen, was die Lachmann mit meiner Oma getan hatte. Auch wenn sie weite Strecken nur mit ihrem Rollator fertigbrachte: Die Lachmann hatte Bärenkräfte und Oberarme, die eher Schenkeln glichen. Ein winziger Stoß hätte gereicht, um meine schmale Oma Martha herunterzustürzen.

Ich trat hinaus. Ein bisschen hatte es zu schneien begonnen, ein herrlicher Weihnachtswetterfriede verschmolz mit den Liedern aus dem Speisesaal. Ich setzte einen Fuß in den frisch gefallenen Schnee und zerstörte damit die aufkommende Idylle.

Die Krähe rührte sich nicht von der Stelle. Sie hatte den Kopf nur schräg gestellt und blitzte mich weiter an. Die weißen Sterne perlten auf ihrem schwarzen Gefieder ab, schmolzen zu kleinen Wassertropfen.

Ich griff in die Tüte mit dem Vogelfutter, versuchte, die Krähe zu locken. »Komm, na komm schon!«

Die Krähe hüpfte mir aber nicht entgegen, sondern entfernte sich Zentimeter für Zentimeter auf dem Geländer. Mit winzigen Schritten zog sie sich vor mir zurück. So musste sie es vorhin auch mit meiner Oma getan haben. Ich sah ihren verkniffenen Gesichtsausdruck. Sie hatte der Lachmann die Weihnachtskrähe nicht gegönnt, wollte sie selbst haben. Warum sonst hätte sie Vogelfutter in ihrem Zimmer horten sollen, warum sonst lagen all diese Bücher über Vögel herum?

Wenn ich an den durchdringenden Lachmann-Blick dachte, konnte ich Oma Martha direkt verstehen. Ich würde für sie diesen schwarzen Vogel fangen, und dann sahen wir weiter.

Ich kriege dich, du Vieh, dachte ich. Und ich werde dir den Hals umdrehen.

Ich trat einen weiteren Schritt auf die Krähe zu. »Komm, du böser Vogel«, sang ich, machte mir keinen Kopf darum, ob ich sie damit verärgern könnte.

Die Krähe reagierte ohnehin nicht. Jedenfalls nichts so, wie ich mir das vorstellte. Sie kam meiner Hand nicht einen Zentimeter näher. Im Gegenteil. Je mehr ich auf sie zutrat, desto weiter hüpfte sie auf dieser Brüstung weg.

Ich war mittlerweile am Geländer angelangt, mich trennte noch etwa ein halber Meter vom Objekt meiner Begierde. Ich legte einen freundlichen Tenor in meine Stimme, doch immer wenn ich der Krähe meine gefüllte Hand entgegenstreckte, flog sie auf und krächzte. Vor dem Balkon befand sich eine alte Eiche, die ihre Äste einladend ausstreckte. Die Krähe ließ sich auf dem nächstgelegenen Ast nieder. Mittlerweile hatte mich der Ehrgeiz gepackt. Es konnte doch nicht sein, dass mich eine Krähe dermaßen hochnahm.

Ich lehnte mich zu dem Vogel weit hinüber, der erneut aufflog und seine unheimlichen Laute ausstieß. Meine Füße ertasteten die Metallstreben, fanden eine Stufe höher Halt, so dass ich dem Ast, auf dem sich die Weihnachtskrähe nun befand, ein Stück näher gekommen war.

Ich beugte mich weit vor, hielt mich lediglich mit den Unterschenkeln. Ich würde die Krähe einfangen. Koste es, was es wolle. Das Tier steckte ganz tief mit drin. Mein Herz schlug schneller, jeder Schlag war in meinem Kopf zu spüren.

Ich wischte mir die Schneeflocken aus dem Gesicht und den Augen, und noch während ich auf die Weihnachtskrähe einschimpfte, verlor ich das Gleichgewicht und – fiel. Und fiel. Und fiel.

An meinem sterbenden Auge rauschten nicht nur die Fenster des Gebäudes, der kurze Abriss meines Lebens und die Töne von *Vom Himmel hoch, da komm ich her* vorbei, sondern auch dieser schwarze Vogel, der sich mit seinen Schreien in meine Gedanken einmischte und mir klarmachte, dass Frau Lachmann, trotz ihrer Wut wegen der Spazieraktion, gar nichts, aber auch gar nichts mit Oma Marthas Tod zu tun hatte.

Noch während ich im Schneetreiben für immer die Augen schloss, spürte ich den Lufthauch des Flügels der Weihnachtskrähe.

Regine Kölpin, geboren 1964 in Oberhausen (NRW), lebt in Friesland. Für Kinder und Jugendliche schreibt sie unter ihrem Mädchennamen Regine Fiedler. Auf das Konto der Autorin gehen derzeit zehn Romane, zwei Storybände (mit dem Trio-Mortabella), eine Herausgabe und über fünfzig Kurztexte. Regine Kölpin leitet fortlaufende Schreibwerkstätten für Jugendliche und in der Erwachsenenbildung und veranstaltet historisch-kriminelle Stadtführungen. Sie ist mehrfach ausgezeichnet worden, zuletzt hat sie für das Jahr 2010 das *Krimistipendium Tatort Töwerland* erhalten.
Mehr unter: www.regine-koelpin.de

ZOË BECK

Dorianna

HAMBURG

Geschrieben mit Filzstift auf Küchenrollenpapier. Gefunden neben einem überfüllten Papiercontainer in der Kronprinzenstraße, Ecke Wildenbruchstraße (Blankenese/Nienstedten).

10. 12. 11

Ich habe immer noch nicht geschlafen.

Letzte Nacht habe ich nicht mal ein paar Minuten geschafft. Dafür bin ich tagsüber ständig eingenickt. Man bekommt nicht viel Geld zusammen, wenn man am Gänsemarkt sitzt und schläft, die Leute wollen das Gefühl haben, dass sie jemandem Geld geben, der etwas tut. Mitleiderregend schauen und ihnen einen schönen dritten Advent wünschen, zum Beispiel. Oder sie geben es jemandem, dem etwas fehlt, abgesehen von einer Wohnung. Ein Arm, ein Bein. Ich habe mal eine Frau gesehen, der ein Ohr fehlte. Sie bekam fünfmal so viel Geld, wenn sie keine Mütze trug. Deshalb musste sie immer für den Winter sparen. Sie kam aus Baden-Baden, hat sie gesagt. Ihr Mann hat ihr im Streit das Ohr abgerissen, und danach hat sie Baden-Baden verlassen. Ich habe aufgehört zu sagen, dass ich nicht weiß, woher ich komme. Die anderen denken dann immer, ich will mich nur wichtigmachen. Also sage ich: Ich komme aus einem Dorf hundert Kilometer von hier. Noch nie hat einer gefragt, wie das Dorf heißt, dabei habe ich mir einen schönen Namen ausgedacht: Ulmenhorst. Ich mag den Klang.

Die Leute, die am Gänsemarkt ihr Geld spazieren tragen, können nicht sehen, was mir fehlt: Schlaf. Sie denken, ich bin betrunken und nicke deshalb kurz ein. Eine betrunkene Frau finden sie noch widerlicher als einen betrunkenen Mann, das weiß ich, manche sagen es laut. »Sieh dir die Frau an, das versoffene Stück, die hat's nicht besser verdient.« Das hat mal eine Frau gesagt. Aber ich trinke ja nicht, wie denn, mit der halben Leber. Der Arzt damals sagte, Trinken sei jetzt ganz schlecht. Eine Niere fehlt mir noch, aber das können die Leute auch nicht sehen. Deshalb sehen sie mich lieber gar nicht.

Der Winter kommt spät in diesem Jahr, aber er kommt. Es wird Zeit, woanders zu schlafen. Ich kann nicht länger auf dem Hochsitz im Volksdorfer Wald bleiben. Ich will nicht ins Asyl, ich will nicht zu den anderen. Ich will alleine sein. Ich muss mir etwas Neues suchen. Vielleicht im Westen. Einfach ans andere Ende der Stadt.

Es wird Schnee geben, ich kann ihn schon riechen.

13.12.11

Ich habe immer noch nicht geschlafen.

Jetzt bin ich in Blankenese. Es gibt ein paar andere, sie lassen mich mit ihnen zusammen an der S-Bahn gebrauchte Tageskarten verkaufen. Und wir erklären den Leuten, wie der Fahrkartenautomat funktioniert. Das gibt immer ein paar Cent. Ich hätte schon viel früher herkommen sollen, aber es hieß immer, am Gänsemarkt lässt sich mehr Geld machen, da sind alle Touristen, da ist Platz für alle.

Ich weiß nicht, wo die anderen schlafen, es interessiert mich nicht. Ich habe ein Restaurant gefunden, das leer steht. Es gibt noch Wasser und Strom, und in den letzten drei Tagen ist niemand gekommen. Vielleicht kommt sogar bis zum Frühjahr niemand. Gegenüber ist ein Café, es läuft sehr gut, und manchmal schließen sie nachts den Hintereingang nicht ab. Ich war letzte Nacht dort, als ich nicht schlafen konnte, um mich aufzuwärmen. Es roch so gut nach selbstgebackenem Kuchen und Kaffee, ich glaube, der Duft hängt dort immer in der Luft.

Ich habe jemanden gesehen, eine Frau, und sie kam mir bekannt vor. Es ist das erste Mal in fast genau zwei Jahren, dass mir jemand bekannt vorkam. Die Frau war in dem Café, ich habe sie durch die Scheibe gesehen. Ich weiß nicht, woher ich diese Frau kennen soll. Sie war sehr elegant gekleidet, und sie muss sehr viel Geld haben. Sie fuhr mit einem riesigen Porsche Cayenne weg. Ich muss diese Frau finden, vielleicht erkennt sie mich auch, und dann kann sie mir sagen, wer ich bin.

14. 12. 11

Ich habe immer noch nicht geschlafen.

Gestern Abend, als ich in mein Lager in dem leeren Restaurant verschwinden wollte, hat mich Kalle gefragt, wo ich herkomme. Kalle heißt nicht Kalle, aber alle nennen ihn so. Er hat mal versucht, von einem Dach zu springen, um sich das Leben zu nehmen, aber es hat nicht geklappt. Daraufhin nannten ihn alle Karlsson vom Dach, und irgendwann nur noch Kalle. Ich wollte Kalle das mit Ulmenhorst erzählen, aber ich brachte es nicht raus, weil ich immer noch an die Frau denken musste, die mir bekannt vorkam. Also sagte ich ihm: »Ich weiß es nicht. Ich bin vor zwei Jahren im Krankenhaus von Brunsbüttel aufgewacht. Es war Heiligabend, und der Arzt sagte, ich wäre sehr schwer am Kopf verletzt gewesen, und sie hätten mich operiert und anschließend in ein künstliches Koma versetzen müssen.« Kalle fragte natürlich, ob ich versucht hätte, von einem Dach zu springen. Ihn hatten sie auch in ein künstliches Koma versetzt, damit kannte er sich aus. Ich konnte es ihm nicht sagen. »Sie haben mich am Elbstrand auf Höhe von St. Margarethen gefunden. Sie sagten, wahrscheinlich hätte mich jemand überfallen. Ich hatte kein Geld und keine Papiere und gar nichts dabei, und jemand hat mir den Schädel eingeschlagen. Sie haben wochenlang versucht, jemanden zu finden, der mich kennt, aber niemand hat sich gemeldet. Und als ich aufwachte, konnte ich mich an nichts erinnern. Sie haben ein paar Tests mit mir gemacht und gesagt, ich hätte wohl mindestens Abitur, eine Ausbildung oder ein Studium mit betriebs- oder finanzwirtschaftlichem Schwerpunkt, sei allem Anschein nach protestantisch erzogen und politisch möglicherweise linksliberal eingestellt. Das ist alles, was ich weiß. Ich habe keine Ahnung, wie alt ich bin und wer meine Eltern sind. Ich weiß nur, dass ich nicht schlafe, seit sie mich aus dem Koma geholt haben. Ich schlafe keine einzige Nacht. Und ich hatte nicht allzu lange vor meiner Kopfverletzung zwei Operationen. Eine Niere wurde mir entfernt, und ein Stück meiner Leber. Lebendorganspenden, aber an wen und warum, ließ sich nicht feststellen.« Kalle schien beeindruckt. »Krasses Leben«, sagte er. »War bestimmt nicht leicht.« Ich sagte: »Ich weiß es nicht. Aber jetzt habe ich eine Frau gesehen, die mir bekannt vorkam. Ich muss sie fragen, ob sie mich kennt.« Kalle nickte gelassen: »Dann fragen wir sie, wenn sie wiederkommt.«

Es schneit immer noch.

Ich habe immer noch nicht geschlafen.

Ich fühle mich furchtbar alt und ausgelaugt. Jeden Tag fühle ich mich so. Im Krankenhaus sagten sie, sie schätzen mich auf fünfzig, andererseits gäbe es aber auch Anhaltspunkte dafür, dass ich um einiges jünger sei. Ob ich ein hartes Leben hätte. Ob ich Drogen nehme und Alkohol trinke und stark rauche. Ich wusste es nicht, und nach einigen Tests kamen sie zu dem Ergebnis, dass ich ein Rätsel sei. Ich hätte alle Anzeichen für schweren Drogenmissbrauch, und gleichzeitig gäbe es keinerlei Hinweise darauf, dass ich welche genommen hätte. Längst hätte ich Entzugserscheinungen zeigen müssen, aber keine Spur davon. Keine Ablagerungen im Haar, keine Einstichstellen, keine Nikotinflecken an den Fingern, ich weiß gar nicht mehr, was sie noch alles aufgezählt hatten.

In der Gaststätte hängt ein Spiegel auf dem Klo. Ich sehe mich darin nicht gerne an, weil ich so alt und kaputt aussehe. Mir sind im Sommer sogar ein paar Zähne ausgefallen.

An wen erinnert mich diese Frau?

Letztes Jahr am 24.12. habe ich meinen ersten Geburtstag gefeiert. Die Alster war zugefroren, und alle kamen ständig dorthin. Es gab viel Geld in der Zeit. Davon kaufte ich mir einen kleinen Kuchen mit einer Kerze. Eine Frau von der Caritas sprach mich an und sagte: »Es gibt Unterkünfte, da ist es warm.« Aber ich will nicht in die Unterkünfte. Die meisten Frauen sind in Unterkünften, weil sie Angst vor der Straße haben. Ich habe nur Angst vor den Unterkünften, weil ich denke, wenn ich einmal dort war, komme ich nie wieder weg.

Übermorgen ist der vierte Advent.

Ich muss mir überlegen, was ich an meinem zweiten Geburtstag machen will.

Die Frau ist noch nicht wieder aufgetaucht.

Ich habe immer noch nicht geschlafen.

Heute in genau einer Woche kann ich meinen zweiten Geburtstag feiern. Kalle meint, dass ich erst Ende zwanzig bin. »Ich kenne die Menschen, besser als jeder andere. Ich weiß alles über sie. Ich kann dir aber nicht sagen, warum du so viel älter aussiehst. Du bist ja noch keine zwei Jahre auf der Straße, und du säufst nicht. Vielleicht was mit den Genen.« Das mit den Genen hatten sie im Krankenhaus auch vermutet. Aber sie fanden nichts, was auf eine seltene Krankheit oder Genmutation hinwies. Irgendwann gaben sie auf und überwiesen mich an das UKE in Hamburg. Die wussten noch weniger mit mir anzufangen. Kaum war mein Schädel wieder richtig zusammengewachsen, verschwand ich von dort, weil ich genug hatte. Aber ich wusste immer noch nicht, wie ich hieß. »Ich hab auch längst vergessen, wie ich heiße«, sagte Kalle. »Hast du nicht«, sagte ich. »Na gut, hab ich nicht. Ich will damit doch auch nur sagen, dass es gar nicht so wichtig ist, wer man mal war.« Vielleicht hat er recht. Ich will es trotzdem wissen. Auch, wo meine zweite Niere ist. Und der Rest von meiner Leber.

Es schneit immer noch. Ich habe die Frau heute gesehen. Sie saß in ihrem Porsche Cayenne und fuhr auf den Bahnhofsvorplatz. Sie ging zum Zeitschriftenladen und kaufte sich ein Managermagazin und eine Financial Times. Ich wollte näher an sie ran, aber natürlich ließ mich der Verkäufer nicht in den Laden. Ich habe mir das Kennzeichen gemerkt. Ich gehe einfach alle Straßen ab und suche ihr Auto. Es wäre ein schönes Geburtstagsgeschenk, wenn ich sie finden könnte. Kalle sagt, er hilft mir. Aber er schläft immer so viel.

Ich habe immer noch nicht geschlafen.

Kalle ist mir zuliebe wach geblieben. Wir sind ganz Blankenese abgelaufen, in Garagen eingestiegen, auf Grundstücken herumgeirrt. Wir haben uns fünf Schneeballschlachten geliefert, und in einem Garten haben wir einen Schneemann gebaut. »Ich weiß gar nicht, was du hast. Es ist doch viel schöner, nachts wach zu sein, wenn alle schlafen«, sagte Kalle. »Wenn ich dafür tagsüber schlafen könnte«, sagte ich.

Wir fanden das Auto. Es stand in einer Garage, die zu einer Villa in der Reichskanzlerstraße gehört. »Hier wohnt sie also«, sagte ich und suchte das Klingelschild. Da waren nur die Initialen DK zu lesen. Weder das Haus noch die Initialen halfen meiner Erinnerung auf die Sprünge. »Wir können vorm Haus warten, bis es Morgen wird und sie rauskommt«, sagte ich. »Wir erfrieren, wenn wir das machen«, sagte Kalle. Es schneite immer noch. »Gehen wir wieder. Du kannst dich morgen früh vor die Tür stellen und warten.«

Als ich gegen acht ankam, waren bereits frische Reifenspuren im Schnee. Sie musste gerade weggefahren sein. Ich wartete in der Hoffnung, sie sei nur Brötchen holen gefahren, aber dann vertrieben mich die Nachbarn. Ich fragte noch nach dem Namen der Frau, da wurden sie so richtig wütend und tippten schon die 110 in ihre Handys. Ich muss abends wiederkommen, wenn es dunkel ist. Ich werde einfach bei ihr klingeln.

Als ich bei Kalle und den anderen am S-Bahnhof war, schlief ich für ein paar Minuten ein. Ich träumte von der Frau, sie stand hinter einer Scheibe und machte alles nach, was ich machte. Sie stand in einem Garten, und es war Sommer.

Der Schnee hört nicht auf.

19. 12. 11

Ich habe nicht geschlafen.

Gestern Abend war ich bei ihr. Ich versteckte mich im Garten, wegen der Nachbarn, und als sie endlich kam, war es schon neun. Ich wartete, bis sie im Haus war, und beobachtete sie durch das Fenster. Ich erinnerte mich an meinen kurzen Traum und machte absurde Bewegungen, aber sie machte sie mir nicht nach. Sie telefonierte, sie trank ein Glas Wein, sie schaltete den Fernseher an und las gleichzeitig in einem Buch.

Sie sieht so alt aus, wie ich sein soll, wie Ende zwanzig oder Anfang dreißig. Sie hat gepflegtes langes dunkles Haar, eine perfekte weiße Haut, eine perfekte Figur. Sie kleidet sich wie alle Frauen hier, mit engen Jeans, hohen Stiefeln und engem Kaschmir-Pullover, nur dass sie darin viel besser aussieht als alle anderen.

Ich stand eine halbe Ewigkeit am Fenster, aber mir fiel nicht ein, woher ich sie kannte. Dann machte sie das Licht aus, und im schwachen Schein, der von der Weihnachtsbeleuchtung der Nachbarn auf ihr Grundstück drang, sah ich mein Spiegelbild auf der Fensterscheibe.

Sie war mein Spiegelbild.

Ich erschrak fast zu Tode, weil ich dachte, sie hätte mich entdeckt. Aber dann verstand ich, dass es wirklich nur mein Spiegelbild war.

In einem anderen Teil des Hauses ging Licht an. Sie war in ihrem Schlafzimmer. Sie konnte offenbar schlafen wie alle anderen Menschen auch, alle außer mir. Ich wollte aber noch nicht zurück in das leere Restaurant. Ich ging zur Garage, sie war nicht abgeschlossen, und sah mir den Wagen an. Auch der war nicht abgeschlossen. Ich öffnete die Fahrertür und setzte mich hinter das Steuer. Sie musste so groß sein wie ich, der Sitz war perfekt für mich eingestellt. Meine Füße suchten die Pedale, meine Hände umfassten das Lenkrad, und ich verstand: Ich habe einen Führerschein, ich kann Auto fahren. Zwei Jahre lang hatte ich das nicht gewusst. Ich wollte gerade aussteigen, als ich im knirschenden Schnee Schritte hörte, die auf die Garage zukamen.

Ich kauerte mich hinter den Beifahrersitz und machte mich so klein ich konnte. Eine Decke, die auf dem Rücksitz lag, zog ich über mich. Zwei Minuten später fuhren wir los. Ich weiß nicht, wie lange die Fahrt dauerte und ob wir noch in Hamburg waren, als wir hielten. Die Frau stieg aus. Sie kam nicht zurück. Ich drückte mich hoch und spähte aus dem Fenster, aber es war nichts zu sehen. Dann stieg ich ebenfalls aus und fand mich auf einem dunklen Parkplatz. Dumpfe, pulsierende Rhythmen drangen an mein Ohr. Ich folgte der Musik, die aus der Richtung der einzigen Lichtquelle weit und breit kam, bis ich vor einem alten Turm stand, der von innen blau leuchtete. Vor dem Eingang standen Leute und unterhielten sich, rauchten, tranken. Die Frau war unter ihnen. Sie trug nichts weiter als kniehohe Stiefel mit gefährlich hohen Absätzen und ein schwarzes Etwas, das wie ein langärmeliger Badeanzug wirkte, nur dass es aus Leder war. Aus Leder? Nein, es war ein anderes Material. Künstlich, glänzend, dehnbar, ich wusste, dass ich den Namen des Materials kannte, aber er fiel mir nicht ein. Am Dekolleté war ein großes Loch in den enganliegenden Anzug geschnitten, ihre Brüste quollen fast heraus. Ich konnte ihre Brustwarzen sehen. Die Frau rauchte und trank. Sie bekam von einem Mann, der überall – auch im Gesicht – tätowiert war und ein Halsband mit langen spitzen Eisenstäben trug, Tabletten, die sie sofort nahm. Ich sah mir die anderen an, auch sie trugen Kleidung, die nur in die Nacht, nur an einen so einsamen Ort passte. Sie schienen nicht zu frieren.

Ich hatte keinen Namen für das, was ich dort sah, aber ich wusste, es würde die ganze Nacht dauern. Niemals würde man mich hereinlassen, aber da ich nicht wusste, wo ich mich befand, blieb mir nichts anderes übrig, als zurück zu ihrem Wagen zu gehen und dort auf sie zu warten.

Ich langweilte mich nicht, weil ich über so vieles nachdenken musste. Zum Beispiel darüber, dass ich sie in meinem Spiegelbild gesehen hatte.

Morgens um halb sechs kam sie endlich wieder und fuhr zurück. Nachdem sie den Wagen geparkt hatte, blieb ich noch hinter dem Sitz, bis ich mir sicher sein konnte, dass sie weg war. Dann schlich ich mich aus der Garage. Ich blieb vor dem Haus stehen, beobachtete sie, wie sie nach oben ging, sich umzog, nach unten in die Küche kam, Kaffee trank, Zeitung las … »Es hört wohl nie auf zu schneien.« Jemand stand hinter mir. Ich fuhr zusammen. »Kalle, so was kann Leute umbringen«, sagte ich. »Du musst mal schlafen, du siehst gar nicht gut aus«, sagte er zu mir. Ich nickte. Ich hatte nach heute Nacht noch mehr als sonst das Gefühl gehabt, nicht mehr lange durchzuhalten. »Ich leg mich jetzt hin«, sagte ich. »Ich hab eine Decke in der Kleiderkammer geschenkt bekommen. Ich will sie dir schenken«, sagte Kalle.

Er ist ein guter Freund geworden in den wenigen Tagen.

20.12.11

Ich habe nicht geschlafen.

Jedenfalls nicht richtig. Immer mal wieder bin ich für zwei Minuten eingenickt, nur um dann wieder hochzuschrecken. Die Haut auf meinem Rücken tut wahnsinnig weh und fühlt sich an wie verbrannt. Ich habe ganz viele Narben auf dem Rücken, ohne zu wissen, woher sie kommen. In den letzten zwei Jahren sind noch mehr dazugekommen. Obwohl ich mich an diese Zeit erinnere, weiß ich auch bei denen nicht, woher sie stammen. »Vielleicht gehört das zu deinen komischen Genen«, sagte Kalle.

Ich war wieder bei der Frau. Sie ist auch heute Nacht zu diesem

Turm gefahren. Diesmal war ich besser vorbereitet, ich habe mir in der Kleiderkammer ein paar schwarze Sachen geholt, habe mich auf dem Klo im leeren Restaurant gewaschen und konnte mich in den Turm reinschmuggeln.

So etwas wie dort hatte ich noch nie gesehen. Jedenfalls konnte ich mich nicht erinnern. In dem zuckenden blauen Licht tanzten die Leute zu düsterer, stampfender Musik. Sie trugen Kleidung aus Leder und Plastik und anderen Materialien, deren Namen mir nicht einfallen. Manche trugen sogar Masken aus Gummi, ich glaube jedenfalls, es war Gummi. Wer keine Maske trug, war stark geschminkt, dunkle Lippen, schwarze Ränder um die Augen, manche hatten sich Muster ins Gesicht gemalt, Männer wie Frauen. Sie bewegten sich so rhythmisch und harmonisch, als wären sie alle miteinander verbunden. Aber wirklich interessant war das, was sich in den kleinen Turmzimmern abspielte, die man erreichte, wenn man die Wendeltreppe hinaufging. Dort hatte jeder mit jedem Sex. Männer, Frauen, manche schienen beides zu sein, oder keins von beidem. Sie quälten sich mit heißem Kerzenwachs, mit Peitschen, mit brennenden Zigaretten, sie genossen es und riefen nach mehr, sie sahen mich und wollten mich dabeihaben. Aber ich fühlte mich als das, was ich war, eine Zuschauerin, seltsam gelöst von der Welt, die sich mir bot. Ich war nicht schockiert oder bestürzt, ich hatte nur tief in mir ein Gefühl, das sich regte, und das Gefühl hatte etwas mit Verstehen zu tun. Ich sah die Frau, deren blinder Passagier ich geworden war, wie sie sich von drei anderen Frauen und einem Mann beherrschen ließ, sah, wie sich spitze Absätze in die weiße, makellose Haut auf ihrem Rücken bohrten, hörte, wie sie lustvoll schrie. Ich sah die Drogen, die man sich gegenseitig gab, ich sah den Exzess, und je mehr ich sah, desto mehr verstand ich.

Heute schneit es besonders stark.

Ich habe nicht geschlafen.

Ich war nicht wieder mit ihr in dem Turm, ich habe genug gesehen. Ich weiß jetzt, dass sie nie schläft, so wie ich, und ich weiß endlich auch, was sie tagsüber macht. Diesmal habe ich mich morgens in ihr Auto geschmuggelt. Sie fuhr zur Alster in das Parkhaus einer sehr eleganten, sehr alten Hamburger Privatbank. Wieder hatte ich das Gefühl, etwas wiederzuerkennen, ohne zu wissen, was es war und warum ich es wiedererkannte. Ich ärgerte mich. Ich hatte fast zwei Jahre lang meinen Standort am Gänsemarkt gehabt. Nur ein paar hundert Meter entfernt! Meine Erinnerung wäre vielleicht schon längst zurückgekommen, wenn ich früher schon dort gewesen wäre. Wer weiß, wen ich noch alles wiedererkannt hätte. Oder wer mich erkannt hätte. Ich ging zurück in das Parkhaus und sah mich um. Der Parkplatz, auf dem sie stand, hatte ein »Reserviert«-Schild. Darunter stand ein Name: Dr. D. König. DK waren auch die Initialen an ihrem Klingelschild in der Reichskanzlerstraße.

Ich nahm all meinen Mut zusammen und ging zur Rezeption der eleganten Bank. »Frau Dr. König arbeitet doch hier?«, fragte ich die Empfangsdame. »Frau Dr. König ist heute *leider* den ganzen Tag unabkömmlich. Kann ich etwas für Sie tun?«, sagte sie, doch ihr Blick ließ mich verstehen, was sie wirklich meinte: *Verlassen Sie augenblicklich das Gebäude, Sie vertreiben unsere Kundschaft!* Ich wollte gerade gehen, als ich mich sagen hörte: »Sie ist Ihre beste Brokerin, nicht wahr?« Die Empfangsdame lächelte kühl. »Ja«, sagte sie knapp und wandte sich wieder ihrem Computerbildschirm zu.

Es hat aufgehört zu schneien.

22. 12. 11

Ich habe eine Stunde geschlafen.

Es ist das erste Mal, seit ich aus dem künstlichen Koma erwacht bin, dass ich so lange am Stück schlafen konnte. Kalle sagt, er sei stolz auf mich. »Wenn du mehr schläfst, erinnerst du dich auch an mehr. Dein Gehirn muss sich mal ausruhen.« Ja, wenn. Wenn es nur so einfach wäre. Er sagt auch, ich solle mich von der Frau fernhalten. »Kein guter Umgang. Weder da, wo sie sich nachts rumtreibt, noch da, wo sie ihr Geld verdient. Ein Haufen verlogener als der andere.« Ich frage: »Du findest die Leute im Turm verlogen? Sie leben sich doch vollkommen aus!« Kalle schüttelt den Kopf. »Nachts, wenn es keiner sieht. Und tagsüber tragen sie ihre Anzüge und machen auf sauber und adrett und lügen ihre Partner und ihre Freunde an, weil die nicht wissen dürfen, was sie nachts tun. Glaub mir, ein Haufen verlogener als der andere.«

Es schneit jetzt nur noch tagsüber. Nachts ist es ruhig.

23. 12. 11

Ich habe nicht geschlafen.

Ich weiß, ich habe Kalle versprochen, dass ich mich ausruhe. Und ich habe ihm auch versprochen, dass ich mich von der Frau fernhalte. Aber ich war heute Morgen bei ihr, bevor sie zur Arbeit fuhr. Ich stellte mich einfach vor ihre Haustür und klingelte. Sie öffnete die Tür, eine Kaffeetasse in der Hand, und lächelte. Dann sah sie mich und lächelte nicht mehr. Ihr Gesicht verzerrte sich, die Tasse fiel zu Boden und zersprang. Ich hörte mich sagen: »Dora«, weil mir dieser Name einfiel. Sie knallte die Haustür zu. Ich klingelte wieder. »Verschwinde!«, brüllte sie von drinnen. Ich nahm den Finger nicht mehr von der Klingel und wartete. Dann ging die Tür mit einem Ruck auf. Nur

hatte sie diesmal keine Kaffeetasse in der Hand, sondern einen Hammer. Ich sah Wut und Hass in ihren Augen. Und ganz große Angst. Ohne ein weiteres Wort hob sie den Hammer und schwang ihn nach mir. Ich duckte mich gerade noch weg, so dass sie meinen Kopf nicht erwischte. Aber sie traf mich an der Schulter. Sie startete einen zweiten Angriff, wieder konnte ich nur knapp ausweichen. Dann hörte ich einen Schrei, der nicht von ihr kam. Er ließ sie in der Bewegung erstarren. Sie sah in die Richtung, aus der er kam. Ich trat ihr gegen das Knie, sie knickte ein. Ich rannte auf die Straße, so schnell ich konnte. Dort stand Kalle und schrie immer noch. Als ich mich umdrehte, hatte sie die Tür schon wieder hinter sich geschlossen. »Die Verrückte hat versucht, dich umzubringen!«, keuchte Kalle und tastete meine Schulter ab. »Deine Schulter ist okay. Nichts gebrochen. Der Schlag ist wohl abgerutscht. Aber es wird ein riesiges Hämatom geben.« Ich sah ihn an. »Warst du mal Arzt?« Kalle lachte, aber ich wusste, dass ich recht hatte. Er brachte mich zu dem leeren Restaurant, wickelte mich in die warme Decke, die er mir besorgt hatte, und gab sein letztes Geld aus, um im Café gegenüber einen warmen Tee zu bekommen.
Kalle ist immer noch hier, er will über Nacht bleiben. Vorhin ist er eingeschlafen.
Als es dunkel wurde, hat es aufgehört zu schneien.

24. 12. 11
Ich habe nicht geschlafen.
Morgens um vier habe ich es nicht mehr ausgehalten. Kalle schnarchte friedlich vor sich hin, ich deckte ihn mit der warmen Decke zu und ging zu ihrem Haus. Überall liegt so hoher Schnee, sie kommen gar nicht hinterher mit dem Räumen. Ich mag den Schnee. Jedenfalls den frischen Schnee. Nicht den

braunen Schnee, der schon angetaut ist und herumliegt wie etwas, das alle weghaben wollen, das aber von selbst nicht gehen will und sich festklammert wie ein verschmähter Liebhaber. Ich mag den weißen, frischen Schnee, weil alles so hübsch aussieht. Man sieht keinen Dreck mehr, keine Löcher in der Straße, keine ungepflegten Gärten, keine kranken Bäume. Die ganze Welt klingt anders, wenn überall Schnee liegt. Ihr Haus lag ganz friedlich da. Ich sah als Erstes in die Garage, ob ihr Wagen drinstand. Wie ich es mir schon gedacht hatte, war sie fort. Wie konnte sie so gut aussehen, wenn sie nie schlief? Sich mit Drogen vollpumpte? Fast jede Nacht Exzesse feierte und tagsüber einen Knochenjob als Brokerin hatte? Mir reichte schon, dass ich nicht schlafen konnte.

Mir war egal, dass ich Fußstapfen in der unberührten Schneedecke hinterließ. Mir war egal, dass ich Lärm machte, als ich ein Fenster einschlug, um ins Haus zu gelangen. Es schien mich sowieso niemand zu hören. Jedenfalls kam keine Polizei. Ich ging durch das Haus und sah mir jeden Raum an. Ich hoffte, noch etwas mehr zu finden, das meine Erinnerung anstieß. Und ich fand. Geschirr, Besteck, Möbel, Teppiche, Bilder, Bücher, Schallplatten, CDs, Kleidung. Wie konnte mir alles so seltsam vertraut sein? Manches, als gehörte es mir? Manches, als kannte ich es ein Leben lang? Ich fand mehr. Nämlich Antworten. Ich fand sie in Fotoalben auf dem Dachboden. Ein Fotoalbum aus den frühen achtziger Jahren. Zwei kleine Mädchen. Zwillinge. Bei ihren Geburtstagsfeiern. Mit ihren Eltern. Wie sie spielten. Wie sie auf Ponys ritten. Wie sie im Hamburger Hafen auf ein Schiff kletterten. Wie sie ihre Schultüten hielten. Wie sie Urlaub am Strand machten. Wie sie älter wurden und immer noch genau gleich aussahen. Ein zweites Album aus den neunziger Jahren, es ging bis zur Konfirmation der beiden. Kein drittes Album, nur vereinzelte Fotos. Schulzeugnisse. Kopien der Geburtsurkunden. Briefe vom Nachlassgericht. Beleidskarten.

Als ich ihre Schritte im Haus hörte, wusste ich längst alles. Ich wusste von den Zwillingen Dora und Anna König, geboren am 24.12.1981. Ich wusste von den Eltern, die gestorben waren und deren gesamtes Vermögen den Zwillingen zufiel. Ich wusste von dem Absturz der einen Schwester, von den Drogen, von der Niere, die sie brauchte, von der zweiten lebensrettenden Organspende, diesmal ein Stück Leber. Ich wusste wieder, dass die Zwillinge dasselbe studiert, dasselbe gearbeitet hatten. Und ich hielt die Todesanzeige von Anna König in der Hand, las die Beileidsbriefe, die man Dora geschickt hatte, weil ihre Schwester gestorben war. Nur war keine der Schwestern gestorben. Aber alle hatten es geglaubt.

Jetzt gehörte alles ihr. Das Geld. Der Job. Das Leben. Sie hatte mich gehasst, weil sie schwach gewesen war, den Drogen nachgegeben hatte, und weil ich sie retten musste.

Wie hatte sie es geschafft, dass mein Körper alles aufnahm, was ihrer durchmachte? Meine Haut war voller Narben. Mein Gesicht alterte vor der Zeit. Meine Zähne fielen aus. Meine Leber, meine Niere gingen von ihrem Gift kaputt. Und beide schliefen wir nicht mehr.

Ich hörte ihre Schritte, spürte ihre Aufregung, als sie die kaputte Glasscheibe entdeckte. Ich ging hinunter, eine aus der Zeitung ausgeschnittene Todesanzeige in der Hand. Sie hielt das Telefon umklammert: »Die Polizei ist unterwegs«. Ich sagte: »Gut, dann kannst du ihnen erklären, warum eine von uns tot ist, obwohl wir beide leben.« Diesmal hatte sie keinen Hammer. Nicht wie damals, vor zwei Jahren, als sie mir den Schädel zertrümmert und mich in St. Margarethen ins Wasser geworfen hatte, das mich wieder zurück ans Ufer spülte. Diesmal war ich schneller als sie. Ich schlug ihr mit der Faust ins Gesicht. Sie fiel mit dem Kopf auf die Kante des Glastisches. Diesmal war es ihr Schädel, der mit einem Knacken brach, ihr Blut, das herausströmte. Und während sie dalag und ihr Leben verlor, konnte ich zusehen, wie ihre Schönheit von ihr wich, wie sich die Spuren ihrer Exzesse, ihrer Taten in ihr Gesicht gruben. Ich wandte mich ab und sah mein Gesicht im Spiegel. Ihr Gesicht. Das meins war.

31. 12. 11

Ich habe wieder acht Stunden geschlafen.

Kalle sagt: »Siehst du, ein alter Hase wie ich hat doch ein Auge dafür. Ich habe immer gesagt, du bist noch ein junger Hüpfer.«

Alle nennen mich jetzt Dora. Ich hatte zwei Jahre lang keinen Namen, jetzt habe ich einen. Es ist mein Name, und es ist schon immer mein Name gewesen. Meine Schwester hatte ihn mir zwei Jahre lang genommen. Am Tag war sie Dora, in der Nacht Anna. Die Staatsanwältin hat sich mehrmals bei mir gemeldet, um mir zu versichern, dass ich alles richtig gemacht habe. »Es war ein Unfall, Sie dürfen sich keine Vorwürfe machen. Sie haben nur Ihr Leben verteidigt gegen eine Einbrecherin und Stadtstreicherin. Sehr bedauerlich, aber es ist nun mal passiert, und Sie trifft wirklich keine Schuld.«

Kalle murmelt: »Wie hat deine Schwester das gemacht?« Ich sage: »Ist das nicht egal, es ist vorbei.« Kalle holt den Champagner aus dem Kühlfach. Gleich ist es Mitternacht, dann ist das Jahr zu Ende, und alles andere auch. »Wirf endlich diese Klorolle weg«, sagt Kalle. »Du schleppst die schon ewig mit dir rum.« Ich sage: »Drei Wochen erst. Und es ist keine Klorolle.« Das ist ihm egal. »Wirf sie weg. Das ganze Gekritzel darauf, das brauchst du doch nicht mehr.«

Er hat recht, wie immer.

Es schneit wieder. Und ich kann schlafen.

Zoë Beck, geboren 1975, wuchs zweisprachig auf und pendelt zwischen Großbritannien und Deutschland.

Ihre große Liebe neben der Literatur ist die Musik: Mit drei Jahren begann sie, Klavier zu spielen, gewann bald darauf diverse Wettbewerbe und gab zahlreiche Konzerte.

Heute arbeitet sie als freie Autorin, Redakteurin und Übersetzerin.

2010 erhielt sie den Friedrich-Glauser-Preis in der Sparte bester Kurzkrimi. 2011 war sie erneut nominiert.

GISA KLÖNNE

Fröhliche Weihnacht überall

REGION IN MECKLENBURG

»Was ist das Schrecklichste, das ihr an Weihnachten je erlebt habt?«, fragt Mette. Unsere Fischerkate ächzt in dem eisigen Wind, der aus Russland kommt und nach Wolfsgeheul klingt. Und wer weiß, vielleicht trägt der Schneesturm wirklich Schatten aus einer anderen Zeit vor unsere Tür. Die Welt scheint stillzustehen in dieser Weihnachtsnacht. Weit und breit gibt es keine Nachbarn. Nur das Licht der Kerzen und des Kaminfeuers tanzt in unseren Sektkelchen, und draußen, im Dunkel der Nacht, spuckt die Ostsee gefrorene Salzkristalle auf den Strand.

Es ist ein seltsam archaisches Ambiente, und unsere Anwesenheit darin erscheint uns unwirklich, als hätte uns eine Geisterhand in eine Filmkulisse versetzt, die alles bergen kann: Glück, Liebe, Abenteuer, Tod. Mette besitzt die Fähigkeit, all diese Möglichkeiten willkommen zu heißen.

»Mein schrecklichstes Weihnachtserlebnis war, als meine Mutter mir ein Nylonkleid schenkte«, beantwortet Paula Mettes Frage. »Ich musste es sofort anziehen. Es klebte an meinen Beinen und lud sich elektrostatisch auf, so dass ich während des ganzen Festes ständig eine gewischt bekam. Ich dachte, das wäre die Strafe für meine schlechten Schulnoten.«

»Iiih«, macht Aurelia in ihrem Kissenberg und hievt ihren Siebenmonatsbauch auf die Seite. »Bei uns gab's Heiligabend immer Heringssalat von meiner Oma, mit Rote Bete. Ich hasse Rote Bete. Aber wer nicht aufaß, bekam keine Geschenke.«

»Das nennt ihr schrecklich?« Mette wirft ihre schwarzen

Locken in den Nacken und gluckst ihr kehliges Lachen, dass das Strasssteinchen auf ihrem Schneidezahn nur so blitzt.

»Als ich dreizehn war, hab ich auf meinen Wunschzettel geschrieben, dass Oma in diesem Jahr keinen Heringssalat machen soll«, fährt Aurelia fort und sieht Mette herausfordernd in die meergrünen Augen. »Am vierten Advent ist sie dann an einem Schlaganfall gestorben. Ich fühle mich heute noch schuldig.«

»Eine Mörderin weilt unter uns«, sagt Mette, lehnt sich schnell nach vorn und streichelt Aurelias Wange. Das tief dekolletierte Oberteil aus schwarzem Samt spannt dabei über ihrer Brust, was sexy aussieht, nicht vulgär. So ist das immer bei Mette. Sie kann sich Dinge leisten, die für andere unweigerlich peinlich sind. Wahrscheinlich suchen wir deshalb ihre Nähe. Paula, die die Nase voll hat von ihrer Lebensgefährtin. Aurelia, die ständig verkündet, dass sie ihr Kind allein gebären und großziehen wird, dass sie dazu keinen Vater braucht und schon gar nicht Volker. Und ich. Zu zögerlich, endlich ein besseres Leben zu beginnen, wo auch immer, mit wem auch immer.

Aurelia, Paula und ich. Wir sind keine Freundinnen, nur Teilnehmerinnen desselben Yogakurses, und Mette ist unsere Lehrerin. Zwei Abende in der Woche lassen wir uns von ihrem biegsamen, sinnlichen Körper in der Kunst von Kopfstand, Heuschrecke und Lotussitz unterweisen, und eines Abends im November haben wir uns dann beim Duschen unseren Abscheu vor dem herannahenden Fröhlichkeitsmarathon gestanden. *Dann feiert halt dieses Jahr mit mir in meinem Haus in Mecklenburg!*, hat Mette da gerufen und Rosenöl in ihren Busen geknetet, der rund ist und kein bisschen hängt. *Keine Geschenke, keine Familie – nur Kerzen, gesundes Essen und natürlich das Meer!*

Oh, nichts lieber als das, haben wir geantwortet. Wie man das eben so sagt. Aber Mette hat uns einfach beim Wort genommen, und deshalb sitzen wir jetzt hier.

»Und du, Pia?« Mette ist eine umsichtige Übungsleiterin – stets achtet sie darauf, dass alle etwas vorturnen. Ich bin mir sicher, dass sie bis tief in meine Seele blicken kann.

»Ich hole noch Sekt«, antworte ich und haste aus der Wohnstube. Ich tue mich schwer mit Vertraulichkeiten, vor allem mit denen aus meinem eigenen Leben.

Der Sturm reißt eisig an meinem Kleid, als ich im Schnee nach einer neuen Sektflasche grabe. Das Meer ist ein schwarzes, brodelndes Nichts. Unser Passat ist unter einem weißen Hügel begraben. *Jetzt sind wir wirklich ungestört, sogar die Handys haben keinen Empfang mehr,* hat Mette vorhin gesagt. Das Gefühl, beobachtet zu werden, springt mich an und beißt wie Frost. Angestrengt spähe ich zum Stall hinüber. Klagt dort wirklich nur der Wind? *Doch wer oder was sollte sich hierher verirren? Närrin!,* schimpfe ich mich.

»Mein schrecklichstes Weihnachtserlebnis fand hier in dieser Kate statt«, sagt Mette, als ich wieder bei den anderen am Feuer sitze. »Und doch war es zugleich das schönste.« Sie setzt sich auf das Schaffell direkt neben dem Kamin. »So war es damals auch«, erzählt sie träumerisch. »Draußen Schneesturm, drinnen nur das Feuer und ein paar Kerzenstummel, die wir in der Küche fanden. Es war eine andere Zeit, eine andere Welt, diese DDR, in der ich fast all meine Ferien verbrachte, weil mein Vater von hier stammte.« Mettes Gesicht ist kaum zu erkennen, nur das Strasssteinchen auf ihrem Schneidezahn blinkt hin und wieder, wenn sie spricht. Aber bald achte ich nicht mehr darauf, denn Mette hat eine wunderbare Erzählstimme. Einen karamelligen Alt, mühelos modulierbar von einem verführerischen Raunen zu jener klaren Distanziertheit, mit der eine geübte Erzählerin sich selbst so weit zurücknimmt, dass nur noch die Geschichte und ihre Charaktere vorhanden zu sein scheinen.

»Es geschah im Winter nach meinem sechzehnten Geburtstag. Ein sogenannter Jahrhundertwinter war das. Selbst mittags wurde es nicht richtig hell, und das schwache, gelbliche Licht der DDR-Straßenlampen hatte gegen die Schneemassen überhaupt keine Chance. Alle fluchten über die Kälte. Aber ich, ich war verliebt. Verliebt in Adrian Mühler, einen hochgewachsenen, blonden Bauernsohn, der sein Schwalbe-Moped verehrte und von Indien träumte, während er die Schweine fütterte.« Mette seufzt. »Küssen konnte er! Ich war verrückt nach seinen Küssen und verrückt nach seinen Händen. Wollte ihn anfassen, stundenlang, tagelang. Und von ihm angefasst werden! In seinem Arm einschlafen, in seinem Arm aufwachen. Ewig! Ich war vollkommen kompromisslos in meinem Begehren, wie man das eben ist, wenn man jung ist und zum ersten Mal verliebt und noch dazu weiß, dass man nur wenige Tage miteinander verbringen kann.

Niemand durfte von unserer Liebe wissen. Ich war die behütete Tochter einer sehr moralischen Familie.« Mettes kehliges Lachen erfüllt den Raum. »Und Adrian war zwar schon einundzwanzig, aber seine Eltern waren stramme SED-Mitglieder. Undenkbar, dass er mit einer aus dem kapitalistischen Westen schlief! Außerdem war er bei der Armee. Er diente in einer Kaserne direkt an der See. Das war in der DDR eine Auszeichnung. Adrian galt als vertrauenswürdig genug, gemeinsam mit russischen Eliteeinheiten die Ostsee vor imperialistischen Angriffen zu schützen, wie es so schön hieß.«

»Und wieso habt ihr euch ineinander verliebt?« Die Frage platzt aus mir heraus wie aus einem kleinen Mädchen im Kasperltheater.

»Wir hatten uns im Sommer in einer Jugenddisco kennengelernt. Als wir herausfanden, wer wir waren, hat der Reiz des Fremden und Verbotenen unsere Leidenschaft füreinander nur noch gesteigert.« Wieder gluckst Mette ihr einnehmendes Lachen. »Die klassische Situation. Romeo und Julia. Die zwei Königskinder. Sie konnten zusammen nicht kommen … Aber ich war sechzehn und ließ mir nicht gern Vorschriften machen.«

Sie steht auf, schenkt sich Sekt nach, gleitet mit einer graziösen Bewegung zurück in ihre dunkle Ecke. Völlig in ihrem Körper zu Hause – vermutlich war sie so schon als Teenager. Draußen im Hof klappert etwas, aber niemand außer mir scheint es zu hören.

»Im Sommer war es ja leicht, ein Versteck für unsere Liebe zu finden. Unter freiem Himmel ist schließlich Platz genug. Aber im Winter? Einmal haben wir es in einer Scheune probiert, aber das war lausekalt und hatte mit Erotik nur sehr bedingt etwas zu tun. Wir brauchten ein warmes Versteck, in dem uns niemand stören konnte.

Es geht einfach nicht, Mette, sagte Adrian, der als Kind des Sozialismus daran gewöhnt war, dass die Erfüllung seiner Wünsche der Willkür von Fünfjahresplänen unterworfen war.

Es muss gehen, Adrian, erwiderte ich uneinsichtig. Immerhin hatte ich mir in Hamburg die Pille verschreiben lassen, was auch nicht gerade leicht gewesen war.

Und dann erinnerte sich Adrian an diese alte Kate hier.«

Mette trinkt einen langen Schluck Sekt und zuckt fast unmerklich zusammen, als der Sturm eine besonders heftige Böe gegen die Fenster presst.

»Aber wie sollten wir hierherkommen?« Mette legt eine Kunstpause ein und schaut uns an. »Wir haben lange hin und her überlegt, und schließlich hat Adrian dann aus der Kaserne einen Motorschlitten geliehen. Auf einem Acker hat er mich aufgelesen, durchgefroren wie eine ausgesetzte Katze. Ich hatte Mühe, mich an ihm festzuklammern. Der Fahrtwind war eisig, und uns klapperten die Zähne. Und doch werde ich diese Schlittenfahrt über den verschneiten, glitzernden Strand für immer als das weihnachtlichste Erlebnis meines Lebens in Erinnerung behalten.«

»Haben eure Familien euch denn einfach so gehen lassen, an Weihnachten?«, fragt Paula.

»Natürlich nicht. Wir haben sie angelogen. Adrian erzählte, er hätte Dienst. Ich erbettelte mir die Erlaubnis, mit meiner Cousine und ihrer Familie zu feiern. Die lebten ein paar Dörfer weiter und spielten mit. Hatten selber ganz jung geheiratet und wussten, wie wichtig Liebe ist. Ein Telefon, mit dem man mich hätte kontrollieren können, gab es ja nicht. War eben alles noch anders damals.

Und dann der Schock, als wir hier ankamen: Schäbig und staubig war's hier drinnen. Und kalt! Die Kate wurde ja nur im Sommer von Anglern benutzt. Es hat ewig gedauert, bis wir ein Feuer entzündet hatten. Zum Glück gab's in der Scheune wenigstens Brennholz und Stroh, daran hatten wir vorher gar nicht gedacht. Wodka haben wir getrunken, um uns aufzuwärmen. Wodka war sowieso der Hauptbestandteil unseres Gepäcks. Fünf Flaschen Wodka für den russischen Kameraden, der Adrian den Motorschlitten beschafft hatte. Und eine Flasche bulgarischen Rotwein, Dauerwurst und Schwarzbrot für uns. Und Marzipankartoffeln. Köstlich war das!

Als wir satt waren und das Feuer uns endlich aufgewärmt hatte, legten wir Adrians Schlafsack vor den Kamin und breiteten einen Bettüberwurf aus rotem Samt darüber. Den hatte ich aus Hamburg mitgebracht. Ich fand, er sei ein zwingend notwendiges Accessoire für meine erste Liebesnacht unter einem festen Dach. Passende Dessous hatte ich natürlich auch gekauft.«

»Das hast du dich mit sechzehn getraut?«, rufe ich.

»Warum denn nicht?« In Mettes Antwort schwingt ein lässiges »Du etwa nicht?« mit.

Wieder lässt sie ihr Strasssteinchen blitzen. »Blutrote Spitze mit Strapsen. Mein Weihnachtsgeschenk für Adrian. Ich dachte, so müsste die Liebe sein. Und es hat seine Wirkung nicht verfehlt. Mein Gott, wie haben wir uns geliebt in dieser Nacht! Immer und immer wieder. Wir waren völlig außer Rand und Band und bald auch betrunken vom Wein, der sich auf unseren Zungen mit dem salzigen Geschmack unserer Körper, dem Qualm der Karo-Zigaretten und der Salami vermischte. Und dann die Kerzen und das Feuer! Als wären alle Liebe und alles Licht der Welt in diese windschiefe Kate gekommen, so fühlte es sich an. Und draußen sang der Sturm ein Lied für uns.«

Mette stellt ihr Sektglas heftig auf dem Boden ab. »Bis zu dem Moment, in dem wir die Stimmen hörten. Barsche Männerstimmen, die Russisch sprachen. Erst vor unserem Fenster und dann, noch ehe wir überhaupt begriffen hatten, was geschah, in der Diele.«

Mette springt auf. »*Dawai, dawai!* Dann flog auch schon die Tür zur Wohnstube auf, und da standen sie. Zwei grausige Imitationen vom Weihnachtsmann, die Pelzmützen voller Raureif, die Gesichter rot und böse, riesige Filzstiefel unter den Mänteln und im Arm Kalaschnikows!«

Mette lässt sich wieder auf den Boden sinken und spricht weiter, mit einer neuen, heiseren Stimme.

»Adrian wusste sofort, was Sache ist. Warf das Samttuch über mich, sprang auf, stand stramm, splitterfasernackt, wie er war. Es waren Kameraden aus seiner Kaserne, eine Grenzpatrouille, die sich auch von einem Schneesturm nicht von ihrer Pflichtrunde abhalten ließ. Harte Kerle sind das. Schnallen sich die Skier zur Not mit Einweckgummis an die Stiefel – die kann keiner stoppen.

Sie sprachen auf Russisch miteinander, Adrian und die Soldaten. Bellten sich an, so klang das in meinen Ohren. Ich musste vor lauter Angst dringend pinkeln, wagte aber nicht, mich zu bewegen. Denn ihre Blicke wurden immer begehrlicher. Ich weiß nicht, was Adrian ihnen erzählte, aber ganz offensichtlich fanden sie, dass ich nicht nur als Weihnachtsgeschenk für Adrian etwas taugte.

Wie sehr konnte ich mich auf Adrian verlassen? Würde er wegen einer wilden Nacht mit mir sein Leben zerstören? Wie viele Jahre Gefängnis würde ich ihm einbringen? Ich, eine aus dem Westen, ihm, dem Grenzsoldaten? Und überhaupt, was konnte er gegen zwei Soldaten schon ausrichten?«

Mette räuspert sich. »Nie habe ich so viel Angst gehabt. Als die Russen ihre Kalaschnikows auf den Tisch warfen und Adrian sich zu mir umdrehte, waren seine Augen ganz hart und kalt. *Tu jetzt ganz genau, was ich dir sage, sonst sind wir beide tot!*, herrschte er mich an. *Sie glauben, du bist meine Hure, also verhalte dich so. Geh in die Küche, wasch dich, zieh deine Wäsche an und richte dein Haar. Dann komm herein, lächle und bring uns Wodka. Viel Wodka. Und denk nicht einmal daran, wegzulaufen.*

Ich musste Adrian gehorchen, ich hatte keine andere Chance.« Mettes Stimme klingt wie von weit her. »Aber ich habe gekämpft. Ich hab sie gelockt und mich ihnen entzogen, das alte Spiel. In meiner Verzweiflung hab ich sogar für sie getanzt und Weihnachtslieder gesungen. Singen, das mögen sie gern, die Russen, hatte Adrian mir mal erzählt. Und wirklich, sie ließen mich gewähren. Sie antworteten sogar mit ihren eigenen traurigen Liedern, so dass ich wieder etwas Hoffnung schöpfte. Heißt es nicht, böse Menschen haben keine Lieder? Beinahe zwei Stunden lang beschränkten sich die Soldaten darauf, mich wie ein Hündchen von Schoß zu Schoß zu reichen und zu betatschen. Leerten nebenbei ihre Wodkagläser, die Adrian, der sich inzwischen angezogen hatte, ebenso hastig wieder auffüllte, bis sie schließlich ihre Gläser über die Schulter warfen und direkt aus der Flasche tranken. Sie lachten dabei und küssten mich, eine absurde Parodie familiärer Innigkeit. Und dann, urplötzlich, hatte der Kleinere von beiden die Nase voll. Sprang auf und packte mich von hinten – auch sein Kamerad war nicht mehr zu halten und taumelte auf mich zu, während er mühsam seine Hose aufknöpfte.

Ich schrie. War nur noch Entsetzen. Und für einen Augenblick glaubte ich auch in Adrians Augen Panik zu erkennen, nicht nur diese grausame Entschlossenheit. Dann schlug er mir mit der Hand ins Gesicht. *Ruhig!*, befahl er und sprach wieder auf die Soldaten ein, mit einer fremden, harten Stimme. Und was er sagte, schien zu wirken. Mit einem dümmlichen, erwartungs-vollen Grinsen hockten sich die Russen wieder an den Tisch und widmeten sich erneut ihren Wodkaflaschen.«

»Und Adrian?«, flüstert Aurelia.

»Ich hab gesagt, ich habe für dich bezahlt, deshalb will ich auch der Erste sein. Das akzeptieren sie, und es ist unsere einzige Chance. Spiel mit und bete, dass sie sich vor Vorfreude ins Koma trinken, sagte er und zerrte mich zu unserer Decke. Durfte ich ihm glauben? Hatte ich eine Wahl?«

Mette hebt ihr Glas und dreht es in ihren schönen, kräftigen Händen. »Also haben wir uns noch einmal geliebt in dieser Nacht. Aber was heißt schon Liebe. Unsere Körper vollführten die Bewegungen noch einmal, emotionslos und hochkonzen-triert diesmal, wie Artisten bei einem Pas de deux.«

Mette summt ein paar Takte von *Fröhliche Weihnacht überall.* »Das Lied hat den Russen besonders gefallen. Sie haben es gesungen, während Adrian und ich auf der roten Samtdecke verzweifelt versuchten, Zeit zu schinden. Und tatsächlich haben wir Glück gehabt. Der Kleinere ist zuerst weggedäm-mert, der Große hat noch auf seinem Recht bestanden, ist aber in meinen Armen selig eingeschlummert, bevor er ernsthaft etwas ausrichten konnte.

Wir haben sie dort liegen lassen. Das Feuer gelöscht, unsere Sachen gepackt, bis auf die Wodkaflaschen.« Sie schaudert. »Eis-kalt und gespenstisch sah das aus, als wir die Kate verließen. Zwei betrunkene Kerle im bläulichen Licht der Morgendämme-rung zusammengesunken vor einem erloschenen Feuer. Genau so hat man sie zwei Tage später gefunden. Erfroren. Mausetot.«

Mette hebt ihr Glas und prostet uns zu. »Ich habe Adrian nie wiedergesehen, aber gleich nach der Wende musste ich diese Kate kaufen. Ich fand, das wäre ich dem denkwürdigen Weih-nachtsfest schuldig, das ich darin verbracht habe. Und wer weiß, vielleicht kommt auch Adrian eines Tages hierher zu-rück.«

»Ihr habt die Russen umgebracht! Ihr hättet das Feuer nicht löschen dürfen«, sagt Aurelia leise. »Wie hast du vorhin zu mir gesagt: *Eine Mörderin ist unter uns.*«

Einen Moment lang sieht Mette verletzt aus, dann legt sie den Kopf in den Nacken und lacht.

»Aber liebe Aurelia, natürlich haben wir das Feuer brennen lassen, und die Soldaten sind auch nicht gestorben. Nur einen fürchterlichen Kater hatten sie und die Erinnerung an einen sehr erotischen Traum. Ja, glaubt ihr denn, ich hätte die Kate gekauft, wenn es anders wäre?«

»Trinken wir auf die Liebe!«, ruft Mette später, als wir noch mehr Sekt getrunken und noch mehr Geschichten erzählt haben, die wahr sein könnten oder auch nicht. Bereitwillig prosten wir ihr zu. Undenkbar, dass Mette, die lebensfrohe Mette, uns in dieser Weihnachtsnacht einen Mord gestanden hat.

Im ersten Morgengrauen trete ich ans Fenster meiner Dachkammer. Täusche ich mich, oder verschmilzt eine dunkle Gestalt mit langem Haar soeben mit der Silhouette des Stalls? Ich stehe und warte. Und während die Dämmerung bläulich-violett über die Schneewehen kriecht, flackern im Fenster zum Meer zwei rote Grablichter auf.

Gisa Klönne, 1964 geboren, studierte Anglistik, war Journalistin und lebt heute als Schriftstellerin in Köln. Ihre von Lesern und Presse gleichermaßen gefeierte Erfolgsserie um Kommissarin Judith Krieger wurde in mehrere Sprachen übersetzt. 2009 erhielt Gisa Klönne den Friedrich-Glauser-Preis in der Sparte bester Kriminalroman, die Bonner Polizei ernannte sie zur Ehrenkommissarin. Gisa Klönne ist selbst Herausgeberin zweier Anthologien mit Weihnachtskrimis.

Im Oktober 2011 erschien ihr fünfter Roman mit Judith Krieger: *Nichts als Erlösung.*

Mehr unter: www.gisa-kloenne.de

CHRISTIANE FRANKE

Tante Hedi und
der Weihnachtsmann

BREMEN

»Komm rein, Mäuschen!« Tante Hedi strahlt über das ganze Gesicht. Sie ist die Schwester meiner Mutter, und wenn ich ehrlich bin, mag ich sie lieber als meine Mum.

Ich hauche ihr einen Kuss auf die Wange und drücke ihr den Blumenstrauß in die Hand, der aus Tannenzweigen, einer roten Amaryllis und drei kleinen roten Weihnachtskugeln besteht. Es ist der vierte Advent. Noch zwei Tage bis Weihnachten.

»Wie war die Fahrt, Mäuschen? War es glatt auf der Autobahn?«

Ein Mäuschen bin ich mit Mitte vierzig eigentlich schon lange nicht mehr, aber für Tante Hedi werde ich es wohl immer bleiben.

»Ging so, die Autobahn war gestreut.« Ich sehe ihr lächelnd zu, wie sie in die Küche geht, und trabe hinterher. Wirklich, von allen meinen Familienmitgliedern ist sie mir die Liebste. Okay, vielleicht liegt das daran, dass sie noch nie angepasst war und auch mit inzwischen achtundsiebzig Jahren deutlich aus der herkömmlichen »Altersrolle« fällt. Irgendwie bin ich ein wenig stolz auf meine Tante, denn sie hat immer die witzigsten Ideen.

»Heut wird es besonders spannend«, verkündet sie aufgeregt, als sie eine Vase aus dem Schrank holt und die Blumen hineinstellt. »Ich hab den Weihnachtsmann bestellt!«

Sie kichert dabei komisch, und zum ersten Mal beginne ich, mir Gedanken um ihren Gemütszustand zu machen. Den Weihnachtsmann bestellt! Ich schüttele den Kopf. »Tante Hedi«, tadele ich sanft. »Was bitte sollen denn Frieda, Anneliese und Doris mit dem Weihnachtsmann? Von mir ganz zu schweigen.« Frieda, Anneliese und Doris sind seit der Jugend ihre Freundinnen. Tante Hedi sagt nur: »Wart's ab«, und verschwindet mit der Vase Richtung Wohnzimmer. Ich folge ihr mit einem leicht mulmigen Gefühl, weil ich weiß, dass ihr Humor durchaus grenzwertig sein kann. Ab und zu habe ich mich auch schon für sie geschämt, aber so oft bin ich ja nicht mehr in der Stadt.

»Setz dich, Kind«, fordert sie mich auf und drückt mich fast in den Sessel. Noch eine gute halbe Stunde, bis die anderen erscheinen. Wir klönen gern vorher in Ruhe, und mit Tante Hedi kann ich mich über alles unterhalten.

Sie ist so gänzlich anders als meine Mutter. Meine Mutter ist dermaßen konservativ und spießig, dass man so eine Figur gar nicht erfinden dürfte. Na ja. Meine Eltern haben sich eben sehr früh kennengelernt, noch zu Schulzeiten. An der Höheren Handelsschule. Mein Vater fing danach bei der Post an, und meine Mutter lernte Verkäuferin. Tante Hedi ist zwei Jahre jünger als meine Mutter. Auf Verkäuferin hatte sie keinen Bock, sie wollte den Duft der großen weiten Welt einatmen und ist nach der Schule erst mal nach Bremen gegangen. Hat da in einem Hotel gelernt. Von Bremen ging's nach Hamburg, nach Paris, nach London, sogar aus Thailand habe ich Post von ihr bekommen. Eigene Kinder hat Tante Hedi nicht. Sie war zwar mal verlobt, aber ihr Verlobter ist noch vor der Hochzeit bei einem Autounfall ums Leben gekommen, und so hat sie sich mit Wonne auf mich gestürzt. Nicht nur, weil ich ihre erste Nichte, sondern auch, weil ich so rebellisch bin wie sie. Ich habe noch zwei Geschwister, einen Bruder und eine Schwester, aber die haben wohl die Beamtenmentalität unserer Eltern mit der Muttermilch aufgesogen. Wobei ich natürlich nichts gegen Beamte habe, und gegen Postbeamte schon mal gar nichts, das möchte ich betonen! Mein Vater hat ein ruhiges und beschauliches Arbeitsleben gehabt, ohne auf der schwierigen See des freien Arbeitsmarktes den Kurs halten zu müssen. Unserer Familie ging es immer gut, und auch jetzt, im Rentenalter, unternehmen meine Eltern mit den Alt-Postlern einmal im Jahr einen Kurztrip; meine jüngere Schwester ist ebenfalls bei der Post, und mein Bruder hat einen Nachbarzweig angestrebt: Er arbeitet beim Finanzamt. Beide haben Familien, in denen es geordnet zugeht, meine Schwester und mein Schwager besitzen sogar ein kleines Reihenhaus, und mein Bruder wohnt mit seiner Frau in einer großen Wohnung in einem 18-Parteien-Block, also alles echt gutbürgerlich. Meine Nichten und Neffen haben die Schule anständig durchlaufen oder sind noch dabei. Irgendwie eine Vorzeigefamilie.

Bis auf Tante Hedi und mich.

Die grinst mich jetzt an.

»Was heckst du nur aus?«, frage ich, aber sie kontert: »Sherry oder Prosecco?«

Ich grinse zurück, es ist kurz nach drei, meine Mutter würde entsetzt die Hände zusammenschlagen, dass jemand um diese Uhrzeit auf die Idee käme, Alkohol zu trinken.

»Prosecco«, zwinkere ich und weiß, dass Tante Hedi jetzt das Gleiche denkt wie ich. Als schwarze Schafe würde ich uns jetzt zwar nicht gerade bezeichnen, aber der Begriff »schillernde Vögel« passt bestimmt. Auf dem Weihnachtsmarkt in meiner jetzigen Heimatstadt Bremen habe ich vor ein paar Tagen so kitschig-bunte Vögel aus Metall als Tannenbaumanhänger gefunden, davon habe ich gleich zwei gekauft. Einen für Tante Hedi und einen für mich. Passt zu uns, finde ich. Im Grunde meines Herzens vermute ich, dass es nur Tante Hedi ist, die mich jedes Jahr Weihnachten nach Haus zieht. Meine Eltern und meine ach so Mainstream laufenden Geschwister mit ihren Familien öden mich ziemlich an. Obwohl … meiner Nichte, der kleinen Jolina, sitzt mit ihren drei Jahren auch schon der Schalk im Nacken. Ich amüsiere mich jedes Mal darüber, wie sehr sie mich an Tante Hedi erinnert und dass sowohl mein Bruder als auch seine knochige Gattin nicht wirklich wissen, wie sie mit der Wirbelwind-Jolina umgehen sollen.

»Holst du die Gläser aus dem Schrank?« Tante Hedi verschwindet kurz in der Küche und kommt mit einer Flasche zurück. Natürlich schenkt sie so schwungvoll ein, dass Schaum überläuft. Gleichzeitig beugen wir uns vor, um ihn mit der Zunge aufzufangen. Lachend prosten wir uns anschließend zu. »Du musst mir in die Augen gucken«, sagte sie ernst, »sonst gibt es sieben Jahre schlechten Sex. Das wollen wir doch nicht.« Ich verschlucke mich fast bei diesem Ausspruch. Was ist nur in Tante Hedi gefahren?

Wieder lacht sie kieksend. »Der Weihnachtsmann ist ein Stripper«, flötet sie. Ihre Augen strahlen dabei. »Für Frieda, Anneliese und vor allem für Doris. Es ist eine kleine Revanche.«

Ich runzle die Stirn. »Eine Revanche? Was hast du vor?«

Tante Hedi übergeht meine Fragen. »Einen knackigen Stripper hab ich bestellt. Einen, der im Fitnessstudio trainiert und vor uns seine Muskeln spielen lässt.« Sie verzieht den Mund, als müsse sie sich beherrschen. »Hoffentlich alle Muskeln!«

»Tante Hedi!« Ich gebe mir Mühe, meine Bestürzung zu verbergen, muss mich allerdings auch beherrschen, um nicht laut loszuprusten.

»Ach, tu nicht so«, ihr Grinsen ist ansteckend, »es wird bestimmt geil!«

»Tante Hedi!!!!« Nun bin ich wirklich entsetzt. Ein solches Wort aus dem Mund meiner Tante. Das ist jetzt eindeutig zu viel! Sie sollte ein lustiges, aber gepflegtes Vokabular benutzen, das ihrem Alter entspricht. Geil. Also nein. Man kann auch andere Worte finden. Wird sie vielleicht doch langsam senil? Altersblöd?

»Einen Weihnachtsmann-Stripper«, wiederholt sie befriedigt. »Freu dich man schon. Erst gibt's Kaffee, Kuchen und Klaben, dann klingelt es, und der Weihnachtsmann kommt. Und während Frieda, Anneliese und Doris denken, nun wird's besinnlich, gibt er mir 'ne CD, die werf ich ein, und dann legt er los. Das wird vielleicht ein Spaß! Das werden die Mädels ihr Lebtag nicht vergessen. Wer weiß, ist vielleicht das letzte Mal, dass sie so 'nen nackigen Kerl sehen. Da tu ich doch glatt ein gutes Werk. Findest du nicht?«

»Prost«, sage ich und trinke erst mal einen Schluck. Denke an die gesundheitlichen Zustände von Hedis Freundinnen, komme aber schnell zu dem Schluss, dass es Schlimmeres gibt, als im Alter von Ende siebzig beim Anblick eines strippenden jungen Mannes einem Herztod zu erliegen. Und ehrlich gesagt merke ich, wie die Vorfreude mich nun auch packt.

»Möchtest du noch einen Schluck?« Tante Hedi hält mir die Flasche hin, und überrascht registriere ich, dass mein Glas bereits fast leer ist.

»Nein danke.« Ich möchte schließlich nüchtern sein bei dem, was da augenscheinlich auf uns zukommt. Immerhin muss zumindest eine den Notarzt rufen können. Ich stelle mein Glas auf den liebevoll gedeckten Tisch. Auf jedem Teller liegt ein kleiner Schoko-Weihnachtsmann, Tannenzweige schmücken einen länglichen Leuchter, auf dem vier dicke rote Kerzen brennen. Aber auch vier kleine Umschläge liegen als Deko zwischen Kuchen, Klaben und Keksen. Ich schaue meine Tante fragend an. Sie lächelt verschmitzt.

»Lass dich überraschen«, singt sie die Melodie, die Rudi Carrell über viele Jahre hinweg immer zu Beginn seiner gleichnamigen Show anstimmte. Aber irgendwie beruhigt mich das nicht. Andererseits will ich jetzt nicht wirklich wissen, was sie vorhat, versuche, meine Alarmglocken zu ignorieren und Tante Hedi in ein normales Alltagsgespräch zu verwickeln.

Als es um halb vier an der Tür klingelt, habe ich das Gefühl, meine Tante ist zumindest ein Stück weit wieder die Alte.

Eine Stunde später ist der Kuchen verputzt und die dritte

Flasche Prosecco angebrochen. Anneliese hat bestimmt drei Stück Apfelkuchen verzimmert, man sieht ihr aber überhaupt nicht an, dass sie so gern isst. Frieda hat Klaben und Kuchen gemixt, nur Doris hat sich vornehm zurückgehalten. Sie machte neuerdings SIS, verkündet sie, *Schlank im Schlaf,* und streicht sich über ihre ohnehin schon schlanke Silhouette. Um diese Uhrzeit dürfe sie keine Kohlenhydrate mehr essen, nur Eiweiß wäre noch erlaubt. Prosecco trinkt sie aber trotzdem. Soviel ich weiß, hat Alkohol mehr Kohlenhydrate als Eiweiß. Ist mir aber egal, denn die Jugendfreundinnen tuscheln aufgeregt über die kleinen Umschläge, die auf dem Tisch liegen.

»Finger weg«, mahnt Tante Hedi, »die kommen erst zum Einsatz, wenn unser Überraschungsgast da ist.«

Ich runzle die Stirn, bestimmt zum dritten Mal. Noch immer kann ich mir keinen Reim machen darauf machen, was sie plant. Ein knackiger Stripper, vier Umschläge und vier alte Frauen. Mich lassen wir jetzt einfach mal unter den Tisch fallen, nennwertmäßig, denn bei aller Verrücktheit kann ich mir nicht vorstellen, dass sich meine Tante ein amouröses Abenteuer für mich ausgedacht hat und ihre Freundinnen mittels Hörrohr an der Tür lauschen lassen will.

»Könnt ihr euch noch erinnern?«, fragt sie, und mit einem Mal wird ihre Stimme schriller. »An damals? Auf den Tag genau sechzig Jahre ist es her. Auch damals hatten wir eine Adventsfeier. Wir vier. Auch damals gab es Apfelkuchen und Klaben. Prosecco kannten wir nicht, aber eine Flasche Sekt, die konnten wir uns leisten, der Krieg war ja schon ein paar Jahre vorbei, und wir waren auf dem Weg in eine wunderbare Zukunft.«

Ich sehe, wie die anderen anfangen zu überlegen. Sie schauen sich an. Stummer Austausch. Meine Unwissenheit macht mich fast verrückt. Was geht hier vor? In diesem Moment klingelt es an der Tür. Heftig, nicht zaghaft. Derjenige, der klingelt, weiß, dass er erwartet wird. Der Weihnachtsmann.

Tante Hedi atmet durch, erhebt sich, streckt den Rücken und

schiebt das Kinn nach vorn. Ein Lächeln, das ich süffisant nennen würde, wenn ich nicht wüsste, dass meine Tante eigentlich anders ist, liegt auf ihrem Gesicht.

»Nun kommt meine Überraschung.« Mit diesen Worten schreitet sie Richtung Eingangstür.

Schnell beuge ich mich vor. »Weiß eine von euch, was hier los ist? Was meint sie mit der Andeutung an die Adventsfeier vor sechzig Jahren?«

Alle drei schütteln den Kopf. Doris allerdings scheint angeschlagen zu sein, ich habe das Gefühl, dass sie im Moment nur eines möchte: weg hier.

Das verunsichert mich. Was hat sich denn an jenem Adventnachmittag zugetragen, dass es plötzlich diese Spannung gibt, nur weil Tante Hedi das *Damals* erwähnte? Seit vielen Jahren schon gehöre ich zur Vierten-Advent-Runde, und immer war es lustig und fröhlich. Macht dieses ominöse Jubiläum nun alles anders?

Die Tür geht auf.

»Das war der Weihnachtsmann«, verrät Tante Hedi, und sofort lachen die drei Jugendfreundinnen erleichtert.

»Na, und wo bleibt er nun?«, will Anneliese wissen.

»Nicht so hastig«, tadelt Tante Hedi amüsiert, »er ist kein gewöhnlicher Weihnachtsmann.« Sie winkt vieldeutig mit einer CD, die sie in der Hand hält, und ein eigenartiges Lächeln umspielt ihre Lippen, als sie sie einlegt. Überrascht horche ich auf, denn die Musik katapultiert uns augenblicklich zurück in die sechziger Jahre: »Rote Rosen, rote Lippen, roter Wein …«, Heinos klangvolle Stimme erfüllt das Wohnzimmer, »… und Italiens blaues Meer im Sonnenschein …«

Im ersten Moment lachen alle.

»Hört genau hin, vielleicht werden ja Erinnerungen der einen oder anderen Art wach«, sagt Tante Hedi, und für mich spricht sie in Rätseln. Aber auch Frieda und Anneliese scheinen nachzudenken. Nur in Doris' Miene bewegt sich nichts. Als Heino musikalisch von Lale Andersen abgelöst wird, greift Frieda unbekümmert zur Pulle und gießt sich ein weiteres Glas Prosecco ein. »Herrlich, diese alten Schlager«, sagt sie. »Da kommen wunderbare Erinnerungen hoch.« Ich blicke sie überrascht an.

»Na, was denkst du«, grinst sie. »Was haben wir getanzt und gesungen. Waren ja auch mal jung. Prost, Mäuschen!« Sie hebt ihr Glas, und automatisch hebe ich meines. Warum ist mir bis heute nicht aufgefallen, dass ich für Frieda, Anneliese und Doris ebenfalls das »Mäuschen« bin?

»Seid ihr bereit?« fragt Tante Hedi von der Tür. Sie hat inzwischen die Fernbedienung für ihre Musikanlage in der Hand und lässt die Louis-Armstrong-Version von *C'est si bon* anlaufen. Nach anfänglichen Trompetenklängen durchdringt Satchmos volle Stimme den Raum, gleichzeitig tritt ein Mann ein. Nein. Kein Mann. Zunächst erscheint im Türrahmen das Bein eines Mannes. Das sehr muskulöse, zweifellos sehr junge Bein eines offensichtlich durchtrainierten Mannes. Der Rest des Körpers schiebt sich im Weihnachtsmannkostüm hinterher, und mit dem Anschwellen von Satchmos Stimme schwindet die Spannung und macht steigend guter Laune Platz. »Yeah« und »Mehr«, skandieren die ältlichen Damen an meiner Seite, und nicht zum ersten Mal erkenne ich, dass Alter eine innere Einstellung ist und nichts mit dem Körper an sich zu tun hat. Ausgelassenheit ergreift nicht nur mich, und zum ersten Mal, seitdem Tante Hedi die Zeit von vor sechzig Jahren angesprochen hat, fühle auch ich mich entspannt. Doch ein kurzer Blick ins Gesicht meiner Tante belehrt mich eines Besseren. Sie hat die Zähne sichtbar aufeinander gepresst.

Nein, noch gibt es keine Entspannung. Im Gegenteil. Dabei hätte ich es ahnen können, hätte vorgewarnt sein müssen. Nach den Telefonaten in den letzten Wochen. Dies hier ist nie als normale Adventsfeier geplant gewesen. Dies hier verfolgte von vornherein einen bestimmten Zweck. Wenn ich nur wüsste, welchen.

Der Weihnachtsmann macht seine Sache gut. Fließt quasi mit der Musik durch den Raum, umgarnt Anneliese, Doris und Frieda, lässt zwischendurch ein wenig Haut blitzen. Anneliese und Frieda gehen ab wie Schmitz' Katze.

Lediglich Doris sitzt steif und ohne ein Lächeln da. Eigenartig. Ich hätte immer gedacht, an so was hätte gerade *sie* besonderen Spaß.

»Noch einen Prosecco?« Das Lächeln auf Tante Hedis Gesicht wirkt starr, als sie den anderen nachschenkt, doch die sind vom Stripper zu abgelenkt, um es zu bemerken. Noch hat er seinen Mantel an, lässt nur Knie und Beine blitzen.

Ich schüttle mit dem Kopf, als sie mir nachgießen will, immerhin muss ich noch über eine Stunde Auto fahren. Aber sie schenkt trotzdem ein. »Ich hab dir das Gästezimmer zurechtgemacht«, sagt sie ohne weitere Erklärung, was mich noch mehr verunsichert. Sie holt die nächste Flasche.

»Jetzt dürft ihr die Umschläge öffnen. Erst einen. Dann vorlesen. Und entscheiden, ob ihr das, was draufsteht, machen möchtet oder lieber die nächste Variante ausprobiert.« Der Weihnachtsmann grinst unter seinem künstlichen Bart. Was der wohl denkt?

Frieda macht den ersten Umschlag auf. *Wenn er den Mantel auszieht, hat er nur noch einen String-Tanga an,* liest sie vor. *Jede von uns darf ihm einen Schein in den Slip stecken.*

»Den nächsten Umschlag«, johlt Anneliese und reißt prompt das zweite Kuvert auf, das einen *Gutschein für eine Fahrt ins Museumsdorf Worpswede* zutage fördert, was sie und Frieda mit einem lauten und leicht beschwipsten »so'n Scheiß« sofort beiseiteschieben. Doris schweigt, von Tante Hedi belauert. Derweil bewegt sich der Weihnachtsmann weiter zur Musik.

Frieda liest den Inhalt des nächsten Umschlags vor. »Hier steht: *Wenn wir die im letzten Umschlag notierte Summe erraten und vorher in Scheinen in seinen Slip stecken, dann zeigt er uns seinen …«*

Sie und Anneliese lachen wie Teenager, und wie auf Kommando zücken beide ihre Portemonnaies. »Komm schon, stell dich nicht so an«, sagen sie zu Doris, die feuerrot angelaufen ist und ein wenig nach Luft japst. »Ist doch alles nur ein Spaß!«

Aber Doris sieht das wohl anders. »Das ist ein verdammt schlechter Scherz«, beschwert sie sich bei Tante Hedi. Mit diesem Satz kippt die Stimmung. Wo vorher Heiterkeit und latenter Sex durch den Raum wehten, lähmt uns nun Schweigen. Nur die Musik dudelt noch vor sich hin. Der Weihnachtsmann räuspert sich unbehaglich.

Nach einer gefühlten Ewigkeit, die aber wohl nicht länger als zwei Minuten dauert, sagt Tante Hedi: »Entschuldigt mich, ich bin sofort wieder da.« Sie steht auf, zieht den Weihnachtsmann am Arm und verlässt mit ihm den Raum.

Wir anderen sitzen da wie bestellt und nicht abgeholt. Ich, weil ich nicht weiß, was hier los ist, Frieda, Anneliese und Doris befinden sich gedanklich wohl in der Vergangenheit. Keine spricht. Eiszeit.

Tante Hedi kehrt zurück. »Ich hab ihn fortgeschickt.« Sie trägt ein Tablett mit einem Bowlengefäß und fünf Gläsern, deren Boden jeweils einen knappen Zentimeter hoch mit einer grünen Flüssigkeit bedeckt ist. Wieder ringt Doris nach Luft.

»Erinnert ihr euch?« Tante Hedi fragt mit einem Lächeln, das ihre Augen nicht erreicht. »An jenem Abend haben wir auch Bowle getrunken. Wo waren wir da noch? Bei dir, Frieda?«

Frieda schaut angestrengt. »Lass mich überlegen«, sagt sie.

Während sie noch nachdenkt, was bei Frieda meist etwas länger dauert, kommt fast tonlos von Doris: »Wir waren bei mir.«

»Ach ja.« Tante Hedis Stimme ist etwas zu schrill. »Wir waren bei dir. Wie konnte ich das denn vergessen?« Sie atmet tief ein, und ich könnte schwören, sie wusste es ganz genau. »Anneliese, Frieda, habt ihr das auch vergessen?«

Die beiden spüren inzwischen, dass etwas abläuft, was sie nicht fassen können, und rutschen unruhig auf ihrem Allerwertesten hin und her.

»Stimmt«, bricht es auf einmal aus Anneliese hervor. »Das war doch, als der Fritz plötzlich auftauchte. Wisst ihr noch, wie der völlig überrascht war, als er uns sah? Hedi, du musst es doch wissen, Fritz war doch dein Verlobter! Meine Güte, sein entsetztes Gesicht vergess ich nie.« Sie lacht. »Na klar! Das war an einem Adventssonntag!« Sie runzelt die Stirn und spricht langsamer. »Und war es nicht an diesem Adventssonntag ... als er ...« Mit einem Mal fährt sie sich entsetzt mit der Hand über den Mund.

Plötzlich wird auch mir bewusst, dass heute vor sechzig Jahren Tante Hedis Verlobter Fritz bei einem Autounfall ums Leben kam. Das also ist des Rätsels Lösung?

»Tante Hedi«, sage ich, aber meine Stimme ist ein einziges Krächzen. Ich räuspere mich. Nein, das hier ist keine kritische Situation, Tante Hedi ist zwar ein Mensch mit verrückten Einfällen, aber mehr nicht, versuche ich mich zu beruhigen.

»Ja, heute ist es sechzig Jahre her«, erwidert Tante Hedi tonlos und stellt das Tablett auf den Tisch. Doris betrachtet die Gläser mit der grünen Flüssigkeit wie ein hypnotisiertes Kaninchen. »Aber Fritz kam nicht, um mit dir über mein Weihnachtsgeschenk zu sprechen, nicht wahr?« Sie sieht Doris mit einer Bitterkeit an, die meinen Mund schlagartig austrocknen lässt.

»Ich weiß es nicht mehr«, flüstert Doris.

»Du weißt es nicht mehr?« Tante Hedis Stimme ist wieder schrill. »Soll ich deinem Gedächtnis auf die Sprünge helfen? Kannst du dich nicht daran erinnern, wie er aufgebracht ins Zimmer stürmte? Deine Mutter gab sich noch Mühe, ihn zurückzuhalten, aber er ist an ihr vorbei, wir konnten ihn ja alle deutlich auf dem Flur hören. Und kannst du dich nicht daran erinnern, dass er ein Kuvert in der Hand hatte, damit herumwedelte und, bevor er uns andere überhaupt nur wahrnahm, rief, darüber müsse er mit dir sprechen? Kannst du dich daran überhaupt nicht mehr erinnern?«

Tante Hedi wechselt von aufgebracht in ruhig, und ich wundere mich, wie sie diesen Schalter so einfach umdrehen kann. Sie reicht jedem von uns ein Glas. Langsam und konzentriert. Als stünde alles auf dem Spiel und auf jedem Glas ein Name. Als sie Doris das vorletzte Glas gibt, sagt sie: »Der geheime Bodensatz, so wie früher. Daran wirst du dich aber doch erinnern?«

Die beiden anderen kichern mit spürbarem Unbehagen, aber Hedi und Doris bleiben ernst. Hedi reckt das Kinn vor. »Gebt mir die Gläser«, sagt sie. Automatisch strecke ich ihr meines entgegen, und sie füllt eine Kelle Bowle auf das grüne Zeug. »Noch nicht trinken«, ordnet meine Tante an, »wir wollen doch alle zusammen anstoßen.«

Ich komme mir vor wie in einem Marionettentheater.

»Fritz' Tod war kein Unfall«, sagt meine Tante.

Automatisch fällt mein Blick auf Doris, die die Zähne aufeinanderpresst.

»Ist jetzt knapp zwei Monate her, dass Fritz' Schwester gestorben ist«, spricht Tante Hedi weiter. »Ich hab all die Jahre engen Kontakt zu ihr gehabt; wir hatten ja sonst niemanden, der uns mit Fritz verband. Aber erst jetzt, kurz bevor sie starb, hat sie mir die Einzelheiten von damals anvertraut.«

»Was soll das jetzt?«, fragt Doris unwirsch.

»Wart's ab, du wirst es gleich erfahren«, sagt Tante Hedi bitter. »Lore hatte Schuldgefühle, die sie loswerden müsse, bevor sie vor ihren Herrgott trete, sagte sie. Sie ist sich sicher gewesen, dass Fritz' Tod kein Unfall war, sondern Selbstmord. Du hättest ihn erpresst, Doris, hat sie gesagt.«

»Unsinniges Geschwätz.« Doris sitzt kerzengerade.

»Lass mich ausreden. Nach dem, was Lore mir erzählt hat, immerhin auf dem Sterbebett, hast du Fritz von Fotos erzählt, auf denen du nach dieser wilden Party in der Wohnung von Evas Eltern in einem Weihnachtsmannkostüm einen Striptease hinlegst und er dir einen Schein in den Slip steckt. Erinnerst du dich, ich war an jenem Abend nicht dabei, weil ich mit einer Grippe das Bett hüten musste. Ich weiß noch, dass Fritz nicht allein gehen wollte, aber ich hab ihm zugeredet, weil doch unsere ganze Clique dort war. Anneliese, Frieda, ihr wart doch auch dabei!«

Ich sehe förmlich, wie es bei den beiden rattert und sie verschämt den Kopf senken.

Tante Hedi fährt fort. »Lore hat gesagt, du hast Fritz danach ein Foto geschickt und ihm gedroht, mir die Aufnahmen zu zeigen, die dein Bruder gemacht hat. Fritz war total verzweifelt. Denn er wusste, dass ich damit nicht würde leben können. Dass ich so etwas nicht ertragen, dass es keine gemeinsame Zukunft gegeben hätte.« Tante Hedi blickt Doris direkt an.

Niemand sagt etwas, alles scheint so unwirklich. Schließlich sind die vier seit so vielen Jahrzehnten befreundet, das war doch echte Freundschaft! »Hey«, bin ich versucht zu rufen, »kommt mal wieder im Jetzt an!« Doch ebenso wie Frieda und Anneliese bin ich in dieser Anspannung gefangen.

Immer noch hält Tante Hedi den Blickkontakt zu Doris, deren Körperhaltung pure Abwehr signalisiert.

»Du bist schuld an Fritz' Tod.«

Jedes einzelne Wort kommt wie ein Pistolenschuss. »Wegen dir habe ich keinen Mann, keine Kinder. Jahrzehntelang habe ich unsere Freundschaft gepflegt und wusste nicht, was für eine Natter ich an meinem Busen nähre. Hat es dir Spaß gemacht, all die Jahre? Zu sehen, dass ich nach Fritz keinen Mann mehr angucken mochte? Hat es dir Spaß gemacht, die verständnisvolle Freundin zu spielen, mich zur Patin deiner Kinder zu machen, mir diese Almosen hinzuwerfen? War Fritz nur ein ersetzbares Bauernopfer? Immerhin hast du Otto ziemlich schnell geheiratet. Du bist schuld, und du wirst für diese Schuld zahlen.« Tante Hedi erhebt ihr Glas und blickt Doris durchdringend an. »Auf Fritz!«

»Auf Fritz«, wiederholt Doris, setzt ihr Glas an und trinkt es in einem Zug. Fast habe ich den Eindruck, als blicke sie Tante Hedi erleichtert an, während sie scheinbar wie gelähmt im Sessel zurücksinkt und ihr das Glas aus den Fingern gleitet.

Unsere entsetzten Blicke wandern von Doris zu Tante Hedi und den Gläsern in unseren Händen.

»Nun stellt euch nicht so an. Sie hat es verdient«, erklärt Tante Hedi lapidar. »Prost!« Sie leert ihr eigenes Glas mit einem Zug.

»Ihr könnt auch trinken, ist reiner Waldmeister als Bodensatz. Sollte an früher erinnern. Bei Doris hab ich den Waldmeister allerdings mit pürierten Eibennadeln und Süßstoff versetzt.«

»Eibennadeln?«, krächze ich, während Frieda an Doris' Arm ruckelt und »Lass den Ohnmachtsquatsch« sagt. Sie hat Tante Hedi nicht zugehört. »Kannst wieder aufwachen. War nur Waldmeister.«

»Ja. Eibennadeln«, bestätigt Tante Hedi und wendet sich an Frieda. »Frieda, du dumme Gans, hör auf. Sie wacht nicht wieder auf.«

Irritiert schaut Frieda hoch. »Nicht?«

»Nein.«

Ich schlucke fassungslos und blicke zwischen dem Sessel mit der leblosen Doris und meiner Tante hin und her.

Tante Hedi zieht die Nase kraus. »Mäuschen, du musst mir jetzt mal helfen: Wen ruft man denn in einem solchen Fall? Den Notarzt oder gleich den Bestatter?«

Christiane Franke, geboren 1963, lebt in Wilhelmshaven. Sie schreibt Romane und Kurzgeschichten und ist Mitglied im Verband deutscher Schriftsteller (VS), bei den *Mörderischen Schwestern* (Vereinigung deutschsprachiger Krimiautorinnen), der Autorenvereinigung SYNDIKAT und des Arbeitskreises Ostfriesischer Autorinnen und Autoren. Neben Lehraufträgen an Volkshochschulen ist sie Dozentin für Kreatives Schreiben. Mehr unter: www.christianefranke.de

Nicola Förg

Baumsterben

Man hätte natürlich auch anders vorgehen können. Er neigte dazu, von sich selbst als »man« zu sprechen. Klang irgendwie neutraler. Aber man war nun mal das, was man war, oder? Er, Erich Eichenfrommer, war Sprengmeister gewesen. Stabsfeldwebel Eichenfrommer, seit fünf Jahren pensioniert, aber noch immer passioniert im Umgang mit zündenden Ideen. Man hatte über die Jahre etwas Material beiseitegeschafft, man hatte ja gewusst, dass man immer mal Bedarf haben würde. Hatte man auch. Bei der Bautätigkeit der Tochter war da so ein Felsen gewesen, man hatte doch nicht auf die Bagger warten können. So oder so – Helene, seine Gattin, hatte das weniger goutiert. Dabei war sie die Ungeduld in persona und dazu ein Sparbrötchen par excellence, denn bitte schön: Seine private Baugrubensprengung hatte das Ganze stark beschleunigt und war preiswert gewesen, aber hatte Helene das verstanden? Nein, Frauen waren so was von unlogisch. Es war hingegen eine logische Konsequenz, dass man Helene immer seltener ins Tun einweihte – heute auch nicht.

Sie waren wie jedes Jahr im Riesengebirge. Von Helenes Seite hatte man eine Hütte – hier hieß das »Baude« – geerbt. Irgendwo im Nirgendwo hinter Vrchlabí, zu deutsch Hohenelbe. Da verbrachten sie stets ihre Weihnachtsferien und liefen. Also liefen lang, die Loipen hier zogen sich kilometerweit über Bergrücken, man konnte den Polen rüberwinken. Falls man das hätte tun wollen, Erich empfand weder zu den Tschechen noch zu den Polen eine große Affinität, wenn man das mal so neutral formulieren wollte. Jedenfalls war es Erichs Aufgabe, einen Weihnachtsbaum zu besorgen, die ersten vier Jahre hatte er stets einen in Spindlermühle gekauft, aber auch hier wurde alles teurer. Er wollte schließlich nicht den ganzen Wald kaufen. Die nächsten Jahre hatte er – natürlich ohne Helenes Wissen – die Bäume entnommen. Standen ja genug herum, und hier oben im Gebirge war das mit den Besitzverhältnissen doch sowieso verwirrend, hatte man sich gesagt.

Dieses Jahr wollte Helene ein besonders prächtiges Exemplar, war es doch das zehnjährige Jubiläum ihrer Riesengebirgsweihnacht. Zehn Jahre schon ertrug er das tschechische Intermezzo, das ewig gleiche Ritual: Anreise am 21. Dezember, schon ab Pilsen lamentierte Helene, dass sie Ingredienzien für ihren Stollen vergessen habe. Und immer beruhigte Erich sie, dass auch die Tschechen Geschäfte hätten, namentlich die gleichen wie die gierigen Nachbarn: Penny, Kaufland, Billa … Alle Jahre wieder bekam er, Erich, neue Langlaufunterwäsche im Wechsel mit Langlaufstrümpfen und Helene ihr Parfum *Poison*, das tatsächlich wie vergiftet stank. Und immer galt Helenes Sorge dem Baum. »Erich, der Baum! Denk an den Baum!« Erich war heute am Tage zwei schon die ganze Zeit latent, also unterschwellig eben, aggressiv. Es schneite seit ihrer Ankunft. Es pfiff dieser ostige Wind über die Bergkämme, wann immer er langlief, kam der Wind von vorne. Egal, wohin er langlief! Helenes Schrillstimme zerrte an seinen Nerven wie der Wind, der unvermindert an den Läden zerrte. »Aber einen großen, prächtigen Baum, einen geraden, gell! Keinen solchen Kümmerling wie letztes Jahr. Weil du immer so spät dran bist, Erich!« Dabei hatte er sich gestern nach der Ankunft bereits einen ausgeguckt, er war nämlich vorbereitet, er, Stabsfeldwebel Eichenfrommer; und mit dem Trotz des seit Jahrzehnten missverstandenen Ehemanns war er von dannen gezogen. Hatte die wattierte Jacke in natogrün angelegt, die BW-Winterstiefel, die gute BW-Unterwäsche und war nach draußen gegangen.

Im Anbau der Baude fehlte etwas ganz Entscheidendes: seine große Säge. Da war nur noch so ein Zwergenmodell. Na, die große hatte wohl so ein Tschechenlümmel geklaut.
Man hatte doch gar nicht anders handeln können. Erich stapfte los – bis zum Ort seines Begehrs. Der Baum war inzwischen völlig verschneit, hätte er da mit der Säge gearbeitet, wäre er ja sowieso zum Schneemann mutiert. Da lag man schon richtig: Präzise wie immer hatte man die Ladung unter dem Wurzelwerk plaziert, auf die Sekunde gezündet. Rums! Also da konnte man jetzt sagen, was man wollte: Der Anblick war erhebend. Der Baum schoss samt dem Wurzelstock in die Höhe, sicher einen Meter hoch, und fiel dann zur Seite. Herrlich! Erich wartete etwa dreißig Sekunden, dann trat er näher. Man – nein er – war ein Gott. Er war der Beste. Immer gewesen. In seiner Einheit. In seiner Kaserne. Ach was, im ganzen Bundesland, für die gesamte Republik wollte er nicht sprechen.
Aus einer Dreiergruppe hatte er seinen Favoriten herausgesprengt, der nun zu Boden gesunken war und sich dankenswerterweise auch gleich des Schnees entledigt hatte. Auch die anderen zwei Bäume aus der Dreierbande waren nun vom Eise befreit. Erichs Blick glitt über die Szenerie, gerade noch im Siegestaumel, klappte ihm auf einmal sein Unterkiefer herab. Er bemerkte das erst, als es ihm ins Maul schneite. Er klappte die Beißwerkzeuge wieder zusammen. An Baum drei – Erich nannte den Baum jetzt mal so – saß ein Mann. Ein kleiner Mann. Der hatte auf seiner Zipfelmütze nun auch noch eine neckische hohe Schneemütze und trug ein grünes Mäntelchen aus Nadeln, das farblich so gar nicht zu seinem lila Anorak passen wollte. Erich war im Prinzip ein klarer Mensch, nie vorschnell, aber für den Moment war auch er überfordert. Griff seinen Baum, zerrte ihn hinter sich her. Das Blut rauschte in

seinem Kopf, man musste innehalten. Man musste nachdenken. Man hatte einen Mann gesprengt, der da vielleicht sein süßes Mittagsschläfchen gemacht hatte oder zu viel Becherovka oder Slivovic hatte verdauen wollen. Unter dem Schutz der Bäume hatte er sich erholen wollen, vielleicht hatte dieser ja auch eine böse Frau zu Hause. Gehabt, Erich, zu Hause gehabt, rief er sich selbst zu. Du hast ihn in die Vergangenheitsform gesprengt! Man war ein Mörder. Er war ein Mörder. Ein unfreiwilliger zwar, aber würde das zählen? Es war mit Sicherheit illegal, fremder Leute Bäume zu sprengen, und es war noch weniger legal, dabei einen Menschen einzubüßen. Vielleicht kam er mit Totschlag davon, vielleicht! Aber das würde ihn auch einige Jahre kosten. Er würde in Singsing sterben, er war schließlich über sechzig. Er wollte aber nicht in Singsing sterben, nicht er, der er so lange der Republik gedient hatte. Außerdem war er hier in Tschechien, denen traute er nicht. Deren Rechtssystem auch nicht, hatten die überhaupt eins?

Allmählich kam sein analytisches Denken wieder. Sie würden den Mann finden, früher oder später, hier verlief ja eine Langlaufloipe, und ab dem zweiten Weihnachtstag waren hier jede Menge Jünger der Gleitsportart unterwegs. Sie würden einen Zusammenhang herstellen zwischen dem Loch und dem Mann.

Erstens musste der Baum weg! Würde man die Schleifspuren des Baumes sehen? Nein, so wie es schneite und wehte, würde bald wieder eine blütenweiße glattgezogene Decke diese böhmische Gebirgswelt bedecken. Er musste in jedem Fall den Baum bei seiner Gattin abliefern, diese erst mal befrieden. Erich war ein besonnener Mann, der nach der Devise lebte: »Über diese Brücke gehen wir erst, wenn wir davor stehen.« Leider stand er in dem Fall sozusagen schon mittendrauf, hoch über bedrohlich brodelnden Wassern. Er stapfte bis zur Baude. Es blieb ihm nur, mit der Zwergensäge den Wurzelstock zu entfernen, den Baum etwas zurechtzuschütteln und dann in den Ständer zu pressen. Helene war zufrieden, sie schimpfte nicht. »Nichts gesagt, ist schon gelobt«, war Helenes Devise. Seine Gattin war zudem so echauffiert vom Stollenbacken, dass sie vor acht Uhr noch entschlummerte. Bis dahin hatte er Helenes Geplapper mit eingestreuten »Ach was« und »Was du nicht sagst« kommentiert.

Erich dachte lange nach. Bis 24 Uhr. Dann kleidete er sich an, zog die Türe leise hinter sich zu und stapfte los. Der Wind hatte nachgelassen, der Schnee sank unvermindert nieder. Der Mann saß noch immer da, und Erich war mit sich selbst übereingekommen, dass er dort nicht bleiben konnte, würde der gesprengte Baum doch zumindest irritieren und potenzielle Ermittler eventuell auf seine Spur führen. Man kannte das doch aus dem Fernsehen. Die entdeckten alles, und es war bekannt, dass er Sprengmeister gewesen war. Der Mann musste weg, und ein Gedanke war in ihm gereift. Er war schließlich ortskundig, diese zehn Jahre mussten ja auch für etwas gut gewesen sein.

Von unten herauf, unweit von »seiner« Baumgruppe, kam ein kleiner Einersessellift angescheppert. Ein recht windiges Modell, keines aus der aktuellen Skimoderne. Der Mann war dankenswerterweise leicht, obgleich er aber irgendwie in seiner Sitzposition arretiert zu sein schien. Aber eigentlich kam das Erich ja zupass, als er ihn in den Lift setzte. Der Mann passte genau hinein in den engen Sitz. Erich schloss den Bügel und drückte dessen steifen Beine auf die Fußraste. Man wusste doch, dass Leute gerne mal in Skiliften verendeten. Herzinfarkt im Sessellift, das gab es öfter. Das las man doch allenthalben in der Zeitung. Auch war bekannt, dass das Liftpersonal hier nicht so sorgfältig war, unaufmerksam waren die. Sie strebten einfach in den Feierabend, das lag doch auf der Hand. Erich war zufrieden, stapfte heim und schlief ruhig und traumlos.

Am nächsten Morgen liefen er und Helene lang, unter anderem

unten an der Talstation des Lifts vorbei. Ein Schild hing da: irgendwas mit Pozor, Pozor hieß Achtung, das wusste Erich. Der multilinguale Tschechenlümmel hatte aber auch auf Polnisch informiert – zumindest nahm Erich an, dass das Polnisch sein müsse – und auf Englisch. »*Attention: Tis Lift ist out of order till affter the Christmas!*« Erichs Englisch war schlecht, das der Tschechenlümmel wohl auch. Verdammich, das lief hier aber sehr unrund!

Als Helene wieder früh darniedersank – das lange Laufen, der ganze Sauerstoff hatte alles Leben aus ihr gesogen – und wegschnarchte, zog Erich erneut los. Er hatte seine Skier angelegt, das war unauffälliger als Fußspuren. Langlaufspuren durchzogen doch hier das ganze Gebirge. *Pozor!,* der Mann musste weg aus dem Lift, das Arrangement, das er getroffen hatte, war ja nur dann sinnvoll, wenn der Lift gelaufen wäre. Der Mann war nun in sich zusammengesackt, entweder die Leichenstarre hatte sich gelöst oder aber er war aufgetaut. Es hatte nämlich aufgehört zu schneien, und die Temperaturen lagen im leichten Plusbereich. Nun gut, oder nicht gut. Man war nun mal auf der Brücke. Man war doch ein alter Kriegshase. Man hatte doch immer einen Plan B in der Tasche.

Er schulterte den Mann und glitt dahin. Rechts den Mann, links die Stöcke – bis zu einer Waldbaude, die von Sachsen bewohnt wurde. Diese kamen stets am 24. vormittags und blieben bis zum 6. Januar. Morgen also würden sie kommen, sie waren quasi Bauden-Nachbarn, rund 800 Meter von Eichenfrommers Baude entfernt. Erich verabscheute das Ehepaar Pumper – nicht nur wegen des ohrenbeleidigenden Dialekts. Nein, Herr Pumpernickel – Helene schimpfte immer mit ihm, wenn er die beiden Pumpernickel nannte – war Pazifist, und sie war Vegetarierin. Solche sächsischen Weicheier aber auch! Zudem hatten die beiden eine Hundetöle, die immer entlief, zu Erichs Baude sauste, das Beinchen hob und mit unschönem Gelb den Schnee verunzierte. Außerdem hatte das Vieh ihn schon mal in die Wade gebissen. Nur dem guten BW-Stiefel war es zuzuschreiben, dass er die Attacke des Monsters überlebt hatte. Ein Monster, das natürlich nur hatte spielen wollen und das vorher noch nie gebissen hatte. Schon seine adligen Vorfahren mit den albernen Stammbäumen hatten noch nie gebissen. Für diese Dynastie verbürgte sich die Dame Pumpernickel.

Diese Pumpernickel-Sachsen-Köterliebhaber hatten das verdient, was er nun inszenierte: Er plazierte den Mann vor der Hintertür und, zwar so, als wäre dieser mit letzter Kraft herangerobbt. Besonders stolz war Erich auf die Idee, den Mann dann noch mal an der Tür kratzen zu lassen. Nun hatte er sogar ein paar Holzspreißel unter den Nägeln. Erich hatte die schlaffen Patschehändchen des Toten ganz schön gegen die Tür pressen müssen.

Am nächsten Morgen wurde Erich zum Brotholen geschickt. Als er retour kam, war Helene in wilder Aufregung. »Stell dir vor, die armen Pumpers! Frau Pumper hat mich gerade auf dem Handy erwischt. Er hatte einen Autounfall, hat das Bein gebrochen und zwei Rippen. Sie kommen dieses Jahr nicht. Gott, die Armen.« Helene atmete schwer. »Ich schau nachher mal rüber, sie hat mir gesagt, wo der Schlüssel liegt. Ich soll mal nach dem Rechten sehen. Mal lüften, die Fensterläden mal öffnen.«

Im Normalfall hätte Erich jetzt dem lieben Herrgott gedankt und eine Kerze angezündet, dass er von Pumpernickels und deren gemeingefährlicher Töle verschont blieb, aber das lief ja immer unrunder. Eine grauenvolle Ahnung wurde ihm zur Gewissheit. Er hatte gestern Nacht seine Jacke vergessen. Hatte sie über den Zaun gehängt. Er hatte geschwitzt wie eine Sau, so leicht war der Mann dann doch nicht gewesen. Seine Jacke hing unweit eines Toten, der vor Pumpernickels Tür lag. Und Helene mittendrin. Helene, die den Toten entdecken würde, der wie ein Goldgräber am Yukon kurz vor der rettenden Hütte verendet war. Wie schön hatte er sich das ausgedacht! Er kannte

Helene. Die würde den Toten sehen, kreischen, aber dann würde sie seine Jacke entdecken. Helene legte die Finger immer in die Wunde, sie hatte Sensoren für Verfehlungen seinerseits. Helene würde wahrscheinlich als erstes auf seine schlecht aufgeräumte Jacke hinweisen. »Du lässt immer alles rumliegen, Erich. Also wirklich – schlimmer als ein Kleinkind, Erich!« Das hier war der Super-GAU. Sein ganzes Arrangement war zerstört. Erich atmete tief durch, und irgendwie gelang es ihm, Helene davon zu überzeugen, dass doch besser *er* zu den Pumpers ginge. Weil sein Helene-Hasi doch noch so viel mit dem Schmücken des Baumes zu tun habe. Das zog noch nicht so recht. Helene beäugte ihn skeptisch. Erst als er darauf hinwies, dass so ein leeres Haus … Man wisse ja nie. Wenn da Mäuse oder gar Ratten verendet waren … Es ging gerade irgendwie immer um verendete Kreaturen … Das wirkte, Helene fürchtete Nagetiere wie ein Vampir den Knoblauch. Wie ein Nichtschwimmer die Flutwelle. Sie hatte ja sogar Angst vor dem Hamster der Enkelin.

Erich eilte davon, wieder auf seinen Langlaufskiern. Der Mann war noch da. Erich bedauerte wirklich, dass sein Gesamtkunstwerk so gar nicht gewürdigt werden würde. Er griff den Schlüssel, der unter einer geschnitzten Rübezahlfigur lag. Sehr originell! Er stieg über den toten Yukon-Trapper, betrat das Haus, stieß die Läden auf, lüftete, wie ihm geheißen war. Die Handschellen an dem alten Gitterbett besah er lediglich kurz mit gerunzelter Stirn. Ob so was zu einem Pazifisten passte? Aber gut, auch so vegetarische Menschen frönten eben doch dem Fleischlichen, auf die eine oder andere Weise. Er, Erich Eichenfrommer, hatte wahrlich andere Probleme. Draußen griff er seine Jacke, die da wirklich sehr auffällig hing, trotz der Tarnfarbe. Auf Schnee war einfach alles auffällig. Wohin mit dem Idioten? Allmählich ging ihm der Typ wirklich auf die Nerven. Was hatte der auch unter seinem Baum verloren gehabt. Oder genaugenommen am Nebenbaum. Es eilte alles ein wenig. Er musste nachhaltiger arbeiten. Erich hatte Kopfschmerzen, eine Ader an seiner Schläfe begann zu zucken. Ein schlechtes Zeichen..

Mit dem Bündel auf der Schulter glitt Erich hinein in ein kleines Wäldchen, in dem er einen verschwiegenen Fischtümpel wusste. Mit seinem Langlaufstock versuchte er die Eisdecke aufzuhacken. Ein Knall, ein böser Schmerz durchzuckte Erichs Schulter, der Stock war zerborsten und zurückgeschnalzt. Erich war am Limit. Er fingerte in seinen Taschen umher. Dann setzte er eine neue Sprengladung. Rums, Eisbrocken flogen, eine Wasserfontäne schoss himmelwärts, dazu Schlamm. Erich blickte sich um. Als sich wieder Stille über den an sich so lauschigen Hain gelegt hatte, plazierte er den Mann im Loch. Ein putziges Bild gab der ab: saß da im Tümpel, das Mützchen und der halbe Kopf spitzten neckisch aus dem Eisloch heraus. Erich war sich nie dessen bewusst gewesen, wie flach der Tümpel eigentlich war. Es reichte, es reichte wirklich!

Erich schulterte den nassen Sack und lief. Er lief lang, und das war stilistisch mit nur einseitigem Stockeinsatz und der schmerzenden Schulter eine Meisterleistung der Koordination und Körperbeherrschung. Erich lief bis zu den Bahngleisen. Legte den Mann ab. Es war keine Zeit mehr für Arrangements oder Gesamtkunstwerke. Der Zug würde alle Spuren beseitigen.

Helene konnte er sein langes Ausbleiben mit einer spontanen Langlauftour erklären. Sie glaubte ihm und verwies ihn unter die Dusche. »Du stinkst wie ein Iltis.« Es wurde ein beschaulicher Heiligabend. Wie die letzten zehn Jahre auch. Sie aßen Pasteten, Helene trank viel zu viel Wein, begann zu kichern. Er wusste, was zu tun war, same procedure as every Christmas. Aber bitte, er war ein Mann, ein Offizier und Gentleman, und über Helenes Figur konnte man nichts sagen. Sie hatte sich dank Langlaufen, Yoga und Verrenkungen vor dem Fernseh-

Fitnesskanal gut gehalten für ihre sechsundfünfzig. Das Bild der Pumpernickel'schen Handschellen huschte noch vorbei, Erich gab alles, und Helene schlief sofort ein. Wie jedes Weihnachten. Erich öffnete sich das eine oder auch andere tschechische Bier der Marke Staropramen.

An den beiden Weihnachtsfeiertagen vermied es Erich tunlichst, über den Mann nachzusinnen. Sie waren wie jedes Jahr am 25. und 26. in Spindlermühle im Hotel Hubertus beim Essen gewesen; Erich hatte die Ohren offen gehalten, von einer zerfetzten Leiche war nirgendwo die Rede. Davon hätte man hier auf dem Land sofort erfahren.

Am 28. Dezember kam Post. Von der Tochter und der Enkelin. Eine Zeitung hatten sie mitgeschickt mit der Notiz: Das ist doch ganz in der Nähe, oder? Helene hatte sich das Blatt gegriffen. »Schau bloß. So was passiert gar nicht weit entfernt. Und wir wissen nichts davon. Das ist ja grauenhaft!«

Vrchlabí (CZ). Ausgerechnet am 1. Weihnachtsfeiertag machten spielende Kinder einen grausamen Fund. Auf den Gleisen der Regionalbahn lag ein Toter. Der Mann wurde als Peter Feistenauer identifiziert. Wie sich herausgestellt hat, wurde der Rentner bereits vor zwei Wochen in Pirna von seinem Sohn als vermisst gemeldet. Herr Feistenauer muss bereits einige Tage auf den Gleisen gelegen haben, da die Regionalbahn wegen Wartungsarbeiten aber erst wieder im neuen Jahr fährt, wurde der Mann nicht eher gefunden. Rätsel geben der Polizei Holzspreißel unter seinen Nägeln auf, auch die Tatsache, dass der Mann im Wasser gelegen haben muss. Dennoch gehen die Ermittler nicht von einem Verbrechen aus, da der Mann einen Abschiedsbrief bei sich trug. Er wollte sein Leben beenden, weil er unheilbar krank war und er seiner geliebten Gattin in den Tod folgen wollte. Dazu Pjotr Zeleny von der Polizei: »Wir gehen davon aus, dass er zuerst versucht hat, auf verschiedene

Weise aus dem Leben zu scheiden, sich dann aber doch für einen Tod durch Tabletten entschieden hat. Große Mengen von Schlaftabletten wurden in seinem Körper gefunden.«

Erich sank auf seinen Stuhl. Man hätte einfach mal in seiner Tasche nachsehen können. Das Brieflein hätte man finden können und ihn dann einfach hocken lassen. Erich stöhnte. Das hätte man tun können. Tun müssen!

Helene tippte ihm auf die Schulter. »Mein Bär, du bist ja ganz blass. Ist mein Brummbär doch so dünnhäutig. Geht dir das so nahe, du Guter? Dabei hast du den Mann doch gar nicht gekannt.«

Nein, hatte er nicht, also nicht besonders gut zumindest!

AUTORENVITA

Nicola Förg ist eine der beliebtesten und auflagenstärksten Krimiladys in Deutschland. Sie ist die Erfinderin des Allgäu-Krimis; *Schussfahrt* begründete den Ruf des Allgäus als »kriminell gute« Region. Ihr Kult-Kommissar Weinzirl ermittelt in Oberbayern mittlerweile in seinem achten Fall.

Nicola Förgs zweite Krimiserie schickt das Kommissarinnen-Duo Irmi Mangold und Kathi Reindl bereits zum dritten Mal an alpine Tatorte. Die Bestseller-Autorin bewegt sich dort auch als Reise-, Berg-, Ski- und Pferdejournalistin. Die gebürtige Oberallgäuerin, die in München Germanistik und Geographie studiert hat, lebt mit Familie sowie einer Horde von Tieren in Oberbayern auf einem bäuerlichen Anwesen zwischen Wald und Wiesen.

RICHARD BIRKEFELD

Alle Jahre wieder!

HANNOVER

Nachdem ich auf dem Markt am Stephansplatz für das Fest-essen eingekauft hatte, besorgte ich mir in der nahegelegenen Weinhandlung noch vier Kartons mit Rot- und Weißwein.

Dieses Jahr würde ich dem eingebildeten Loser mal eine Lektion erteilen, die er nicht so schnell vergessen dürfte. Felix Augustus Heine. Allein schon dieser lächerliche Name! Keinen müden Euro in der Tasche, aber immer eine große Schnauze – ein Klugscheißer und Besserwisser erster Güte! Aber dass ich seit einem halben Jahr seine Maike knallte, wusste er nicht, dieser eitle Wortakrobat und Sätzeäquilibrist, dieser großmäulige Westentaschenlyriker für frustrierte Hausfrauen!

Zu Hause in der Güntherstraße angekommen, verstaute ich den Einkauf in der Küche und ging anschließend nach oben auf die Dachterrasse, die Sandy um diese Zeit für ihre Tai-Chi-Übungen nutzte.

Aus Richtung Eilenriede wehte ein kalter Wind über die Dächer Waldhausens, jener feinen hannoverschen Wohngegend am Rande des ruhigen Vierthaler-Parks. Der Blick von unserer Terrasse reichte über die kahlen, mit Schnee verzuckerten Baumkronen bis hinüber zum zugefrorenen Maschsee.

Sandy stand mit dem Rücken zu mir und absolvierte zwischen zwei riesigen Buchsbäumen im Zeitlupentempo ihre Übungen. Sie trug zwar wieder ihr schickstes und teuerstes Sport-Outfit, dennoch täuschte die enge Trikotage nicht darüber hinweg, dass der Zahn der Zeit an ihrem einst so makellosen Körper nagte. Die dünnen Beine in den engen Leggins standen in keinem Verhältnis zu ihrer aufgepimpten Oberweite und dem rundlichen Becken. Der Lack von Sandy Gehrke, meiner Frau, der einst so frechen und beliebten Fernsehmoderatorin von *Hallo Niedersachsen* war ab, da half auch kein Tai-Chi mehr, kein regelmäßiges Jogging und kein Bauch-Beine-Po-Training in der Wellness-Oase am Maschseebad. Sandy war in den letzten Jahren zu einer kinderlosen Matrone mutiert.

Dagegen war Maike ein Hardbody, biegsam, gertenschlank und mit einem Knackarsch, der mich allein schon beim Gedanken an ihn rattenscharf machte.

Sandy hatte mich immer noch nicht bemerkt. Es sah so aus, als spannte sie gerade langsam einen imaginären Bogen, und nur ihr dampfender Atem verriet, dass ihr dieser scheinbar einfache Bewegungsablauf größte Anstrengung abverlangte.

Ihr ganzes Leben hatte sie hier in der riesigen Jugendstilvilla ihrer Eltern verbracht, als Tochter aus gutem Hause, vergöttert von ihrem Alten, dem Asbest-Baustoff-Fabrikanten und Honorarkonsul von Südafrika in Niedersachsen, Theodor Rudolf Gehrke II., der vor zehn Jahren verstorben war und Sandy das Anwesen samt ihrer unausstehlichen Mutter Hildegard vererbt hatte.

Meine Schwiegermutter Hildegard Strathmann-Gehrke war eine dünkelhafte Vettel, die mit ihrem jetzigen Hausfreund Manfred Wehmeyer, dem ehemaligen Prokuristen ihres Mannes, das komplette Erdgeschoss bewohnte. Bis heute durfte ich sie nur mit »Frau Konsulin« ansprechen, weil es ihr anscheinend widerstrebte, sich von einem Parvenü, wie ich es in ihren Augen war, duzen zu lassen. Obwohl ich als erfolgreicher Promi-Anwalt arbeitete – Schauspieler, bekannte Sportler und Mitglieder des deutschen Hochadels zählten zu meiner Klientel –, verachtete sie meine Tätigkeit und bezeichnete sie regelmäßig als »vulgäre Rechtsverdreherei«.

Als Sandy ihr Standbein wechselte und sich dabei umdrehte,

entdeckte sie mich. »Hallo Schatz, da bist du ja endlich! Hast du alles bekommen? Auch die Überläuferkeule?«

»Alles erledigt.«

Sie balancierte auf einem Bein und hielt die Hände über ihren Kopf. »Sehr schön. Wann kommen die Gäste?«

»Um 18 Uhr. Dinner ist dann gegen acht, anschließend die Bescherung.«

Sandy schüttelte ihre Arme aus und hüpfte auf der Stelle. »Aber bitte dieses Jahr nicht wieder eine dieser peinlichen Wetten, die du eh immer verlierst. Du weißt, Mutti hasst Wetten. Für sie ist das ein Zeitvertreib für Plebejer.«

Ich drehte mich wortlos um und verließ durch die Tür zu meinem Arbeitszimmer die Dachterrasse. Die Frau Konsulin konnte mich mal!

Ich war inzwischen geduscht, umgezogen und befand mich in der Küche, um die Kartons auszupacken.

Der Weißwein, ein Grauburgunder, Königschaffhauser Vulkanfelsen 2009, war ein kraftvoller Tropfen, der sich bestens für die Vorspeisen – den Ziegenkäse auf Rucola und die Kürbissuppe – eignete. Die sechs Flaschen stellte ich in den Kühlschrank.

Für den toskanischen Wildschweinbraten hatte ich einen 2004er Serralunga aus dem Barolo ausgesucht, der mit seiner aromatischen Fruchtnote hervorragend mit dem Wildgeschmack harmonierte. Ich zog drei Flaschen auf, verteilte den Inhalt auf zwei Dekanter und stellte den edlen Tropfen zum Atmen auf die Anrichte im Esszimmer. Sandy hatte bereits den großen Tisch für sechs Personen eingedeckt und weihnachtlich dekoriert.

Für den restlichen Abend waren die letzten Kartons gedacht. Im einen befand sich ein 2006er Tignanello aus dem Chianti, für siebzig Euro die Flasche, im anderen ein 2005er Gaja, Barbaresco, aus dem Piemont, für den ich mehr als das Doppelte hatte hinlegen müssen.

Ich nahm einen weiteren Dekanter aus dem Küchenschrank sowie einen Trichter und zog die insgesamt zwölf Flaschen Tignanello und Gaja auf. Die erste Flasche Tignanello entleerte ich im Dekanter, dann tauschte ich mit Hilfe des Trichters die restlichen Flascheninhalte aus, indem ich den Gaja in die Tignanello-Flaschen und umgekehrt abfüllte.

Die restlichen fünf Gaja-Flaschen mit dem Tignanello ließ ich auf dem Küchentisch stehen, deponierte lediglich den Dekanter im Wohnzimmer auf der ausgeklappten Schreibplatte des Biedermeiersekretärs, der zwischen der riesigen Bücherwand und der Glasvitrine mit der historischen Pistolensammlung stand.

Die sechs verbliebenen Tignanello-Flaschen mit dem superteuren Gaja brachte ich nach oben in mein Arbeitszimmer, um sie mir zwischen Weihachten und Neujahr allein und in aller Genüsslichkeit zu Gemüte zu führen. Sandy trank eh viel lieber Tomatensaft als Rotwein.

Maike wusste schon eher einen guten Tropfen zu schätzen, vor allem bei unseren Schäferstündchen, die wir auf der ledernen Besuchercouch in meiner Kanzlei am Opernhausplatz verbrachten. Dort konnten wir uns ungestört treffen, ohne die umliegenden teuren Cafés, Bars oder Restaurants im Zentrum der City frequentieren zu müssen und dabei Gefahr zu laufen, durch einen dummen Zufall auf unsere Ehepartner zu stoßen. Maike arbeitete praktischerweise nur einen Steinwurf entfernt im Georgspalast, Hannovers traditionsreichem Varieté-Theater, als Künstler-Agentin.

Wir kannten uns schon seit einigen Jahren, aber wirklich nähergekommen waren wir uns erst vor knapp sechs Monaten, als wir uns zufälligerweise in einer Mittagspause in der Holländischen Kakao-Stube begegneten und sie mir ihre Probleme mit dem großen Felix Augustus Heine offenbarte. Mein einfühlsames Verständnis für ihre Klagen hatte ihr schließlich Herz, Augen und Schenkel geöffnet.

Zurück in der Küche, traf ich auf Sandy, die sich ebenfalls umgezogen hatte und nun mit ihrer taillierten weißen Bluse und der Hüftjeans die lässige Gastgeberin mimen wollte.

»Gut siehst du aus, Schatz!«, log ich. »Soll ich dir bei den Essensvorbereitungen noch zur Hand gehen, oder genügt es, wenn ich mich nachher um das Wildschwein kümmere?«

»Vorspeisen und Dessert schaffe ich schon alleine.« Sie band sich eine Schürze um. »Musst du etwa noch arbeiten?«

»Nein, aber ich muss noch kurz ein sensibles Telefonat mit einem meiner adligen Klienten führen, der in einem Anfall von Wahnsinn einen Paparazzo mit einem Schirm verprügelt haben soll.«

Das Essen war großartig und schien unseren Gästen geschmeckt zu haben. Selbst die Konsulin rang sich ein Kompliment ab, meinte, dieses Jahr sei der Überläufer besonders zart gewesen, was zwar keinesfalls als Lob für meine Kochkunst aufzufassen war, mir aber immerhin bescheinigen sollte, fähig gewesen zu sein, mir kein minderwertiges Fleisch angedreht haben zu lassen.

Auch ihr Hausgalan, der geile Manni, wie ich ihn insgeheim nannte, klopfte mir als passionierter Jäger anerkennend auf die Schulter und meinte, dass auch er es nicht besser hinbekommen hätte. »Wildschwein ist Kraft für die Lenden!« Sein Lieblingsspruch – aber es schien zu stimmen, denn oft hörten wir, zu Sandys Entsetzen, meine fast sechzigjährige Schwiegermutter lustvoll durch die Wände kreischen, als wäre der Manni mit der Saufeder hinter ihr her.

Von der Vitalität ihrer Mutter hätte sich Sandy durchaus eine Scheibe abschneiden können, aber was ihre Libido betraf, kam sie wohl eher nach dem Vater, dessen sexuelles Desinteresse bereits vor seinem Tode dazu geführt hatte, die eigene Ehefrau in die Arme seines Prokuristen zu treiben. Gut, aber was interessierten mich die außerehelichen Gepflogenheiten der Familie

Strathmann-Gehrke, ich hatte ja meine eigenen Eskapaden zu managen.

Schon bei der Begrüßung hatte sich Maike bei der üblichen Umarmung an mich gepresst, nur um mich fühlen zu lassen, dass sie völlig nackt unter ihrem bezaubernden Jersey-Kleid war.

Meine unbändige Lust auf dieses frivole Menschenkind wurde nur durch ihren Ehemann, den arbeitslosen Historiker Dr. Jens Roethe, gedämpft, der unter dem Pseudonym Felix Augustus Heine schlechte Lyrik in einem kleinen hannoverschen Verlag veröffentlichte.

Roethe war ein uralter Freund Sandys, und ich vermutete, dass die beiden vor meiner Zeit mal etwas miteinander gehabt hatten, was meine Frau jedoch seit Jahren vehement bestritt. Ich glaubte ihr kein Wort, bemerkte ich doch seinen anhimmelnden Blick, wenn er sich in Sicherheit wähnte, Sandy heimlich beobachten zu können. Außerdem war er mir von Anfang an mit einer süffisanten Überheblichkeit begegnet, die oft Ex-Liebhabern zu eigen ist, wenn sie auf ihre Nachfolger treffen. Er suchte ständig nach Gelegenheiten, um mir im Beisein unserer Ehefrauen seine vermeintliche Überlegenheit zu demonstrieren. Er, der berufliche Loser, der an Maikes pekuniärem Tropf hing, konnte nur seine lächerliche Halbbildung und die vermeintlich literarischen Ambitionen in die Waagschale werfen, um seinen finanziellen Minderwertigkeitskomplex auszugleichen.

Nach dem Essen wechselten wir ins Wohnzimmer. Als ich nach einer kleinen Stichelei aus Roethes Mund nicht sofort mit gleicher Münze kontern konnte, weil ich durch Maikes Hand abgelenkt war, die mir unauffällig über den Schritt geglitten war, kommentierte er meine etwas hilflose Stotterei mit einem Karl-Kraus-Zitat: »Es genügt nicht, keine Gedanken zu haben. Man muss auch unfähig sein, sie auszudrücken.«

Das Schwiegermonster und der geile Manfred fanden die Sottise erheiternd, und selbst Sandy kicherte, als sie die Kerzen des riesigen Tannenbaums entzündete, der dieses Jahr aus Platzgründen in der Bücherwandecke stand. Nur Maike winkte ab und ließ sich mir gegenüber in die schwere Ledercouch fallen, nicht ohne mir dabei einen kurzen intimen Blick zwischen ihre Beine zu gestatten.

Nachdem Sandy die Gardine vor das große Panoramafenster gezogen hatte, verteilte sie die verpackten Geschenke. Ich stellte unterdessen die Gläser auf den Tisch und schenkte aus dem Dekanter Wein ein, den Tignanello, der nun in den Gaja-Flaschen vor sich hin atmete.

Wie jedes Jahr beschenkten wir uns gegenseitig nur mit belanglosen Kleinigkeiten, wobei zu erwähnen wäre, dass Roethe es sich nicht nehmen ließ, jedem von uns sein neuestes und signiertes Gedichtbändchen zu schenken, das den bedeutsamen Titel *Die leeren Fenster* trug.

Nur Sandy hatte noch eine Überraschung parat, als sie mir neben der obligatorischen Krawatte eine Lignose, Einhand-Modell, Kaliber 6.35 mm, Baujahr 1921, mit gefülltem 9-Schuss-Magazin schenkte, eine seltene Pistole, die mir in meiner umfangreichen Sammlung noch fehlte. Wie sich herausstellte, gehörte die Lignose ihrem Vater. Sandy hatte sie bei Aufräumungsarbeiten auf dem Dachboden entdeckt und der Konsulin abgeschwätzt.

Ich freute mich über dieses Geschenk ganz besonders und stellte mit wenigen Handgriffen die Funktionsfähigkeit der Waffe fest. Dann legte ich sie neben meinem Weinglas auf den Tisch.

»Darf ich mal?« Roethe griff nach der Lignose und betrachtete sie ebenfalls von allen Seiten. Mit Kennerblick legte er sie wieder zurück. »Der eine, der kann reiten, der andere hat das Pferd!«

Ja, dachte ich, da hast du recht, aber sag das mal deiner Frau. Roethe, dieser ewige Spießer, war irgendwann in seiner Jungmännerzeit mal Schützenkönig in einem dieser hannoverschen

Traditionsvereine gewesen, die sich jedes Jahr auf dem Schützenausmarsch profilieren dürfen. Er hielt sich natürlich für treffsicherer als mich – das war so klar wie Kloßbrühe.

»Gut, dann zeig mal, dass du reiten kannst!« Ich forderte ihn sofort zu einem kleinen Wettschießen unten in den Kellerräumen auf. »Jeder einen Schuss auf die Scheibe. Um wie viel?«

Für einen Augenblick wirkte Roethe unsicher, dann schien er sich wieder im Griff zu haben. »Um zehn Euro?«

»Okay, wenn du gewinnst, kannst du deiner Frau Silvester endlich mal einen Aldi-Sekt spendieren!« Der Spruch hatte gesessen. Mit rotem Kopf folgte er mir die Treppe hinunter in den langen Hauptkellergang, in dem wir aus circa acht Metern auf die dort montierte Zielscheibe schießen konnten. Ich hatte mir diesen provisorischen Schießstand eingerichtet, um dort regelmäßig die Funktionsfähigkeit meiner Pistolen testen zu können.

Ich entsicherte die Lignose, zielte bewusst ungenau und feuerte die kleine Waffe ab. Ich traf den äußersten Ring der Zielscheibe. Roethes Schussversuch hingegen musste man gesehen haben! Er umfasste mit links sein rechtes Handgelenk, ging mit einem leichten Ausfallschritt in die Knie, legte den Kopf schief, kniff ein Auge zu, visierte die Scheibe an und schoss. Volltreffer – Bullseye!

Ich überreichte ihm den Zehner und blickte in ein Gesicht, das seine unverhohlene Genugtuung kaum zurückhalten konnte.

Als wir im Wohnzimmer wieder Platz nahmen, die Pistole auf den Tisch legten, nörgelte Sandy, dass sie diese Art der männlichen Alleinunterhaltung nicht zu goutieren gedachte, hob dann aber versöhnend das Rotweinglas, um mit uns allen auf das hervorragende Essen und den schönen Heiligabend anzustoßen.

Als der Wein durch unsere Kehlen rann, beobachtete ich Roethe genau. Er schien den Schluck förmlich zu kauen und rollte die Flüssigkeit durch seinen Mund. Schließlich zog er den Rebensaft mit hohlen Wangen durch die Zähne. Er schluckte mit geschlossenen Augen, nippte ein zweites Mal am Glas, und seine ungewöhnliche Degustationsmimik begann von vorne. Dann setzte er das Glas ab, verharrte einen Moment in seinen Gedanken und suchte nach einigen Sekunden der inneren Besinnung meinen Blick.

Ich hatte ihn am Haken.

»Leander, ich glaube, ich kenne diesen Wein.« Er spielte den Unsicheren nicht schlecht. »Kann es sein, dass dieser Tropfen aus Italien stammt?«

Alle drei Frauen stöhnten gemeinsam auf. »Bitte nicht schoooon wieder!« Sandy stemmte ihre Hände in die Hüften, Maike schüttelte desinteressiert den Kopf, während die Konsulin angewidert ihre Augen nach oben drehte.

Ungeachtet der Proteste schenkte ich Roethe meine ganze Aufmerksamkeit. »Italien stimmt.« Für einen Fachmann war es vielleicht nicht schwer, einen Italiener von einem Franzosen, Spanier oder Südamerikaner zu unterscheiden; für einen Laien wie Roethe jedoch, selbst wenn er mit beachtlichen Kenntnissen über italienische Rotweine glänzen konnte, war das nicht unbedingt ein treffsicheres Unterfangen. Trotzdem behauptete er, auch die italienischen Weinregionen voneinander unterscheiden zu können.

Roethe nahm noch einen weiteren Schluck. »Ich glaube, ich weiß, woher genau dieser Wein stammt!« In seinen Augen blitzte es kurz auf. »Woll'n wir wetten?«

Die Konsulin nahm ihr Glas, hievte sich aus dem Ledersofa und zog den geilen Manni hinter sich her. Die beiden ließen sich demonstrativ in der gegenüberliegenden Leseecke des Wohnzimmers in zwei Ohrensesseln nieder.

»Mein Gott, Leander.« Sandy stürmte empört aus dem Zimmer. »Das kann doch wohl alles nicht wahr sein!« Die Tür knallte ins Schloss, und im Raum herrschte für einige Augenblicke betretenes Schweigen. Maike hatte ihre Schuhe abgestreift, die Beine hochgezogen und es sich auf der Couch bequem gemacht. Gelangweilt betrachtete sie ihre Fingernägel.

Mein Fisch zappelte vor Ungeduld und konnte den Haken gar nicht tief genug in den Schlund bekommen.

»Um hundert Euro?« Roethes Stimme zitterte etwas.

»Nö, Jens, das sind doch Peanuts! Tausend Euro. Hopp oder Top!«

»Untersteh dich!« Maike warf Jens einen vernichtenden Blick zu. »Wenn du jetzt wettest und verlierst, ziehe ich dir das Geld von deinem Taschengeld ab.«

Roethes Mimik verhärtete sich, als schöben sich Stahlplatten unter seine Haut. »Okay, tausend Euro! Die Wette gilt!« Nachdem er Maikes Bemerkung durch Nichtbeachtung gestraft hatte, führte er erneut das Glas zum Mund und spülte den Wein über seine Zunge. »Das ist eindeutig ein Chianti.«

Der nächste Schluck. Ich konnte den Wein in seinem Mund gurgeln hören.

»Kein Zweifel. Ich spür's am Terroir, der im Abgang durchschimmert. Der Wein entstammt der Gegend zwischen Montefiridolfi und Santa Maria a Macerata.«

Er schien doch Ahnung zu haben, das musste ich langsam anerkennen. Gut, dass ich mich dieses Jahr besser vorbereitet hatte.

Jetzt kostete er den Tropfen mit spitzen Lippen. »Nach der Attaque zu urteilen, müsste dieser Wein einem der Hänge entstammen, die sich zwischen dem Tal des Flüsschens Greve und dem des Pesa, also direkt im Herzen des Chianti, befinden. Es kommen im Grunde nur zwei Weinberge in Frage.«

Jetzt schwenkte er den Roten im Glase, schnupperte, hielt das Gefäß gegen das Licht des Tannenbaums und leerte es schließlich. »Im Stil ist er warm und weich, fein und zugänglich, dabei perfekt harmonisch und intensiv. Er könnte sowohl dem Tignanello als auch dem Solaia entstammen. Da es sich aber aufgrund der Farbe um einen reinen Sangiovese handeln muss, weil der Weißweinanteil fehlt, tippe ich auf einen Tignanello, I. G. T. vom Weingut Antinori.« Er stellte das Glas zurück auf den Tisch und sah mich herausfordernd an. »Das Jahr kann ich dir allerdings nicht benennen, würdest du aber darauf bestehen, wäre der 2006er mein Favoritentipp.«

Das war eine Superleistung, zugegeben! Aber während ich langsam, stumm und genussvoll den Kopf schüttelte, sah ich, wie Roethe alle Farbe aus dem Gesicht wich. »Sorry, mein lieber Jens, aber das ist ein 2005er Gaja, Barbaresco, D. O. C. G. aus dem Piemont.«

»Das ist völlig unmöglich!«, schrie er und stand abrupt auf. »Das kann nicht sein!« Roethe kam wutschnaubend auf mich zu. »Wo sind die Flaschen, Leander? Ich will sofort die Flaschen sehen!«

»Bleib cool, Jens!« Maike versuchte, ihren Mann zu beruhigen, während ich die Tür zum Flur öffnete und ihn bat, mir in die Küche zu folgen.

»Na, dann viel Spaß, ihr Kindsköpfe!« Maike blieb sitzen. Auch die Konsulin und Manni schienen unsere Wette ignoriert zu haben.

In der Küche stürzte Jens zum Küchentisch und starrte völlig fassungslos auf die Gaja-Flaschen. Er griff nach einem herumstehenden Wasserglas, füllte es mit Wein und kostete erneut. »Das ist ein Tignanello«, schrie er völlig außer sich, »und kein Gaja! Du hast die Inhalte vertauscht!«

Ich bestritt das energisch. Doch Jens glaubte mir kein Wort. Mit der Flasche in der Hand stürmte er mit mir im Schlepptau zurück ins Wohnzimmer. Dort stießen wir auf Sandy, die uns völlig genervt anblaffte, welcher Teufel eigentlich in uns gefahren wäre. Als Jens ihr in einem nahezu weinerlichen Ton den Sachverhalt erklärt hatte, wurde ich förmlich von ihren bösen Blicken durchbohrt. Dann wandte sie sich an Jens. »Oben in seinem Arbeitszimmer stehen sechs geöffnete Tignanello, die habe ich dort vor wenigen Minuten entdeckt.«

Jens stellte die Flasche ab, lief aus dem Zimmer und polterte die Treppe hoch. Nur zwei Sekunden später hörte man sein Triumphgeheul durchs ganze Haus »Gaja! Eindeutig – du hast den Wein vertauscht, du Schwein!«

Mir schwankte der Boden unter den Füßen, Maike kicherte vor sich hin, die Konsulin empörte sich lautstark, der geile Manni grunzte zustimmend, Sandy schüttelte verständnislos den Kopf und meinte, dass diese Nummer eines Juristen unwürdig wäre. Dann ging alles blitzschnell. Jens kam ins Wohnzimmer zurückgerannt, stürzte sich wortlos auf mich und ließ seine Fäuste fliegen. Sandy und Maike versuchten sofort, uns zu trennen, doch der unkontrolliert schlagende Jens traf Sandy am Kinn, so dass sie nach hinten weggestoßen wurde und mit rudernden Armen in den Tannenbaum fiel. Dieser kippte um und verursachte nur einen Lidschlag später eine Feuerwolke. Sofort stand die Bücherwand in Flammen. Sandys Haare brannten lichterloh, sie taumelte nach vorne, verlor die Besinnung und knallte mit der Stirn auf die Tischplatte. Das Knacken ihres brechenden Genicks konnte man deutlich hören. Manni sprang auf und versuchte sofort, die Flammen in ihren Haaren mit einem Kissen zu ersticken, während die Konsulin zum Tisch rannte. »Ihr verdammten Männerschweine!« Sie hatte plötzlich die Lignose in der Hand und schoss mit hassverzerrtem Gesicht abwechselnd auf Jens und mich. Während ich mich zu Boden warf, hörte ich Maike aufschreien. Eine Armlänge von mir entfernt fiel sie mit blutigem Kopf auf den Teppich, an dessen Fransen bereits die ersten Flammen leckten. Jens hatte sich unterdessen todesmutig auf die Konsulin geworfen und versuchte, ihr die Pistole zu entreißen. Das war jedoch nicht so einfach, da Manni ihr zu Hilfe eilte und nun seinerseits auf Jens einschlug.

Die Flammen griffen mittlerweile von einer Bücherwand zur nächsten über, dicke Qualmwolken zogen durchs Zimmer und erschwerten das Atmen. Während die drei aneinander rissen und zerrten, fing mein Hosenbein Feuer. Ich richtete mich wieder auf, griff nach der Tignanello-Flasche und löschte mit einem Teil des Weines die Flammen. Dann fiel ein weiterer Schuss. Manni griff sich an die Brust und ging dann mit einem erstaunten Gesichtsausdruck in die Hocke, nur um einen Augenblick später nach hinten umzukippen. Die Konsulin und Jens rangen weiter miteinander.

»Hört auf, Leute! Wir müssen hier raus!« Ich rannte zur Tür und drehte mich um. Jens hatte inzwischen der Konsulin den Arm mit der Pistole auf den Rücken gedreht und versetzte der alten Vettel einen kräftigen Tritt, der sie mit voller Wucht durch die Gardine und die splitternde Panoramascheibe nach draußen beförderte. Die hereinströmende Luft fachte das Feuer explosionsartig an, und augenblicklich ragte vor mir eine Flammenwand auf, hinter der Jens wie ein lodernder Schatten verschwand. Der Luftdruck schob mich in den Flur und füllte den Raum sofort mit schwarzem Qualm, der mir augenblicklich den Atem nahm. Mit Müh und Not erreichte ich die Küche und gelangte von dort in den ehemaligen Personalaufgang. Erschöpft setzte ich mich auf die Stufen, verlor aber kurz darauf für einige Minuten das Bewusstsein.

Als ich wieder zu mir kam, zogen in dem engen Treppenhaus bereits Rauchschwaden nach oben. Ich lief die Treppe hinunter und taumelte endlich durch den Dienstboteneingang aus dem Haus.

Die Güntherstraße war in ein gespenstisches Licht gehüllt. Die Signalleuchten von Feuerwehr, Krankenwagen und Polizeifahrzeugen vermengten sich mit dem flackernden Schein unseres brennenden Hauses. Die Löschzüge waren durch die Grundstückshecke in den Vorgarten gefahren, Schläuche lagen herum, und Schaulustige säumten den Fußweg. Feuerwehrmänner eilten an mir vorbei, drangen ins Haus. Überall Schreie, Stimmen aus dem Funkverkehr, links von mir, nur notdürftig mit einer Plane bedeckt, lag die Konsulin mit verdrehten Gliedern auf dem nackten Boden. Orientierungslos stolperte ich vorwärts, jemand legte mir eine Decke um die Schulter, redete auf mich ein und zog mich an den Rand. Abwesend reichte ich die Flasche Tignanello, die ich immer noch in der Hand hielt, einem neben mir stehenden Feuerwehrmann, der sie dankend ergriff, die Flasche an den Mund setzte, einen langen und tiefen Schluck nahm und anschließend das Etikett der Flasche studierte. Dann reichte er sie kopfschüttelnd an einen Kollegen weiter. »Hier, probier mal! Erstklassiger Tropfen – hat zwar dieses Bouquet aus Weichselkirschen und Tabak wie ein piemontesischer Barbaresco – ist erstaunlicherweise aber ein Chianti!«

Sekunden später stürzte das komplette Dach der Jugendstilvilla mit einem Funkenregen in sich zusammen, und ich verlor erneut das Bewusstsein.

AUTORENVITA

Richard Birkefeld, geboren 1951 in Hannover, ist Historiker und Politologe. Er veröffentlichte zahlreiche Texte zur Stadtgeschichte und über kulturelle Phänomene der Moderne. Gleich sein erster Roman *Wer übrig bleibt, hat recht* wurde mit dem Deutschen Krimipreis und dem Friedrich-Glauser-Preis für das beste Debüt 2003 ausgezeichnet. Birkefeld lebt als freier Autor in Hannover.

Ingrid Noll

Ein milder Stern herniederlacht

Irgendwo in Deutschland

An Weihnachten wollte die Domina heiraten. Sie hatte genug gespart, um allen Sklaven für immer ade zu sagen. Nicht ohne Wehmut verschickte sie die Verlobungsanzeige in Form eines Adventskalenders. Der erste Entwurf war ein bei Edeka gekauftes Märchenschloss, das sie mit einem prächtigen Aktfoto unterlegte. Die geöffneten Fenster zeigten auf dezente Weise nur winzige Details ihres Körpers.

Aber sie war nicht zufrieden. In jede Luke kam nun stattdessen ein bunter Präser, der letzte vom vierundzwanzigsten Dezember mit Juckpulver präpariert. Sie verwarf auch das; die Sklaven sollten den Ernst der Situation erfassen. Aus dem Echtermeyer kopierte sie *Sah ein Knab' ein Röslein stehn,* zerschnitt das Blatt in vierundzwanzig Puzzlestückchen und verteilte sie. Am Heiligabend konnte ein gebildeter Mensch alle Strophen wiedervereinigen. Insider wurden durch die zarte Anspielung der Zeile »Röslein sprach, ich steche dich« an vergangene Qualen erinnert.

Bald begann ein neues Leben. Sie hatte gut eingekauft und konnte umweltbewusst entsorgen: die Ledersachen den Hell Drivers, die Halsbänder dem Rassehund-Verein, die Peitschen und Klammern dem Zirkus überlassen. Statt der hohen schwarzen Stiefel wollte sie zu Hause nur lila Plüschpantoffeln tragen, kuschelig wie kleine Kaninchen. Die engen Latexhosen und starren Lurexblusen schickte sie nach Bethel und ersetzte sie durch einen Hausanzug aus synthetischem Samt, nachgiebig wie Omas Angora-Unterwäsche. Das endgültige Aus für

Strapse, dafür handgestrickte Wollsocken in Norwegermuster. Nicht mehr mit lachsfarbenem Satin, sondern blau-weiß kariertem Biber mit aufgestreuten Trachtenblümchen sollten die Betten locken.

Nie wieder frieren, war die Devise, nie wieder hauteng, hart, spitzig, streng, knapp, stramm, scharf, zackig. Dafür weich, gemütlich, labbrig, wattig, wabbelig, schlaff, ausgeleiert. Die Chrom- und Acrylmöbel schleppte ein glücklicher Trödler davon, es entstand ein wohliges Nest mit Chintzgardinen, gediegen, traulich und überheizt. Vor allem der Keller wurde umgerüstet, Haken und Ösen abmontiert, das genagelte Kreuz von der Wand geschlagen, Regale mit Eingemachtem aufgestellt, strenge Gerüche durch gelagerte Boskop und duftende Cox Oranges vertrieben.

Oliver war eine Seele von einem Mann, der zu allem ja und amen sagte. Er freute sich auf das Kind. Mit siebenunddreißig Jahren und nach zahlreichen Abbrüchen wusste die Domina genau, was sie wollte. Gut, dass er nur eine schwache Ahnung von der Quelle ihres Reichtums hatte.

Sie fand es süß, wie er von Frankreich schwärmte. Vor zwei Jahren war er nach der Gesellenprüfung mit dem Campingwagen in die Provence gefahren. »Die feiern dort Silvester mitten im Sommer!« Die Domina belehrte ihn, dass es sich um den Nationalfeiertag handelte. Sicher gab es Länder, die unsere jahreszeitlichen Feste auf den Kopf stellten, aber europäische Nachbarn gehörten nicht dazu. Oliver fand es praktisch, in lauschiger Sommernacht das Feuerwerk zu genießen und sich nicht regelmäßig die Grippe dabei zu holen. Originellerweise hatte er vorgeschlagen, das Weihnachtsfest dieses einzige Mal auf den Sommer zu verlegen und mit dem frischgeborenen Kind ein ländliches Picknick im Grünen zu veranstalten. Christbaumschmuck und Grillhähnchen ins Auto, und ab in die Natur.

Sie hatte diesem reizvollen Angebot widerstanden. Der Schnee musste leise rieseln, der See still und starr liegen und ein milder Stern herniederlachen.

Picknick im Grünen – eine windige Erinnerung schoss ihr durch den Kopf. Zwei Herren in korrekter, ja warmer Kleidung, zwei Gespielinnen bibbernd vor Kälte. Das ewige Los ihres Berufs: frieren. Ein Mäzen der frühen Jahre liebte es, impressionistische Bilder nachzustellen – immer noch nobler zwar als die Wünsche späterer Kunden –, aber die Gemälde waren stets nach den Kriterien weiblicher Blöße ausgesucht. Ein Frühstück im warmen Bett gefiel ihr allemal besser als auf nassem Moos.

Sie würde sich von nun an gehenlassen, nach Lust und Laune fett werden und nie wieder die vorgegebene stolze Haltung annehmen; Bauch und Buckel durften heraustreten, die Brust von verschränkten Armen beschützt werden, so wie das alle anderen Frauen in ihrem Alter taten.

So wie alle anderen wollte sie jetzt auch kochen und Plätzchen backen; das Resultat waren klebrige Fladen, die sich nicht mit jenen kunstvollen Gebilden messen konnten, die ihre Sklaven im Advent mitzubringen pflegten. Es war nicht bloß Neid, der sie plagte, zuweilen war es große Wut auf die selbstgerechten Gattinnen, die das Weihnachtsgebäck so professionell hinkriegten: Sie spielten zu Hause die unterwürfige Dienerin und überließen den Dominas die unangenehme Aufgabe, den Haustyrannen zu züchtigen.

Keine wusste, wie anstrengend die Rolle der stets kreativen Gebieterin war, wie müde die Beine nach vier Stunden in engen, hochhackigen Stiefeln wurden, wie einengend die Nietengürtel … Aber die Domina ahnte, dass auch ihr neuer Status Probleme mit sich brachte.

Schon die Sache mit der Gans. Fünfmal hatte sie mit ihrer Schwester telefoniert, bevor sie sich daranmachte. Das ebenso große wie fettige Tier musste gefüllt, wieder zugenäht, mit Majoran eingerieben und drei Stunden lang im Backofen gebraten werden. Erst am Vierundzwanzigsten kam Oliver von der Montage zurück, sie wollte ihn mit Tannenbaum, Plätzchen und Gänsebraten überraschen; wer hätte gedacht, dass das fast so stressig war wie eine Berufsnacht mit fünf Vermögensberatern. Aber sie hatte Erfolg. Weil sie es nicht mehr aushielt, zündete sie um fünf Uhr schon die Kerzen an und setzte sich mit Oliver zu Tisch. Er war noch zu jung, um einen Anzug zu besitzen, dafür hatte er sich mit funkelnagelneuen Jeans, einem roten Pullover und weiß getünchten Turnschuhen feingemacht; die Domina umhüllte ein Gewand aus goldenem Nickistoff.

Der Rotkohl von Hengstenberg, die Knödel von Pfanni – das sparte viel Arbeit, und er merkte es nicht. Die Gans war tatsächlich braun und knusprig geworden. Oliver aß, wie es sich für ein körperlich arbeitendes Mannsbild gehört, die Domina ließ sich auch nicht lumpen. Als es mitten beim Essen stürmisch schellte, konnte sie – vollgestopft wie die halbverzehrte Gans – nicht verhindern, dass Oliver schneller aufsprang.

Sie lauschte angestrengt. Oliver sprach mit einem Mann, dessen Stimme ihr bekannt war.

»Sie können mich doch nicht für dumm verkaufen«, sagte der Mann namens Dr. Georg Sempf und las auf dem Namensschild: Angela und Oliver Bircher, »hier gab es noch vor wenigen Wochen einen SM-Club ...«

»Was war hier?«, fragte Oliver freundlich.

Schon kam die Domina an die Tür und warf Georg einen warnenden Blick zu. »SM heißt Schachmeister«, behauptete sie geistesgegenwärtig. Georg lachte.

Sie schickte Oliver in die Küche, um die Gänsereste in den warmen Backofen zu schieben.

»Hast du meinen Brief nicht bekommen?«, fragte sie in alter Strenge. »Ich habe vor drei Wochen aufgehört, ich bin jetzt eine verheiratete Frau.«

»Deine Kolleginnen waren das auch«, sagte Georg, »lass mich rein, ich habe dir ein Lackmieder mitgebracht.«

»Lackmieder, Lackmieder! Ich brauche einen Still-BH.«

Georg begriff nichts mehr, er war drei Monate im Ausland gewesen und hatte die Post nicht erhalten. Er bestand auf seinem Recht, als Stammkunde auch an Feiertagen bedient zu werden.

Die Domina rang die Hände. »Ich habe alles weggegeben, kein Pranger, keine Ketten, kein Rohrstock, keine Nadeln mehr im Haus … Es geht nicht.«

Oliver kam wieder an die Tür. »Du kennst ihn?«, fragte er.

Sie nickte. In diesem Moment flippte Georg aus, wochenlang hatte er sich auf Weihnachten im Folterkeller gefreut.

»Wenn ich nicht reindarf, lege ich mich vor die Tür und heule die ganze Nacht wie ein Wolf!«, drohte er.

»Ja was wollen Sie denn hier bei uns?«, fragte Oliver.

»Von Ihnen gar nichts«, sagte Georg, »nur von ihr! Ich will gedemütigt werden! Ich will ihr Sklave sein!«

»Er ist verrückt«, sagte Oliver und schlug die Tür zu.

Kaum saß er mit der Domina bei der Rotweincreme von Dr. Oetker, als es draußen in der Tat schauerlich heulte.

Ungerührt packte die Domina Geschenke aus: eine bayerisch karierte Schürze und eine Barbie-Puppe für die erwartete Tochter. Sie war begeistert. Oliver hängte die neue Kuckucksuhr auf. Vor dem Haus heulte der Wolf, die Glocken klangen, das Radio dudelte.

Schließlich war die Domina zu erneuten Verhandlungen bereit. Georg fragte: »Irgendetwas wirst du doch noch haben – wo sind zum Beispiel die Tierfelle geblieben?«

»Behinderten-Werkstatt.«

»Und die Videos?«

»Altersheim.«

»Die Masken?«

»Beim Fastnachtsprinzen.«

»Die Augenklappen?«

»Josephs-Krankenhaus.«

Georg weinte. Sie bekam Mitleid.

»Also gut, du sollst am Heiligabend nicht erfrieren. Komm meinetwegen rein, aber nur in die Küche.« Sie drückte ihm die Spülbürste in die Hand. »Kannst schon mal anfangen! Nur keine falschen Hoffnungen bitte!«

Oliver hatte immer noch nicht den richtigen Durchblick. »Woher kennst du den Typ?«

»Ein früherer Kunde.« Ihr Ehemann glaubte, dass sie an einer Bar bedient hatte.

»Beruf?«

»Direktor bei der Volksbank.«

»Dann werde ich sofort zur Sparkasse wechseln!«

»Aber nein«, sagte die Domina, »doch nicht hier bei unserer Bank, ganz woanders natürlich. Außerdem ist er perfekt in seinem Job. Komm, wir schauen mal nach ihm, vielleicht hat er sich beruhigt.«

Das Paar betrat die Küche. Georg schrubbte. Er sah die Domina mit einem hündischen Blick an. »Quäle mich!«, jaulte er. Oliver war ratlos.

»Hol die Absperrkette von der Garageneinfahrt!«, befahl sie. Irgendwo im Heizungskeller lagen noch die Fußeisen, weil ihr bis jetzt kein geeigneter Abnehmer eingefallen war.

Gemeinsam ketteten sie ihn an die Küchenheizung. Obgleich die Domina erst wenige Plätzchen und eine einzige Gans in ihrem brandneuen Ofen zubereitet hatte, war er schon ziemlich versaut, was vielleicht auf ihre Unerfahrenheit zurückzuführen war. Auch die Backbleche zeigten einen fettig-bräunlichen Belag. Georg bekam Scheuerpulver und eiskaltes Wasser hingestellt und war für die nächste Zeit beschäftigt.

Nach dem Dessert faltete die Domina sorgfältig das Geschenkpapier zusammen, Oliver wickelte die Bändchen auf. So gut es ging, legten sie sich zusammen aufs Sofa und hielten zum x-ten Mal eine Konferenz über den Vornamen ihrer Tochter. Als es zum zweiten Mal klingelte, wollte die Domina ihren Gatten vom Öffnen abhalten. Oliver hatte aber Geschmack an der Sklavenhaltung gefunden. »Ich muss nach den Feiertagen ins Sauerland«, sagte er, »sei so lieb und lass den Neuen die Winterreifen montieren und den Wagen waschen.« Der kluge Junge hatte begriffen, dass die Befehle nicht von ihm ausgehen durften.

Schwerfällig schlurfte die Domina in den neuen Puschen an die Tür. Dort stand Willi Maser, welch ein Glück, denn er war Chef vom größten hiesigen Autohaus. Sein Geschenk war ein scheuernder Lederbikini. Die Domina ließ sich nicht auf lange Diskussionen ein und wies ihn in die Garage. Damit die Arbeit zur Qual wurde, schüttete sie den Müllsack mit schmierigen Gänseknochen über dem Wagendach aus.

Willi sagte: »Solchen Scheißkram würde ich nicht einmal einem Azubi zumuten!«, und wurde mit dem harten Schlag einer abgenagten Gänsekeule bestraft. »Mehr!«, verlangte er. »Erst die Arbeit, dann das Vergnügen«, sagte sie, und er legte sofort los. Danach ketteten sie Georg im Bad an; Klo, Waschbecken und Wanne hatten es nötig. Georg fühlte sich großartig, denn Oliver hatte ihn »Meister Proper« getauft. Mit viel Einfühlungsvermögen überlegte sich die Domina, dass er auch die Stätte seiner früheren Lust – den Keller – ein wenig putzen sollte. Eine Streckbank war noch vorhanden, weil Oliver in Unkenntnis ihres Zweckes einen Gartentisch daraus bauen wollte. Georg durfte sie grün streichen.

»Was machen wir, wenn der Nächste kommt?«, fragte Oliver fröhlich. In Gedanken gingen sie die einzelnen Zimmer durch. Die Betten konnten frisch bezogen, die Fenster geputzt und die Kühltruhe gründlich gereinigt werden.

»Was haben die anderen für Berufe?«, fragte Oliver neugierig. Die Domina konnte stolz berichten, dass es nur Männer in Führungspositionen waren. »Bis auf einen Studenten, der seine Magisterarbeit über mich schreibt. Der Chefkoch hat schon fünf Sterne errungen, der Finanzmann ist ein ganz hohes Tier.«

»Der könnte die Steuererklärung machen, der Koch ein schönes Essen ...«

»Nein, das ist keine Sklavenarbeit.«

In Gedanken ließen sie den Koch die blauen Monteur-Overalls bügeln und den Finanzmenschen Schuhe und Silber putzen. Die ihr zugedachte schweißtreibende Gummi-Unterwäsche wollte die Domina sofort in den Rotkreuzsack werfen.

Schließlich hatten sie genug von derartigen Spekulationen und widmeten sich dem beliebten Spielchen »Ich sehe was, was du nicht siehst«. Die Domina suchte nämlich die Gelegenheit, ihren Mann auf kunstgewerbliche Bijous, Trockenblumensträuße und Keramiken hinzuweisen. Aber Oliver holte die Dominosteine und wollte lieber damit spielen.

Als sie das Personal fast vergessen hatten, traten die beiden Spartakisten plötzlich ins Wohnzimmer, um zu streiken.

Willi hatte Meister Proper sowohl losgekettet als auch aufgewiegelt. Sie beschwerten sich. »Wir sind Sex- und nicht Putzsklaven! Wo bleibt die Belohnung?«

»Erst einmal drei Blaue auf den Tisch«, sagte die Domina sanft, »dann könnt ihr euch zur Belohnung ein Plätzchen nehmen.«

In diesem Moment sprang der Kuckuck achtmal aus dem Uhrenhaus.

»Um Gottes willen!«, rief Willi. »Ich habe meiner Frau versprochen, um sieben zur Bescherung wieder da zu sein! Was machen wir jetzt?«

Alle dachten angestrengt über eine Ausrede nach. Dabei fiel Georg ein, dass er mit seiner Mutter die Christmesse besuchen musste. Seiner Frau gegenüber war er ohne Verpflichtungen; sie hatte nämlich von seinem Hobby Wind bekommen und war entlaufen.

»Am besten wirkt immer ein Unfall«, sagte Oliver, »dann sind die Angehörigen voller Mitleid und denken gar nicht an eine Standpauke ...«

»Woher kennst du dich so gut aus?«, fragte die Domina spitz, aber nicht ohne Bewunderung.

»Was für ein Unfall?«, fragte der nervöse Georg. »Soll ich mir etwa ein Bein brechen und im Krankenhaus landen?«

»Nein«, sagte Oliver, »Ihr Auto, nicht Sie!«

Für Autos war Willi zuständig. »Nullo Problemo«, sagte er, »wir beide könnten einen Zusammenstoß arrangieren.«

Oliver rieb sich die Hände.

»Aber nicht direkt vor unserer Haustür«, sagte die vorsichtige Domina.

Georg drehte am Radio herum. »Habt ihr schon Weihnachtslieder gesungen?«

Alle sahen ihn verwundert an.

»Bevor wir auseinandergehen, könnten wir doch noch einen vierstimmigen Satz ...«

»Bitte«, sagte die Domina, »die Tochter Zion!«

Georg stimmte an, Willi und die Domina freuten sich und jauchzten laut Jerusalem, Oliver kannte solche Songs weniger. Aber auf die Dauer hatten die beiden Unfallkandidaten keinen Spaß an geistlichen Gesängen. »Wer von uns wird der Verursacher?«, fragte der Banker fachmännisch.

»Von mir aus meine Wenigkeit«, sagte Willi, »ich fahre einen Vorführwagen, natürlich Vollkasko. Aber dafür müssten Sie mir schon ein bisschen ...«

»Ich bitte Sie, das können Sie doch alles von der Steuer absetzen, aber ich werde Ihnen gern behilflich sein«, erwiderte Georg entnervt.

»Na, dann woll'n wir mal«, sagte Willi und flüsterte Georg ins Ohr: »Das Studio in der Weststadt hat vielleicht noch auf.«

»Leider nicht, ich habe mich schon erkundigt, die machen Betriebsferien!«

Für den großen Crash zogen sich alle warm an, denn es sollte ja nicht direkt vor der Haustür geschehen. Oliver tauschte mit Willi den Mantel, das heißt, er drängte dem Autohändler kurzfristig und spaßeshalber den eigenen Parka auf und zog dafür dessen Büffellederjacke an.

»Aber erst die Kohle auf den Tisch«, ermahnte die Domina aus Jux und Gewohnheit. Man wusste leider nicht, was sich gehört, am Ende lagen bloß zwei Kippen unterm Baum, und der Zug setzte sich in Bewegung. Die Duellanten besaßen Nobelkarossen, die sie behutsam auf die einsame Landstraße lenkten. Das Fußvolk zockelte hinterher, die Domina aus Versehen in Pantoffeln. »Gut, dass ich ihnen nur Plätzchen gegeben habe«, sagte sie mütterlich, »als hätte ich's gewusst.«

Oliver zeigte, dass er etwas von Organisation verstand. Wie ein erfahrener Sekundant wies er den beiden Masochisten die Plätze an, stellte sich selbst in die Mitte und blinkte schließlich mit dem Feuerzeug, dass mit Tempo losgefahren werden sollte. Als wahrer Kavalier eilte er aber sofort wieder zur Domina, um sie bei einer möglichen Ohnmacht aufzufangen.

Die Spannung wuchs. Wie in einem gefährlichen Stunt schossen die schweren Wagen voran und krachten schauerlich ineinander.

»Die Polizei ist bestimmt in Windeseile da«, sagte Oliver, »schnell weg hier!«

»Sieh erst mal nach«, sagte die Domina, »warum sie nicht aussteigen.«

Flink näherte sich Oliver der Unfallstelle und steckte den Kopf abwechselnd in beide Wagen. Erfolglos sprach er auf Willi und Georg ein, keiner von beiden machte Anstalten auszusteigen. Oliver knipste das Feuerzeug wieder an und gab der Domina Zeichen: Daumen nach unten. Ohne jeden Beistand musste sie in Ohnmacht fallen. Aber auf Zuspruch öffnete sie die Augen und befahl, sofort zu verschwinden, damit sie nicht als Zeugen aussagen mussten.

In einer Minute waren sie wieder in der warmen Stube und pellten sich aus Mantel und Jacke.

»Beide ziemlich hin«, sagte Oliver bedauernd. »Schade«, sagte die Domina. Kurz darauf hörte man Sirenen.

Wie ein kindlicher Mystiker grübelte Oliver: »Ob sie in den Himmel kommen?«

Die Domina verneinte: »Die sind in der Hölle besser aufgehoben. Stell dir vor: Eine schwarze Teufelin in hohen Stiefeln piesackt sie unaufhörlich mit einer Mistgabel.«

Oliver nickte versonnen: »Wat dem een sin Uhl …«

Schließlich zog er seine schwere neue Jacke wieder an, um die Straßenverhältnisse zu inspizieren. Nach fünf Minuten konnte er berichten, dass die Polizisten verschwunden und die Unfallwagen abgeschleppt waren.

Die Domina öffnete die Haustür und trat an die frische Luft: »Kennst du das Gedicht«, sagte sie und sah nach oben: »Vom Himmel in die tiefsten Klüfte ein milder Stern herniederlacht …«

Oliver zuckte die Achseln und zog die Domina an sich. Beide legten den Kopf zurück und blickten zu den Sternen hinauf. »Freu dich doch«, sagte er, »vielleicht sind sie im Paradies bei der schwarzen Teufelin.«

»Mein lieber Schwan, da scheint mir etwas oberfaul«, sagte die Domina, »das waren doch keine betrunkenen Schüler, sondern erfahrene Männer …«

»Sieh mal, was der Auto-Willi in der Tasche hatte«, sagte Oliver und kramte aus der fremden Tasche ein leeres Ölkännchen, »als ich beim Unfall den Einweiser spielen sollte, habe ich zufällig Willis Öl entdeckt und ganz in Gedanken ein wenig gesprengt.«

Die Domina lächelte wie ein milder Stern. »Aber Schatz, warum eigentlich? Die haben dir doch nichts getan, im Gegenteil – stundenlang haben sie sich nützlich gemacht.«

Oliver zog die Domina hinein und den Büffel aus. »Weißt du«, sagte er, »ich konnte sie nicht ausstehen. Das sollen Männer sein? Kriechen winselnd vor einer Frau im Staub herum und verlangen nach Haue!«

»Du hast recht«, sagte sie, »mein Geschmack sind sie auch nicht. Aber ich muss zu ihrer Entschuldigung sagen, dass sie tüchtige, erfolgreiche Männer mit einem fast intakten Familienleben sind.«

Oliver nahm seine Frau auf den Schoß und herzte sie. Erleichtert fing die Domina an, ein wenig zu beichten. »Es gibt Frauen, denen macht es Spaß – aber nicht mir! Ich hatte nie Gefallen daran, ehrlich! Aber andererseits – es ist immer noch besser als der lausig kalte Straßenstrich.«

»Ich weiß«, sagte Oliver, »im Grunde willst du lieber die Devote spielen; aber du hast mich belogen!«

»Ein bisschen gemogelt«, sagte sie, »ich war niemals Barfrau. Ist das so schlimm?«

Oliver zog ein längliches, liebevoll verpacktes Geschenk unter dem Sofa hervor und überreichte es der Domina. »Böse Mädchen müssen bestraft werden«, sagte er und sah erwartungsvoll zu, wie seine Frau eine nostalgische Wäscheleine aus Hanf und einen fast antiken, geflochtenen Teppichklopfer aus rotgoldenem Weihnachtspapier schälte, »ich weiß doch, was eine Frau sich wirklich wünscht.«

Er fesselte sie mit der kratzigen Leine und legte sie übers Knie, weil die Streckbank noch nicht getrocknet war. Während er wie ein zorniger Nikolaus den Teppichklopfer handhabte, rief er immer wieder: »Eine anständige Frau bringt an Weihnachten kein Dosenrotkraut auf den Tisch!«

AUTORENVITA

Ingrid Noll wurde 1935 in Shanghai geboren und studierte in Bonn Germanistik und Kunstgeschichte. Sie ist dreifache Mutter und Großmutter. Nachdem die Kinder das Haus verlassen hatten, begann sie, Kriminalgeschichten zu schreiben, die allesamt sofort zu Bestsellern wurden.

SUSANNE MISCHKE

Karlo muss sterben

HANNOVER

Dass das Weihnachtsfest in diesem Jahr außergewöhnlich werden würde, schwante ihnen, nachdem sie Karlos Geschenk ausgepackt hatten: Es war eine Waffe und eine Schachtel mit Munition.

»Ist der echt, funktioniert der?«, fragte Ludmilla.

»Klar funktioniert *die*. Es ist eine Pistole, eine Walther P38.«

»Wozu soll die gut sein?«, erkundigte sich Goswin und betrachtete die Pistole interessiert.

»Ja, was soll das?«, wollte nun auch Renate wissen. »Hast du Schiss, weil sie neulich nebenan eingebrochen sind?«

»Lasst uns erst mal den Abend genießen, Freunde, dann erkläre ich es euch«, antwortete Karlo und setzte sich mit einer neuen Dostojewski-Ausgabe von *Verbrechen und Strafe* vors knisternde Kaminfeuer. Ludmilla nahm das mit rotem Samt ausgeschlagene Holzkästchen vom festlich gedeckten Tisch und stellte es auf die Anrichte, so vorsichtig, als könnte die Waffe bei der kleinsten Erschütterung von selbst losgehen. Was für eine geschmacklose Idee, eine Waffe zu Weihnachten! Sicher, Karlo war ein Exzentriker, aber das ging zu weit, dachte sie und hängte eine Weihnachtsbaumkugel um, wobei sie etwas von »gottverdammtem Engelshaar« murmelte.

Goswin legte Bachs Weihnachtsoratorium auf und ging auf die Terrasse, um eine zu rauchen. Karlo hatte ein striktes Rauchverbot im ganzen Haus erlassen – was jedoch nicht galt, wenn er eine seiner Cohibas qualmte.

Wenig später kredenzte Renate ihre berühmte Ente mit

Orangensauce, so wie jedes Jahr zu Heiligabend. Die Vierer-WG bestand seit acht Jahren, und die kleine Wahlverwandtschaft pflegte mittlerweile ihre eigenen Traditionen. Eine davon war, dass man sich an Weihnachten aus vielerlei Gründen nichts schenkte: um der Konsumgesellschaft ein Schnippchen zu schlagen, um mit eingefahrenen Bräuchen zu brechen, aber auch, weil richtiges Schenken schwierig war und alle außer Karlo ohnehin ihr Geld zusammenhalten mussten.

Karlo hatte die Gründerzeitvilla in Waldhausen, einem der besseren Viertel Hannovers, von seiner Mutter geerbt. Als sich seine Sandkastenfreundin Renate, die aus demselben Vorort stammte wie er, scheiden ließ und nicht wusste, wohin, schlug er ihr vor, in die Villa einzuziehen. »Eine WG – genau wie früher.« Ihr folgte nur einige Wochen später sein Kumpel Goswin, der mit seiner Handelsvertretung für Autofelle von Jahr zu Jahr weniger verdiente und seine große Wohnung in der List nicht mehr halten konnte. In das letzte freie Zimmer, Karlos ehemaliges Kinderzimmer, zog schließlich Renates Freundin Ludmilla ein, die es mit neunundvierzig Jahren und zehn Kilo Übergewicht aufgegeben hatte, noch einen Ehemann zu finden. Ihr Blumenladen war auch nicht gerade eine Goldgrube, und so nutzte sie die Gelegenheit, für wenig Geld in einer respektablen Umgebung und nicht allein leben zu müssen. Karlo verlangte nicht viel Miete von ihnen, Geld hatte er genug. Er komponierte Filmmusik, schaurige violinenlastige Stücke für *Pilcher*-Schmonzetten, *Das Traumschiff* und Ähnliches. Zum Glück tat er das in einem Studio auf dem Messegelände und nicht im Haus.

Die drei Zugezogenen wohnten im ersten Stock, Renate hatte das größte Zimmer mit dem Balkon, Ludmilla das kleinste. Für sich selbst hatte Karlo das gesamte Dachgeschoss ausbauen lassen, so dass er quasi über ihren Köpfen thronte. Die Verteilung der Zimmer spiegelte exakt die Hierarchie in der WG wieder. Die unteren Räume, der »Salon« mit der Flügeltür zur Bibliothek mit dem Kamin, das kleine Fernsehzimmer und die Küche bildeten die Gemeinschaftsräume. »Unsere Alters-WG«, hatten sie es damals, als sie noch alle um die fünfzig waren, scherzhaft genannt. Inzwischen hörte man den Ausdruck immer seltener. Damit es keinen Krach ums Putzen gab, kam zweimal die Woche eine Putzfrau, die von Karlo bezahlt wurde. Aber immer dann, wenn man sich gerade an sie gewöhnt hatte, hatte Karlo irgendetwas an ihrer Arbeit oder an ihrer Person auszusetzen, warf sie raus und stellte die nächste ein. Die jetzige hieß Irina und kam aus Serbien.

Die Ente war gelungen, wie immer, und Karlo langte herzhaft zu. Bei den anderen war der Appetit nicht ganz so groß. Alle drei schielten abwechselnd zu dem Kästchen auf der Anrichte hin, und im Grunde warteten sie nur darauf, dass Karlo endlich eine Erklärung dazu abgeben würde.

Das tat er schließlich auch, nachdem die Mousse au Chocolat verspeist war und er allen ein Glas von seinem wohlbehüteten Glenmorangie eingegossen hatte, was mit der düsteren Prophezeiung: »Den Drink werdet ihr gleich brauchen«, einhergegangen war. Er ließ die Flasche auf dem Tisch stehen und sagte lapidar: »Ich möchte, dass ihr mich umbringt.«

»Sehr witzig«, meinte Goswin gedehnt und unterdrückte nachlässig einen Rülpser.

»Im Ernst«, erwiderte Karlo und fixierte der Reihe nach alle drei mit seinen blauen Gletscheraugen. Dann berichtete er, dass er vor zwei Wochen bei einem weit über die Stadtgrenzen hinaus bekannten Neurologen gewesen wäre, und der hätte bei ihm einen inoperablen Gehirntumor diagnostiziert. »Ihr wisst doch, dass ich in den letzten Monaten dauernd diese Kopfschmerzen hatte.«

Daran erinnerte sich zwar niemand, weil sich alle angewöhnt hatten, wegzuhören, wenn Karlo über eine seiner Malaisen klagte, aber sie nickten zustimmend.

Die Krankheit, so erläuterte Karlo, würde ähnlich verlaufen wie Alzheimer, nur schneller. Er würde nicht daran sterben, aber seine Erinnerungen würden nach und nach ausgelöscht werden, er würde seine Körperfunktionen nicht mehr beherrschen können und nach und nach immer mehr verblöden. »Und das alles innerhalb der nächsten zwei, drei Jahre«, schloss Karlo seinen Bericht.

»Das ist ja grauenhaft«, entfuhr es Ludmilla, und Goswin genehmigte sich noch einen Whisky auf den Schrecken.

Es hat sogar schon angefangen, fiel Renate ein. Oder war das nicht Karlos Lesebrille gewesen, die sie kürzlich im Kühlschrank gefunden hatte?

»Ihr könnt hoffentlich verstehen, warum ich diesem Schicksal einen baldigen und gnädigen Tod durch Freundeshand vorziehe«, sagte Karlo.

Die anderen musterten verlegen das vom Mahl bekleckerte Tischtuch. Um Karlos Platz herum sah es aus wie nach einem Rorschach-Test mit mehreren Versuchen, und Ludmilla fragte sich, ob Karlos Motorik bereits unter der Krankheit litt. Renate fand als Erste die Sprache wieder: »Warum willst du uns zu Mördern machen? Warum begehst du nicht einfach Selbstmord?«

»Wegen der Lebensversicherung«, antwortete Karlo rundheraus. »Die zahlt nicht bei Selbstmord, wohl aber bei Mord. Ihr drei seid die Begünstigten. Mein Vorschlag ist: Derjenige, der die Tat ausführt, sollte die Hälfte bekommen, die anderen beiden je ein Viertel. Darüber müsst ihr euch vorher einigen – ich bin ja dann nicht mehr da.«

»Das ist doch Wahnsinn«, meinte Renate, und Ludmilla schüttelte so heftig den Kopf, dass ihr Dreifachkinn wie Götterspeise wackelte.

»Über welchen Betrag reden wir hier eigentlich?«, fragte Goswin.

»Achthunderttausend Euro.« Karlos Stimme klang wie die

eines satten Bären. Er ließ die Zahl ein bisschen wirken, ehe er fortfuhr: »Die Versicherungssumme ist an Neujahr fällig. So lange habt ihr Zeit, sieben Tage. Passend dazu habe ich auch ein Testament gemacht, das bis zum 31.12. dieses Jahres Gültigkeit hat. Darin vererbe ich euch mein Haus zu gleichen Teilen. Sollte ich Silvester überleben, geht alles an meinen nichtsnutzigen Neffen.«

»Aber die Polizei würde uns als deine Erben doch sofort verdächtigen«, gab Ludmilla zu bedenken.

»Natürlich müssen die anderen beiden dem Täter ein wasserdichtes Alibi geben, dann können sie euch nichts anhaben – sofern ihr keine Spuren hinterlasst. Die Pistole muss selbstverständlich so entsorgt werden, dass man sie nie wieder findet. Sie ist übrigens nirgends registriert. Ihr könnt auch eine andere Methode wählen, nur bitte keine allzu brutale. Keine halben Sachen wie manipulierte Bremsen oder dergleichen. Es soll kurz und schmerzlos vonstattengehen und effektiv sein, das verlange ich als euer Freund von euch.«

»Warum engagierst du dafür nicht einfach einen professionellen Killer?«, schlug Goswin vor.

»Ihr seid quasi meine Familie, ich möchte durch eure Hand aus dieser Welt scheiden. Weiß ich, ob ein Killer zuverlässig arbeitet? Nein. Und womöglich habt ihr dann keine Alibis für die Tatzeit und werdet für einen Mord zur Verantwortung gezogen, den ihr gar nicht begangen habt.«

»Sehr rücksichtsvoll von dir«, bemerkte Goswin. Er verzog seine dünnen Leguanlippen zu einem zynischen Lächeln, und Renate meinte mit vor Zorn bebender Stimme: »Karlo, ich habe so was von genug von deinen sadistischen Psycho-Spielchen!« Sie reagierte stets sensibel auf das Thema Mord und Tod. Ihre beste Freundin Stephanie war Mitte der Siebziger nach einem Discoabend, den sie wegen eines dummen Streits vorzeitig verlassen hatte, erdrosselt in einem Waldstück aufgefunden worden. Die Tat war bis heute nicht aufgeklärt worden.

»Ja, das tust du doch nur, um uns den Heiligen Abend zu verderben!«, pflichtete Ludmilla Renate bei. Drei Jahre lang hatte sie Karlo bearbeiten müssen, um im Esszimmer einen geschmückten Christbaum aufstellen zu dürfen. »Aber nur mit elektrischen Kerzen, wegen der Brandgefahr!«, hatte der sich schließlich erweichen lassen. Seither schmückte Ludmilla den Baum jedes Jahr nach dem neuesten Floristen-Trend, aber stets ruinierte Karlo ihr Kunstwerk, indem er hinterher Unmengen von Engelshaar über die Zweige verteilte. »Das hat meine Mutter auch immer gemacht – wenn schon Tradition, dann richtig«, insistierte Karlo, während sich Renate und Goswin klammheimlich über den haarigen Baum amüsierten.

»Freunde, ich zähle auf euch!« Karlo erhob sich und nahm den Glenmorangie mit hinauf in seine Gemächer, die die anderen nie betreten durften. Auf der Treppe drehte er sich noch einmal um: »Übrigens, ich habe Irina entlassen. Ich konnte es nicht mehr mit ansehen, wie sie die Holzdielen unter Wasser setzte.«

Abgesehen vom Engelshaar hatte es Karlo sonst nicht so mit Haaren. Ludmilla hätte schrecklich gerne einen Hund oder eine Katze gehabt, aber Karlo hatte die Anschaffung eines Tieres stets vehement abgelehnt. »Keine Viecher – höchstens Fische!«, war bei Ludmillas Einzug eine seiner Bedingungen gewesen. *Wenn Karlo tot wäre,* dachte sie nun, *könnte ich mir endlich einen Hund anschaffen, einen Beagle vielleicht, oder einen Labrador.* Zwar mochte auch Goswin keine Hunde, aber mit dem würde sie schon fertig werden. *Und vom Geld der Versicherung könnte ich mir Fett absaugen lassen und einen großen Laden in einer Eins-a-Lage anmieten …*

Wenn Karlo nicht mehr da wäre, dürfte man endlich überall im Haus rauchen, überlegte Goswin, den nach zwei Gläsern vom teuren Schotten die Lust auf eine Zigarette quälte. Er und Renate würden Ludmilla einfach überstimmen. Denn wenn

Karlo tot wäre, würden hier endlich einmal demokratische Verhältnisse herrschen. Überhaupt wäre das Leben angenehmer und schöner ohne diesen Despoten, dessen Laune ständig zwischen großzügig-gönnerhaft und kleinkariert-autoritär oszillierte. Außerdem war zu bedenken, was geschehen würde, wenn man ihn nicht umbrächte: Sie hätten auf unbestimmte Zeit einen rasant verblödenden Diktator in der WG. Wer kann das schon wollen? Offenbar nicht einmal Karlo selbst. Ja, Karlo hatte völlig recht, besser ein schneller, sauberer Abgang, als eine lange Qual für alle Beteiligten. Goswin seufzte. Natürlich würde die Umsetzung des Mordplans an ihm hängenbleiben. Renate rastete schon aus, wenn im Fernsehen nur ein Grab gezeigt wurde, und Ludmilla war einfach zu blöd und zu weichherzig für so etwas. Es war ohnehin fraglich, ob die beiden die Nerven haben würden, ein Polizeiverhör durchzustehen. Und das würde nicht ausbleiben, sobald bekannt würde, wer von Karlos Tod profitierte. Das war das Risiko bei der Sache. Andererseits – ohne Risiko kein Gewinn. Und vierhunderttausend Euro … Das Geld brächte die lang ersehnte Wende in sein trübsinniges, von beruflichen und privaten Misserfolgen gekennzeichnetes Leben. Höchste Zeit, dass sich etwas änderte. Goswin war einundsechzig, hatte einen Bauch, eine Glatze und Probleme beim Pissen – aber mit einem Porsche würden ihm die dürren gesträhnten Blondinen, die mit ihren Proseccogläsern und Reitstiefeln samstags in der Markthalle standen, endlich Beachtung schenken. Ja, ein Porsche zog noch immer bei den Weibern, das hat er oft genug beobachtet.

Renate stand am Fenster ihres Zimmers und blickte hinaus in den dunklen Garten, der von keinem Silberstrahl erhellt wurde, denn es war Neumond. *Wenn Karlo tot wäre, könnte ich in das Dachgeschoss ziehen.* In den großzügigen Räumen des ausgebauten Daches würden ihre Möbel und Bilder Platz finden, die seit ihrer Scheidung in einer Scheune vor sich hin rotteten. *Und endlich wieder ein eigenes Bad! Was? Wie bitte? Bist du noch ganz bei Trost?* Die Gedanken hatten sie überrumpelt, einfach so, denn obwohl sie schon das größte Zimmer im ersten Stock hatte, kam sie sich dennoch manchmal vor wie ein Pensionsgast. Renate versäumte nicht, sich umgehend für ihre Impulse zu schämen. Nein, sie wollte sich nicht auf Karlos verrückte Idee einlassen, das alles war ohnehin sicher nur ein dummer Scherz von ihm. Er neigte zu geschmacklosen Späßen auf Kosten anderer. Und selbst wenn es stimmte, wenn er wirklich todkrank war, nun, dann würden sie ihn eben bis zu seinem Tod pflegen. Das war doch schließlich die Idee dieser WG gewesen, oder hatte sie da etwas falsch verstanden? Füreinander da zu sein im Alter, sich zu helfen, so lange es ging. Und nicht, sich gegenseitig umzubringen, um die Lebensversicherung zu kassieren. Eine gewaltige Summe, wieso hatte Karlo eine so hohe Lebensversicherung abgeschlossen? Diese posthume Fürsorge entsprach so gar nicht seiner Art, Karlo war ein Egoist reinsten Wassers. Man sollte vorsichtshalber nichts unternehmen, ehe man diese Versicherungspolice gesehen hatte … Erneut erging sich Renate in Selbstekel, als es an der Tür klopfte.

Ludmilla und Goswin schoben sich ins Zimmer. »Lagebesprechung«, sagte Goswin knapp.

Renate deutete stumm auf ihr Sofa, auf das Ludmilla wie ein Sack plumpste. Goswin, der Ludmillas körperliche Nähe stets mied, blieb stehen und stieß hervor: »Ich mache es. Ihr müsst mir nur ein Alibi geben.«

»Es ist völliger Wahnsinn, und das weißt du auch«, entgegnete Renate.

»Aber wenn es doch sein Wunsch ist. Findest du es humaner, ihn eines grausigen Todes sterben zu lassen?«, fragte Ludmilla, und es war reine Show, wie sie die Hände rang, während Renate registrierte, dass Ludmilla immerhin des Genitivs mächtig war.

»Ganz zu schweigen von der Hölle, die wir jetzt schon mit ihm haben«, ergänzte Goswin, der schon immer eifersüchtig auf den gutaussehenden, erfolgreichen Karlo gewesen war. »Außerdem – denk mal an das Geld. Du kannst es doch auch gebrauchen.«

Das war allerdings wahr. Renate, eine promovierte Germanistin, hangelte sich seit Jahren von einem Lektoratsjob zum nächsten. Eine schlecht bezahlte, aber äußerst anspruchsvolle Arbeit, die lediglich den Vorteil hatte, dass man sie zu Hause erledigen konnte. Ihre Rente würde demnach mehr als mager ausfallen.

»Wer weiß, ob diese Versicherung überhaupt existiert«, gab sie zu bedenken.

Ludmilla antwortete eifrig. »Doch, tut sie. Er hat die Police vorhin unter den Weihnachtsbaum gelegt.«

Renate verzog ihren wohlgeformten Mund.

Goswin erklärte: »Ich werde ihm auflauern und ihn erschießen, wenn er in der Eilenriede joggen geht. Ihr müsst der Polizei nur bestätigen, dass wir drei zusammen gefrühstückt haben, einverstanden?«

»Wieso macht er das eigentlich noch – ich meine joggen, wenn er eh sterben will und todkrank ist?«, wunderte sich die Kanapee-Walküre, die für Sport noch nie viel übriggehabt hatte.

»Vielleicht, weil es ihm Spaß macht«, antwortete Goswin und fragte noch einmal: »Seid ihr damit einverstanden? Das Geld teilen wir so, wie Karlo es vorgeschlagen hat.«

»Okay«, sagte Ludmilla eine Spur zu schnell.

Renate nahm die Zigarettenschachtel vom Schreibtisch, und gerade so, als würden Karlos Gesetze ab sofort nicht mehr gelten, steckte sie sich eine Gauloise an. Sie nahm einen tiefen Zug und blickte dann dem Rauch hinterher, wie es sonst nur Frauen in französischen Schwarzweiß-Filmen machen. Das war Goswin Antwort genug.

Am nächsten Tag fuhr er zum Steinbruch und probierte die Waffe aus. Sie funktionierte. Er war beim Bund ein guter Schütze gewesen und stellte jetzt fest, dass er es immer noch drauf hatte. Außerdem war es ein geiles Gefühl, endlich mal wieder eine Waffe in der Hand zu halten.

Der erste Weihnachtstag verstrich in angespannter Atmosphäre. Außer Karlo, der tat, als ob nichts wäre, ging jeder jedem aus dem Weg. Wenn sich Ludmilla, Renate und Goswin dennoch trafen, konnten sie sich kaum in die Augen sehen und unterhielten sich nur über Belangloses. Selbst die elektrischen Kerzen am Weihnachtsbaum blieben ausgeschaltet. Renate besuchte ihre Mutter im Altenheim und danach sogar ihre Schwester, obwohl sie deren lärmende Gören kaum ertragen konnte. Ludmilla verbrachte den Tag fernsehend in ihrem Zimmer. Nebenbei begann sie, in ihren botanischen Nachschlagewerken über Giftpflanzen zu recherchieren. Falls Goswin versagen sollte – und das war zu erwarten, denn Goswin war der klassische Versager –, würde sie eben Karlos Glenmorangie mit Bilsenkraut vergiften, obwohl das natürlich stark auf sie als Täterin hindeuten würde.

Goswin dagegen belauerte Karlo vom frühen Morgen an auf Schritt und Tritt. Karlo schlief bis acht, ging dann Schneeschippen, hackte Holz, spazierte um den Maschsee, und als es dämmerte, las er seinen Dostojewski am Kaminfeuer. Niemand wagte, sich ihm zu nähern, er hatte plötzlich die Ausstrahlung eines fremden Tieres, von dem man nicht weiß, wie es auf Berührung reagieren wird.

Am späten Abend standen dann plötzlich Karlos Laufschuhe an der Garderobe – wie eine stumme Aufforderung.

Goswin rückte schon um sieben Uhr aus, um rechtzeitig zur Stelle zu sein und um möglichst ungesehen zu seinem Ziel zu gelangen. Aber unter der Mütze und mit dem Schal, den er bis über die Nase gezogen hatte, würde ihn ohnehin niemand erkennen. Unter den Lederhandschuhen trug er drei Lagen Einmalhandschuhe aus Silikon, wegen der Schmauchspuren. Er hatte im Steinbruch das Schießen mit den dick behandschuhten Händen geübt. Die alten Moonboots, die er trug, würde er hinterher wegschmeißen, falls die Polizei Spuren im Schnee finden sollte. Es hatte in den letzten Tagen immer wieder Schneefälle gegeben, und auch für heute waren Niederschläge angekündigt worden. Umso besser. Es war noch dunkel, und der Morgen war klirrend kalt. Der Schnee knirschte laut unter Goswins Sohlen. Niemand begegnete ihm, weder auf der Straße noch in der Eilenriede. Er brauchte seine Taschenlampe, um an die Stelle zu gelangen, die er sich für seine Tat ausgesucht hatte. Sie lag östlich vom Messeschnellweg, in einem Abschnitt des weitläufigen Stadtwaldes, der wenig frequentiert wurde. Am Wegrand hinter einer Biegung gab es einen mannshohen Stapel aus meterlang abgesägten Baumstämmen, die schon so lange dort lagerten, dass sie bereits zu faulen anfingen. Goswin kannte Karlos Laufstrecke genau. Er hatte ihn ein paar Mal begleitet, jeder Meter war eine Qual, mit Karlos Tempo hatte er nicht mithalten können. Schließlich hatte er sich auf seinen empfindlichen Meniskus berufen und das Joggen wieder aufgegeben.

Er erreichte besagte Stelle, als es gerade zu dämmern begann. Die fahle Morgensonne beschien eine Winterlandschaft wie aus dem Bilderbuch. Die kahlen Äste des Mischwaldes waren weiß überzuckert, durch die frische Schneedecke zogen sich Spuren von Tieren. Frierend und auf der Stelle tretend, lauerte Goswin hinter dem Holzstoß, den Weg stets im Blick. Bis Karlo vorbeikommen würde, würde es bestimmt noch eine Stunde dauern. Hoffentlich waren bis dahin seine Finger nicht steifgefroren. Er musste auch dringend pinkeln, aber das ging jetzt nicht, wegen der DNA-Spuren, die er damit hinterlassen würde. Ein Motorengeräusch näherte sich. Goswin duckte sich tief hinter das harzig duftende Holz, und schon donnerte ein Trecker an ihm vorbei, der einen Schneepflug vor sich herschob. Während das Schneeräumen in der Stadt zum Ärger aller Bürger nur sehr schlecht funktionierte, waren die Wege in der Eilenriede stets penibel geräumt, was daran lag, dass hier im Wald nicht die Stadtreinigung, sondern das Forstamt für diese Aufgabe zuständig war. Lange hing der Dieselgestank des Treckers in der windstillen Luft. Goswin wurde davon ein bisschen übel, aber er ermahnte sich, durchzuhalten. Er dachte an seinen 944er Porsche, silbergrau mit schwarzen Ledersitzen. Oder doch lieber rot? Eine Krähe flog laut krächzend über ihm auf, er schrak zusammen. Herrgott, wann kommt endlich Karlo? Goswin war kein naturverbundener Mensch, sein Bedarf an Grün war mit ein wenig Schnittlauch in der Suppe vollends gedeckt, und so ein großer Wald hatte etwas Unheimliches, besonders, wenn man ganz alleine war. Hatte er nicht neulich in der Zeitung gelesen, dass in Deutschland die Wölfe wieder auf dem Vormarsch waren? Er tastete nach der Pistole unter seiner Daunenjacke. Ein beruhigendes Gefühl, bewaffnet zu sein.

Da, was war das? Es knackte hinter ihm im kahlen Geäst, und ehe Goswin begriff, was los war, kam ein zottiges Tier auf ihn zu. Es blieb in zwei Metern Entfernung vor ihm stehen, offenbar genauso überrascht wie sein Gegenüber. Die Zunge, eingebettet zwischen gewaltigen Eckzähnen, hing ihm weit aus dem geöffneten Maul, der Atem ging hechelnd. Es war ein Rüde, was das Tier nun unter Beweis stellte, indem es den Holzstapel anpisste, sich umdrehte, noch einmal pisste. Von irgendwoher schallte ein Pfiff und dann ein Ruf: »Baaalduuu!« Oder so ähnlich.

Der Köter hatte seine Schrecksekunde überwunden, Goswin nicht. Der Hund war riesig, und jetzt näherte er sich schwanzwedelnd. Goswin mochte Hunde nicht besonders, und im Augenblick schon gar nicht. Er machte eine fuchtelnde Handbewegung. »Hau ab, du verdammter Köter«, zischte er, doch der Hund nahm die Worte offenbar als Aufforderung zum Spielen. Er streckte die Vorderpfoten aus, das Hinterteil in die Luft und schaute Goswin erwartungsvoll an.

»Baldur! Hiiier!«, schallte es streng durch den Wald.

»Hau ab! Weg da!« Goswin deutete auf den Weg, von wo aus sich jetzt Baldurs Herrchen näherte. Hatte der Mann ihn schon gesehen? Instinktiv duckte sich Goswin wieder hinter den Holzstapel. Doch auch diese Geste interpretierte der Hund völlig falsch. Er leckte Goswin übers Gesicht, und dann besprang er ihn. Der Versuch, den schweren, stinkenden Hund, der auf seinem Rücken hing und ihn mit den Vorderläufen umklammerte, abzuwehren, misslang. Im Gegenteil, der brünstige Baldur zog Goswin die Mütze vom Kopf, hechelte ihm in den Nacken und schlabberte ihm ins rechte Ohr, während sein Unterleib im schnellen Rhythmus einer Nähmaschine vor- und zurückzuckte. Ein älterer Herr mit Raureif im Bart befreite Goswin schließlich unter tausend Entschuldigungen von seiner ungezogenen Bestie. Dann wünschte er Goswin noch schöne Weihnachten und zerrte seinen Köter, scheinheilige Beschimpfungen murmelnd, den Weg entlang davon. Unter anderen Umständen hätte Goswin dem Hundebesitzer gründlich die Meinung gesagt, so aber schlich er einfach nur gedemütigt nach Hause, nachdem er den kurz aufflammenden Gedanken, beide zu erschießen, verworfen hatte. Sein Mordplan und ihrer aller Hoffnung auf eine bessere Zukunft waren an einem läufigen Köter gescheitert. Das durfte er Renate und Ludmilla auf keinen Fall erzählen. Er würde einfach behaupten, Karlo habe eine andere Strecke genommen. Goswin war fertig mit den Nerven, er bezweifelte, ob er imstande wäre, in den nächsten Tagen einen weiteren Versuch zu unternehmen. Und wenn, dann bestimmt nicht im Wald.

Vor dem Haus standen zwei Streifenwagen und ein Fahrzeug der Kripo, erkennbar am aufgesetzten Blaulicht, das wie ein

Pickel auf dem Dach des Passats prangte. Goswin erschrak. Waren ihm Renate oder gar Ludmilla zuvorgekommen? Oder hatten sie ihn verraten, wartete die Polizei auf ihn, den vermeintlichen Mörder? Wollten die zwei die Kohle alleine kassieren, während er lebenslänglich im Knast hockte? Noch während er zögerte, mit der aufsteigenden Panik kämpfte und sich nach einer Stelle umsah, wo er möglichst unauffällig die Pistole loswerden konnte, öffnete sich die Haustür. Heraus kam Karlo, in Sakko und Handschellen, und wurde von zwei uniformierten Beamten zu einem der beiden Streifenwagen geführt.

»Sorry, ich dachte, die Polizei macht auch mal Ferien«, sagte Karlo zu Goswin, der rein gar nichts verstand.

Goswin betrat das Haus, ging aufs Gästeklo und versteckte die Pistole in dem kleinen Mülleimer unter dem Waschbecken.

Im Wohnzimmer waren zwei Männer in weißen Anzügen dabei – sie sahen aus wie die Spermien in Woody Allens Film *Was Sie schon immer über Sex wissen wollten* –, den Weihnachtsbaum abzuschmücken. Hauptsächlich, so bemerkte Goswin, interessierten sie sich für das Engelshaar.

»Und Sie haben sich nie gefragt, was aus diesen Putzfrauen geworden ist?«, fragte ein Mann in Zivil gerade Renate und Ludmilla, die beide blass und zitternd am Tisch saßen.

»Nein. Er hatte immer was an ihnen auszusetzen, und zu uns sagte er nur, dass er sie entlassen hätte.« Ludmilla bemerkte nun Goswin und rief: »Goswin, stell dir vor, der Kommissar sagt, Karlo hätte alle unsere Putzfrauen ermordet, ihnen das Haar abgeschnitten, es weiß gefärbt und Jahr für Jahr über den Christbaum gehängt. Sieben Frauen!«

»Acht«, korrigierte Renate. »Der Mord an meiner Freundin Stephanie damals, das war auch er. Der Täter hatte ihr das lange blonde Haar abgeschnitten. Ich habe neulich bei einem Klassentreffen einen alten Freund wiedergesehen, der jetzt beim LKA arbeitet, und habe ihn gebeten, ob man den alten Fall noch einmal mit den neuesten Methoden untersuchen könnte.

Man hat damals ihre Kleidung aufbewahrt und konnte jetzt noch, nach so vielen Jahren, DNA-Spuren sicherstellen. Kürzlich wurden alle Männer, die damals in Bothfeld gelebt haben, zur DNA-Probe gebeten, auch Karlo. Er muss gewusst haben, dass ihm nur noch wenige Tage bleiben, ehe sie ihn drankriegen.«

»Ach, deshalb …«, begann Goswin und biss sich auf die Lippen.

»Ja? Was wollten Sie sagen?«, fragte der Kommissar.

»Nichts«, antwortete Goswin. »Er war ein bisschen sentimental, die letzten Tage. Wir dachten, es läge an Weihnachten.«

AUTORENVITA

Susanne Mischke hat mehr als ein Dutzend Romane veröffentlicht, vorwiegend Kriminalromane (*Mordskind, Die Eisheilige*) sowie vier Jugendkrimis (*Nixenjagd, Zickenjagd*) und eine große Anzahl von Kurzgeschichten. Mit dem Roman *Der Tote vom Maschsee* begann ihre erfolgreiche Hannover-Krimiserie um den kauzigen Kommissar Bodo Völxen und seine Schafe. Im Herbst 2011 erschien der vierte Band dieser Serie mit dem Titel *Todesspur.*

Mehr unter: www.susannemischke.de

Sandra Lüpkes

Wunschverzettelt

Dortmund

Kyra wünscht sich das große Barbie-Haus mit Pool. Leon hätte gern die neue Playstation plus drei Spiele. Aber ich bin pleite. Alleinerziehend und pleite. Und überübermorgen ist der erste Advent.

Was bleibt mir also anderes übrig, als eine Bank zu überfallen? Hier in meiner Stadt, in Dortmund. Ich weiß, man sollte eigentlich an einen Ort fahren, wo einen keiner kennt. Aber mir bleibt keine andere Wahl, weil ich kein Auto hab und auf öffentliche Verkehrsmittel angewiesen bin. Also rein in die Stadtbahn und an der Kampstraße wieder raus. Es riecht nach feuchten Wintermänteln, nassen Hunden und Pinimenthol. Kyra hat Schnupfen, sie ist quengelig, und immer läuft ihr was aus der Nase.

Leicht ist so ein Überfall sowieso nicht mit zwei Kindern im Schlepptau. Ich hatte geplant, die Kleine bei Karstadt im Kinderparadies abzuliefern. Leon wollte ich dann in der Spielwarenabteilung vor die Computer stellen. Und dann ab in die Hauptstelle in der Innenstadt, wo man mir schon zweimal einen Kredit verweigert hat.

Mit Strumpfmaske im Rucksack, direkt neben Kyras Pampers habe ich sie versteckt. Die täuschend echt aussehende Plastikpistole vom 99-Cent-Paradies klemmt neben der Flasche Apfelsaft.

»Achtung, Achtung, die kleine Kyra möchte von ihrer Mama dringend aus dem Kinderparadies abgeholt werden«, ertönt es aus den Lautsprechern, noch bevor ein Platz für meinen Sohn an der Spielkonsole frei geworden ist. So ein Mist. Ich schleppe

Leon also wieder zu diesem Lebkuchenhaus, wo er seine heulende Schwester findet, hinter der Krippe versteckt. Sie hat sich vor dem Weihnachtsmann gefürchtet und klammert sich an mein Bein.

»Mama, der Mann ist fies!«, schnieft sie, und ihre Nase ist röter als die von Rentier Rudi, den man hier in allen Größen kaufen kann und der Musik macht, wenn man sein berühmtes Riechorgan drückt. Was Leon natürlich gleich macht, und zwar bei allen zwanzig Plüschtieren gleichzeitig.

»Rudolph the red-nosed reindeer …«

»Lass das, Leon!«

»Rudolph the red-nosed reindeer …«

»Du sollst das lassen, hab ich gesagt.«

»Rudolph the red-nosed reindeer …«

»Had a very shiny nose
And if you ever saw him
You would even say it glows …«

Kyra schreit trotzdem noch lauter als alle Rentiere zusammen.

»You would ever say it glows …«

Ich klopfe Leon auf die Finger.

»You would ever say it glows …«

Der Weihnachtsmann guckt uns böse an.

Keine Chance, ich muss die beiden mitnehmen.

In der Bankfiliale haben sie zumindest schon mal eine Bastelecke. Man kann Sparfüchse ausmalen, wer es am besten hinkriegt, gewinnt eine Luftmatratze. Kyra macht so etwas gern. Leon heult, weil ich ihm versprochen hatte, dass er bei Karstadt Computerspiele ausprobieren darf. Aus Wut haut er auf einem der Kontoauszugsdrucker herum und meckert. »Die Grafik ist voll langweilig. Das Display zeigt immer dasselbe.«

»Leon, Pfoten weg!«

»Wie kommt man denn überhaupt ins nächste Level?«

»Leon, lass das, oder du kriegst noch was auf die Finger, kapiert?«

Alle in der Filiale schauen mich an. Mustern mich von oben bis unten. Aha, eine Mutter, die ihre Kinder nicht im Griff hat, total überfordert, ein Fall für die Super Nanny, ganz klar.

Die können später alle bei der Kripo ein Eins-a-Phantombild anfertigen lassen von mir: dünne Frau, schlecht sitzende Frisur, dunkle Augenringe. Ach ja, und die Strumpfmaske hatte eine Laufmasche.

Jetzt kann es losgehen, denke ich, setze den Rucksack ab und öffne den Reißverschluss. Na dann …

Plötzlich kommt ein Kerl rein, ein ziemlich gefährlich aussehender Typ mit Lederjacke, Schirmmütze und einem Arabertuch über Nase und Mund. Man versteht ihn deswegen auch nicht so gut, als er ruft: »Dies ist ein Überfall.« Doch man kann erkennen, was er will, weil er eine Pistole in der Hand hält. Die sieht ziemlich echt aus.

Alle sind mucksmäuschenstill. Bis auf Kyra, die beim Malen summt.

Und Leon, dem es wohl doch irgendwie gelungen ist, mit dem Auszugsdrucker zu spielen. Er macht Ballergeräusche und spuckt dabei auf den Bildschirm.

Eine Kassiererin mit blassem Gesicht packt das Geld in die Aldi-Tüte, die der Bankräuber ihr zugeworfen hat. Sie hat lange zu tun, und ihre Hände zittern. Ich sehe Scheine, die ich noch nie selbst in der Hand gehalten habe. Sie sind lila.

»Geht das nicht schneller?«, schreit der Gangster.

So ein Mist, denke ich. Ich wollte das doch machen. Das war meine Idee, und ich war zuerst hier! Der Schuft hat sich vorgedrängelt und kriegt jetzt alles für sich allein. Mehr denke ich nicht. Ich bin nur noch sauer.

Ein bisschen krame ich in meinem Rucksack, und meine Finger finden das gesuchte Plastikteil, damit ziele ich auf den Bankräuber: »Waffe runter, Polizei!« So kenne ich es aus meiner Lieblingsserie. Breitbeinig dastehen, eine Haarsträhne aus dem Gesicht wischen und ernst gucken. Den Verbrecher dabei nicht aus den Augen lassen, die Waffe im Anschlag. Ich finde, ich krieg das ganz gut hin. Der Kerl dreht sich kurz um, guckt überrascht. Dann erkenne ich erst, dass ich mich vergriffen habe und statt der Pistolenattrappe einen Obelix in der Hand halte, der auf Knopfdruck die Hosen runterziehen kann. Gab's bei McDonald's zum Happy Meal.

Der Gangster grinst ganz fies. Im selben Moment packen ihn von hinten zwei Sicherheitsleute und werfen ihn zu Boden.

»Ich hab ihn gekriegt«, jubelt Leon und vermöbelt den Auszugsdrucker.

»Mein Bild ist fertig, Mama!«, sagt Kyra. Der Sparfuchs ist lila geworden. Dieselbe Farbe wie die Scheine, die überall auf dem Boden verteilt liegen.

Bis heute hat Kyra Schiss vorm Weihnachtsmann. Er ist ein fieser Typ, der keine Kinder mag, behauptet sie felsenfest.

Aber für sie steht seit diesem Tag ohnehin fest, dass in Wirklichkeit – nur für alle, die es noch nicht wissen – der Bankdirektor die Geschenke bringt.

AUTORENVITA

Sandra Lüpkes, geboren 1971 in Göttingen, wohnt nun in Münster, wo sie als freie Autorin und Sängerin arbeitet. Sie hat zahlreiche Romane, drei Kurzgeschichtensammlungen und zwei Sachbücher veröffentlicht. Als Dozentin von Schreibseminaren ist sie in staatlichen und privaten Einrichtungen der Jugend- und Erwachsenenbildung tätig. Sie ist Mitglied im SYNDIKAT und bei den *Mörderischen Schwestern*. 2005 und 2009 war sie für den Friedrich-Glauser-Preis in der Sparte Kurzgeschichten nominiert.

CORNELIA KUHNERT

Drei Schwestern und ihre Liebe zum Schnee

HANNOVER

Von drauß' vom Walde komm ich her;
Ich muß euch sagen, es weihnachtet sehr!

24. DEZEMBER

Seit Tagen rieselt der Schnee vom grauen Himmel, gegen Mittag setzt scharfer Ostwind ein und treibt die Flocken unerbittlich vor sich her. Kein Auto ist mehr auf den Straßen zu sehen, nur drei Weihnachtsmänner kämpfen sich wacker mit einem Weihnachtsbaum durch das Schneetreiben. Ihre roten Mäntel und Zipfelmützen sind die einzigen Farbkleckse im Weiß, das sich wie ein Tuch über Hannover gelegt hat und alle Geräusche dämpft.

»Mann, ist der schwer«, stöhnt der hinterste der drei Weihnachtsmänner. Die beiden vorderen Rotröcke reagieren nicht darauf. Sie bleiben erst stehen, als das untere Ende des Weihnachtsbaums mit einem Plumps in den Schnee fällt.

»Was ist los?«, beschwert sich der Vorderste der drei.

»Ich kann nicht mehr. Pause, bitte.«

»Hier? Wir sind doch gleich da.«

»Bitte«, bettelt der hintere Weihnachtsmann erneut und rückt sich den Bart vorm Gesicht zurecht.

»Kann ich helfen?«

Erschrocken zucken die drei Weihnachtsmänner beim Klang der sonoren Stimme zusammen und drehen sich wie auf Kommando um. Hinter ihnen steht ein Mann mit einer verschneiten Fellmütze, der sie unbemerkt von hinten eingeholt hat.

Allüberall auf den Tannenspitzen
Sah ich goldene Lichtlein sitzen;

ZWEI TAGE VORHER

Fluffige Flocken tänzeln in der Luft und legen sich wie Zuckerwatte auf Dächer und Fußwege. Rund um Hannovers Marktkirche stehen dicht gedrängt die Holzbuden des Weihnachtsmarkts. Zwei Tage noch bis Heiligabend. Der Geruch von Bratwürsten, Kartoffelpuffern und Schmalzkuchen wabert durch die schmalen Gassen und vermischt sich mit dem Duft des Glühweins. Angestellte aus benachbarten Büros treffen sich zum abendlichen Umtrunk, verliebte Paare schlendern eng umschlungen an den Ständen vorbei, Familien bummeln zum Kinderkarussell, vor dem Kasperltheater kreischen die Kleinen vor Vergnügen.

»Los, lass uns weitergehen«, drängt Agnes ihre beiden jüngeren Schwestern. »Der Schlaumeier ist mir schon auf die Nerven gegangen, als meine Jungs noch Milchzähne hatten.« Und das ist eine Weile her. Ihre Söhne studieren mittlerweile über ganz Deutschland verteilt.

Die Schwestern schieben sich durch das Menschengedränge zu den beleuchteten Fenstern der komfortablen Holzhütte von Käthe Wohlfahrt. Dort wetteifern Schwibbogen und Holzknoddl mit Rothenburger Butzln um die Portemonnaies der Weihnachtsmarktbesucher. Die drei Schwestern bleiben stehen und mustern die Auslage. Agnes, Beate und Carmen. ABC. Zu

Dagmar oder Dieter haben sich ihre Eltern nicht mehr aufraffen können – was nicht an der hohen Stirn und dem Pferdegebiss liegt, das alle drei vom Großvater geerbt haben.

»Wer kauft eigentlich diesen Scheiß?«, grummelt Agnes. Seit ihr Ehemann sie damals kurz vor Weihnachten verlassen hat, bekommt sie Aggressionen, wenn sie Räuchermännchen nur von weitem sieht. Dabei hat Uwe das Pfeiferauchen längst aufgegeben. Seiner neuen Frau zuliebe.

Beate stupst die Jüngste des Schwesterntrios unauffällig an. Sie müssen dringend die Stimmung von Agnes heben, sonst endet der Abend in Trübsal. Beates und Carmens Blicke wandern beredt hin und her, bis ihnen eine Idee kommt.

»Dahinten gibt es Feuerzangenbowle. Die wollte ich immer schon mal probieren«, lügt Beate.

»Super, das machen wir«, juchzt Carmen und hakt sich bei Agnes unter. »Komm.«

»Ich weiß nicht.« Agnes' Mundwinkel hängen unentschlossen herunter, als wenn sie sich zwischen dreißig Eissorten entscheiden müsste. Beate und Carmen gehen mit keiner Miene darauf ein. Im Gegenteil. Carmen beschleunigt ihren Schritt, um schnell die Getränke zu besorgen. Vor dem Verkaufswagen steht eine Traube kichernder junger Frauen mit roten Weihnachtsmannmützen, jede mit einem dampfenden Becher in der Hand. Carmen drängelt sich an ihnen vorbei und ruft: »Kann ich bitte drei Becher Feuerzangenbowle haben?« Niemand beachtet ihre Bestellung. »Hallo, dreimal Feuerzangenbowle!« Ihre Stimme wechselt von höflich zu ungeduldig.

»Lasst uns weitergehen. Hier ist es doch viel zu voll.« Agnes verzieht genervt ihr Gesicht. Sie möchte lieber nach Hause. Es ist schließlich ihr Geburtstag. Das allerdings ist genau der Haken an der Sache: Am Geburtstag darf man nicht allein sein, sagen ihre Schwestern. Würde sie aber gerne. Dazu ein gutes Buch, ein Glas Rotwein. Aber keine Chance. Beate und Carmen haben beschlossen, Schwung in ihr Leben zu bringen. Seit

Uwe sie vor sechs Jahren verlassen hat, schleppen ihre Schwestern sie deshalb Jahr für Jahr am 22. Dezember auf den Weihnachtsmarkt und überreichen ihr bei Weihnachtsliedern und Glühwein unerträgliche Geschenke. Mit Plüsch bezogene Handschellen, rote Spitzentangas, lila Dildos. Und warum? Weil Carmen sich Tag für Tag die geheimsten Wünsche und Phantasien ihrer wechseljahrsgeplagten Patientinnen anhören muss – und diese sofort auf ihre ältere Schwester überträgt. Beate ist nicht besser. Auch sie hat Agnes schon vor Jahren zum Notstandsgebiet erklärt. Dabei stören Agnes die paar Hitzewallungen gar nicht. Genauso wenig wie der fehlende Sex. Schon lange bevor Uwe gegangen ist, hat sie die Lust daran verloren. Sex wird völlig überbewertet. Das hat sie Carmen nicht nur einmal gesagt. Aber die hört ihr nicht zu. Nie. Dabei sollte sie das als Psychologin können.

Und droben aus dem Himmelstor
Sah mit großen Augen das Christkind hervor;

Mit heißen Bechern in der Hand beobachten die drei Schwestern, wie rumgetränkte Zuckerhüte von der Feuerzange in den großen kupfernen Kessel mit dem gewürzten Rotwein tropfen. »Das schmeckt lecker«, prostet Carmen den anderen beiden zu.

Agnes nippt an dem süßen Wein. In ihrer Kehle brennt es. »Ich weiß nicht.« Nach dem dritten Schluck spürt sie eine aufsteigende Hitzewallung. Unauffällig wischt sie sich den Schweiß von der Stirn. Nicht unauffällig genug.

»Sag mal«, schnarrt Beate vorwurfsvoll, »nimmst du eigentlich nicht mehr die Hormontabletten, die ich dir verschrieben habe?«

Agnes starrt schweigend auf das Straßenpflaster. Nach und nach vermessen ihre Augen alle Steine auf dem Boden.

»Ich hab dich was gefragt.«

»Ich kann schwitzen, wann und wo ich will«, rebelliert es in Agnes. Die Stimme im Kopf zittert vor Wut, doch ihre Lippen bewegen sich nicht. So wie immer. Die beiden jüngeren Schwestern sind da ganz anders. Die haben stets gemacht, was sie wollten. Eine hat Medizin studiert, die andere Psychologie. Keine hat geheiratet, keine hat Kinder. Und sie? Lehramtsstudium. Germanistik und Theologie. Das ist gut vereinbar mit einer Familie, hatte ihr Vater entschieden. Agnes, das folgsame Mädchen. Siebenundzwanzig Jahre Ehe mit Uwe. Drei Söhne: Andreas, Bernhard, Cornelius. Und jetzt? Agnes allein zu Haus. Sie hält die Stellung in der geräumigen Sechs-Zimmer-Altbauwohnung. Mit vor Selbstmitleid glasigen Augen winkt sie dem Schwarzbeschürzten hinter dem Tresen zu. »Noch drei von dem Zeug.« In ihrer Stimme liegt ein versöhnlicher Klang. Eigentlich meinen ihre beiden Schwestern es doch nur gut mit ihr.

Nach dem zweiten Becher Feuerzangenbowle erscheint Agnes die Welt deutlich freundlicher. Das schneebedeckte Dach der Marktkirche glänzt im Licht der Strahler, auf der benachbarten Bühne singt ein pudelbemützter Chor *Dreaming of a White Christmas*. Agnes wird ganz warm ums Herz.

»Wollen wir nicht noch einen nehmen?« Agnes hält den Schwestern ihren erneut leeren Becher hin. »Der schmeckt herrlich. So klebrig süß.«

Beate befragt heimlich ihre Armbanduhr. Halb acht. »Lasst uns lieber zum Winterwunschwald gehen.«

»Wieso?« Agnes' Wangen sind gerötet, und auf ihrer Stirn stehen erneut Schweißperlen. »Wir trinken den Met, bis keiner mehr steht, unser Häuptling heißt …«

Ein Blick, ein Beschluss. Carmen und Beate haken Agnes wortlos unter.

Und wie ich so strolcht' durch den finstern Tann,
Da rief's mich mit heller Stimme an:

Der Winterwunschwald beginnt vor dem renovierten Leibniz-haus. Tief eingesetzt ins Straßenpflaster drängen sich meterhohe Fichten um den Holzmarkt-Brunnen.

»Ein echter Weihnachtswald«, kichert Agnes, die nach der Feuerzangenbowle ihre Abneigung gegen Weihnachten völlig vergessen hat. »Und alles ist so dunkel.« Sie macht die ersten Schritte auf dem mit Rindenmulch ausgelegten Boden. Ein moderiger und intensiver Geruch von Holz, Harz und Tannen-grün steigt ihr in die Nase. Auf den Tischen aus ungehobel-ten Brettern flackern Kerzen in roten Gläsern. Verhaltene Weihnachtsmusik erklingt aus der Glühweinbude, untermalt vom Stimmengewirr der zahlreichen Besucher. In diesem Moment schlagen die Glocken der Marktkirche achtmal. Beate lächelt zufrieden. Sie liebt Pünktlichkeit. Entschlossen zeigt sie auf den freien Stehtisch in der Nähe des Brunnens.

»Geht da schon mal hin. Ich hole uns Glühwein.«

> *»Knecht Ruprecht«, rief es, »alter Gesell,*
> *Hebe die Beine und spute dich schnell!«*

Beate kommt mit drei Glühweingläsern zurück, einen Hünen mit weißem Bart und roter Mütze im Schlepptau. Breitbeinig stellt er sich zwischen Beate und Agnes.

»Ho, ho, ho. Frohe Weihnachten allerseits«, tönt er laut.

»Der Weihnachtsmann. Wie süß«, juchzt Carmen.

»Genau.« Der Rotrock legt seinen Arm um Agnes und Car-men. »Wart ihr denn auch immer brav?«

»Aber sicher doch«, kichert Agnes. Sie lehnt sich erst an seine Schulter, dann zwickt sie ihn in den Bizeps. So gut gelaunt haben die beiden Schwestern Agnes schon lange nicht mehr gesehen.

> *»Hast denn die Rute auch bei dir?«*
> *Ich sprach: »Die Rute, die ist hier.«*

Agnes will die Augen öffnen. Vergebens. Fest verkleistert vom Schlaf haften sie zusammen. Millimeterweise hebt sie das rechte Augenlid und blinzelt. Etwas blendet. Hat sie vergessen, die Vorhänge zuzuziehen? Sie dreht sich zur Seite. Ein heftiger Stich durchfährt ihren Kopf. Noch einer. Was ist bloß los? Ihre Zunge klebt am Gaumen, fühlt sich pelzig und geschwollen an. Wasser, ein Königreich für einen Schluck prickelndes Mineralwasser. Vorsichtig tastet sie mit den Händen nach einer Flasche. Immer weiter streckt sie ihre Finger vor. Nichts. Wo ist ihr Nachttisch? Sie öffnet beide Augen und schließt sie schnell wieder. Was um Himmels willen macht sie im Wohnzimmer auf der Couch? Sie zieht die Bettdecke bis zur Stirn. Nackte Füße sind die Quittung. Warum ist die Decke so kurz? Erneut schlägt sie die Augenlider auf und blickt in gnadenloses Rot. Rot? Vorsichtig rutscht sie an der Lehne hoch und beäugt misstrauisch den Stoff. Er hat einen weißen Rand, und in der Mitte schlackert eine Stoffbahn. Als sie genauer hinsieht, entdeckt sie noch eine zweite. Seltsam. Aber nicht nur das ist merkwürdig. Die Stehlampe liegt auf dem Boden. Ihr Kleid hängt über dem Bilderrahmen. Der Büstenhalter baumelt am Kronleuchter, ihre Strumpfhose am Türgriff. Was ist bloß passiert? Ihr Hirn ist ein riesiges schwarzes Loch. Mit wem war sie unterwegs? Nächste Frage. War sie überhaupt fort? Wahrscheinlich hat sie sich eine Flasche Rotwein aufgemacht und kann sich deshalb an nichts mehr erinnern. An absolut nichts.

Vorne an der Tür bewegt sich etwas. Sie rutscht höher, um besser sehen zu können. Da kriecht etwas auf dem Fußboden. Ihr Herzschlag beschleunigt sich, Beklemmung macht sich in ihr breit. Was ist das? Sie zieht die Decke über ihre Augen und kneift sich in die Wange – so wie früher als Kind, wenn sie Angst hatte. Sie ist aber kein Kind mehr. Entschlossen hebt sie den Kopf. Nichts ist zu sehen. Gratulation, Agnes. Doch keine Halluzinationen. Kein Alkoholismus im Endstadium. Trotzdem, sie sollte nicht so viel trinken. Wie oft hat sie sich das schon vorgenommen. Seit Uwe gegangen ist, verliert sie manchmal die Kontrolle über sich. Uwe. Uwe hat Schuld! An allem. Einfach auf und davon mit dieser Praktikantin. Natürlich ist die zwanzig Jahre jünger als Agnes. Der Klassiker schlechthin. »Bei Politikern ist das gang und gäbe«, hat ihre Psychologenschwester Carmen sie trösten wollen. Carmen. Genau, sie ist gestern mit Carmen losgezogen. Und mit Beate. Endlich dämmert es ihr. Gestern ist ihr Geburtstag gewesen.

Vorsichtig schwingt Agnes erst das eine Bein vom Sofa, dann das andere. Steifgliedrig erhebt sie sich und setzt einen Fuß vor den anderen. Plötzlich krabbelt etwas unter dem Tisch hervor. Dunkel ist das Viech, fast schwarz. Sie unterdrückt einen Schrei, bleibt aber wie angewurzelt stehen. Das flache Wesen bewegt sich vorwärts. Riesige Klauen sitzen an seinem Kopf. Agnes schließt die Augen, zählt bis hundert. Das Ding ist trotzdem noch da. Agnes nimmt allen Mut zusammen, und ihre nackten Füße nähern sich Zentimeter für Zentimeter dem Tier. Der Schwanz sitzt hinter zahllosen Beinen. Vier, nein, sechs. Oder gar acht? Mit Brille wüsste sie es besser. Agnes beugt sich hinunter. Das sind keine Klauen, das sind Scheren. Direkt daneben zwei kleine runde Kugeln. Winzige Äuglein. Ein Kratzen an der Tür lenkt sie ab. Sie dreht sich um. Hier muss ein Nest sein. Das zweite Viech ist größer als das erste und drückt sich gegen den Türrahmen.

Agnes öffnet die Tür zum Badezimmer und stützt sich am Waschbecken ab. Sie atmet langsam ein und aus. Zwei Hummer im Wohnzimmer. Vielleicht auch drei. Warum hat sie die Viecher nicht gleich erkannt? Weil Hummer sonst nicht in ihrem Wohnzimmer herumkrabbeln. Ganz einfach. Und warum liegen die nicht mehr mit verklebten Scheren im Kühlschrank? Sie weiß es nicht. Ihr Kopf ist immer noch ein großes schwarzes Loch. Sie mustert sich im Spiegel. Ihre Augen leuchten. Abgesehen von den Rändern darunter sieht sie für diesen ausgewachsenen Kater gut aus. Ihre Lippen glänzen, und der

Teint strahlt wie lange nicht. Was hat sie bloß getrunken? Egal was – das Zeug scheint ihr bestens zu bekommen. Sie macht einen Waschlappen nass und drückt ihn aufs Gesicht. Das kalte Wasser belebt ihren Geist. Carmen wollte sie wie immer mit etwas Ausgefallenem zum Geburtstag überraschen. Sie kann sich nur nicht erinnern, was es dieses Mal für ein Schwachsinn gewesen ist. Schnee ist gefallen, ganz viel Schnee. Das weiß sie noch. Dunkel war's, und Kerzen brannten. Und weiter? Da war der Stand mit der Feuerzangenbowle. Ein, zwei oder drei Becher? Ihre Erinnerung verliert sich im Nichts. Agnes zieht sich ihren Bademantel an. Jetzt ein Kaffee, und der Tag kann nur besser werden.

Auf dem Fußboden im Flur liegt ihr Lammfellmantel, daneben eine leere Champagnerflasche. Veuve Clicquot. Sie lächelt. Das mit den Getränken wäre dann auch geklärt.

Als sie an der Tür zum Schlafzimmer vorbeigeht, erstarrt sie. Nicht wegen der zweiten Champagnerflasche. Auch nicht wegen des dritten Hummers, der über den Boden kriecht. Dort ist ein Mann. In ihrem Bett liegt ein nackter Mann. Ihre Blicke wandern zu seinem Gesicht. Das ist bedeckt mit einer Weihnachtsmannmütze, vorm Mund klebt ein weißer Rauschebart und etwas Rotes. Handschellen fesseln seine Arme an das schmiedeeiserne Kopfende des Bettes. Es sind die mit dem rosa Plüschbezug. Das Geburtstagsgeschenk ihrer Schwestern vor vier Jahren. Agnes schließt die Augen und zählt bis hundert. Als sie sie wieder öffnet, liegt der Weihnachtsmann immer noch auf dem weißen Laken. Gefesselt und geknebelt. Ein Perlonstrumpf presst etwas Rotes in seinen Mund. Agnes macht einen Schritt auf den Mann zu und schüttelt ihn. Er ist ganz kalt. Seine offenen Augen sind starr zur Decke gerichtet. Kalter Schweiß bricht ihr aus. Was ist bloß passiert? Gerade als sich erste Erinnerungsfetzen aus ihrem vernebelten Gedächtnis bemerkbar machen, klingelt das Telefon. Mechanisch hebt sie ab.

»Frohe Weihnachten, Schwesterherz. Na, wie war die Nacht mit dem Weihnachtsmann?«

»Carmen, du?« Agnes stockt. »Und wieso weißt du von ihm?«

»Na hör mal, wir waren doch zusammen im Winterwunschwald. Und da hast du dir eine Nacht mit dem Weihnachtsmann gewünscht. Mit heißem Sex und allem, was dazugehört.«

»Ich?«

»Ja, du. Und: Warst du ein böses Mädchen?« Carmen kichert. »Hat er dir die Leviten gelesen?«

Schweigen in der Leitung.

»Bist du noch da?«

Wieder keine Antwort.

»Agnes?«

»Er ist tot«, stammelt Agnes.

»Hör auf mit dem Quatsch.« Nicht, dass Carmen Dankbarkeit erwartet hätte, aber zumindest einen Hauch von Begeisterung.

»In meinem Bett liegt ein toter Weihnachtsmann.«

»Hattest du vorher wenigstens Sex?« Von Agnes lässt sich Carmen nicht ins Bockshorn jagen. Ein toter Weihnachtsmann! Da muss sie sich schon was Besseres einfallen lassen.

»Ja«, flüstert die Ältere in den Hörer. Das mit dem strahlenden Teint wäre dann auch geklärt.

»Und, wann ist er gegangen?«

»Das ist es doch«, heult Agnes. »Er liegt immer noch in meinem Bett. Er ist ganz kalt.«

»Verarsch uns nicht, das …«

»… jetzt kann ich mich auch wieder daran erinnern«, fällt Agnes ihr ins Wort, »dass er meinte, dass er mein Knecht sei. Knecht Ruprecht steht ganz zu deiner Verfügung, hat er gesagt und uns den Champagner eingegossen. Als er die zweite Flasche aus dem Kühlschrank holte, hat er die Hummer entdeckt. Prompt hat er sie rausgeholt und im Wohnzimmer laufen gelassen. Ich bin der Gefangenenbefreier, hat er losgeprustet. Da hab ich ihm klargemacht, dass ich auf der anderen Seite stehe und der Sheriff bin. Gefangenenbefreiung muss hart bestraft werden. Ganz hart. Er war einverstanden. Also habe ich ihn mit diesen Dingern gefesselt, die ihr mir vor Jahren geschenkt habt. Ich schmeiß doch nie was weg. Er hat die ganze Zeit gelacht. Deshalb habe ich ihn geknebelt. Mit diesem roten Tanga, den ich vorletztes Jahr von euch zum Geburtstag bekommen habe. Er hat sich heftig gewehrt, irgendwann wurde er dann aber ruhiger. Ich hab gedacht, dass er einfach eingeschlafen ist.« Sie schnieft. »Und jetzt ist er tot.«

»Scheiße«, stammelt Carmen. Ihre Schwester scheint es ernst zu meinen. »Rühr nichts an. Ich komme gleich mit Beate vorbei.«

Von drauß' vom Walde komm ich her;
Ich muß euch sagen, es weihnachtet sehr!

Beate braucht ihren Arztkoffer nicht zu öffnen, um den Tod des Weihnachtsmannes zu bestätigen. Ein Blick auf sein weißes Gesicht, die Berührung seiner kalten Haut genügen. Beate löst den Knebel.

»So, wie es aussieht, ist er erstickt, oder er hatte einen Herzinfarkt.«

»Oder – oder – oder?« Carmen starrt Beate an.

»Genaueres kann ich hier nicht sagen, das ergibt erst eine Obduktion.«

Unschlüssige Blicke wandern zwischen Carmen und Beate hin und her. Das Wort Obduktion liegt bleischwer im Raum und zehrt an den Nerven. Agnes sitzt wie ein Häufchen Elend im Sessel.

»Woher sollte ich denn wissen, dass der einfach stirbt. Das konnte ich doch nicht ahnen. Ein Spiel war das, mehr nicht.«

»Was hast du eigentlich genau mit ihm gemacht?«

»Erst hab ich ihn gefesselt und geknebelt. Dann hab ich mich auf ihn draufgesetzt und …«, ein kurzes Lächeln huscht über

Agnes' Gesicht, »dann haben wir, also eher ich, da noch so ein paar Sachen gemacht … ich soll doch meine Phantasien ausleben, das sagst du doch immer.« Als Agnes die erstaunten Blicke ihrer Schwestern wahrnimmt, gerät sie ins Stocken.

»Um deine Phantasien geht es hier nicht – aber so ein kräftiger Kerl stirbt doch nicht einfach.« Carmens Stimme wird immer leiser. »Vielleicht war er ja herzkrank.« Hoffnung keimt bei diesem Gedanken in ihr auf.

»Hat er beim Vorstellungsgespräch jedenfalls nicht angegeben.« Beate zündet sich eine Zigarette an und öffnet die Balkontür. Eine dicke Schneeschicht liegt auf der netzverschnürten Nordmanntanne, die in der Ecke auf ihren Auftritt an Heiligabend wartet. Wahrscheinlich vergebens. In Untersuchungshaft wird Agnes sie nicht mitnehmen können. Eigentlich schade. Der Baum sieht gut aus.

»Bei welchem Vorstellungsgespräch?« Agnes' Stimme zittert bei dieser Frage.

»Wir haben schließlich nicht den Erstbesten für dich engagiert.« Beate starrt immer noch auf die Tanne, während sie den Rauch der Zigarette tief inhaliert.

»Was heißt hier engagiert?«

»Bestellt, gekauft. Nenn es, wie du willst.«

»Moment mal. Ihr habt einen Mann für mich bestellt – so wie andere sich einen Fensterputzer kommen lassen?«

»Carmen sagt immer, dass du alles hast. Alles außer Sex. Da wollten wir dir was Gutes tun.«

Agnes braucht einen Moment, um ihre Gedanken zu sortieren. »Ihr habt mir einen …«, sie ringt nach Worten, »… einen gekauften Kerl im Weihnachtsmannkostüm zum Geburtstag geschenkt?« Agnes verschluckt sich fast an dem Satz. »Habt ihr sie nicht mehr alle?«

Beate und Carmen senken den Blick und starren betreten zu Boden. Vielleicht ist die Idee wirklich nicht so gut gewesen. Zugeben würde das Carmen aber nie. Schon gar nicht jetzt.

»Es hilft nichts«, bringt Beate es auf den Punkt. »Der Mann ist tot. Den Notarzt können wir uns sparen. Wir müssen die Polizei anrufen.«

Agnes schüttelt den Kopf. »Das könnt ihr nicht machen. Wenn das rauskommt, bin ich erledigt. Ich sehe schon die Überschriften vor mir: Religionslehrerin knebelt Weihnachtsmann mit ihrem Tanga. Oder: Oberstufenleiterin tötet den Weihnachtsmann beim wilden Sex. Echt, das könnt ihr mir nicht antun.« Selbstmitleid übermannt sie, und Tränen rinnen unaufhörlich ihre Wange hinab.

»Wir haben ihn schließlich nicht getötet«, kontert Beate.

»Aber wenn ihr ihn mir nicht auf den Hals gehetzt hättet, würde er jetzt nicht tot hier liegen.« Dieser Punkt geht an Agnes. Schweigend blicken die drei auf den nackten Mann.

»Gut gebaut ist er ja.«

»Carmen!« Ein Schrei, wie ein Dolchstoß. Agnes hört bei Beates Ausruf sogar auf zu weinen.

»Ich mein ja nur.« Carmen legt eine Decke über den Unterleib des Toten.

»Bitte, holt nicht die Polizei«, jammert Agnes. »Es muss doch eine andere Möglichkeit geben. Es gibt doch immer eine andere Möglichkeit.«

Keine der jüngeren Schwestern sagt etwas.

»Bitte, helft mir«, versucht es Agnes erneut. »Ihr habt mir das doch eingebrockt.«

Beate starrt auf den Balkon und drückt die Zigarette im Aschenbecher aus. »Besitzt du eigentlich eine Astschere?«

Nun sprecht, wie ich's hierinnen find'!
Sind's gute Kind, sind's böse Kind?

Der Wind treibt die Schneeflocken Richtung Maschsee. Außer den drei Weihnachtsmännern und dem Mann mit der Fellmütze ist niemand auf der Straße vor dem Landesmuseum zu sehen.

»Ich greife dem Weihnachtsmann gern unter die Arme.« Eine Glühweinfahne weht den Schwestern ins Gesicht. »Vor allem, wenn er den Christbaum selbst schleppen muss.« Bellendes Lachen folgt.

»Nein danke«, brummt Beate so tief wie möglich.

»Keine falsche Bescheidenheit.« Die Fellmütze steht jetzt genau vor ihnen und bückt sich nach dem Weihnachtsbaum.

Sofort poltert Agnes los: »Ho, ho, ho, junger Mann. Geh nach Hause und spute dich schnell.«

»Geben Sie mal her.« Die Fellmütze scheint taub zu sein. Statt weiterzugehen, grapschen zwei Lammfellfäustlinge nach dem Tannengrün. Beate ist jedoch schneller. Ein gezielter Schlag mit der Handkante auf die Finger lässt die Fellmütze aufschreien.

»Lassen Sie unseren Baum zufrieden.« Beate baut sich wutschnaubend vor ihm auf.

»Aber …«

»Gehen Sie weiter!«

»Dann eben nicht. Schleppt doch euren Scheiß allein.« Ein letzter mit Glühweindunst vermischter Atemstoß trifft die drei, dann dreht sich die Fellmütze um und stiefelt davon. Als die Silhouette nur noch als grauer Schatten im Schneegestöber zu sehen ist, atmen die drei erleichtert auf.

»Das war knapp«, zischt Beate.

»Ob der uns wiedererkennen würde?« Agnes' Stimme zittert vor Angst.

»Quatsch. Sieh dich doch an. Roter Mantel, rote Mütze, Rauschebart. Du bist der Weihnachtsmann. Am 24. Dezember fällt man damit nicht auf.« Beate hat alles im Griff. Sie war es auch, die die Mäntel und die Astschere bei Kaufhof und Karstadt besorgt hat. Einzeln, damit es nicht auffällt. Sie hatte auch den Einfall mit dem Bootssteg am Ufer des Maschsees.

»Ich weiß nicht, ob das wirklich so eine gute Idee ist, ihn dort zu versenken.« Carmen verliert ihren Mut im Eiltempo. Nicht nur die Entfernung dorthin macht ihr zu schaffen. Was gestern sinnig erschien, kommt ihr nun wie hausgemachter Blödsinn vor. »Das geht bestimmt nicht gut«, jammert sie.

»Reiß dich zusammen, Carmen. Du bist doch schuld an dem ganzen Dilemma.« Agnes' anfänglicher Schockzustand ist nun blankem Zorn gewichen. »Du mit deinen Wechseljahrstherapien.«

Keine erwidert daraufhin etwas. Schon gar nicht Carmen. Alle drei starren auf den Schnee, der lautlos vom Himmel fällt. Plötzlich nähert sich vom Maschsee gelboranges Blinken. Motorengeräusche dringen durch das dichte Schneetreiben zu ihnen durch.

»Los, Mädels, weiter geht's.« Beate klatscht in die Hände. »Eins, zwei, drei, dann heben wir ihn zusammen hoch.«

»Wartet«, zischt Agnes den beiden anderen zu.

»Aber der Schneepflug ist gleich da.« Beates Stimme zittert.

In diesem Moment fährt das Fahrzeug der Straßenmeisterei auch schon vorbei. Der Fahrer hupt, als er die drei Weihnachtsmänner sieht. Schneemassen spritzen hoch und landen auf dem Rand des Bürgersteigs. Wenige Sekunden später fährt auch der zweite Schneepflug hupend an ihnen vorbei. Danach ist nichts ist mehr vom Weihnachtsmann im netzverschnürten Tannengrünmantel zu sehen. Absolut nichts. Die drei blicken einander ungläubig an. Dann setzen sie sich in Bewegung. Erst langsam, dann immer schneller. Als sie atemlos die Kreuzung am Friedrichswall erreichen, steckt Carmen ihre Hände in die Taschen des Weihnachtsmannmantels, und ein tiefer Seufzer entweicht ihrer Brust.

»Hoffentlich wird es ein langer Winter.«

Beate lächelt versonnen. »Ich mag lange, schneereiche Winter.«

Agnes legt die Arme um die Schultern ihrer Schwestern. »Und ich liebe Schnee. Dieses Jahr kann ich gar nicht genug davon bekommen.«

AUTORENVITA

Cornelia Kuhnert lebt und schreibt in der Nähe von Hannover. Sie hat nach dem Geschichts- und Germanistikstudium als Lehrerin an verschiedenen Schulen gearbeitet. Veröffentlicht hat sie Kriminalromane aus dem niedersächsischen Kleinstadtmilieu. Im September 2011 erschien ihr Roman *Tödliche Offenbarung.*
Mehr unter: www.corneliakuhnert.de

ROMY FÖLCK

Leise rieselt der Tod

DRESDEN

Gewaltig setzen die Orgelpfeifen ein. Ihr klerikaler Klang entfaltet sich in der Kirche bis hoch unter die steinerne Kuppel. Der gigantische Ton hält einen Moment an, schickt den Bass in die Reihen der Zuhörenden und verschwindet so plötzlich, wie er eingesetzt hat. Nur ein leichter Nachhall bleibt, bis auch dieser abebbt.

Kerzengerade sitzt sie auf der Holzbank hoch oben auf einer Empore der Dresdner Frauenkirche und blickt zum Altarraum hinab, der weihnachtlich geschmückt ist. Ein großer Weihnachtsbaum mit schimmernden Kugeln steht in der Mitte des Kirchenschiffs – Hunderte von brennenden Kerzen tauchen es in ein warmes Licht. Aber diese Pracht dringt nicht zu ihr durch. Ihr Blick ist starr, ihre schmalen Hände verkrampfen sich in ihrem Schoß, als wohne sie einer Hinrichtung bei, nicht einem weihnachtlichen Konzert. Ein weiterer, langsam anschwellender Ton der modernen Orgel erfüllt den Raum, und sie schließt ihre Augen fest zu, als könne sie so dem Geschehen entfliehen. Der Organist setzt aus, sie atmet tief durch. *Warum musste ich ausgerechnet an Weihnachten in die Kirche kommen? Warum gerade an Weihnachten?*

Wieder setzt die Orgel ein, schickt ihre eindringlichen Töne wie ein gewaltiges Gewitter über die vollen Ränge der Besucher, die dem Konzert gespannt lauschen. Sie spürt, wie ihre Hände zittern, und krampft sie nur noch mehr zusammen. Ein Bild schießt ihr plötzlich durch den Kopf. Sie versucht, es abzuwehren, aber ihre Sinne gehorchen ihr nicht.

Blut. Überall. Auf dem Boden, an den Wänden. Eine kleine weiße Hand greift nach ihr. Sie ist blutverschmiert. Die Finger der Hand zucken, flehen sie um Hilfe an …

Übelkeit steigt in ihr auf, sie hat das Gefühl, keine Luft mehr zu bekommen. Hektisch öffnet sie ihre Bluse ein Stück, reißt einen Knopf ab. Aber sie bemerkt es nicht. Ihr Atem geht stoßweise, während sie mit einer Hand ihr Dekolleté massiert.

Das Orgelstück brandet erneut auf. Die Töne steigen von den Orgelpfeifen auf und fallen wie ein Sturzregen von der Decke der Kirche herab. Sie hatte sich so auf das Konzert gefreut. Bachs *Toccata* und *Fuge in F-Dur*. Aber nun kann sie es nicht genießen. Innerhalb von Sekunden haben sich nasse Schweißflecken unter ihren Armen gebildet, während ihr Blick suchend den Gang entlanggleitet, von wo aus die Tür nach draußen führt. Zwischen ihr und dem Fluchtweg sitzen sechs anmutig lauschende Kirchenbesucher. *Beruhige dich*, denkt sie verzweifelt. *Konzentriere dich auf deinen Atem!* Doch sie schnappt nur noch mehr nach Luft. Sie weiß, dass sie kurz davor steht zu hyperventilieren. Sie versucht es mit der Atemtechnik, die ihr ihre Therapeutin in mehreren Sitzungen beigebracht hat. »Autogenes Training wird Ihnen helfen, Ihre Panikattacken in den Griff zu bekommen«, hatte die Ärztin versprochen. Doch es hilft ihr nicht. Sie bekommt keine Luft.

Kalter Schweiß steht ihr auf der Stirn, und rote Sterne beginnen vor ihren Augen zu tanzen. In diesem Moment weiß sie, dass sie den Kampf verloren hat. Mit letzter Kraft springt sie auf.

Entschuldigungen flüsternd drängt sie sich durch die Konzertbesucher dem Mittelgang entgegen. Dass sie böse Blicke und Beschimpfungen erntet, stört sie nicht. Sie hat das Gefühl, ohnmächtig zu werden, wenn sie nicht sofort die Kirche verlässt. Wenn sie noch länger der unbändigen Gewalt dieser Musik ausgesetzt bleibt. Ein letztes Aufbäumen der Orgel fegt über sie hinweg, als die schwere Holztür hinter ihr ins Schloss fällt.

Auf der Treppe vor der Kirche bleibt sie stehen und saugt die kalte Luft des Winterabends in sich auf. Kleine Schneeflocken tanzen in der Luft, von einem Glühweinstand auf dem Neumarkt weht der Klang eines Weihnachtsliedes herüber, vermischt sich mit der Orgelmusik, die dumpf aus der Frauenkirche dringt. Der süße Duft von gebrannten Mandeln steigt ihr in die Nase.

Das Bild in ihrem Geist ist zurück, sie kann es auch hier draußen nicht abschütteln.

Blut. Überall. Unmengen von Blut. Eine kleine weiße Hand, die sie im letzten Aufbäumen des Lebens anfleht.

Sie würgt, drückt eine Hand vor den Mund, stolpert die Kirchentreppe hinab. An deren Fuß übergibt sie sich, hustet, würgt erneut. Menschen gehen an ihr vorbei, schütteln die Köpfe. »Wie kann man um diese Zeit schon so betrunken sein?«, hört sie jemanden sagen. Aber es ist ihr egal. Als es endlich vorbei ist, lehnt sie sich an die Sandsteinmauer der Frauenkirche. Ihr Körper schmerzt, sie fühlt sich ausgelaugt und leer.

Du bist so dumm gewesen hierherzukommen, flucht sie stumm und versucht, ihren Atem zu kontrollieren. *Es war doch klar, dass so etwas passiert. Leichtfertig bist du gewesen. Neugierig auf einen Unbekannten, der dir die Konzertkarte in den Briefkasten geworfen hat.*

Der Platz neben ihr war leer geblieben. Warum hatte er ihr die Konzertkarte geschenkt und war dann nicht gekommen?

Ich muss hier weg, denkt sie verzweifelt. Aber sie fühlt sich zu schwach, um zu gehen. Bis zum Parkplatz in der Schießgasse, auf dem ihr Wagen steht, sind es einige hundert Meter. Sie hat das Gefühl, nicht einen Schritt zu schaffen.

»Anja?«, hört sie plötzlich ihren Namen.

Sie blickt auf, wischt sich verlegen den Mund ab. Ihr bester Freund steht vor ihr. Fast hätte sie ihn nicht erkannt unter dem dicken Wollschal. Seine Nase und die Pausbacken unter der Brille sind rot von der Kälte. »Anja, ist alles in Ordnung?« Die

Sorge steht ihm ins Gesicht geschrieben. »Du siehst ja aus wie der Tod.«

Der Tod. Das Blut. Überall Blut.

»Henning!« Erleichtert fällt sie in seine Arme, ruht sich einen Moment bei ihm aus. »Was machst du denn hier?«

»Ich war auf dem Striezelmarkt.«

»Bitte, Henning, bring mich nach Hause.«

Ihr bester, ihr einziger Freund drückt ihr eine Tasse Kamillentee in die Hand. Auf der Couch hat sie sich die Decke bis unter das Kinn gezogen.

»Die alte Geschichte?«, fragt Henning vorsichtig.

»Ich dachte, ich bin darüber hinweg«, lügt sie ihn an. Sie weiß nicht einmal, warum sie das tut.

»Vor Monaten hast du deine Therapie abgebrochen. Du weißt selbst, dass das ein großer Fehler war. Du bist noch lange nicht so weit, es ohne therapeutische Hilfe zu schaffen.«

Die Tasse in ihrer Hand beginnt zu zittern. Hastig trinkt sie einen Schluck und verbrennt sich dabei die Zunge.

»Bitte, Anja, geh wieder hin!«

Sie schluckt. Ihre Zunge fühlt sich taub an. »Diese Frau hat keine Ahnung! Ihr Therapeutengeschwafel hilft mir nicht.«

»Aber du *musst* weitermachen«, ermahnt er sie und rückt ein Stück näher. Seine grauen Augen hinter den Brillengläsern sehen sie eindringlich an. »Du siehst doch, was heute passiert ist!«

»Ich war zu leichtfertig. Ich hätte nicht in die Kirche gehen sollen. Es kommt nicht wieder vor.« Dass sie die Konzertkarte gestern in ihrem Briefkasten gefunden hat, verschweigt sie ihm. Auch die rote Rose, die ein paar Tage vorher am Scheibenwischer ihres Wagens steckte. Sie hatte gehofft, ihren heimlichen Verehrer in der Kirche zu treffen. Jetzt ist es ihr peinlich, dass sie einem Fremden auf den Leim gegangen ist, der nicht einmal zum Konzert erschienen ist. Sie schämt sich für ihre Einsamkeit, für die Sehnsucht nach einem Partner, nach einem Mann an ihrer Seite, der nicht nur ein Freund ist wie der dicke Henning.

»Anja, du kannst Weihnachten nicht auf Ewigkeit aus deinem Leben verbannen! Nicht genug, dass du dich Heiligabend hier in deiner Wohnung einschließt, dass du keine meiner Einladungen an den Feiertagen annimmst. Du kannst dich nicht verstecken. Du *musst* dich endlich deinem Trauma stellen!«

»Mir geht es gut. Ich pfeife auf die Feiertage! Die gehen vorbei.«

»In der ganzen Stadt, im Supermarkt, im Radio, im Fernsehen – überall ist Weihnachten!«

»Dann gehe ich eben nicht mehr vor die Tür.« Ihr Tonfall wirkt trotzig, sie stellt die Teetasse geräuschvoll auf den Tisch.

Ihr Freund schüttelt verzweifelt den Kopf. »So kannst du nicht weitermachen, Anja. Was wäre gewesen, wenn ich dich heute nicht gefunden hätte?«

Sie hat keine Antwort darauf. Allein hätte sie den Heimweg nicht geschafft, das weiß sie.

»Lass dir helfen, bitte!«, versucht er es noch einmal.

»Henning«, flüstert sie. »Du hast nicht erlebt, was ich erlebt habe. Sonst würdest du mich verstehen.«

Er schaut sie lange an, streicht sanft über ihre Wange. Ohne ein weiteres Wort steht er auf und verlässt ihre Wohnung.

Die Praxis hat sich kaum verändert. Sie hat das Gefühl, als wäre sie erst letzte Woche zur Tür hinausgegangen. Die Wände sind noch immer in einem hellen Pastellton gestrichen, impressionistische Drucke hängen an jeder Wand. Lediglich die Blumen wurden mittlerweile durch kitschigen Weihnachtsschmuck ersetzt. Sie versucht, die Kieferngestecke mit den kleinen roten Plastikkugeln zu ignorieren. Im Wartezimmer ist es drückend warm. Oder schwitzt sie vor Aufregung? Sie hat die letzten Nächte kaum geschlafen. Am Ende ihrer Kräfte hat sie heute

Morgen in der Praxis ihrer Therapeutin angerufen. Zum Glück war gerade eine Patientin abgesprungen, sonst hätte sie erst im Februar einen Termin bekommen. Sie kann es noch immer nicht fassen. Es scheint der Wahnsinn dieser modernen Gesellschaft zu sein, in der Burnout und Depressionen an der Tagesordnung stehen, so dass Hilfesuchende auf Termine bei Psychiatern und Psychologen inzwischen Wochen bis Monate warten müssen. Sie schüttelt unbewusst den Kopf. Bis dahin kann es für Depressive wie sie längst zu spät sein.

»Frau Walter?« Die Stimme der Ärztin reißt sie aus ihren Gedanken. Fahrig springt sie auf, ihre Tasche fällt auf den Boden. *Was mache ich hier,* fragt sie sich zum wiederholten Male. Schon die letzten Jahre bei allen möglichen Therapeuten hatten keine Verbesserung ihres Krankheitsbildes gebracht. Aber sie musste die Ärztin aufsuchen, sie braucht dringend Nachschub an Antidepressiva. Tabletten, die für Schlaf sorgen und für einen Schleier des Vergessens.

»Bitte setzen Sie sich.« Ihre Therapeutin lächelt einnehmend. Sie ist zierlich, mindestens einen Kopf kleiner als sie selbst. Dennoch wirkt sie kraftvoll und agil. Die Fältchen unter ihren Augen sind im letzten halben Jahr etwas tiefer geworden. Das Leid der Menschen, die tagtäglich ihre Hilfe suchen, geht offensichtlich auch an ihr nicht spurlos vorbei.

»Frau Walter, es ist gut, dass Sie wieder da sind.« Die Ärztin liest in der vor ihr liegenden Krankenakte. Sie ist dick und vollgeschrieben. Sie schaut zu ihrer Patientin auf. »Mir war klar, dass Sie spätestens an Weihnachten wieder bei mir sitzen.«

»Ich hatte wieder eine Panikattacke«, antwortet sie automatisch. »Vor zwei Tagen. Seitdem kann ich nicht mehr schlafen. Die Bilder verfolgen mich ständig.«

»Die Bilder von damals?«

Sie nickt, wischt sich nervös über die Stirn. »Bitte, verschreiben Sie mir meine Medikamente, damit ich endlich wieder schlafen kann.«

»Damit ist es nicht getan, das wissen Sie, oder?« Der Blick der Ärztin geht ihr durch und durch. »Wir müssen gemeinsam an Ihrem Trauma arbeiten. Eine posttraumatische Belastungsstörung wie die Ihre kann man nicht nur mit Antidepressiva behandeln. Da hilft vor allem darüber reden, reden, reden.«

»Was soll das denn bringen? Das macht sie auch nicht wieder lebendig!«

»Frau Walter, *Sie* sind nicht tot! Ihrer Familie kann ich nicht mehr helfen, Ihnen schon!«

Anjas Finger zittern, als sie sich eine Strähne aus dem Gesicht streicht. »Ich möchte einfach nicht mehr daran denken.«

»Ich weiß, dass Sie diese Tragödie gern vergessen möchten. Aber allein schaffen Sie das nicht. Bitte lassen Sie sich von mir helfen.«

In der Apotheke in der Nähe ihrer Wohnung holt sie sich die verschriebenen Medikamente. »Lassen Sie uns darüber reden, was damals passiert ist. Es wird Ihnen besser gehen, wenn Sie es jemandem erzählen«, hatte die Ärztin beim Abschied gesagt. Als ob man durch ein Gespräch alles wieder gut machen könnte! Auf ihrem iPod hört sie ein Stück aus der *Tosca* von Puccini, während sie in der Schlange ansteht. Die Musik in ihren Kopfhörern ist ihr Schutzwall. Zumindest akustisch ist sie vor Weihnachten abgeschirmt. Kein *Last Christmas*, welches in den Läden und im Radio hoch und runter gespielt wird. Die grelle, überladene Scheinheiligkeit dieses Festes widert sie an. Jedes Jahr versucht sie sich erneut vor der Reizüberflutung des Advents zu schützen. Aber jedes Jahr scheint es noch mehr Weihnachtsschmuck, mehr Verkaufsstände auf dem Striezelmarkt und mehr Weihnachtsliederbeschallung zu geben als im Jahr davor.

Als sie zu ihrem Wagen kommt, bleibt sie überrascht stehen. Dieses Mal ist es eine weiße Rose, die am Scheibenwischer steckt. Ein Briefumschlag ist daran befestigt. Ihre Hände zittern, als sie die schöne runde Handschrift liest.

Anja, ich war in der Kirche ganz nah bei dir. Ich möchte dich gern wiedersehen.

Ihr Verehrer war da? Er war im Weihnachtskonzert, als sie ihre Panikattacke hatte? Sofort schämt sie sich. Sie möchte nicht, dass er sie so hilflos, so verstört erlebt. Dieser Unbekannte, der ihr seit wenigen Wochen immer wieder kleine Nettigkeiten und Briefchen schickt, ist ihr Lichtblick. Seit es ihn in ihrem Leben gibt, hat sie morgens endlich wieder einen Grund, sich auf den Tag zu freuen. Endlich gibt es seit der Tragödie, die ihr ganzes Leben von einem auf den anderen Tag veränderte, ein bisschen Hoffnung auf Glück.

Zwanzig Jahre ist es her, dass ihr alkoholisierter Vater in der Weihnachtsnacht erst ihre Mutter, dann ihren kleinen Bruder und anschließend sich selbst mit einem Messer tötete. Seitdem sehnt sie sich nach nichts so sehr wie nach Zuneigung und Wärme. Als Heimkind ist sie groß geworden, einsam, abgeschrieben, ohne Zukunft, ohne Perspektive. Alleingelassen in einer Welt, die sie ablehnte. Keine Pflegefamilie wollte das traumatisierte Mädchen haben, das erst nach drei Jahren mühsam seine Sprache wiederfand. Nie hatte sie mit jemandem über Einzelheiten jener Weihnachtsnacht gesprochen, in der man sie als Achtjährige völlig verstört aus dem Bettkasten zog, vor dem ihr toter Bruder in seiner Blutlache lag – die kleine Hand hilfesuchend nach seiner Schwester ausgestreckt. Kein Therapeut hatte je ihr Vertrauen gewonnen, hatte erfahren, was der Auslöser für diese Familientragödie gewesen war. Die Schuldgefühle, dass sie sich versteckt, dass sie ihren vierjährigen Bruder nicht vor dem Amok laufenden Vater beschützt hatte, waren zu groß gewesen, als dass sie sich noch einmal mit den Geschehnissen dieser Nacht befassen wollte. Nur der treue dickleibige Henning aus dem Heim war ein Stück zu ihr durchgedrungen und war ihr Freund geworden. Er, der mit zwölf Jahren seine Eltern bei einem Brand verloren hatte, schien ihren tiefen Schmerz zu verstehen.

Sie will den Brief des Unbekannten schon in den Umschlag zurückstecken, als sie die Eintrittskarte bemerkt. Dieses Mal ist es *Schwanensee.*

Ich erwarte dich vor dem Haupteingang der Semperoper, hat er auf die Rückseite geschrieben. *Tschaikowskis Schwanensee,* denkt sie. Eines der schönsten Ballette der Welt. Der einfühlsam getanzte Traum von der ewigen Liebe, die sanfte Anmut der stolzen weißen Geschöpfe, die sich als eines der wenigen Lebewesen dieser Welt ein Leben lang treu sind. Sie drückt die Rose an sich. Er wird dort sein. Sie spürt es.

Sie erwacht in völliger Dunkelheit. Nur mühsam kommt sie zu sich, ihr Kopf hämmert unbarmherzig. Sie hört ein Stöhnen und lauscht, bis ihr bewusst wird, dass es ihr eigenes Stöhnen war. Es ist eisig kalt. Abgestandene Luft umgibt sie, es riecht nach Nässe und Fäulnis. Sie liegt auf hartem, blankem Boden. Mühsam versucht sie, sich aufzurichten, aber ihre Glieder gehorchen ihr nicht. Sie kann sich nicht bewegen. *Bin ich gelähmt?* Panik steigt in ihr auf. *Wo bin ich? Was ist passiert?*

Sie versucht, sich an die Zeit vor ihrem Blackout zu erinnern, denkt an die strahlend erleuchtete Semperoper, auf deren Vorplatz sich elegant gekleidete Menschen unterhielten, an die wirbelnden Schneeflocken im Schein der Gaslaternen, an das Lachen der Besucher. Ganz allein hatte sie dort gestanden und auf ihn gewartet, aufgeregt und mit klopfendem Herzen. Zuerst hatte sie nach dem Vorfall in der Frauenkirche befürchtet, nicht die Kraft zu finden, das Ballett zu besuchen. Aber die Tabletten hatten ihr bald diese Sorge genommen. Sie hatte ihr bestes Kleid angezogen, ihren langen schwarzen Mantel, hatte Lippenstift und Rouge aufgelegt und war zu ihrer Verabredung gefahren.

Wieder hatte sie vergeblich auf ihn gewartet, hatte zitternd im Schneegestöber gestanden, bis alle Gäste in der Oper verschwunden, bis die Stufen vor dem Eingang leer gewesen waren.

Erst als der erste Akt längst begonnen hatte, war sie weinend zurück zur Tiefgarage gelaufen, die Konzertkarte zerknüllt in ihrer Hand. Sie erinnert sich an die weiße Schwanenfeder, die an ihrem Scheibenwischer gesteckt hatte. Sie weiß noch, dass sie nach ihr greifen wollte. Danach weiß sie nichts mehr.

Ein Lichtdreieck schiebt sich in den Raum, in dem sie liegt. Eine dunkle Gestalt steht im Türrahmen. Schemenhaft, stumm, abwartend. Leise Weihnachtsmusik dringt hinter der Gestalt durch die Tür. Der Tannennadelgeruch von Räucherkerzchen überlagert den muffigen Gestank der Fäulnis.

Sie spürt die Gefahr, die von dieser Gestalt ausgeht. Sie muss fort! Erneut versucht sie, sich zu bewegen. Ihre Gliedmaßen gehorchen ihr nicht. In diesem Moment wird ihr klar, dass sie gefesselt ist.

Die Gestalt tritt näher. »Schön, dass du endlich wach bist.« Der Schreck ist gewaltig. *Henning?*

Er spricht unablässig weiter. »Heute feiern wir den Heiligen Abend zusammen. Nur wir zwei. Weißt du, wo du bist?« Er kichert. »Entschuldige, es ist ja viel zu dunkel.« Henning geht zur Tür hinaus und kommt mit einer flackernden Kerze zurück. »Wir haben leider keinen Strom, aber so müsste es gehen. Sieh dich um! Erkennst du dieses Zimmer?«

Ein Blick genügt, und die Hölle bricht über sie ein.

Blut über Blut. Auf dem Boden, an den Wänden. Die kleine Hand ihres Bruders, der um Hilfe fleht.

Ihr Atem sackt ab. Kalte Angst kriecht ihr den Rücken hinauf. Sie hat das Gefühl, gleich den Verstand zu verlieren. Hier ist es passiert! Er hat sie in ihr altes Kinderzimmer gebracht. In das Zimmer, in dem vor zwanzig Jahren ihr Bruder vor ihren Augen verblutete. Die Tapete hängt abgefetzt an den Wänden. Das Linoleum ist teilweise herausgerissen. Aufgequollene Holzdielen kommen darunter zum Vorschein. Das alte Kinderbett ihres Bruders ist das einzig verbliebene Möbelstück im Raum. Alles wirkt trist und verlassen. Tot.

»Hier ist er gestorben, nicht wahr?« Er dreht sich um seine eigene Achse, atmet tief ein. »Es riecht nach Blut und nach Tod!« Er geht in die Knie und zeigt auf die dunklen Flecken am Boden. »Man sieht im Holz noch die Blutflecken deines Bruders. Das Haus stand seitdem leer, niemand wollte mehr hier wohnen. Es war nicht schwer zu finden.«

Sie begreift überhaupt nichts. *Warum hat Henning sie betäubt und hierhergebracht?* »Warum?«, flüstert sie nun.

»Du willst wissen, warum wir hier sind?« Sein Lachen macht ihr Angst. Er hockt sich neben sie und betrachtet sie stumm. Jetzt erkennt sie auch das Weihnachtslied, das gedämpft aus dem Nebenraum zu ihnen dringt. »Leise rieselt der Schnee, still und starr ruht der See …«, singt eine zarte Kinderstimme. Ihr wird übel. Die Erinnerungen an den letzten Weihnachtsabend in diesem Haus stürmen auf sie ein, an den Abend, bevor das Schreckliche geschah. An den Abend, als ihre Welt noch in Ordnung war. »Bring mich hier weg!«, bettelt sie.

Er überhört ihre Bitte. »Warum hast du mich nie gefragt, warum meine Eltern verbrannt sind?«, will er stattdessen wissen, und sie sieht etwas in seinen Augen hinter den Brillengläsern, das sie zum Schweigen bringt. »Es ging immer nur um dich, um *deine* schlimmen Erinnerungen, um *deine* Panikattacken, um *deine* posttraumatische Belastungsstörung. Hast du mich je gefragt, was in der Brandnacht passiert ist, als ich meine Eltern verloren habe?«

Sie schnappt nach Luft, will sich rechtfertigen, sich entschuldigen, aber er schneidet ihr mit einer abrupten Handbewegung das Wort ab.

»Ich habe alles für dich getan, Anja. Alles! Ich war die letzten fünfzehn Jahre immer zur Stelle, wenn du Hilfe brauchtest. Und was hast *du* für mich getan?« Er hat seine Stimme gehoben, sie bebt wütend. »Ich habe dich geliebt, und was machst du? Du wirfst dich dem Erstbesten an den Hals, der dir heimlich eine Rose ans Auto steckt. Träumst wahrscheinlich schon von Heirat und Kindern. Wie schnell hättest du mich vergessen? Wie schnell?«

Sie schüttelt den Kopf, versucht in Worte zu fassen, wie wichtig er für sie ist. Dass sie ihn nie vergessen könnte. Aber sie kann nichts sagen, kein Laut kommt aus ihrer Kehle. Henning hatte ihr die Briefe geschrieben? Er war ihr unbekannter Verehrer?

»Du hast mich verraten! Du bist genau so falsch und verlogen wie all die anderen aus dem Heim.«

»Henning … bitte …«

»Ich habe meine Eltern getötet!«, sagt er, und ein diabolisches Grinsen zerschneidet sein Gesicht. »Hättest du nicht gedacht, oder?«

Das ungute Gefühl in ihrem Magen wird zu einem Stechen. Was passiert hier mit ihr?

»Nur ich wurde gerettet, der arme zwölfjährige Vollwaise. Der kleine dicke Brillenträger. Keiner weiß, dass ich das Feuer gelegt habe, als meine Eltern schliefen.« Ganz nah ist er ihr jetzt, sieht ihr tief in die Augen. Und er sieht die Angst, die darin glimmt. »Sie sind bei lebendigem Leibe verbrannt, weil ich ihre Tür blockiert hatte.« Er lächelt und sieht sie aufmerksam an.

»Nein Henning«, flüstert sie mühsam. »Du bist kein Mörder!«

»Der Tod ist ein Geschenk, Anja. Er ist so gewaltig, so endgültig. Es ist *unglaublich* …« Er ballt seine Hände zu Fäusten. »… das Gefühl, Herr über Leben und Tod zu sein! Erinnerst du dich an den dünnen Mario aus dem Heim, von dem alle dachten, er sei ausgerissen? Nur ich weiß, wo seine Leiche ist.«

»Nein …«, flüstert sie. Eine Träne läuft über ihre Wange.

»Du hattest all die Jahre Angst vor deiner Vergangenheit. Du hattest Alpträume von einer Nacht, von der nur ein altes verrottetes Haus übrig geblieben ist.« Henning sieht sie lange an. »Dabei hättest du Angst *vor mir* haben sollen.« Zärtlich streicht er ihr die Träne von der Wange. Dann nimmt er die Kerze und geht hinaus. Die Tür fällt hinter ihm ins Schloss.

Sie ruft ihn zurück, schreit so laut sie kann seinen Namen, schreit in ihrer Todesangst, während sie das Prasseln des Feuers vor der Zimmertür hört. Der Schnee vor dem Fenster rieselt leise vor sich hin.

»Sie ist wach!«, ruft jemand. »Sie kommt zu sich!«
Einen Moment lang kann sie nur verschleierte Umrisse erkennen. Sie blinzelt, bis ihr Blick klar wird. Ein junger Arzt beugt sich über sie. »Frau Walter, können Sie mich hören?« Er leuchtet ihr mit einer kleinen Lampe in die Augen.
Sie hustet, fixiert dann ihre Umgebung. Weiße Wände, weiße Türen, medizinische Gerätschaften auf einem Schrank. Sie muss in einem Krankenhaus sein. »Was …«
»Keine Angst, Sie sind in Sicherheit. Ihr Freund hat Sie hierhergebracht. Er hat Sie aus dem brennenden Haus gerettet. Ohne ihn wären Sie jetzt wahrscheinlich nicht mehr am Leben!«
»Mein Freund?«, flüstert sie.
Der Arzt winkt jemanden heran. »Kommen Sie mal zu uns.«
Henning beugt sich über sie. Er sieht furchtbar aus. Spuren von Tränen durchschneiden den Ruß auf seinen Wangen. Weiße Bahnen im schwarzverschmierten Gesicht. »Anja«, flüstert er. »Es tut mir so leid! Das wollte ich nicht.«
Stocksteif liegt sie da, starrt ihn ungläubig an.
»Ich wollte dir nichts zuleide tun, bitte glaub mir!« Er gestikuliert mit seinen dicken Fingern. »Es war alles gelogen, was ich dir erzählte. Ich wollte, dass du endlich dein Trauma verarbeitest. Ich habe so viel darüber gelesen, um dir helfen zu können. Es gibt da diesen Arzt im Internet. Er behandelt seine Patienten mit einer ganz bestimmten Schocktherapie, weißt du? Er schreibt, wenn Kranke an den Ort ihrer traumatischen Erfahrung zurückkehren, wenn man sie dort mit den Ereignissen, die ihr Trauma ausgelöst haben, konfrontiert, und wenn sie dieses schlimme Erlebnis nochmals durchleben, können sie es danach

aufarbeiten und sogar gesund werden.« Er ist so bleich, dass sie denkt, dass er ebenfalls gleich medizinische Hilfe braucht. »Du solltest Todesangst haben wie damals. Damit du gesund wirst, verstehst du?« Er greift unter seine verschmierten Brillengläser und wischt sich über die Augen. »Anja, du bist der wichtigste Mensch in meinem Leben! Ich könnte dir nie etwas antun. Aber dieses eine Mal musste ich hart zu dir sein. Ich habe es nicht mehr ertragen, wie sehr du unter dieser Geschichte gelitten hast.« Er kann die Tränen nicht zurückhalten. »Bitte verzeih mir!«

Sie braucht einen Moment, um zu verstehen. Wieder hustet sie, wischt sich die schmerzenden Augen. So viel haben sie gemeinsam durchgestanden, die harte Zeit im Heim, die schweren Jahre danach.

»Das Haus ist abgebrannt?«, fragt sie leise.

»Ja, es tut mir leid! Der Brand ist außer Kontrolle geraten.«

Unter dem verständnislosen Blick des Arztes greift sie nach seiner Hand und drückt sie fest. »Ich danke dir, Henning.« Dann lächelt sie. »Frohe Weihnachten!«

AUTORENVITA

Romy Fölck wurde 1974 in Meißen geboren und studierte Jura in Dresden. Seit 2002 lebt und arbeitet sie in Leipzig. Bisher veröffentlichte sie zwei Kriminalromane *Blutspur* und *Täubchenjagd* sowie mehrere Kurzgeschichten. Die Autorin ist Mitglied im Verein deutschsprachiger Krimiautoren SYNDIKAT. Mehr unter: www.romyfoelck.de

SABINE TRINKAUS

Jauchzet, frohlocket!

BONN

»Jauchzet, frohlocket!«, befahl der Chor, und die Pauke donnerte mit Nachdruck aus dem Lautsprecher, bevor es blechern weiterjubilierte: »Auf, preiset die Tage!« Stefan war nicht nach Jauchzen zumute, nach Frohlocken schon gleich gar nicht, und sollte er je einen Tag preisen, dann ganz sicher nicht diesen. Er starrte hinauf zu der gigantischen Weihnachtspyramide. Alberne Holzmännchen drehten sich sinnlos, weitgehend unbeachtet von den Bonnern, die über den Weihnachtsmarkt hetzten oder sich Glühwein in den Rachen schütteten. Das frostige Winterwetter versetzte die Menschen in angemessene Vorweihnachtsstimmung. Ein gutes Jahr für den Weihnachtsmarkt. Ein ausgezeichnetes Jahr für die Glühweinhändler. Alle waren froh, alle waren zufrieden. Alle außer Stefan. Er griff nach seinem Becher und kippte sich die lauwarme Brühe in den Mund. Eigentlich mochte er das Zeug nicht mal. Klebrig und süß und irgendwie verlogen. Genau wie Weihnachten. Friede auf Erden – am Arsch!

Die beiden Glühweinbecher in Gundulas Händen zitterten ein wenig, während sie sich in seine Nähe vorarbeitete. *Wahnsinn*, dachte sie, so etwas tat man doch nicht! Das war das Gegenteil von vernünftig. Aber es gab Momente, in denen Vernunft als Kriterium nicht taugte. Und so ein Moment war das.
Sie konnte sein Gesicht sehen, zornig verzogen, wie ein trotziges Kleinkind stand er da. *Wahnsinn*, dachte Gundula wieder, als sein Handy klingelte. Er warf einen Blick auf das Display,

rollte die Augen, nahm das Gespräch aber trotzdem an. »Von Betrug kann doch wohl keine Rede sein«, protestierte er alsbald in den Hörer. »Ihr habt mir das Geld doch quasi aufgedrängt!« Er lauschte kurz, schien ein wenig blasser zu werden. »Bitte«, brüllte er dann, »dann geh doch zur Polizei. Du wirst schon sehen, was du davon hast!« Zornig stopfte er das Handy zurück in die Tasche. Er versetzte dem Koffer, der neben ihm auf dem Boden stand, einen wütenden Tritt, griff nach der Tasse, erinnerte sich, dass sie ja leer war, und fluchte. *Jetzt,* dachte Gundula, *jetzt oder nie.* »Darf ich?« Sie stellte die Becher auf den Tisch, schob ihm einen zu. »Sie sehen aus, als könnten Sie noch einen Schluck vertragen.«

Sie war nicht der Anquatsch-Typ. Sein Typ war sie sowieso nicht, viel zu alt. Obwohl Stefan durchaus sah, dass ihr langweiliger Mantel nicht billig gewesen war. Trotzdem! Stefan kannte solche Frauen. Sie war Gesundheitsschuh und Kräutertee. Sie war Pfandbriefe und Kommunalobligationen. Fleischgewordene Langeweile. Mit solchen Leuten konnte Stefan nicht arbeiten.

Erneut klingelte sein Handy. Erneut zog er es aus der Tasche, blickte aufs Display. Stopfte es zurück in den Mantel.

»Ärger?« Sie sah ihn an. Freundliche braune Augen hinter blankgeputzten runden Brillengläsern. Ein Blick, der mitten in Stefans verwundete Seele zu dringen schien. Er griff nach dem Becher, nahm einen guten Schluck. Und dann noch einen. Scheiß drauf, dachte er, und er begann zu erzählen. Wie eiskalt ihn die blöde Pute vor die Tür gesetzt hatte, eine Woche vor Weihnachten! So tat, als habe er ihr sonst was angetan! Dabei hatte er lediglich eine Investition vorgeschlagen. Er hatte nie behauptet, dass die Sache ohne Risiko war. Es gab keine Garantie bei solchen Geschäften, das wusste jeder, und trotzdem war er auf einmal der Sündenbock und an allem schuld!

Es war nicht nur der Glühwein. Es war auch ihre Art, an den

richtigen Stellen zu nicken, gelegentlich entrüstet oder bedauernd mit der Zunge zu schnalzen.

All die Empörung über die Undankbarkeit brach förmlich aus Stefan heraus. Gundula hörte zu und schnalzte und nickte. Sie holte mehr Glühwein.

Das mit der Polizei war natürlich vollkommen absurd, erklärte ihr Stefan. Und doch blieb zu hoffen, dass die blöde Kuh nicht ernst machte, denn Ärger mit den Bullen konnte er wirklich nicht brauchen, zumal die Provision, die er – völlig zu Recht – für sich abgezweigt hatte, schon anderweitig investiert war. Was natürlich unter ihnen bleiben musste, so etwas erzählte er ja nicht jedem, sondern eben nur Gundula, die gerade schon wieder einen Glühwein vor ihm abstellte. Gundula, das war nämlich eine Nette, attestierte Stefan, eine Gute, eine, die nicht immer nur an sich dachte. Prost, sagte Stefan, auf dein Wohl, du bist echt in Ordnung. Und Gundula lächelte.

Und dann machte sie diesen komplett irrsinnigen Vorschlag. Stefan war voll, rotzevoll sogar, aber trotzdem gingen sämtliche Warnleuchten an. Wusste er doch, dass man den Menschen ihre Perversionen nicht immer ansah. Ihm war bewusst, dass er ein ausgesprochen attraktiver Mann war. Ein gepflegtes Äußeres gehörte in seiner Branche einfach dazu. Zwar wirkte Gundula nicht wie eine, die Männer am Glühweinstand aufgabelte. Aber das hieß ja nichts.

Kurz überdachte er die Alternativen. Eine Nacht am Hauptbahnhof, im »Bonner Loch«, eine eisige Nacht in Gesellschaft irgendwelcher Penner. Die Aussicht darauf half, seine Zweifel zu vertreiben. Was konnte schon groß passieren? Wenn ihm die alte Schachtel komisch kam, dann würde er sich schon zu helfen wissen.

Sie kam ihm nicht komisch. Quasi jungfräulich erwachte Stefan in dem alten, aber komfortablen Bett im Gästezimmer. Presslufthammer im Kopf und dort, wo einst sein Magen gewesen war, fand er nur saures Brennen. Langsam, ganz langsam kehrte die Erinnerung zurück. Er sah sich sturzbetrunken mit Gundula durch die Südstadt wanken, vorbei an prächtigen Jugendstilfassaden, geschmackvollen Weihnachtsdekorationen hinter hohen Fenstern, auf die Gundula immer wieder hinwies, während er sich Halt suchend an schmiedeeisernen Zäunen entlanghangelte. Er erinnerte sich an seine Verwirrung, als Gundula dann angehalten hatte, direkt vor so einem Haus in einer stillen Seitenstraße. Südstadtvilla, spätklassizistisch. Verkehrswert mindestens zwei Millionen, konservativ geschätzt. Da wohnte sie. Gundula. Ihr Haus war vollgestopft mit Bildern, Teppichen, antiken Möbeln und allerhand Schnickschnack. Nicht die Art Schickschnack freilich, die man bei Ikea in der großen Halle kaufte. Eher die Art, die im Schaufenster von »Art déco« lag, versehen mit absurden Preisschildern.

Leider kannte sich Stefan nicht sonderlich gut aus mit solchen Dingen. Er war ja mehr im Finanzsektor tätig, mit Antiquitäten hatte er nie zu tun gehabt.

Sie erwartete ihn am Frühstückstisch. Mit Brötchen und gekochten Eiern. Sogar eine Kopfschmerztablette lag neben dem Glas mit dem frischgepressten Orangensaft. In der Nacht hatte es wieder geschneit, mindestens fünf Zentimeter Neuschnee. Sie war gut gelaunt, plapperte und lachte. Sie liebe Schnee, sagte sie, obwohl das Schippen natürlich anstrengend war in ihrem Alter. Stefan fragte artig nach der Schneeschaufel. Und Gundula lächelte.

Als der Schnee geschippt war, rechnete er damit, dass sie ihn nun freundlich bitten würde, sich doch nach einer anderen Bleibe umzusehen. Sie tat nichts dergleichen.

Vielmehr schlug sie einen Spaziergang vor, vielleicht einen Abstecher auf den Weihnachtsmarkt, um Reibekuchen zu essen, wenn er denn Lust hatte.

Stefan versuchte zu begreifen, was hier eigentlich vorging. Gundula kam ihm nicht vor wie eine dumme Frau. Aber spätestens als er einen Blick in den Geldbeutel warf, den sie völlig offen herumliegen ließ, während sie nach ihrer Mütze suchte, kam er zu dem Schluss, dass er sie wohl falsch eingeschätzt hatte. Bargeld fand er, mehr Bargeld, als eine alte Dame im Haus haben sollte. Daneben die Bankkarte und – kaum zu fassen – der Zettel mit der Geheimnummer. Der Anblick beruhigte Stefan ungemein. Kein Grund zur Panik, sagte er sich, überhaupt kein Grund zur Panik.

Das Schweigen, das sich zwischen ihnen ausbreitete, als sie gemeinsam durch die stillen Straßen der Südstadt marschierten, war unbehaglich. Ebenso verzweifelt wie vergeblich dachte Stefan über ein mögliches Gesprächsthema nach. Langsam wurde die Umgebung profaner, die Straßen breiter und lauter. Als sie schließlich das Rheinufer erreichten, blieb Gundula auf der Promenade stehen. Sie schaute hinab in den Fluss, der sich eisig und unerbittlich zu ihren Füßen wälzte.

»Hier«, sagte sie, »hier ist es passiert. Hier ist mein Mann ertrunken. Fast fünfundzwanzig Jahre ist es her.«

»Unglaublich!«, rief Stefan. Er merkte, dass er wohl etwas zu enthusiastisch geklungen hatte, überwältigt von der Dankbarkeit, endlich ein Thema gefunden zu haben. »Das ist ein unglaublicher Zufall«, erklärte er rasch und setzte eine adäquat betrübte Miene auf. »Ich bin auch mal fast ertrunken. Als Kind. Ich weiß, wie das ist. Schrecklich. Obwohl ich keine wirkliche Erinnerung habe, Trauma und so, aber ich kann in kein Schwimmbad gehen, von anderen Gewässern ganz zu schweigen!«

»Das ist ja furchtbar«, sagte Gundula. Sie klang ein wenig distanziert. Vermutlich, weil das Thema sie in melancholische Stimmung versetzte. Aber das war kein Problem, jetzt nicht mehr, denn der Damm war gebrochen, und Stefan fand zu seiner gewohnten Form zurück. Während sie die Promenade in Richtung Innenstadt entlangschlenderten, lenkte er sie mit allerhand lustigen Anekdoten aus seinem Leben von ihren trüben Gedanken ab.

Als sie die steil aufragende Backsteinmauer des Alten Zoll erreichten, hakte er sie unter, damit sie auf der schneeglatten Treppe, die hinauf in Richtung Stadt führte, nicht stürzte. Er behielt die vertraute Berührung bei, als sie oben waren, geleitete sie galant zur Fußgängerzone. Beim Anblick der weihnachtlichen Festbeleuchtung in der Innenstadt begann dann auch sie, wieder zu strahlen.

Es war wie eine Droge, vertraute sie Stefan an, als sie erneut am Glühweinstand haltmachten und sich innerlich ein wenig aufwärmten. Die Vorweihnachtszeit, die Lichter, die geschmückten Schaufenster. Menschen, dick eingemummt gegen die Kälte, die durch die Fußgängerzone eilten, Geschenke einkauften, sich dann am Glühweinstand trafen oder Reibekuchen aßen. Und die Musik, überall die Musik, Flöten und Kinderchöre, Trompeten und Pauken. Gundula liebte diese Mischung aus Freude und Erwartung, die wie die winzigen Schneeflocken durch die Luft wirbelte. Während sie sprach, warf sie ihm Blicke zu, die er nicht recht deuten konnte, die ihm aber trotzdem gefielen.

Als sie zur Villa zurückkehrten, war es schon dunkel.

Gundula öffnete eine Flasche Wein und zündete ein Feuer im Kamin an. Stefan genoss die Wärme. Er fühlte sich sicher und geborgen. Entspannt starrte er in die Flammen, angenehm schläfrig, während sie von ihrem Mann erzählte. Rüdiger hatte der geheißen, und er hatte immer alles richtig gemacht. Sie redete, und Stefans Gedanken gingen auf Wanderschaft. Er dachte darüber nach, wie gern er einen Kamin hätte. Träumte von dem Haus, das er einmal bewohnen würde. Ein Haus wie dieses, aber irgendwo im Süden. Er wollte den Wein, der würzig und schwer über seine Zunge rollte, auch wachsen sehen. Wollte einen Garten, in dem ein Orangenbaum stand.

Gundula versuchte, sich darüber klarzuwerden, wie es nun weitergehen sollte.

Sie hatte mit angesehen, wie im Lauf des Tages aus dem bleichen, stillen Nervenbündel, das ihr am Frühstückstisch gegenübergesessen hatte, langsam wieder der Stefan wurde, mit dem sie den vergangenen Abend verbracht hatte. Immer wieder musterte sie ihren Besucher heimlich, fragte sich, was sie denn schon von ihm wusste. Von seinen Talenten, seinen Wünschen, seinen Schwächen und Geheimnissen. Nicht genug, dachte sie immer wieder, noch lange nicht genug, um zu wissen, was für ein Mensch er wirklich war. Es war durchaus möglich, dass sie sich in ihm getäuscht hatte. Andererseits war ja nichts geschehen, bisher. Sie hatte den ersten Schritt getan, jetzt war er da. Jetzt konnte sie abwarten, konnte sorgfältig beobachten und prüfen. Sie hatte Zeit. Sie hatte alle Zeit der Welt.

Er bemühte sich. Daran immerhin bestand kein Zweifel. Er bemühte sich um Gundula, und sie nahm das nicht ohne Dankbarkeit zur Kenntnis. Darum war es nur recht und billig, dass sie im Gegenzug ein paar ihrer Karten auf den Tisch legte. Auch wenn es ihr nicht leichtfiel, über bestimmte Dinge zu sprechen. Über Einsamkeit, zum Beispiel, und darüber, wie das Leben war, seit Rüdiger fort war. Für sie und für ihre Tochter Elke. Es hatte ihnen an nichts gefehlt, materiell, aber darum ging es letztlich ja nicht. Es ging viel mehr um Glück, das Glück, das mit Rüdiger auf Nimmerwiedersehen aus ihrem Leben verschwunden war.

Während sie sprach, wurde er wieder ganz still. Fast andächtig schien er zu lauschen, hier, vor dem knisternden Kaminfeuer. Vielleicht verstand er, vielleicht verstand er tatsächlich doch, worauf es Gundula ankam. Warum sie ihn aufgenommen hatte, hier, in ihrem Haus.

Erst als er leise anfing zu schnarchen, begriff sie, dass diese Hoffnung sie wohl getrogen hatte.

»Jauchzet, frohlocket!« Da war es wieder! Als habe der alte Bach Spaß daran, Stefan zu verhöhnen. Gundula hatte die CD eingelegt. Es war ja Heiligabend. Da musste Musik sein, den ganzen Tag, hatte sie gesagt. »Auf, preiset die Tage!«

Stefans Zähne gruben sich wütend in den Stollen.

Gerade eben war noch alles in Ordnung gewesen. Er hatte das gewohnt üppige Frühstück genossen, das Gundula wie jeden Tag servierte. Während sie die Küche aufräumte, zog er sich ins Wohnzimmer zurück, auf einen kleinen Frühschoppen. Nicht ahnend, was auf ihn zukam. Wer auf ihn zukam. Elke nämlich, Elke, Monument der Empörung, Hände in die Hüften gestützt, so stand sie auf einmal vor ihm. Raus, sagten die Augen, die zwischen Stefan und dem Whiskyglas hin- und herwanderten, sofort raus hier.

Vermutlich hätte er damit rechnen müssen. Es war, bedachte man es genau, sogar wahrscheinlich, dass Gundula Elkes Kommen angekündigt hatte. Der Name war gefallen. Zuhören war Stefans Stärke nicht. Gundulas Reden kreiste zudem unermüdlich um zwei Themen. Um den verblichenen Gatten, den seligen, den wunderbaren Rüdiger nämlich. Und um Weihnachten, Ente oder Gans, Kloß oder Kartoffel, Nordmann oder Blaufichte. Ein Lächeln hier und da, ein zustimmendes Brummen ab und zu, das reichte völlig aus. Dabei konnte einem schon die ein oder andere Feinheit entgehen.

Nicht, dass Elke eine Feinheit gewesen wäre. Ganz im Gegenteil. Grob war sie, ungeschlacht, unhöflich außerdem. »Auf ein Wort, Mutter«, hatte sie gesagt, in so einem prekären Ton. Man musste kein Hellseher sein, um zu ahnen, worum es in dem kleinen Gespräch gerade ging, draußen in der Küche.

Stefans Blick wanderte durchs Wohnzimmer. Rauschgoldengel, Tannengrün, am Fenster der Stern, der leuchten würde, wenn die Dunkelheit kam. Süß und klebrig, so wie der Marzipankern des Stollens, der nun schwer auf seine Zunge sank. Sein Blick blieb am Tannenbaum hängen. Noch ungeschmückt stand er da. Man schmückte ihn erst Heiligabend. Aufstellen musste man ihn allerdings schon einen Tag vorher, damit sich die Äste schön entfalteten. Gundula hatte geklungen, als verstünde sich das von selbst.

Stefan dachte daran, wie er ihn geschleppt hatte, den blöden Baum. Das Ding war viel zu groß für den Bus, und schwer war es auch. Aber Stefan war kräftig, und wenn er ganz ehrlich war, dann hatte es ihm sogar irgendwie ein bisschen Spaß gemacht, mit Gundula und dem Baum durch den Schnee nach Hause zu stapfen. »… rühmet, was heute der Höchste getan …«, schlug der Chor vor. Und auf einmal wünschte sich Stefan, dass alles gut wäre, jetzt. Dass Gundula hereinkommen würde mit dem Karton, in dem der Baumschmuck lagerte. Dass sie »Auf geht's« sagen würde oder etwas ähnlich Altbackenes, mit vor Aufregung glühenden Runzelbäckchen. Er wünschte sich, dass es keine Elke gab, die Weihnachten kaputt machte.

Es brannte sonderbar in seinen Augen. Gute Güte! Er griff nach dem Glas, spülte mit Whisky den süßen Stollenbrei aus dem Mund und das Brennen aus den Augen, durch die Kehle, hinunter in den Magen. Dorthin, wo es brennen durfte bei einem Kerl. »Scheiße«, murmelte er leise. »Verdammte, verfluchte, beschissene Scheiße!«

»Wahnsinn«, sagte Elke, ganz genau, wie Gundula vermutet hatte. »Mutter, du hast den Verstand verloren!« Ihre Stimme klang beherrscht, aber Gundula wusste trotzdem, dass sich ihre Tochter furchtbar aufregte. Damit hatte sie gerechnet. Darum hatte sie ja nichts gesagt, am Telefon.

»Du bist einfach zu vernünftig«, sagte sie nun und versuchte ein Lächeln.

»Das ist nicht komisch, Mutter!«

»Nein«, sagte Gundula. »Natürlich ist es das nicht. Aber ich bin alt. Ich habe nicht mehr ewig Zeit. Irgendwann muss man dem Schicksal ein bisschen auf die Sprünge helfen. Verstehst du?«

Elke schüttelte den Kopf. Eher verzweifelt als abwehrend.

»Natürlich verstehst du das«, sagte Gundula. »Kind, ich kann dich nicht zwingen. Aber ich bin deine Mutter, und ich kann dich bitten, es zu versuchen. Offen für die Möglichkeit zu sein, für alle Möglichkeiten. Mir zuliebe.« Sie betrachtete Elke. Hier und da schimmerte es silbern in ihrem dunklen Haar, auch die Falten um die Augen waren nicht mehr zu übersehen. So viele Jahre, dachte Gundula, wo ist nur die Zeit geblieben? Dabei war Elke noch nicht alt. Und sie hatte so viel erreicht. Sie war erfolgreich, verdiente viel Geld. Sie war auch beliebt, sie hatte viele Bekannte. Auf den ersten Blick sah niemand, was Gundula das Herz zerriss. Den Schmerz in Elkes Seele, das, was sie wegtrieb von anderen Menschen. Elke war einsam. So wie Gundula. Aber Elke war viel zu jung für diese Art von Einsamkeit.

»Es ist Weihnachten«, sagte sie jetzt. »Sieh es als Geschenk. Mein Geschenk an dich. Dein Geschenk an mich. Meinst du nicht, das bist du mir schuldig?«

»Mutter!« Elke umklammerte den Kaffeebecher, und für eine Sekunde fürchtete Gundula, sie könne ihn gegen die Wand schleudern.

»Versuch es. Mehr verlange ich nicht. Lern ihn ein bisschen kennen. Sprich mit ihm. Hör ihm zu, schau ihn dir an, sei offen für die Möglichkeiten. Wirst du das tun? Für mich?«

Die Tür sprang auf, und zu Stefans großer Verwunderung war es Elke, die mit dem Baumschmuck den Raum betrat.

»Ich sage das jetzt nur einmal«, erklärte sie und stellte den Karton auf den Boden. »Es wäre besser für Sie, es wäre vermutlich besser für uns alle, wenn Sie jetzt sofort verschwinden würden!«

Das war genau das, worauf Stefan gewartet hatte. »Jetzt hören Sie mir mal zu«, brüllte er. Er hatte sich die Worte sorgfältig zurechtgelegt. »Was bilden Sie sich denn ein? Wo waren Sie denn? Wer hat sich denn um Ihre Mutter gekümmert? Wer hat mit ihr Plätzchen gebacken, wer hat ihren Schnee geschippt? Wer ist mit ihr auf den Weihnachtsmarkt gegangen, immer wieder, Kinderchor und Blockflöten und Glühwein, tausend Mal? Sie vielleicht?«

»Sie ist meine Mutter, und ich liebe sie.« Elke klang unbeeindruckt. »Ich bin bereit, alles zu tun, was sie glücklich macht.« Sie hob den Deckel vom Karton, griff nach einer Lichterkette, die obenauf lag. Sie reichte sie Stefan. »Können Sie die mal auseinandersortieren, bitte?«

Stefans Mund blieben eine Sekunde offen stehen. Er verstand die Welt nicht mehr. Jedenfalls nicht richtig. Er nahm die Lichterkette und begann, sie vorsichtig zu entwirren. Folgte dem grünen Kabel, sortierte die winzigen Birnen nebeneinander. So, wie seine Gedanken. Geduldig glättete er die Stränge, entfernte die Knoten, bis plötzlich alles zusammenpasste. So klar war das Bild, dass er kurz aufstöhnte. Elke! Es war die ganze Zeit um Elke gegangen.

Vorsichtig hob er den Blick, musterte sie, wie sie die Kugeln vorsichtig aus dem Seidenpapier wickelte. Zu blass, zu streng, zu viel auf den Rippen. Ganz sicher nicht sein Typ. Aber alles in allem und mit ein bisschen gutem Willen war sie so übel nicht.

Sie spürte seinen Blick und sah auf. Er schenkte ihr sein charmantestes Lächeln.

Er war also doch nicht auf dem Holzweg gewesen. Jedenfalls nicht ganz.

Die Tassen auf dem Tablett klirrten leise, als Gundula es über den Flur in Richtung Wohnzimmer balancierte. Durch die geschlossene Tür hörte sie die Klänge des Weihnachtsoratoriums. »Erleucht' auch meine finstre Sinnen«, bat der warme Bass, als sie die Klinke mit dem Ellbogen hinunterdrückte und vorsichtig die Tür aufschob. Sie stellte das Tablett ab und betrachtete den Baum. »Wunderschön«, sagte sie. »Ihr seid ja schon fast fertig!«

»Wir sind ein tolles Team!« Stefan war mit wenigen Schritten bei Elke, die gerade eine Kugel an einem Zweig befestigt hatte. Er hob den Arm und legte ihn plump um Elkes Schulter. »Warum hast du mir eigentlich verschwiegen, was für eine entzückende Person deine Tochter ist?«, fragte er und zwinkerte Gundula zu. Elke erstarrte, und unwillkürlich versteifte sich auch Gundulas Nacken. Sie rang sich ein Lächeln ab. »Da habt ihr euch wirklich eine Stärkung verdient«, sagte sie schnell und deutete auf das Tablett mit den Kaffeetassen und dem Plätzchenteller. Wie erwartet ließ Stefan sich das nicht zweimal sagen. Er stürzte sich auf das Gebäck, als habe er seit Tagen nichts zu essen bekommen. Gundula betrachtete ihn.

»… Erleuchte mein Herze durch der Strahlen klaren Schein …«, klang es durch den Raum. Gundula sah, dass auch Elke Stefan, der mittlerweile wieder auf dem Sofa lümmelte und hochzufrieden Plätzchen in seinen Mund stopfte, nachdenklich ansah. Dann wandte sie ihren Blick Gundula zu.

»… dies lässet meine Seele nichts Böses beginnen …«, sang es.

»Du hattest völlig recht, Mama«, sagte Elke. »Ich glaube, das wird ein wundervolles Weihnachtsfest für uns alle!«

Gundula wurde warm ums Herz. »Beeilt euch ein bisschen«, sagte sie. »Um spätestens acht müssen wir essen, damit wir es pünktlich in die Christmette schaffen.«

Stefan versuchte tapfer, seine Enttäuschung zu verbergen. Kartoffelsalat und Würstchen waren nicht das Menü, das er von jemandem wie Gundula an diesem Abend erwartet hatte. Dass die Gans, die nackt und bereit im Kühlschrank lagerte, für den ersten Feiertag vorgesehen war, das hatte er ja mitbekommen. Aber was war mit dem Kaviar, was mit den frischen Austern und dem unglaublich teuren Käse aus dem Feinkostgeschäft? Lag nicht der teure Champagner auf Eis? Dass er sich für Würstchen und Kartoffelsalat so in Schale geschmissen hatte, erschien ihm ein wenig übertrieben.

Andererseits stand ihm der Anzug ausgezeichnet. Und es war sicher nicht von Nachteil, sich Elke von seiner besten Seite zu zeigen. Sie war etwas spröde. Stefan war froh, dass er sich so gut auf Frauen verstand. Manch anderer hätte ihre Schüchternheit womöglich als Desinteresse missdeutet. Aber Stefan war zuversichtlich. Er sprühte vor Charme. Er machte ihr Komplimente, bedachte sie mit den richtigen Blicken. Das war nicht so einfach, denn ihr Kleid war entsetzlich bieder, wenngleich es immerhin einen Ansatz von Ausschnitt zeigte. Die Kette, die dort funkelte, war kein Modeschmuck. Sie war nicht sein Typ, es blieb dabei, aber Stefan hatte im Lauf des Nachmittags genug getrunken, um ihr Potenzial zu erkennen. Ein paar Pfund mussten runter, natürlich, aber mit neuen Klamotten, mit ein bisschen Schminke und einer flotten Frisur war durchaus etwas zu machen bei Elke.

»Bescherung ist dann nach der Kirche«, erklärte Gundula ihm gerade. »Ziemlich spät, ich weiß, aber so ist es nun mal Tradition bei uns. Und kurz vor Mitternacht schmeckt der Champagner sowieso am besten!« Sie strahlte ihre Tochter an. »Außerdem ist Vorfreude ja die schönste Freude!«

Stefan erstarrte kurz. Bescherung. Verdammt! Daran hatte er gar nicht gedacht. So, wie Gundulas Augen leuchteten, rechnete sie womöglich mit einem Geschenk von ihm. Was natürlich ziemlich unfair war. Sie stellten sich so was ja einfach vor, die reichen Leute. Hatten ja keine Ahnung, wie es war für einen wie Stefan, ohne einen Cent auf der Naht. Sah man von den Fünfzigern ab, die er hier und da aus Gundulas prall gefüllter Geldbörse geborgt hatte. Sie hatte den Verlust nie bemerkt. Trotzdem wäre es Stefan widersinnig erschienen, ihr ein Geschenk von ihrem eigenen Geld zu besorgen.

»Ach, mein Lieber!« Gundula lächelte ihn an. »Schau nicht so. Deine Anwesenheit ist uns doch Geschenk genug.«

Elke verschluckte sich. Sie hustete, sie röchelte, sie keuchte so schrecklich, dass Stefan sich genötigt sah, den Heimlich-

Handgriff anzuwenden. Dabei spürte er ihre großen, weichen Brüste. Sie war doch nicht so übel. Für Elke immerhin hatte er möglicherweise in dieser Heiligen Nacht doch noch ein Geschenk in petto.

Dass vor jeder Freude die Mühsal stand, begriff er wenig später, als sie durch die eisige Nacht stapften. Nicht zur nahegelegenen Elisabethkirche, Gundulas Heimatgemeinde, nein, zum Hochfest zog es sie ins Bonner Münster. Und nicht nur sie, denn als sie kurz nach neun die Stufen zum Seiteneingang der prachtvollen Basilika hinabstiegen, kam der Obdachlose, der den Gläubigen in der Hoffnung auf eine weihnachtliche Spende gern die Tür aufhielt, kaum noch hinterher. Sie fanden eben noch ein freies Eckchen auf einer der alten Holzbänke im Hauptschiff, das den Damen Platz bot. Stefan lehnte sich, erschöpft von Kartoffelsalat, Alkohol und der ihn umgebenden barocken Pracht, an eine der breiten Säulen. Auf der Empore begann das Orchester zu spielen, der Chor sang, und als endlich der Priester in vollem Ornat, umgeben von unzähligen Messdienern, erschien, befand sich Stefan schon in einer Art Wachkoma. Gefühlte Stunden später, als die Lichter ausgingen, als die Orgel »Stille Nacht« dröhnte und tausend Kehlen inbrünstig »Heilige Nacht« zurückschmetterten, kam er wieder zu sich. Er sah Tränen in Gundulas Augen schimmern. Sie umklammerte Elkes Hand ganz fest. Und dann war es endlich vorbei.

Sie hatten ihn untergehakt, auf beiden Seiten. Die Wärme ihrer Körper und das Gefühl, das Schlimmste überstanden zu haben, taten Stefan gut, und er schritt forsch aus. Erst als sie in die falsche Richtung abbogen, stockte sein Schritt. »Wo wollt ihr hin?«
»Bevor wir nach Hause gehen, müssen wir zum Rhein«, erklärte Gundula.

»So machen wir das immer«, sagte Elke. »Wir wünschen Papa frohe Weihnachten!« Ohne seine Antwort abzuwarten, zerrten sie ihn in Richtung Hofgarten. Das Schloss lag dunkel und verlassen, keine Spur von Weihnachtszauber. Stefan fröstelte. Er verspürte das dringende Bedürfnis nach einem Häppchen Kaviar, hinuntergespült mit einem Schluck Champagner. Und zwar vor einem warmen Kaminfeuer.

»Du bist doch nicht zu müde, mein Lieber?« Elkes Stimme klang überraschend anzüglich, jedenfalls anzüglich genug, um Stefans Kräfte zu beleben.

Die Äste der alten Bäume neigten sich bedrohlich unter ihrer Schneelast. Unheimliche Schatten geisterten über den Fußweg, und als sie den alten Zoll erreichten, pfiff ihnen vom Rhein ein feindseliger Wind entgegen. Die Stufen der Treppe waren unter den Schneeverwehungen nur noch zu ahnen. Auch auf der Promenade unten türmte sich kaltes Weiß. Weit und breit war keine Menschenseele zu sehen, und die Lichter, die warm und heimelig von der anderen Rheinseite durch das Schneetreiben leuchteten, wirkten Lichtjahre entfernt.

Sie traten ans Geländer. Das Wasser rauschte und gurgelte.

»Mein Vater war ein guter Mensch«, sagte Elke. »Er fehlt mir jeden Tag.«

»Ja, er war ganz bestimmt etwas Besonderes«, sagte Stefan, bereit, sich kooperativ zu zeigen, um diese Sache so kurz wie möglich zu halten. »Es ist ganz furchtbar, dass er heute nicht bei uns sein kann. Bestimmt würde er nicht wollen, dass sich irgendwer eine schreckliche Erkältung holt. Ist euch eigentlich auch so kalt wie mir?«

»Das Wasser war kalt«, sagte Gundula. »Damals, als es passiert ist.«

Stefan entfuhr ein kurzes Stöhnen.

»Das interessiert Stefan nicht besonders«, sagte Elke. »Stefan interessiert eigentlich ohnehin nicht so viel. Außer Stefan.«

Was sollte das denn jetzt? Es gab keinen Anlass, zickig zu

werden, fand Stefan. Er war schließlich nicht derjenige, der sich hier wunderlich aufführte.

»Stefan weiß nicht mehr, wie kalt das Wasser war«, sagte Gundula nun. »Stefan kann sich ja nicht erinnern. Trauma, weißt du. Es war Hochwasser, die Strömung war stark.« Sie klang melodramatisch. »Genau wie jetzt!« Fast wie der Pfaffe, als er die Weihnachtsgeschichte vorgelesen hatte, dachte Stefan, dem nicht ganz klar war, worauf die beiden jetzt eigentlich hinauswollten. Aber es war ihm auch egal. Er hoffte nur, dass sie ihr merkwürdiges Ritual bald abgeschlossen hatten und sie endlich nach Hause konnten. Er spürte seine Zehen kaum noch. »Ertrinken ist ein grauenhafter Tod.« Der Wind riss Elke die Worte von den Lippen.

»Erfrieren ist auch nicht schön«, bemerkte Stefan.

Elke lachte. Jedenfalls vermutete Stefan, dass es ein Lachen sein sollte. Langsam wurde ihm die Sache ein bisschen unheimlich. »Ihm ist kalt, Mutter«, sagte Elke. »Stefan kann sich jetzt nicht damit auseinandersetzen, dass Vater gestorben ist. Er friert.«

Der Sarkasmus in ihrer Stimme gefiel Stefan ganz und gar nicht. »Hör mal«, sagte er. »Ich weiß, wie das ist! Ich bin schließlich auch mal fast ertrunken!«

»Du weißt eben nicht, wie das ist«, widersprach Gundula. »Denn du bist ja nicht ertrunken!«

»Aber fast!«, brüllte Stefan, der sich auf merkwürdige Art angegriffen fühlte. Und wie sie seinen Arm umklammerte. Was sollte der ganze Mist denn?

»Du bist nicht ertrunken, weil mein Vater ins Wasser gesprungen ist. Er hat gedacht, er tut das Richtige. Dabei hast du das Falsche getan. Du hast nicht auf deine Eltern gehört, du warst leichtsinnig, und darum bist du ins Wasser gefallen. Mein Vater hat dich gerettet, und er ist dabei gestorben!« Elkes Stimme war leise, die Worte schneidend wie der Wind, der Stefan den Schnee ins Gesicht blies. Wie die Erkenntnis, die ihn jetzt in erhebliche Unruhe versetzte. Unfair, dachte er, das war doch so haarsträubend ungerecht, dass ihm kurz die Worte fehlten.

»Dass kein Anruf kam, kein Wort des Dankes, das habe ich ja fast verstanden«, sagte Gundula nun. »So etwas will man schnell vergessen als Eltern. Und du warst ja noch ein Kind. Eigentlich warst du uns ohnehin keinen Dank schuldig, sondern etwas ganz anderes. Ein Leben nämlich, Stefan, ein gutes und sinnvolles Leben. Eines, das Rüdigers Opfer wert war.«

»Was soll denn das?«, wimmerte Stefan. »Gundula, was redest du denn da?«

»Er versteht es noch immer nicht«, bemerkte Elke spitz. »Er ist zu beschränkt, um zu begreifen, worum es eigentlich geht!«

»Fünfundzwanzig Jahre«, sagte Gundula. »Fünfundzwanzig Jahre habe ich mir dein Leben angeschaut. Habe darauf gewartet, dass du etwas daraus machst. Fünfundzwanzig Jahre habe ich zugesehen, wie du jeden Tag vergeudest!«

»Ich hatte es auch nicht leicht«, verteidigte sich Stefan, wenngleich er nicht so recht wusste, gegen was oder wen. »Und ich bin nicht beschränkt!«

»Du bist egozentrisch. Du bist maßlos. Du bist ein Lügner, ein Betrüger, ein Dieb. Du hast nie etwas getan, das nicht ausschließlich deinem eigenen Vorteil dient. Ich habe so gehofft, dass du diesen Eindruck korrigierst. Mir einen guten Kern zeigst!«

»Mutter«, sagte Elke. »Mir ist auch ein bisschen kalt!«

»Ja, lass uns nach Haus gehen!« Stefans Erleichterung war enorm. »Lass uns nach Hause gehen und in Ruhe über alles reden!«

»Du hast eine Woche auf ihn eingeredet, und er hat nichts begriffen«, fuhr Elke fort, als habe Stefan gar nichts gesagt. »Meinst du, jetzt ändert sich das noch? Und spielt es eine Rolle? Es war dein Idee, Mama. Jetzt bring es auch zu Ende!«

»Es tut mir leid«, sagte Stefan. Ein Versuchsballon. Er hatte die Erfahrung gemacht, dass dieser Satz zuweilen half, wenn man es mit Frauen zu tun hatte, die einem Vorwürfe machten, denen man nicht recht folgen konnte. »Es tut mir wirklich ganz entsetzlich leid!«

»Ich kann mir das jetzt nicht anhören«, sagte Elke. »Ich kann mir das jetzt wirklich nicht anhören.«

Für eine Sekunde liebte Stefan sie wirklich. Seine Retterin. Er wollte nur noch raus aus der Kälte, zurück zur Villa. Und wenn diese beiden Weiber nicht eine verdammt gute Entschuldigung hatten für diese kranke Nummer hier, dann konnten sie ihren Kaviar alleine fressen. Dann würde er noch heute seine Koffer packen. Auch Stefans Geduld hatte ihre Grenzen.

»Du hast ja recht«, sagte Gundula. »Irgendwann muss Schluss sein!«

Stefan hörte die letzten Worte, verstand sie aber nicht, denn er konnte nicht denken, weil es zu kalt war, so eiskalt war das Wasser, dass die Luft, in die sich sein Arm reckte, fast warm wirkte. Er wollte schreien, aber er konnte nicht, denn sein Gesicht war unter Wasser, und er musste doch atmen. Ertrinken ist ein grauenhafter Tod. Die Worte hallten in seinem Kopf, und es tat weh, alles tat sehr weh.

Oben am Geländer standen zwei Frauen. Still standen sie da, lauschten in die verschneite Nacht, bis die klatschenden Geräusche verstummten. Erst dann sahen sie sich an.

»Frohe Weihnachten«, sagte Gundula. Sie hatte Tränen in den Augen. »Ich wünsche dir frohe Weihnachten, mein Kind!«

Elke umarmte ihre Mutter. Hielt sie ganz fest. »Ich dir auch«, sagte sie. »Und ich danke dir für das schönste Geschenk, das wir uns machen konnten.«

»Jauchzet, frohlocket!« Der Wind wehte die Klänge von irgendwoher. »Auf, preiset die Tage!« Sie hakten sich unter und gingen lächelnd nach Hause.

Sabine Trinkaus ist an der Elbe aufgewachsen, hat sich aber nach internationalen Lehr- und Wanderjahren im Rheinland niedergelassen und lebt mit Mann und Tochter in Alfter bei Bonn. Seit 2007 schreibt sie kriminelle Kurzgeschichten, für die sie bereits zahlreiche Preise gewonnen hat (zuletzt den Agatha-Christie-Krimipreis 2010). Sie ist Mitglied im SYNDIKAT und bei den *Mörderischen Schwestern.* Im Frühjahr 2012 erscheint ihr erster Kriminalroman.

Judith Merchant

Witwen beim Tee

Königswinter

Das Wetter war eine Schande für den ersten Adventssonntag! Regenwolken hingen schwer über dem Siebengebirge, und die Ruine des Drachenfelses schien wie in schmutzige Watte gehüllt.

Ein paar Schneeflocken wären wunderbar, dachte Erna und duckte sich unter ihrem schwarzen Schirm. Ein bisschen Schnee, um die Dächer Königswinters zu überzuckern, ein paar Flocken, die im Licht der Weihnachtsbeleuchtung auf und nieder tanzen! Erna war der Meinung, dass einer frischgebackenen Witwe dieser bescheidene Wunsch ruhig erfüllt werden konnte, nach allem, was sie hatte durchmachen müssen.

Pünktlich um vier drückte sie die Klingel. Seit vielen Jahren traf sie ihre Freundin Hedwig am ersten Adventssonntag zum Tee. Wie jedes Jahr war sie vorher beim Friseur gewesen, wie jedes Jahr hatte sie zwei kostbare Tropfen White Linen hinter die Ohren getupft, und wie jedes Jahr hatte sie ein kleines, sorgsam verpacktes Geschenk dabei.

Nur ein Detail war anders als in den vergangenen Jahren. Es war die Farbe ihrer Kleidung.

»Schwarz steht dir gut«, sagte Hedwig zur Begrüßung. »Komm doch herein. Ein scheußliches Wetter!«

»Und das am ersten Advent«, pflichtete Erna bei und klappte ihren Schirm zusammen. »Wäre es nicht wunderbar, wenn es schneien würde?«

Sie folgte Hedwig ins überheizte Wohnzimmer. Wie jedes Jahr hatte Hedwig den kleinen Tisch am Fenster mit ihrem guten

Weihnachtsservice gedeckt, der dunkelgrüne, festlich geschmückte Tannenbaum prangte auf Kanne und Tassen, daneben lagen die dunkelgrünen Servietten. Wie jedes Jahr hatte sie frisches Gebäck dazugestellt – passend zum Anlass waren es Weihnachtsplätzchen. Wie jedes Jahr dampfte die Teekanne bereits auf ihrem Stövchen.

»Jetzt bist du also auch Witwe«, stellte Hedwig überflüssigerweise fest. »Weißt du was? Ab jetzt können wir beide uns eine nette Zeit zusammen machen. Ich bin so froh, dass du gekommen bist, Erna! Es ist sicher alles sehr schwer für dich.«

»Das Leben geht weiter«, sagte Erna tapfer und presste die Lippen aufeinander.

Hedwig nickte mitfühlend. »Die Beerdigung war wirklich wunderschön! Nur schade, dass ich nicht länger bleiben konnte.«

»Aber das macht doch nichts.« Erna nahm, wie jedes Jahr, auf dem Stuhl neben der Kommode Platz, genau unter Hedwigs silbern gerahmtem Hochzeitsbild. Friedrich lächelte milde auf sie hinunter. Er war seit über zwanzig Jahren tot.

»Ich bin so froh, dass du das sagst«, erwiderte Hedwig und tätschelte Erna die Hand. »Ich hatte scheußliche Schmerzen an dem Tag. Der Rücken, du weißt.« Sie griff nach der Teekanne, zögerte und sah Erna abwartend an.

Erna öffnete ihre Handtasche und überreichte der anderen ihr kleines Geschenk, wie jedes Jahr. Ernas Lavendelseifen stapelten sich bereits zahlreich hinter den Gästehandtüchern in Hedwigs Badezimmer.

»Das wäre doch nicht nötig gewesen!«, wehrte diese nach alter Manier ab, nahm es entgegen und stutzte.

Etwas war anders. Das Päckchen. Es war leichter. Es war keine Seife.

Eher verwirrt als neugierig löste Hedwig die Schleife, zog etwas aus dem raschelnden Geschenkpapier und hielt inne.

Es war ein Tannenbaum. Ein eingeschweißter Dufttannenbaum fürs Auto.

»Wie reizend«, sagte Hedwig etwas hilflos und hob das Ding an der goldenen Kordel hoch, die Erna darumgebunden hatte.

Erna lächelte rätselhaft. »Ich dachte, so ein Tannenbaum passt gut zum ersten Advent.«

»Weihnachtsduft«, bemerkte Hedwig, nachdem sie das Tannenbäumchen studiert hatte. »Warum nicht? Sonst hatte ich immer Vanille. So riecht es immer gut bei mir im Auto. Dabei habe ich schon manchmal darüber nachgedacht, ob ich nicht bald meinen Führerschein abgeben sollte.« Sie griff hilfesuchend nach der Teekanne.

»Ein Tässchen?«

Erna nickte artig. »Gern.«

Misstrauisch sah sie zu, wie die goldbraune Flüssigkeit ihre Tasse füllte. Meistens kredenzte Hedwig ihr einen Grüntee aus Beuteln mit grellem, künstlichem Mandarinenaroma. Diesmal aber war es goldener Tee, von dem ein zarter Duft ausging, ein Duft nach … Erna schnupperte. Gebackenen Äpfeln. Dazu eine Prise Zimt, eine Spur Sternanis, über allem aber thronte unverkennbar die satte Süße von Marzipan.

»Mein neuer Weihnachtstee«, verkündete Hedwig stolz. »Nur natürliche Aromen. Der Grüntee hat dir ja überhaupt nicht geschmeckt.«

Erna war gerührt. Beinahe vergaß sie, wozu sie hergekommen war. Vorsichtig nippte sie und nickte befriedigt. Der Tee war köstlich.

Hedwig seufzte tief und bewegt, als Erna ein Stück Kandis in ihre Tasse gleiten ließ. »Der Erwin!«, rief sie. »Nach so vielen Jahren! Wie lange wir uns schon kennen, wir vier, nicht wahr? Ich weiß noch, damals im Schützenverein, dein Erwin und mein Friedrich … Was haben wir gelacht, wir vier, damals!«

Und sie begann zu singen, etwas wackelig und nicht besonders schön.

»Es waaar in Köööönigswinter, nicht davooor und niiicht dahinter!«

Erna sah Hedwigs Augen feucht werden und wusste: Es war Zeit, zur Sache zu kommen.

»... *es war gleich mittendrin* ...«

»Hast du dich nicht gefragt, warum der Sarg bei der Beerdigung geschlossen war?«, unterbrach Erna abrupt Hedwigs Gesang.

Hedwigs Mund klappte zu. »Bitte was?«

»Erwins Beerdigung. Der Sarg war geschlossen. Hast du dich nicht nach dem Grund gefragt?«

»Bitte wonach?«

»Der. Sarg. War. Zu«, wiederholte Erna. Sie betonte jede Silbe.

»Und warum?« Hedwig stellte ihre Tasse so hastig ab, dass der köstliche neue Tee überschwappte.

Erna sah zu, wie Hedwig nach der dunkelgrünen Papierserviette griff und hastig die Untertasse abtupfte. Dann sagte sie: »Ich habe Erwin obduzieren lassen.«

Es klirrte laut, als Hedwig ihren Teelöffel auf die Untertasse fallen ließ.

»Obduzieren? Heißt das, du denkst tatsächlich, jemand habe deinen Erwin ...« Hedwig lachte laut. Vielleicht eine Spur zu laut?

»O ja, das dachte ich«, antwortete Erna würdevoll. Sie ließ ein weiteres Stück Kandis in die Tasse gleiten, nahm den zierlichen silbernen Löffel und rührte bedächtig, dann nippte sie. Etwas zu süß. Es war chinesischer Tee, der in Verbindung mit dem Apfel- und Marzipanaroma bereits genug Süße mitbrachte. Für die nächste Tasse würde sie nur einen einzigen Kandiskrümel nehmen, damit der Zucker den Geschmack nicht erdrückte.

Hedwig stellte hastig die Tasse ab. »Und warum?«

»Weißt du, mir kam so einiges an seinem Tod merkwürdig vor.«

»Oh«, sagte Hedwig. Mehr sagte sie nicht. Sie nahm sich ein Stück Kandis mit der Zuckerzange aus der Zuckerdose und ließ es in ihre Tasse plumpsen.

»Leider haben sie nichts gefunden. Es war offenbar wirklich ein Herzinfarkt. Die Polizei meint, in dem Alter stirbt man schnell an einem Herzinfarkt. Unter uns, Hedwig, ich glaube fast, sie hielten mich für eine alte Schachtel, die Gespenster sieht.«

»Hm«, machte Hedwig. Es war ein »Hm«, das viel Raum für Interpretationen ließ.

»Dabei habe ich schon einige wichtige Hinweise entdeckt ... Aber lassen wir das«, sagte Erna. »Soll ich dir erzählen, wie er gestorben ist?«

Hedwig brummte zustimmend.

»An diesem Abend ging ich um acht ins Bett«, begann Erna. »So wie jeden Abend. Erwin ging erst später, er mochte die Nachrichten sehen oder eine Sendung, die ihn interessierte. Wenn er ins Bett ging, schlief ich schon. Außerdem haben wir getrennte Zimmer, weil ich«, sie hüstelte, »ein wenig schnarche.«

Hedwig rührte sich nicht. Sie saß kerzengerade, die Tasse Tee in der Hand.

»Trink!«, sagte Erna.

»Bitte?«

»Trink! Sonst wird er kalt, der gute Tee!«

Hedwig trank.

»In der Nacht von Erwins Tod war es anders«, fuhr Erna fort, »zwar ging ich um acht zu Bett, wie sonst auch. Ich erwachte aber nicht um sieben Uhr früh, wie gewöhnlich, sondern davon, dass die Polizei Sturm klingelte.«

»Die Polizei?« Hedwig beugte sich vor und zwinkerte vor Aufregung.

»Die Polizei. Passanten hatten Erwin vor unserer Haustür liegen sehen – tot!«

»Entsetzlich«, sagte Hedwig und wischte sich mit ihrem Taschentuch eine Träne aus dem Augenwinkel. »Ich werde ihn sehr vermissen.«

»Das glaube ich«, erwiderte Erna mit sonderbarer Betonung. »Die Polizei und auch die Ärzte im Krankenhaus sagten, es sei ein natürlicher Tod gewesen. Offenbar war Erwin noch einmal vor die Tür gegangen und hatte dann einen Herzinfarkt erlitten. Vielleicht hat er sich aufgeregt, meinen sie.«

»Na also«, sagte Hedwig. »So etwas kommt vor.«

»Man regt sich nicht einfach so sehr auf, dass man einen Herzinfarkt bekommt!«, widersprach Erna. »So etwas tut man nur, solange man jung ist. Dann regt man sich auf über die Regierung und die hohen Steuern, über den geplanten Rathausneubau oder freche Nachbarskinder. In unserem Alter regen diese Dinge einen nicht auf, sie unterhalten uns höchstens.«

»Pft!«, machte Hedwig.

»Ich frage mich also zweierlei«, sagte Erna. »Erstens: Was hat Erwin um diese Zeit draußen gemacht? Und zweitens: Was hat ihn so aufgeregt?«

»Möglicherweise hat ihn ein Hund auf seinem Spaziergang angebellt«, vermutete Hedwig. »Er hatte doch Angst vor Hunden. Weiß du noch, wie er damals dem Rauhaardackel vom Schmidtchen …«

Erna schüttelte den Kopf. »Erwin war nicht spazieren. Seine Hosenbeine waren pulvertrocken, obwohl die Straße voller Pfützen war. Und außerdem hätte er einen Spaziergang nicht heimlich unternehmen müssen.«

»Heimlich?«, wunderte sich Hedwig.

»Heimlich. Als die Polizei hereinkam, konnte ich erst nicht glauben, was sie erzählte. Ich war mir ja so sicher, dass er im Haus war. Also lief ich in Erwins Zimmer, und da lag er wie immer und schlief. Und was glaubst du …«

Hedwig beugte sich gespannt vor.

»Als ich das Licht anknipste, schlief er immer noch. Dann holte ich meine Brille und setzte sie auf, und da schlief er nicht mehr, denn er war gar nicht da! Er hatte zwei Kissen unter seine Decke gelegt, um mich zu täuschen!«

»Ist es denn die Möglichkeit!«, rief Hedwig aus.

Erna nickte erbost. »Kommen wir also zum Punkt«, sagte sie. »Erstens: Warum wollte er mich täuschen? Zweitens: Wie kam er trocken vor die Tür?«

»Und?«, fragte Hedwig gespannt.

Erna hob den Zeigefinger. »Wenn seine Hosenbeine trocken waren, kann er nicht gelaufen sein. Er wurde getragen, als er schon tot war. Und ich weiß auch von wem.«

Hedwig blinzelte erschrocken.

»Es gibt Indizien, die die Polizei nicht erkennt«, sagte Erna. »Aber ich. Ich habe eine feine Nase. Ich habe etwas entdeckt: den Geruch. Erwin roch.«

Ihr Blick fiel auf das zerknitterte Geschenkpapier und fing dort den Blick von Hedwig auf. Den sehr erschrockenen Blick …

»Vanillebäumchen«, sagte Erna. »Er roch nach Vanillebäumchen. Und du, Hedwig, bist groß und stark. Mein Erwin war nur noch eine halbe Portion, seien wir ehrlich. Und jetzt frage ich dich, Hedwig, was du mitten in der Nacht mit Erwin zu schaffen hast, das ich nicht wissen darf.«

»Warum sagst du das so komisch?«, fragte Hedwig alarmiert.

»Weil ich mir so meine Gedanken mache«, antwortete Erna.

»Also wirklich!«, sagte Hedwig pikiert. »Ich darf ja wohl einen Schützenbruder von meinem verstorbenen Gatten treffen, wann immer ich das für richtig halte.«

Erna schwieg und nahm eines der Heidesandplätzchen. Sorgsam hielt sie die Hand unter den Mund, damit es nicht krümelte.

»Erna!«, jammerte Hedwig. »Wir sind doch Freundinnen!«

»Wir sind die Witwen von Schützenbrüdern, die einmal im Jahr Tee miteinander trinken«, korrigierte Erna kühl.

»Es war Friedrich und Erwin immer so wichtig, dass wir uns gut verstehen«, sagte Hedwig mit einem flehenden Unterton in der Stimme.

»Das stimmt wohl«, gab Erna steif zu.

Jetzt schwiegen beide.

»Noch ein Tässchen Tee vielleicht?«, fragte Hedwig zaghaft.

»Gern!«

Der Tee wirkte belebend. »Ich konnte dich nie wirklich leiden, weißt du«, sagte Erna.

»Danke gleichfalls«, entgegnete Hedwig.

»Dieses ewige Gejammer wegen deiner schmalen Witwenrente … und dann hast du dir jedes Mal etwas von Erwin mitgeben lassen. Diese Witwenrenten-Masche … Du hast ihn regelrecht ausgenommen! Seit damals. Und Erwin ist drauf reingefallen, die gute Seele.« Sie schwieg einen Moment, dann stimmte sie an: *»… als ich damals auf dich reingefallen bin!«*

Hedwig hob die beinahe unsichtbaren Augenbrauen. »Aber bitte, Erna! Ich, Erwin ausgenommen? Was meinst du? Das bisschen Fallobst aus eurem Garten vielleicht? Erwin hat es mir förmlich aufgedrängt!«

»Letztes Jahr Ostern war es der ganze Rest vom Lammbraten, und außerdem vermisse ich seither meine Perlenbrosche.«

»Die wirst du verschlampt haben. Du konntest noch nie Ordnung halten, Erna.« Wohlgefällig glitt Hedwigs Blick durch ihr eigenes sorgsam aufgeräumtes Reich, streifte die blütenweißen Spitzengardinen, die Zierdeckchen und das Alpenveilchen auf der Fensterbank.

»Kommen wir zurück zur Nacht von Erwins Tod«, sagte Erna. »Er ist also irgendwo gestorben, wo er zwischen acht Uhr abends und sechs Uhr morgens einige Zeit verbringen wollte, und davon sollte ich nichts wissen. Du hast ihn dann nach Hause gebracht. Jetzt frage ich mich natürlich, wo das gewesen sein kann. Und vor allem: worüber er sich aufgeregt hat!«

»Er hatte ein schwaches Herz«, sagte Hedwig und biss krachend in einen Florentiner.

»Ganz genau!«, rief Erna aus. »Deswegen habe ich immer gut auf ihn aufgepasst! Nur du musstest dich immer bei ihm einschmeicheln und konntest ihm nie etwas abschlagen!«

Hedwig gab ein Lachen von sich, das wie ein Gewittergrollen klang. »Wie einen Gefangenen hast du ihn gehalten! Jedes bisschen Spaß hast du ihm verdorben, kein fettes Essen, kein Tropfen Alkohol, noch nicht einmal den *Tatort* hast du ihm erlaubt, aus Angst, dass er sich aufregt!«

»Das ist eine gemeine Unterstellung!«, rief Erna entrüstet. »Jeden Sonntag hätte er den *Tatort* sehen dürfen und sein Bier dazu trinken, von mir aus!«

»Ja, jetzt hast du gut reden, jetzt, wo er unter der Erde liegt! Aber da müsste er nicht liegen, wenn du ihn nicht aus dem Haus getrieben hättest mit deiner, deiner …«

»Mein Ehrenwort, Hedwig, ich habe ihm weder den *Tatort* noch das Bier verboten! Nur Korn und Schweinebraten, und das auch nur, weil der Arzt ausdrücklich gesagt hat …«

»Da! Du gibst es also selbst zu: Verweichlicht hast du ihn, in Watte gepackt! Das war doch kein Mann mehr!« Hedwig lachte, aber es klang wie das heisere Krächzen einer alten Krähe.

»Was hast du mit ihm gemacht, während ich geschlafen habe, Hedwig? Ihn in die Kneipe geschleppt? Ins Tubak?«

Hedwig schwieg.

»In die Spielhölle? Hat er sich deswegen so aufgeregt? Weil er gewonnen hat?«

»Er hat verloren«, sagte Hedwig dumpf.

Erna richtete sich kerzengerade auf. »Du warst tatsächlich mit ihm in der Spielhölle, obwohl du wusstest, dass er sich nicht aufregen durfte? Wie konntest du das tun, Hedwig?«

»Er sollte nur ein bisschen Spaß haben«, bekundete diese würdevoll. »Wir waren in der Spielbank in Bad Neuenahr, jedes Wochenende. Pokern. Erwin liebte Poker! Und es war herrlich, jedes einzelne Mal!«

Erna schob die Tasse weit von sich und stand auf. »Nicht einmal du, Hedwig, bist dazu fähig, das Leben eines Mannes zu riskieren, nur für ein bisschen Spaß. Ich frage dich also zum letzten Mal: Was sollte das alles?«

Hedwig schwieg.

Erna hob die Hand mit dem silbernen Teelöffel und klopfte damit gegen die Fensterscheibe. Es klang unangenehm laut.

»Doppelverglasung«, sagte sie. »Die hast du auch erst seit kurzem, oder, Hedwig?«

»Mein Rheuma«, entgegnete Hedwig. »Es war schlimm, wie es immer durch die Scheiben zog.« Sie warf einen Blick durch die Scheibe. Der Himmel schien aufzuklaren, die Regenwolken verzogen sich.

»Ich frage mich nur, wie du dir neue Fenster leisten kannst, bei deiner angeblich so kleinen Rente?«

Hedwig krauste die Nase und gab ein entrüstetes Schnauben von sich, das vieles bedeuten mochte.

»Er hat es dir gegeben, die ganze Zeit. Du hast ihn gefahren, und dafür hat er dir alles Geld gegeben, das er gewonnen hat. Du hast ihn ausgenutzt, so wie früher! Wie lange lief das schon?«

»Sei nicht albern, Erna.«

»Bei meiner feinen Nase hätte ich diesen furchtbaren Vanilletannenbaum doch viel früher riechen müssen! Aber wahrscheinlich war der Geruch bis zum Morgen verflogen, sonst wäre ich euch schon viel eher auf die Schliche gekommen. Hätten Erwin und ich in einem Raum geschlafen, dann wäre ich von dem Gestank bestimmt aufgewacht! So aber konnte Erwin jede Nacht ungestört losziehen und sich dabei in Lebensgefahr begeben, und nur weil ich ...« Sie schniefte, zog ein Taschentuch hervor und schneuzte sich diskret. »Nur weil ich schnarche. Wobei es für diese Tatsache keine Zeugen gibt, einzig Erwin hat das behauptet. Hat er das nur getan, damit er ungestört seine Nächte planen kann, Hedwig?«

Hedwig schwieg, aber eine feine Röte war ihr in die Wangen gestiegen.

»Jedenfalls weiß ich jetzt, Hedwig, warum du all die Jahre deinen Führerschein nicht abgegeben hast, obwohl du kaum noch gucken kannst! Ich habe mich so oft gefragt, warum du den Wagen behalten willst. Erwin sagte immer, du behältst ihn als Andenken an deinen Friedrich. Und dabei wusste Erwin genau, dieser verlogene, verlogene …« Ihre Stimme verlor sich, und sie griff nach dem Keksteller und biss kräftig in ein Heidesand, so dass es krümelte. »Jetzt brauchst du den Wagen nicht mehr, Hedwig.«

»Das stimmt!«, rief Hedwig. »Und deinen blöden Dufttannenbaum auch nicht!«

Erna strich ihr Taschentuch glatt und presste die Lippen fest aufeinander. Sie wusste jetzt, was sie wissen musste. Sie faltete ihre dunkelgrüne Papierserviette sehr sorgsam zusammen und tupfte sich damit die Lippen. »Ich hätte gern noch Tee, Hedwig.«

»Mach ihn dir doch selber!« Angriffslustig funkelte sie Erna an. Diese stand auf »Das kann ich selbstverständlich tun, ich kenne mich hier ja aus. Bleib nur sitzen!«

Kaum war Erna aus dem Raum, trat Hedwig an den niedrigen Couchtisch und verbarg die bunten Prospekte, die sich dort befanden, in der untersten Schublade ihres Geschirrschranks. Erna sollte vielleicht nicht gerade heute erfahren, dass sie eine Kreuzfahrt plante. Eine wundervolle Kreuzfahrt durch die Ägäis … Direkt nach Karneval würde sie losschippern, wenn es hier noch kalt und nass war, und sich die Sonne auf das selbstgehäkelte Schultertuch scheinen lassen!

Ja, die Gewinne in der letzten Zeit waren wirklich gewaltig gewesen! Nur schade, dass es damit jetzt aus war. Hedwig war zu klug, um ihr eigenes, sorgsam gespartes Vermögen im Kasino aufs Spiel zu setzen. Sie würde sich eine neue Quelle für ihre Nebeneinkünfte suchen müssen.

Als Erna mit der dampfenden Teekanne zurückkam, schien sie sich beruhigt zu haben. Sie nahm bereitwillig von den Florentinern und lobte die Zitronenherzen sehr. Sie goss den Tee gerecht in die Tassen, rührte Kandis hinein und lächelte.

Als Hedwig ihre Tasse zum Mund führte, rührte Erna immer noch Kandis in ihren Tee.

»Ich dachte, du magst nicht so viel Zuckkk...«, sagte Hedwig, dann sagte sie nichts mehr.

Erna rückte ein wenig nach hinten, als ihre Freundin vornüberfiel.

»Schade, Hedwig«, sagte sie in das Röcheln der anderen hinein. »Schade, dass du nicht ein bisschen mehr Taktgefühl und Anstand besitzt. Wir hätten uns wirklich noch so eine nette Zeit zusammen machen können, jetzt, wo wir beide Witwen sind.«

Sie schnupperte an ihrem Tee. Es war guter Tee, er roch auch gut. Ein wenig zu sehr nach Marzipan vielleicht, sie würde ihn nicht anrühren. Sie näherte ihr Ohr dem Mund der anderen und lauschte.

Kein Atem.

Nur das Ticken der Wanduhr und das Quietschen eines Busses, gedämpft von den neuen zweifachverglasten Fenstern, die Hedwig sich mit ihrem verbrecherischen Verhalten im Kasino angeeignet hatte. Sonst hörte Erna nichts, doch dafür roch sie etwas.

Hedwigs Mund entstieg, ganz leicht nur und durchaus angenehm, der Duft einer Prise Zimt, eine Ahnung von Sternanis und das volle marzipanartige Aroma von Bittermandel.

Blausäure.

Draußen fiel der erste Schnee. Er fiel zart und leise, so, als hätte er Angst, Erna zu stören. Er überzuckerte die Dächer Königswinters und tanzte im goldenen Schein der Weihnachtsbeleuchtung auf und ab.

Erna spülte die schönen Tassen sehr sorgfältig ab und räumte das Geschirr wieder in den Schrank. Vorsichtig befreite sie den Tannenbaum aus seiner Zellophanverpackung. Während sich sein stechender Geruch in der Wohnung ausbreitete, verließ sie die Wohnung.

Wer immer Hedwig finden mochte, würde nicht den Hauch verräterischen Bittermandelaromas identifizieren können. Dafür sorgte schon der Tannenbaum. Garantiert.

AUTORENVITA

Judith Merchant, geboren 1976, Germanistin und Dozentin für Literatur, lebt mit ihrer Familie in Königswinter am Rhein. 2009 und 2011 gewannen ihre Kurzgeschichten *Monopoly* und *Annette schreibt eine Ballade* den Friedrich-Glauser-Preis. Ihr Romandebüt *Nibelungenmord,* das im sagenumwobenen Siebengebirge spielt, erschien im Knaur Verlag.

DORIS BEZLER

Weihnachtsengel

OFFENBACH

Die alte hölzerne Terrassentür ließ sich nur mit einem heftigen Ruck öffnen. Herta Göbel trippelte mit vorsichtigen Schrittchen über die verschneiten Platten zur steinernen Brüstung, auf der ein Vogelhäuschen aus Birkenholz mit einem borstigen Strohdach angebracht war. Auf halbem Weg hielt sie inne und blickte sich um. In dicken Packen klebte der Schnee in den Zweigen der alten Nadelbäume und auf den Blättern der immergrünen Gewächse, die ihren kleinen Hausgarten säumten. Hier, in diesem dreistöckigen Altbau, war sie geboren worden. Vor etwas mehr als fünfundachtzig Jahren. Da oben im ersten Stock. Sie hatte die Bäume wachsen sehen, hatte erlebt, wie sie das Stückchen Himmel über dem Garten mit ihren wuchtigen Kronen immer kleiner werden ließen und den Garten immer dämmeriger. Ein schützendes Nest, in das kein neugieriges Nachbarauge blicken konnte. Das war ihr recht so.

Nachdem ihr Sohn ausgezogen war, hatte sie sich in der Parterrewohnung eingerichtet. Das war einfacher wegen der Treppen. Und schöner wegen des Gartens. Aber auch gefährlicher wegen der Einbrecher. Daher glitt ihr Blick jetzt prüfend über die Schneefläche auf der Veranda und von dort zur Treppe, die in den Garten hinabführte. Keinerlei Fußspuren waren auszumachen, auch nicht auf dem kleinen, jetzt weiß beschneiten Rund in der Gartenmitte. Keine Menschenseele, dachte sie etwas beklommen und nahm das Bild der einsam verschneiten Welt in sich auf. Niemand hätte ahnen können, dass sich dieser Anblick mitten in Offenbach bot, einer Stadt, die verwachsen mit der Nachbarstadt Frankfurt zum pulsierenden Herzen des Rhein-Main-Gebietes gehörte. Die Einflugschneise führte über ihr Haus. Das bedeutete Lärm im Minutentakt und dass die Wohnungen im Haus nicht leicht zu vermieten waren. Vielleicht war das der Grund, warum ihr Sohn sie noch hier wohnen ließ und sie nicht schon längst in einem Altersheim untergebracht hatte. Sie blickte nach oben. Eine Maschine lärmte am Himmel und erschien hin und wieder als dunkler Schatten zwischen den Wolken. Das sonore Brummen hatte sie in Aufregung versetzt. Das Herz klopfte ihr bis zum Hals.

So lange ist das her, dachte sie, aber der Körper vergisst nicht. Ihre Augen tränten vom Blinzeln. Sie senkte den Blick. Die Motoren waren in der Ferne verklungen, und sie entspannte sich wieder. Der wattige Schnee dämpfte alle Geräusche. Für einen Moment zauberte er eine große, zeitlose Stille hervor. Sie stand ganz ruhig und andächtig. Dann drangen von weit her Kinderstimmen an ihr Ohr. Vielleicht bauten sie in einem entfernten Garten einen Schneemann? Taten Kinder das heute überhaupt noch? Sie wusste nicht, was Kinder heutzutage taten, wollte es gar nicht wissen. Es genügte schon, deren Geschrei und Getrampel ertragen zu müssen, wenn die Familie im ersten Stock zu Hause war. Früher war das anders gewesen. Da hatten die Eltern noch darauf geachtet, dass ihre Kinder die Mittagsruhe einhielten. Zum Glück war die Familie seit gestern im Winterurlaub. Für Herta Göbel hatte der Schnee schon lange den Zauber verloren, den er in ihrer Kindheit gehabt hatte. Schnee war das kalte Leichentuch, das ihren Verlobten eingehüllt hatte, im letzten Kriegswinter in Russland. Und sie saß in Offenbach, mit dem Kind. Eine harte Zeit. »Trotzdem haben wir auch im Krieg Weihnachten gefeiert«, erklärte sie einem imaginären Gesprächspartner. »Es gab nicht viel, aber Hauptsache, wir waren beisammen. Einer war für den anderen da, das zählte. Und heute? Was zählt heute?«

Eine Bewegung im Augenwinkel weckte ihre Aufmerksamkeit. Eine schwarzgefiederte Amsel landete zielgenau auf dem First des Vogelhäuschens und äugte in Richtung der Menschenfrau. So ganz sicher schien sie sich nicht, ob diese eine Gefahr darstellte. Herta Göbel raschelte mit der Futtertüte. Jetzt erinnerte sie sich wieder, warum sie an diesem eisigen Morgen nach draußen gegangen war. »Es ist doch Weihnachten«, redete sie mit der Amsel. »Ihr sollt auch etwas haben.« Als die alte Frau näher kam, flog die Amsel davon und beobachtete das Einfüllen der Körner aus sicherer Entfernung. »Es liegt so viel Schnee, ihr findet ja gar nichts mehr«, sprach Herta Göbel weiter vor sich hin. »Ich werde noch Meisenknödel aufhängen!« Vorsichtig trippelte sie zurück in ihre Wohnung. Als sie sich am Vorratsschrank zu schaffen machte, wurde sie vom Läuten an der Wohnungstür unterbrochen.

Es war Frau Wernecke aus dem zweiten Stock. Frohe Weihnachten wollte sie wünschen und sich verabschieden. Ihr Mann und sie würden jetzt gleich in den Urlaub fliegen. In die Sonne. Herta Göbel konnte sich viel vorstellen, aber ein Weihnachten unter Palmen nicht. Vorgestern hatte sich Herta Göbels Sohn ebenfalls verabschiedet. Er war seit Sommer in Rente. Jetzt hatten er und seine Frau sich Südafrika zu Weihnachten geschenkt, wie er das ausdrückte. »Und Sie?«, fragte Frau Wernecke. »Bleiben Sie denn allein? Das ganze Haus ist leer!« In ihrer Stimme und in ihrem Blick lag jener falsche Ausdruck des Bedauerns, den Herta Göbel nicht ausstehen konnte. Sie wollte nicht bemitleidet werden, schon gar nicht von der Wernecke. Mein Leben lang bin ich alleine zurechtgekommen, resümierte sie in Gedanken. Das war gar nicht anders gegangen. Hilf dir selbst, dann hilft dir Gott.
»Ich bin nicht allein«, sagte sie entschieden. »Übermorgen werde ich mit meinem Sohn und seiner Frau nach Südafrika fliegen. Das haben sie mir zum Geburtstag geschenkt.«

Diese Antwort saß und machte Frau Wernecke für einen Moment sprachlos. Ihr Gesichtsausdruck war eine Mischung aus völligem Erstaunen und tiefer Bewunderung. »Ach so«, hauchte sie. »Ich wollte Ihnen anbieten, dass meine Tochter ab und an nach Ihnen schaut, wenn sie oben die Blumen gießt.«

»Nicht nötig«, versicherte Herta Göbel selbstsicher.

Frau Wernecke runzelte besorgt die Stirn. »Oben die Studenten-WG ist auch ausgeflogen. Dann ist ja überhaupt keiner hier im Haus. Wir sollten einige Lichtschalter mit Zeitschaltuhren versehen.«

Herta Göbel war schon seit langer Zeit nicht mehr bereit, sich an technische Neuerungen zu gewöhnen. »Das muss nicht sein«, meinte sie, »bei mir gibt es nichts zu holen. Ich habe kaum Bargeld im Haus.«

Und mein Schmuck ist gut versteckt, ergänzte sie in Gedanken.

Dimitrij bohrte die Fäuste in die Hosentaschen seiner weiten Leinenhose mit Tarnmuster. Die geschnürten Lederstiefel unterstrichen das militärische Outfit. Das weiße Kapuzenshirt mit der schwarzen Daunenweste eher nicht. Immerhin ließ ihn die Kleidung fülliger wirken, als er war. Sein rosiges, weiches Kindergesicht hatte der Fünfzehnjährige unter einer schwarzen Schirmkappe mit einem eingenähten Emblem sich kreuzender Dolche verborgen. Die Kappe war weit ins Gesicht gezogen, so dass man die Augen nicht sehen konnte. Auch die vielen Pickel auf der Stirn konnte Dimitrij damit, zu seiner Erleichterung, gut verdecken. Neben ihm stand Mohamed, sein Klassenkamerad. Er trug allerdings keine Armeehose, sondern eine schwarze Marken-Trainingshose, die zeigte, dass er teuer eingekauft hatte. Unter seinem Blouson trug er ein schwarzes Kapuzenshirt, das er weit ins Gesicht gezogen hatte, so dass man auch von ihm nur die Nasenspitze sah und den leichten dunklen Flaum über der Oberlippe. Er hatte die Lippen zusammengekniffen und blinzelte finster zwischen den Stoffrändern der

Kapuze hervor. »Omas zu rippen ist wirklich das Letzte«, zischte er Dimitrij zu. »Hast du eine bessere Idee, Mann?«, brüllte Dimitrij ihn verzweifelt an. »Ich brauch fünfhundert bis morgen. Sonst bin ich tot, Mann!«

»Wie kann man vor so einem Arsch wie Kevin nur so einen Schiss haben«, meinte Mohamed abfällig.

»Vor dem doch nicht«, brauste Dimitrij auf. »Aber er hat Freunde. Das ist das Problem.«

»Wenn ich meine Cousins hole, hat *der* ein Problem«, erwiderte Mohamed.

»Aber nur wegen mir kämen deine Cousins nicht. Und Geld hab ich keins, um sie zu kaufen«, wandte Dimitrij ein. Mohamed schwieg nachdenklich, was Dimitrij bewies, dass er recht hatte.

»Fünfhundert Mäuse Schulden bei Kevin. Ey, wie hast du das überhaupt hingekriegt?«, fragte Mohamed.

Dimitrij zuckte mit den Schultern, und Mohamed gab sich damit zufrieden.

»Trotzdem. Omas rippen geht gar nicht«, wiederholte Mohamed.

»Ich brauch's aber bis morgen«, fauchte Dimitrij. »So viel Rasierklingen und Wodka kann ich heute gar nicht mehr mitgehen lassen, um das zusammenzukriegen. Um zwei Uhr machen alle Läden dicht.«

»Wieso? Heut ist doch Freitag«, wandte Mohamed ein.

»Ey, Mann, weil Weihnachten ist«, schrie Dimitrij ungehalten. Einige Passanten drehten sich nach ihnen um. Dimitrij und Mohamed lehnten an der Umgrenzung der Rolltreppe, die zur S-Bahn-Station Marktplatz hinabführte. Ein eisiger Wind blies ihnen kleine Schneekristalle ins Gesicht. Es war nicht sonderlich gemütlich, ausgerechnet hier abzuhängen. Unten in der B-Ebene wäre es bedeutend wärmer. Doch heute war das kein guter Ort für Mohamed und Dimitrij. Da unten standen möglicherweise Kevin und seine Freunde herum. Dimitrij blinzelte über den mit Schneematsch bedeckten Platz hinüber zur Glasfront eines großen Bankgebäudes. »Ey, einfach mit 'ner Knarre da reingehen und *Cash* verlangen und dann nichts wie weg, das wär's doch. Und denen macht es nix, die haben genug.«

»Ey, Alder, geht's noch?«, kommentierte Mohamed. Sie lehnten mit hochgezogenen Schultern am Geländer und beobachteten die Leute, die in die Bank hineingingen und wieder herauskamen.

Sie hatte sich einen Tee aufgegossen und blickte von ihrer Wohnküche in den verschneiten Garten. Erfreut über das Getümmel der Vögel am Futterhaus unterhielt sie sich erneut mit ihrem imaginären Gesprächspartner über die Ereignisse des Vormittags.

Das leere Haus. Das macht mir nichts. Auch wenn Weihnachten ist und Uwe und Inga in Südafrika sind. Egal. Was werden sie erzählen, wenn sie wiederkommen? Kann das schön sein, mitten im Winter den Sommer dazwischenzuschalten? An Weihnachten? Das gefällt Uwe bestimmt auch nicht. Er macht das nur wegen Inga. Die war immer schon ein bisschen überkandidelt. Trotzdem. Es ist ein starkes Stück, die Mutter einfach so alleine zu lassen. Er hat sich noch nicht einmal gemeldet, um mitzuteilen, dass er gut angekommen ist. Vielleicht ruft er später an. Zur Bescherungszeit. Vor ihr auf dem Tisch lag gut sichtbar ein großes Blatt mit Uwes Urlaubsadresse und Telefonnummer. *Und wenn sie jetzt einfach anrief? Aber das wäre bestimmt sehr teuer um diese Zeit.*

Zeit? War die in Südafrika anders? Am Ende käme ihr Anruf völlig ungelegen. Sie wollte auf keinen Fall das Gefühl haben zu stören. Aber es sah Uwe nicht ähnlich, dass er so gar nichts von sich hören ließ. Eigentlich wusste er, dass sie auf seinen Anruf wartete. Auch wenn sie immer so tat, als wäre sie in Eile und hätte viel zu tun. Und jetzt? Der Tag würde lang werden. Sie konnte hier sitzen bleiben und einfach zuschauen, wie es draußen dunkel wurde. Plötzlich durchzuckte sie ein Gedanke. Es gab nur eine Erklärung für den ausbleibenden Anruf: Uwe und Inga waren gar nicht fortgefahren! Sie würden heute zur Bescherung als Überraschungsgäste vor der Tür stehen. »Glaubst du, wir würden dich Weihnachten alleine feiern lassen?«, würden sie sagen und voll beladen mit Lebensmitteln und Päckchen vor der Tür stehen. Sie würden in die Wohnung drängen und frische Winterluft hineinbringen. »Wir wollten dich überraschen, damit du dir keine Umstände machst mit Essen und Geschenken.« Dann würde sie mit leeren Händen dastehen. Das durfte sie nicht zulassen!

In Versteck Nummer vier fand sie endlich ihre Schmuckschatulle. *Eine alte Brosche für Inga? Das wäre doch bestimmt etwas. Aber stecken sich junge Frauen heutzutage noch Broschen an? Vielleicht doch eher eine Perlenkette? Echte Perlen natürlich. Nein, das wäre zu teuer.* Dann musste sie in einem kleinen Anfall von Wehmut plötzlich daran denken, dass die beiden in nicht allzu ferner Zeit ohnehin alles erben würden. Im Geiste sah sie Inga mit skeptischen Blicken in der Schmuckschatulle wühlen. Schnell wischte sie diesen unguten Gedanken beiseite.

Und Uwe? Was sollte sie Uwe schenken? Bald war ihr klar, dass das einzige Geschenk, mit dem sie keinen Fehler machen konnte, Bargeld war. 500 Euro für jeden. Knauserig wollte sie nicht sein. Sie würde zur Sparkasse in der Innenstadt fahren und sich das Geld in schönen neuen Fünfzigern auszahlen lassen. Die kleine Filiale, die sie kannte, hatte das in dieser Form vermutlich nicht vorrätig.

Für die Hinfahrt leistete sie sich ein Taxi, zurück wollte sie mit dem Bus fahren. Sie steckte für den Fahrpreis ein wenig Klimpergeld in die Manteltasche. Herta Göbel war vorsichtig und beachtete alle Ratschläge, die sie in entsprechenden Sendungen für Senioren gesehen hatte. Niemals zum Bezahlen ein Portemonnaie in der Öffentlichkeit aus der Tasche ziehen! Für die

Geldscheine von der Sparkasse trug sie einen ledernen Brustbeutel unter ihrem Pelzmantel.

»Die Oma da drüben, die gerade aus dem Taxi steigt, die sieht richtig nach Geld aus«, bemerkte Dimitrij.

»Ich hab dir schon gesagt, dass ich beim Omarippen nicht mitmache!«, wiederholte Mohamed.

»Wir werden sie ja gar nicht rippen. Das geht hier, wo so viele Leute sind, sowieso nicht. Die würde wie verrückt kreischen, wenn wir ihre Handtasche auch nur angucken. Wir müssen das anders machen«, entgegnete Dimitrij.

Herta Göbel stand etwas verloren in dem riesigen Atrium der drei Stockwerke hohen Eingangshalle und ließ ihre Blicke umherwandern. Der Innenhof wurde von einem dick verschneiten Glasdach überdeckt. »Alles Verschwendung«, murmelte Herta Göbel vor sich hin. »Was das kostet, einen so hohen Raum zu heizen!« Beim Anblick eines halb geöffneten Fensterflügels schoss ihr plötzlich ein Gedanke durch den Kopf. Hatte sie zu Hause die Terrassentür wieder verriegelt? Angestrengt versuchte sie, sich zu erinnern. Sie war wieder in die Wohnung gegangen, um Meisenknödel zu holen. Und dann? Hatte sie diese aufgehängt und die Tür wieder verschlossen? Sie wusste es nicht. Die Meisenknödel. Wo waren bloß die Meisenknödel? In der Diele im Vorratsschrank. Und dann? Egal, versuchte sie sich zu beruhigen. Jetzt ist erst einmal anderes wichtiger.
Sie betrachtete die Menschen in der Halle. Alte, junge, hellhäutige, dunkelhäutige. Alle außer ihr schienen genau zu wissen, wohin sie wollten. Sie strömten an ihr vorbei, ohne Notiz von ihr zu nehmen, und Herta Göbel fühlte sich unter diesen vielen Menschen plötzlich viel einsamer als allein im Dämmerlicht ihrer Wohnküche. Misstrauisch musterte sie einen dunkelhäutigen Herrn mit schwarzem, schmalen Bärtchen und Stirnglatze. Ein Ausländer. Bestimmt. Am Ende sprach

hier gar keiner Deutsch. In diesem Moment wurde sie von einer hellen Frauenstimme von hinten angesprochen. »Sie haben da etwas verloren!« Erleichtert, eine freundliche Stimme zu hören, wandte sich Herta Göbel um. Sie blickte in das lächelnde Gesicht einer sehr jungen Frau mit schönen dunklen Augen und einem rot geschminkten Mund. Herta Göbels Gesichtszüge verhärteten sich. Die Frau trug ein Kopftuch, unter dem ein schwarzes, breites Stirnband den Haaransatz verdeckte, und einen langen Mantel. »Ich habe nichts verloren!«, sagte Herta Göbel entschieden. Die junge Frau lächelte. »Doch«, antwortete sie.

Herta Göbel kannte das aus dem Fernsehen. Es war ein Trick, jemanden anzusprechen und aufzuhalten, um ihm dann das Geld aus der Tasche zu ziehen. Die junge Frau bückte sich und hob einen feinen grauen Wollschal auf. Herta Göbel grapschte danach und warf ihn sich schnell wieder um den Hals. Sie musste ihn verloren haben, als sie beim Betreten der Bank den Mantel geöffnet hatte. Es war eine Vorbereitung gewesen, um nachher das Geld schnell im Brustbeutel verstauen zu können. »Bitte schön«, sagte die junge Frau betont höflich.

Dann griff sie nach der Hand eines etwa vierjährigen Jungen mit sorgfältig gescheiteltem dunklen Haar, der neben einem Kinderwagen stand.

So jung und schon zwei Kinder, entrüstete sich Herta Göbel in Gedanken. Uwe und Inga hatten keine Kinder. Aufgewachsen in der Wirtschaftswunderzeit hatten die immer nur Geld und Karriere im Kopf gehabt. Und als sie dann wollten, war es zu spät. *Andererseits, was hätte ich denn von Enkeln gehabt?,* überlegte Herta Göbel weiter. *Der Unterschied wäre, dass ich heute noch mehr Geld abheben müsste, um sie alle zufriedenzustellen. Kinder sind heute nicht mehr so wie früher. Und um ihre Oma würden sie sich schon gar nicht kümmern!* Energisch ging sie in Richtung Schalterhalle.

Der Himmel hatte sich zugezogen, und draußen tanzten wilde Flocken. Herta Göbel schüttelte im Flur ihrer Wohnung den Schnee aus dem Pelzmantel und hängte ihn sorgfältig an der Garderobe auf. Am Küchentisch entledigte sie sich ihres Brustbeutels und breitete die Scheine in einem der Schubfächer aus. Sie waren glatt und unverbraucht. Sie beschriftete zwei goldverzierte Briefumschläge. *Für meinen geliebten Sohn Uwe*, schrieb sie auf den einen. *Für meine ...*, sie zögerte und erklärte ihrem unsichtbaren Gesprächspartner: »Inga ist oberflächlich und genusssüchtig!« *... stets heitere Schwiegertochter Inga*, vollendete sie mit zitteriger Schrift. Zufrieden betrachtete sie ihr Werk. Dann drängte sich ein anderer Gedanke in den Vordergrund. Da war doch noch etwas! Etwas, woran sie sich gleich nach ihrem Eintreffen erinnern wollte. Sie grübelte angestrengt. Es hatte mit dem Vorratsschrank zu tun. Natürlich! Das Weihnachtsessen! Würstchen mit Kartoffelsalat hatte sie entschieden. Sie sollte sich jetzt daranmachen, die Kartoffeln zu schälen, damit der Salat noch gut durchziehen konnte. Mit zügigen Schritten verließ sie die Küche in Richtung des Vorratsschranks, der sich in der Diele neben der Garderobe befand. Ihre Hand griff nach dem Lichtschalter, doch sie zuckte zurück. Es war ja erst Mittag und noch viel zu früh, selbst wenn es im Flur duster war. Strom kostet Geld, ermahnte sie sich. Plötzlich trat sie auf etwas Weiches. Noch bevor sie nachdenken konnte, was das war, riss es ihr auf dem schneenassen Dielenboden das Bein unter dem Körper weg. Halt suchend riss sie den Pelzmantel mit hinab. Ein stechender Schmerz jagte durch ihr Bein bis hoch in den Unterleib und ließ Übelkeit in ihr aufsteigen. Etwas Feuchtes rann von einer Augenbraue hinab über die Nasenwurzel. Um sie herum schien sich alles zu drehen. Was war schlimmer? Die Verletzung am Kopf oder das Bein? Als sie versuchte, ihren Körper ein klein wenig zu bewegen, war die Frage beantwortet. Der Schmerz im Oberschenkel meldete sich so heftig, dass es ihr den Atem nahm. Vielleicht war sie sogar für kurze Zeit ohnmächtig geworden.

Jedenfalls schien es im Flur noch dunkler zu werden, als ihr allmählich bewusst wurde, dass sie verletzt und bewegungsunfähig in ihrer Wohnung lag. Schlimmer noch, niemand würde in den nächsten zwei Wochen dieses Haus betreten. Niemand würde sie vermissen und nach ihr sehen. »Die ist in Südafrika«, würde Frau Werneckes Tochter angesichts des überquellenden Briefkastens denken. Irgendwann würden dann Uwe und Inga nach ihrem Urlaub die Tür öffnen und eine grausige Entdeckung machen. *Stopp!,* versuchte sich Herta Göbel zu beruhigen. Sie waren doch gar nicht gefahren! Sie kämen doch bald! Uwe hatte den Wohnungsschlüssel. Er würde sofort aufschließen, wenn sie beim Klingeln die Tür nicht öffnete. Außerdem würde sie laut rufen, damit er sie durch die geschlossene Wohnungstür hören konnte. Dafür musste sie jetzt alle Kräfte sparen. Sie blieb reglos liegen und spürte, wie die Kälte des Fußbodens durch ihre Kleider drang. Sie versuchte, den Pelz ein wenig um sich zu schlagen. Doch die Schmerzen wurden sofort wieder so heftig, dass es sie im Hals würgte. Der harte Dielenboden drückte und begann, sie zu peinigen. Als sie daran dachte, dass ein Mensch höchstens drei Tage überleben konnte, ohne zu trinken, bemerkte sie, dass sie durstig war. Dann fiel ihr ein, dass sie sich ja auch nicht zur Toilette bewegen konnte, und spürte sogleich, wie die Blase drückte. Nicht mehr lange, und sie würde in die entwürdigende Situation kommen, sich hier einzunässen. Die Peinlichkeit, dass Uwe und Inga sie so vorfinden könnten, quälte sie. *Wenn sie denn überhaupt kamen!* Um sich von diesen schlimmen Gedanken abzulenken, drehte sie den Kopf ein wenig und erkundete den Boden. Sie wollte herausfinden, was sie zu Fall gebracht hatte. Trotz des Dämmerlichtes konnte sie etwas Zerbröseltes auf dem Boden vor dem Vorratsschrank erkennen. Ein feines Netz umgab den größten Brocken. Die Meisenknödel! Darauf war sie ausgerutscht. Sie hatte sie beim Kramen dort auf den Boden gelegt. Warum eigentlich? Es fiel ihr nicht mehr ein.

In der Wohnung war es stockdunkel geworden. Außer dem Dröhnen und Gluckern in den alten Heizungsrohren gab es keine Geräusche in dem leeren Haus.

Vielleicht ist das meine Totenmusik und nicht Chopin, wie ich es mir immer vorgestellt habe, dachte sie resigniert. Plötzlich drang Licht vom Wohnzimmer her in den Flur.

Draußen waren offenbar die Straßenlaternen angegangen. Dann ist bald Heiligabend, dachte sie. Überall feiern sie jetzt Weihnachten. Sie versuchte, ihre Körperposition ein wenig zu ändern, um besser in Richtung Tür rufen zu können, wenn Uwe endlich kam. Der Schmerz wurde so heftig, dass er sie erneut in eine Ohnmacht gleiten ließ.

»Bist du wirklich sicher, dass sie in dieses Haus gegangen ist?«, fragte Dimitrij und schaute misstrauisch an der dunklen Fassade des Altbaus hinauf.

»Klar, ich bin doch nicht blind«, erwiderte Mohamed. »Aber mir reicht es jetzt auch. Ich mach nicht mehr mit!« Er wandte sich um und ging mit weiten, ausgreifenden Schritten davon.

»Mo, hey, Mo, das ist doch Scheiße! Warte doch, Mann!«, rief Dimitrij seinem Freund verzweifelt nach. Doch der wurde nur noch schneller. Dimitrij lief ihm hinterher.

Zwei Stunden später standen sie wieder an derselben Stelle. Dimitrij wirkte zufrieden. Es war ihm doch noch gelungen, seinen Freund herumzukriegen.

»Willst du da etwa überall klingeln?«, fragte Mohamed angstvoll. Dimitrij schüttelte den Kopf. »Nein, das bringt's nicht«, erklärte er. »Am besten, wir gehen hintenrum durch den Garten.« Mohamed folgte seinem Freund zögernd auf dem schmalen, verschneiten Weg, der am Haus vorbeiführte.

Zunächst waren da nur Geräusche. Schubladen wurden geöffnet, etwas Metallisches klirrte.

Sie versuchte, die Augen zu öffnen. Grelles Licht drängte sich zwischen die bleischweren Lider. »Sie wacht auf«, hörte sie eine Frauenstimme sagen. Dann war diese Stimme ganz nahe an ihrem Ohr. »Frau Göbel? Sind Sie wach?« Sie wusste nicht, ob sie nicken konnte. Irgendwo gab es eine Erinnerung an einen furchtbaren Schmerz. Im Bein. Der Hals war rauh. »Wasser«, flüsterte sie. Dann musste sie wieder eingeschlafen sein. Als sie aufwachte, befand sie sich in einem Krankenhauszimmer. Schlagartig setzte ihre Erinnerung ein und die große Erleichterung, dass sie gerettet worden war. »Uwe«, flüsterte sie. Eine zierliche Krankenschwester mit glattem schwarzen Haar und freundlichem Lächeln, das ihre dicht bewimperten Augen zu kleinen Strichen werden ließ, stand plötzlich neben dem Kopfende. »Ich bin Schwester Kim«, sagte sie. Herta Göbel lächelte. »Uwe«, wiederholte sie.

»Das ist Ihr Sohn, nicht wahr?«, fragte Schwester Kim, und Herta Göbel deutete ein Nicken an. »Er hat schon zweimal angerufen und wollte wissen, wie es Ihnen geht.«

»Gut«, hauchte Herta Göbel glücklich, »sehr gut!«

»Ja, haben wir ihm auch gesagt und dass Sie die Operation gut überstanden haben.«

Operation, dachte Herta Göbel. War es so schlimm?

»Obäschengelhalsbruch«, sagte Schwester Kim. Herta Göbel musste über die Aussprache schmunzeln. Schwester Kim hatte sicher in Hessen Deutsch gelernt.

Herta Göbel rührten die heimatlichen Klänge. »Sie sind sehr nett, Schwester Kim«, flüsterte sie.

»Dange«, sagte Schwester Kim und fuhr fort: »Dann kann ich Ihrem Sohn, wenn er wieder anruft, ausrichten, dass er seinen Urlaub nicht unterbrechen muss?«

Herta Göbel erstarrte, und Schwester Kim beobachtete sie sorgenvoll.

»Uwe ist in Südafrika?« Schwester Kim nickte vorsichtig. Herta Göbel blickte entsetzt ins Leere. »Und wer hat mich gerettet?« Sie spürte, wie ihr Herz heftig pochte und es in ihren Ohren rauschte. Von weit her hörte sie Schwester Kims Stimme.

»Ihre beiden Engelchen. Die fühlten sich schon zu groß, um noch mit den Eltern zu verreisen.« Herta Göbel spürte eine große Müdigkeit, die sich bleischwer in ihr ausbreitete.

Zwei Engelchen, dachte sie lächelnd. Na klar, schließlich ist ja Weihnachten.

AUTORENVITA

Doris Bezler ist seit mehr als zwanzig Jahren mit Leib und Seele Lehrerin und heute als stellvertretende Schulleiterin tätig. Sie schreibt seit vielen Jahren, oft auch Geschichten für ihren eigenen Unterricht. Sie lebt mit ihrem Mann und ihrem Hund in Bad Soden/Taunus. Ihr erster Kriminalroman *Schlaf still, mein Mädchen* erschien im Knaur Taschenbuch Verlag.

WOLFGANG BURGER

Geschenke für die Kids

HEIDELBERG

Das bisschen Klirren war wegen des tosenden Regens kaum zu hören. Auch vorweihnachtliches Mistwetter kann seine Vorzüge haben. Vor fünf Minuten erst war die Alte losgewackelt, wie jeden Sonntagmorgen zur Kirche und pünktlich wie die Eieruhr. Heute unter ihrem überdimensionalen schwarzen Riesenschirm geduckt wie eine Krähe im Sturm. Tom wusste, ihm blieb eine gute Stunde, um zu tun, was getan werden musste. Mit dem Ellbogen drückte er die letzten Scherben aus dem Fensterchen, griff hindurch und drehte den Schlüssel der Kellertür, der von innen steckte. Schon war er drin. Vielleicht würde es dieses Jahr doch Geschenke geben für die Kids. Dunkel war es hier drin. Verdammt dunkel.

Ein Blick zurück. Niemand hatte ihn gesehen. Es war noch früh, halb acht erst, und keine Menschenseele war unterwegs. Bei diesem Sturzregen sowieso. An den Fenstern des Nachbarhauses, einer hässlichen, pseudomodernen Kiste, blinkten die bunten Lichterketten bereits seit Anfang Dezember. Die Bewohner hatte er schon einige Male gesehen. Dort wohnte ein Unternehmer-Typ mit Halbglatze und Jaguar zusammen mit einer viel zu jungen Frau. Oft genug war er ja in den letzten Wochen hier vorbeigekommen, immer begleitet vom faulen Pudel der alten Schmittchen aus dem Erdgeschoss. Ein Mensch mit Hund fällt nämlich nicht so leicht auf. Der Pudel hatte zwei Kilo abgenommen, und Tom wusste jetzt fast alles über die Lebensgewohnheiten der Alten und ihrer Nachbarschaft.

Tom tastete sich durch die Finsternis. Zum Glück kannte er

den Keller der Hintze'schen Villa am Heidelberger Heiligenberg von früher. Ungefähr zehn Jahre war das jetzt her. Damals hatte er hin und wieder noch einen Job gefunden und manchmal sogar eine Weile behalten. Und damals hatte er hier geholfen, die moderne Ölheizung einzubauen. Als Ersatz für das prähistorische Koks-Monster, mit dem die Hintzes zuvor geheizt hatten. Seinerzeit hatte der alte Professor noch gelebt und die lästigen Handwerker im Keller nach Herzenslust herumschikaniert. Heute wohnte hier nur noch seine Witwe, die damals die schmutzigen Männer hoheitsvoll ignoriert hatte. Nicht mal das Klo durften sie benutzen, kein Glas Limo zur Vesperpause, kein nettes Wort. Aber das war gut so. Jemanden, den man hasst, beklaut man leichter.

Von fern gedämpftes Kirchenläuten. Sankt Raphael in Neuenheim unten, dorthin war die Alte unterwegs. Übermorgen würde er mit den Kindern auch mal wieder in die Kirche gehen, zur Christmette, das war Pflicht. Falls nichts schiefging. Falls er bis dahin nicht wieder im Knast saß.

Eine Tür. Vorsichtig stieg er die Treppe hoch. Die nächste Tür am oberen Ende der Treppe war verschlossen, aber damit hatte er gerechnet. Schraubenzieher, der große – doch nicht etwa vergessen? Ah da, ganz unten im Rucksack. Für einen winzigen Moment dachte er an Annegret, die jetzt irgendwo im Süden am Meer lag und sich die Sonne auf den Bauch scheinen ließ. Zusammen mit Oliver, seinem angeblich besten Kumpel. Jetzt nicht daran denken. Gar nichts denken.

Heute würde er zu den Glückspilzen gehören, so viel war mal sicher. Die alte Holztür knackte, schon war sie offen.

Licht. Tannenduft. Eine riesige Nordmanntanne. Er kannte sich aus, seit er einmal vier Wochen lang beim Christbaumverkauf auf dem Marktplatz ausgeholfen hatte. Das Prachtstück, bestimmt seine hundertfünfzig Mücken wert, stand mitten in der Halle. Fünf, sechs Meter hoch, überreich geschmückt mit silbrig glitzerndem Klimperzeugs und tonnenweise Lametta.

Aber keine Zeit jetzt, anderer Leute Weihnachtsbäume zu bewundern. Jetzt ging es um die Wurst. Die Wurst, die es übermorgen nicht geben würde, wenn er weiter diese dämliche Angeber-Tanne anglotzte.

Die Treppe mit dem wunderschön geschmiedeten Geländer, die sich so elegant nach oben schwang, auch die hatte er schon einmal gesehen. Damals, als die Alte ihm mit leicht gerümpfter Nase klarmachte, ihr Haus verfüge nicht über Personaltoiletten, und sie sollten sich nicht unterstehen, etwa in den Garten zu – ähm … Unten, am Ende der Straße, gebe es ein kleines Lokal – das Wort hatte sie ausgesprochen, als könnte eine Kneipe Herpes haben –, und sie sollten doch vielleicht dort um Erleichterung nachsuchen.

Heute war der Tag der Rache. Tom packte den Riemen seines Rucksacks fester.

Wo war der Hund?

Der Hund war ein schwacher Punkt in seinem Plan. Ein schwarzes Riesenvieh, Labrador vielleicht. Von der Straße aus hatte er ihn oft gesehen, im Vorbeischlendern. Den Hund ließ sie jeden Tag einige Male raus aufs Gelände, das für einen Garten zu groß und für einen Park zu klein war.

In der Regel kam Tom mit Hunden gut klar. Jedenfalls besser als mit Frauen. Aber diesen hier kannte er noch nicht. Durch den Zaun hatte man sich auch schon ein wenig angefreundet. Johnny hieß er, so viel wusste er, weil die Alte ihn so rief, wenn seine Pinkelzeit abgelaufen war. Trotzdem war der Hund ein Risiko.

An Johnnys Stelle entdeckte Tom eine Katze, rabenschwarz mit leuchtend blaugrünen Augen, die in sicherer Entfernung vor dem altmodischen Gussheizkörper saß und ihn feindselig beäugte. Eine Katze würde ihm wohl kaum gefährlich werden. Ah, da kam er.

»Johnny«, sagte Tom ruhig und leise, ging in die Hocke und streckte eine Hand aus. »Wie geht's dir, alter Mistköter?«

Johnny leckte begeistert seine Finger, Tom tätschelte ihm ein wenig die Flanke, und schon hatte man sich angefreundet. Ein Blick auf die Uhr. Seit acht Minuten war er hier. Jetzt aber an die Arbeit.

Neben dem Heizkörper mit Katze ein Megading von Garderobe, an der leider kaum etwas hing. Zwei Handtaschen, leer bis auf ein paar Haarklammern und ein nach Kölnisch Wasser duftendes Tüchlein. In den Taschen des schon ein wenig abgewetzten Wintermantels nichts als Flusen und noch zwei Haarklammern.

Die große Küche war rasch erledigt. Was findet man schon in einer Küche? Hundefutter. Johnny war begeistert, die Freundschaft besiegelt. Die Katze ging leer aus und guckte vorwurfsvoll.

Quer durch die Halle zum Wohnraum, ungefähr so groß wie seine Zweizimmerwohnung, in der er zusammen mit Yvonne und Kevin hauste. Altbau, viertes OG ohne Lift, warmes Wasser vor Wochen zum letzten Mal. Yvonne war elf und wünschte sich ausschließlich Dinge, die rosafarben waren. Kevin wurde in wenigen Wochen zehn und hoffte seit Jahren vergeblich auf eine Autorennbahn mit Doppellooping. Übermorgen würde er sie bekommen. Falls sein Vater jetzt keinen Mist baute.

Ein schön geschnitzter alter Sekretär mit sechs Schubladen, drei auf jeder Seite. Bilder an den Wänden, die er nicht würde zu Geld machen können. Vitrinen voller Porzellan, bemalt, vielleicht wertvoll, vielleicht nicht. Zwei der Schubladen waren abgeschlossen. Aber nicht mehr lange. Kein Geld, nicht ein Cent. Dafür eine Taschenuhr, uralt, Gold vielleicht. Rein damit in den Rucksack. Sein Talisman für die nächste halbe Stunde.

Zum Esszimmer ging es durch eine doppelflügelige, hübsch verglaste Tür. In den Schubladen Besteck, Serviettenringe, Plunder. Was hatte er erwartet? Das Silber war was wert, dummerweise aber alles graviert. Besser die Finger davon lassen.

Ein Geräusch ließ ihn herumfahren. War da ein Knacken

gewesen? Nein, nur diese blöde Katze, die ihn allmählich nervös machte. Sie hielt sich in sicherer Entfernung und glotzte ihn ausdruckslos an. Auch Johnny war wieder da. Satt und glücklich schien er darunter zu leiden, dass er seinem neuen Freund bei seiner anstrengenden Arbeit nicht helfen konnte.

Der nächste Raum war das ehemalige Arbeitszimmer des Professors. Arbeitszimmer, das klang nach Tresor und großem Schreibtisch. Nach dicken Geldscheinbündeln und kostbaren Münzsammlungen. Alles Mögliche ließ sich in Arbeitszimmern finden. Nicht jedoch hier. Eine kaputte Armbanduhr, ein mit bunten Steinchen besetzter, potthässlicher Brieföffner, ein alter Füllfederhalter, Goldfeder, immerhin. Der würde auf dem Flohmarkt mit etwas Glück zwanzig Euro bringen. Besser als nichts. Johnny schnüffelte und hechelte. Die Katze guckte blöd.

An den Wänden zwei niedere Schränkchen voller verstaubter Aktenordner. In Toms Magen machte sich ein unangenehmes Gefühl breit, ungefähr so leer wie die Geldkassette, die er im Schreibtisch fand. Auch hier hässliche Ölschinken an den Wänden. Weit und breit kein Tresor.

Hinter der nächsten Tür eine dämmrige, langgestreckte Toilette, aus der ihm kalter Mief entgegenwehte. Dann eine Art Bibliothek und ein Fernsehzimmer. Der Fernseher war vor zwanzig Jahren bestimmt mal was wert gewesen. Manche Leute versteckten Bares in Büchern. Aber es waren verdammt viele Bücher, Tausende. Ob der Professor die tatsächlich alle gelesen hatte? Das eine oder andere womöglich selbst geschrieben?

Hoch zum Obergeschoss. Vielleicht hatte er dort mehr Glück. Hoffentlich hatte er dort mehr Glück. Die Katze schien in ihrem Kopf eine genaue Liste zu führen mit den Missetaten, die dieser unsympathische Fremde vor ihren Augen verübte. Und folgte mit sicherem Abstand. Johnny lief schwanzwedelnd voraus und die Treppe hinauf.

Erste Tür links. Ein riesiges Schlafzimmer, früher wohl das

Herrenzimmer. Viel dunkles Holz, ein wuchtiger Schrank, ein einsames hohes Bett, eine klotzige Kommode. In der Luft noch ein letzter Hauch von Zigarrenqualm. Und gähnende Leere hinter jeder Tür, in jeder Schublade. Kalt war es. Kalt wie der Tod. Schaudernd zog Tom die schwere Tür wieder ins würdig knackende Schloss, wandte sich um und starrte in die Mündung eines großkalibrigen Revolvers. Das schief grinsende Gesicht dahinter kannte er. Es gehörte dem Nachbarn mit der Halbglatze. Dem aus dem Haus mit den blinkenden Lichterketten.

»Hallo«, sagte der Nachbar, und seine Stimme klang mindestens so kalt wie das Zimmer, das Tom eben durchsucht hatte. »Wie laufen die Geschäfte?«

»Ähm«, erwiderte Tom. »Was?«

Johnny saß neben ihm und knurrte verhalten. Die Katze dagegen freute sich über den Neuankömmling und schnurrte ihm um die Beine. Der Nachbar schubste sie weg, ohne hinzusehen.

»Schon irgendwas gefunden?«

»Was denn gefunden?«

Die Revolvermündung wurde ein wenig größer.

»Stell dich nicht dümmer, als du bist, Freundchen. Ich beobachte seit Wochen, wie du hier rumschnüffelst. War doch sonnenklar, dass du was ausbaldowerst. Es ausgerechnet jetzt zu machen, wenn die alte Hintze in der Kirche hockt, keine dumme Idee. Hätte ich dir gar nicht zugetraut. Nun sag, was hast du Schönes in deinem Rucksack?«

Die Revolvermündung sank ein klein wenig herab, zielte jetzt auf Toms Hals, was sich auch nicht besser anfühlte. Der Typ musste um die fünfzig sein und hatte die Visage eines zielstrebigen, nicht zu Gewissensbissen neigenden Geschäftsmanns. Seine Bewegungen waren sicher und kraftvoll. Trieb vermutlich Sport.

»Nichts«, brachte Tom heraus. »Bisher bloß eine alte Taschenuhr. Kaputt. Und einen Füller.«

»Verarsch mich nicht«, sagte der Nachbar und stupste ihm neckisch die Mündung an die Brust.

»Holen Sie jetzt …«, flüsterte Tom, »holen Sie … die Bullen?«

»Red keinen Scheiß, Junge. Was sollen denn die Bullen hier? Ich weiß, dass hier was zu holen ist. Los, ich helf dir suchen.« Die Mündung zeigte zur nächsten Tür. Johnny knurrte.

»Sie wollen … ähm?«

»Klar, will ich. Los jetzt. So eine Messe dauert nicht ewig.«

»Sie sehen eigentlich nicht aus, als hätten Sie so was nötig …«

»Fresse halten, weitersuchen. Was ich nötig habe, weiß ich schon selber.«

Gehorsam trottete Tom zur nächsten Tür. Dahinter befand sich das Schlafzimmer der Witwe. Nicht weniger kalt als das des toten Professors. Das Bett sorgfältig gemacht, ein langes weißes Nachthemd ausgebreitet, als wollte die Besitzerin es so bald wie möglich wieder überstreifen. Für einen winzigen Moment fragte sich Tom, wie und wo die beiden Alten es wohl getrieben hatten, als sexmäßig noch was lief. Abwechselnd mal im einen und mal im anderen Zimmer? Oder hatten sie für diesen Zweck einen dritten, einen besonders plüschig eingerichteten Raum?

Die Revolvermündung fuhr ihm zwischen die Schulterblätter. Tom begann hastig herumzusuchen, Schubladen aufzureißen, Schranktüren zu öffnen. Und als hätte der Nachbar ihm Glück gebracht, wurde er fast sofort fündig. Unter der Matratze eine Tüte mit der Aufschrift *Feinkost Kowalski*. Darin Geldscheine. Hunderter. Viele. D-Mark.

»Na also.« Der Nachbar nickte anerkennend. »Geht doch.«

Tom sah ihn fragend an. »Und …?«

»Weiter. Geteilt wird später.«

Tom konnte sich ungefähr vorstellen, was der Typ unter Teilen verstand und warf die Tüte, die nach grober Schätzung mindestens zwanzigtausend Mark enthalten musste, aufs Bett. Die nächste Beute fand er Sekunden später im Schrank hinter einem Stapel fleischfarbener Altweiber-Unterwäsche. Diesmal stammte die Tüte von der Buchhandlung Schmitt und Hahn in der Hauptstraße. Darin ein dickes Album voller bestimmt wahnsinnig wertvoller Briefmarken. Tom schnaubte wütend. Das durfte doch nicht wahr sein! Das Album landete auf dem Bett neben der Tüte. Der Nachbar grinste, die Revolvermündung machte eine unmissverständliche Bewegung. Tom biss die Zähne zusammen. Wahrscheinlich würde der Typ ihm später pro forma ein paar Scheine in die Tasche stecken, bevor er ihn angeblich auf frischer Tat ertappte und abknallte. Fieberhaft überlegte er, suchte nach Auswegen, Tricks, Finten. Der beste Trick war vermutlich weitere Beute. Solange er etwas fand, durfte er am Leben bleiben. Johnny, dieses kreuzdämliche Vieh, sah zu, knurrte nicht einmal mehr. Die Katze strich dem Nachbarn um die Beine und labte sich an Toms Unglück und Angstschweiß.

Die dritte Tüte – von einem der Läden, die in der Innenstadt Touris Kuckucksuhren und original bayerische Maßkrüge andrehten – war prall gefüllt. Sie steckte in einer rostroten Hutschachtel, die Tom schon zweimal in der Hand gehalten hatte, bis ihm auffiel, dass unter all dem Knisterpapier etwas versteckt war. In dieser Tüte waren Euros. Jede Menge.

»Okay«, sagte der Nachbar zufrieden. »Das reicht fürs Erste.«

»Ah«, rief eine helle Frauenstimme von der Tür her. »Hier steckst du also ... Was treibst du hier eigentlich? Und wer ist er hier?« Die Frau war hübsch, verdammt hübsch und jung. Lange rote Haare, Oberweite etwa das Doppelte von dem, was Annegret zu bieten hatte. Mit dem Kinn deutete sie auf Tom, als wäre er ein besonders schleimiges Exemplar von Giftpilz.

»Sannchen, du?« Der Nachbar versuchte, die Knarre in seiner Hand unsichtbar zu machen, aber Sannchen hatte das Ding natürlich längst bemerkt. »Wir ... ähm ...«

»Ist das einer von deinen Geschäftspartnern, die dir bei diesem tollen Italien-Deal die Hosen runtergezogen haben?«

»Hör mal«, ächzte der Nachbar. »Ich erklär's dir später, okay? Wie bist du überhaupt reingekommen?«

»Durch dasselbe kaputte Kellerfenster wie ihr beide. Ihr klaut hier, oder irre ich mich?«

»Also klauen ...«, sagte der Nachbar gequält.

»... würd ich es nicht gerade nennen«, ergänzte Tom.

»Egal. Die alte Hexe hat genug Kohle, dass sie ein bisschen was abgeben kann.«

»Ja, nicht?« Der Nachbar entspannte sich.

Sie betrachtete interessiert die Schätze auf dem Bett. »Ist's genug, dass du davon die Raten für den Jaguar bezahlen kannst?«

»Wir ... also, zum Zählen sind wir noch gar nicht gekommen.«

»So allmählich ...«, wagte Tom einzuwenden. »In zwanzig Minuten kommt sie zurück.«

»Nicht bei diesem Scheißwetter«, war die Frau überzeugt.

»Und wie geht's nun weiter? Müssen wir mit ihm hier ...«, wieder dieses Giftpilznicken. »Ist er ein Komplize von dir?«

»Überhaupt nicht«, versicherte der Nachbar eifrig.

»Wir haben uns rein zufällig hier getroffen«, assistierte Tom, ohne zu wissen, warum eigentlich. »Aber so 'ne Art Geschäftspartner sind wir schon, nicht wahr?«

Der Nachbar reagierte nicht. Seine Tussi zuckte mit den Schultern, zauberte ein Päckchen Zigaretten aus einer der Gesäßtaschen ihrer explosiv sitzenden Jeans, klopfte eine Kippe heraus und steckte sie ins knallrot geschminkte Schmollmündchen.

»Du wirst dir doch jetzt hier keine anstecken?«, rief der Nachbar erschrocken.

»Wieso nicht?«, fragte sie erstaunt zurück.

»Weil wir hier sozusagen – na ja, irgendwie zu Besuch sind. Und außerdem wird dich deine Scheiß-Qualmerei irgendwann noch umbringen!«

»Das lass mal meine Sorge sein.« Ihr Feuerzeug klickte. Rauch stieg auf. »Und? Was wird nun? Wirst du deinen Geschäftspartner später umlegen?«

»Natürlich.« Der Nachbar hatte plötzlich seine Selbstsicherheit zurückgewonnen. »Er ist hier eingebrochen, und ich hab ihn quasi auf frischer Tat ertappt.«

Tom hatte auf Empörung gehofft, auf Mitgefühl, vielleicht sogar entschiedenen Widerspruch von Seiten der Frau. Aber nichts dergleichen.

»Guter Plan«, befand sie ohne Umschweife. »Ich geh schon mal vor. Ich kann so was nicht sehen. Weißt du ja, Schatzi.«

Ein neckisches Zwinkern unter langen Wimpern, und keine Sekunde später war sie weg. Tom hörte, wie sie fröhlich die Treppe hinabstöckelte.

»Also«, sagte er, »ich find Ihren Plan nicht so toll, wenn ich das mal sagen darf. Ich meine, nehmen Sie von mir aus ruhig die ganze Kohle. Ich werd schweigen wie ein Grab. Ehrenwort!«

Das Wörtchen »Grab« hatte im Moment einen merkwürdigen Beigeschmack.

»Für wie bescheuert hältst du mich?« Der Nachbar lachte gutmütig. »Nein, nein, das muss schon alles echt aussehen.«

»Aber was sagen Sie der Alten, wo ihre ganze Kohle geblieben ist?«

»Gute Frage.« Der andere runzelte nachdenklich die Stirn. Offenbar hatte er diesen Punkt noch gar nicht bedacht. »Vielleicht hast du ja einen Komplizen gehabt? Und der ist mir dummerweise entkommen? Klingt doch logisch, nicht?«

Tom behielt seine Meinung für sich. Der andere sah sich ratlos um, die Stirn immer noch in sorgenvollen Falten.

»Aber besser nicht hier. Besser auf der Flucht. Sieht glaubwürdiger aus, und in den Rücken zu schießen fällt einem auch leichter. Man erledigt so was ja nicht jeden Tag, nicht wahr?«

Der Revolver machte einen entschlossenen Schwenk in Richtung Tür. »Da lang, wenn ich bitten darf.«

»Soll ich …?« Tom wies zaghaft auf die Tüten.

»Lass mal. Die nehme ich. Nicht dass noch Blut an unsere schönen Sachen kommt.« Der Nachbar lachte herzlich.

Auf dem Weg zur Tür fiel Tom der Schraubenzieher ein. Immerhin so etwas Ähnliches wie eine Waffe. Bis er den allerdings aus dem Rucksack gekramt hatte, war er vermutlich tot. War vielleicht im Flur draußen irgendwas gewesen, mit dem er sich verteidigen könnte?

»Schatzi hat sie mich ewig nicht mehr genannt«, hörte er den Typen in seinem Rücken verzückt murmeln.

Ein Schürhaken vielleicht? Unwahrscheinlich, denn hier gab es ja nirgendwo einen Kamin. Ein Regenschirm? Hoffnungslos. Nein, da war nichts. Keine Rettung in Sicht. Dafür wieder mal die Mündung zwischen den Schulterblättern.

»Ey«, protestierte Tom halbherzig und stolperte auf die Galerie hinaus. »Das tut doch weh, verdammt!«

Hin und wieder vom energischen Druck des Revolvers neu motiviert, taumelte Tom in Richtung Treppe. Irgendwo knurrte Johnny, dem die ganze Veranstaltung zwar nicht gefiel, der aber auch nicht auf die Idee kam, irgendetwas zu unternehmen. So viel zum Thema Freundschaft zwischen Mensch und Tier. Der Typ hinter ihm hielt die Beute in der linken Hand, überlegte Tom, die Wumme in der rechten. Er hatte also im Moment keine Hand frei. Vielleicht, wenn er herumfuhr, dem anderen den Revolver wegschlug und einfach losrannte? Dummerweise war sein Gegner aber fast zehn Zentimeter größer als er und außerdem sportlich bis zum Gehtnichtmehr …

Und wenn es ihm gelang, die Sache so lange hinauszuzögern, bis die Alte zurückkam? Schwierig. Der Nachbar war nicht auf den Kopf gefallen und konnte außerdem auch schon die Uhr lesen. Am Fuß der Treppe stand seine Tussi mit dem Rücken zu ihnen und qualmte. Tom war jetzt an der ersten Stufe angelangt, zögerte. Irgendwo auf der Treppe würde es passieren, das war klar. Wieder ein spitzer, schmerzhafter Stoß in den Rücken. Die erste Stufe. Und weit und breit nichts, was man packen und dem Idioten um die Ohren hauen könnte. Keine Waffe. Keine Hoffnung.

Tom fühlte sich elend und dumm und traurig. Was würden die Kids machen, an Heiligabend, ohne ihren geliebten Papi? Von wem sollten sie Geschenke bekommen, wenn nicht von ihm? Wieder ein Stoß. Es half nichts. Zweite Stufe.

Noch ein Stoß. Eher symbolisch diesmal, freundschaftlich fast. Wie viele Stufen mochte diese Scheißtreppe haben? Und auf welcher würde der Typ abdrücken? Eher auf der ersten oder erst auf der zweiten Hälfte?

Wenn es doch irgendeinen Ausweg gäbe, eine Möglichkeit zur Flucht. Wenn man fliegen könnte … Tom hörte die Katze schnurren. Das Mistvieh wich seinem neuen Star nicht von der Seite. Und Johnny rannte unten in der Halle herum, bellte blöde und hatte nichts begriffen.

Der Tannenbaum.

Die Hälfte der Treppe lag schon hinter Tom, viel Zeit blieb nicht mehr.

Der Tannenbaum war eine Chance. Es würde weh tun, klar, aber es war eine Chance. Über Sannchen unten stiegen blaue Wölkchen auf. Sie drehte sich nicht um, konnte ja kein Blut sehen, die Ärmste.

Da, ein Geräusch! An der Haustür! Ein dunkler Schatten!

Der Typ hatte es auch gehört. Jemand fummelte von außen einen Schlüssel ins Schloss. Das war die Gelegenheit. Das war die halbe Sekunde Ablenkung, die Tom brauchte. Er flankte über das Geländer, stieß sich mit beiden Füßen ab, gar nicht mal so unelegant, wie er fand. Hinter ihm ein Schrei, mehr ein Brüller, ein Schuss knallte, aber Tom fühlte keinen Schmerz. Er konnte nämlich doch fliegen, für eine Sekunde nur, aber er flog, in den Weihnachtsbaum hinein, in das silberne Geblinke und all die mörderspitzen Nadeln und Tonnen von Lametta. Er krallte sich in der Deko fest, die Tanne kippte, und eine Sekunde später lag Tom über und über gespickt mit qualitativ hochwertigen Nordmanntannennadeln auf dem Boden. Er rappelte sich hoch, auf die offene Haustür zu, die Alte mit sperrangelweit aufgerissenem Mund, er fühlte die kalte Luft, die ihm entgegenströmte, er lief, lief, lief wie noch nie in seinem Leben. Und es fiel kein weiterer Schuss, und der eiskalte Regen war eine göttliche Wohltat. Sein Rad stand wunderbarerweise, weihnachtswunderbarerweise immer noch an seinem Platz.

Yvonne spielte versunken mit ihrer rosafarbenen Barbie Boutique. Die großen Kinderaugen glänzten, das rotblonde Haar schimmerte im Weihnachtslicht. Kevin war hin und weg von seiner Autorennbahn und versuchte wieder und wieder, zwei Autos gleichzeitig aus dem Doppellooping zu schießen, indem er kurz vor dem höchsten Punkt das Gas wegnahm. Zu seinem Leidwesen war er einen halben Kopf kleiner als seine Schwester und pummelig. Das rotblonde Haar war dasselbe. Wie abgekupfert, sagten manche und fanden das witzig. Die kleine Fichte, die Tom am Vormittag kurz vor Ladenschluss äußerst preisgünstig ergattert hatte, duftete, wie nur Weihnachtsbäume an Heiligabend duften können. Im Radio spielten sie zum dritten Mal *Stille Nacht,* und Tom fand es immer noch schön. Er hatte versprochen, später in der Boutique ein paar Sachen zu kaufen und ein paar Rennen gegen Kevin zu fahren, die dieser natürlich gewinnen würde. Später. Ein bisschen roch es auch noch nach den Würstchen mit Ketchup, die – zusammen mit Kartoffelsalat – das Weihnachtsmenü gebildet hatten.
Tom lag langgestreckt auf dem gemütlich knarrenden Sofa und las die kleine Zeitungsmeldung, die er schon zwanzig Mal gelesen hatte. Sie war mit *Mysteriöser Einbruch am Heiligenberg kostet zwei Menschenleben* überschrieben.
Es war nämlich nicht die Alte, die Tom das Leben gerettet hatte, sondern ihre schwarze Katze. Die war dem Nachbarn genau in dem Moment zwischen die Beine geraten, als Tom sprang. Der Typ war gestolpert, hatte keine Hand frei, um sich am Geländer festzuhalten, und hatte beim sinnlosen Herumfuchteln mit der Knarre abgedrückt und Sannchen in den Rücken ge-

schossen. Eine Sekunde später war er beim Versuch, seine Beute nicht zu verlieren, äußerst dumm mit dem Hinterkopf auf ziemlich harten Marmor geschlagen.

Eine besondere Tragik ist laut Kriminaloberrat Gerlach von der Heidelberger Kriminalpolizei in dem Umstand zu sehen, dass die Schussverletzung der Frau gar nicht tödlich war.

Tom schmunzelte zum einundzwanzigsten Mal. Durch den Schlag in den Rücken – ihr Lover hatte sie an der Schulter getroffen – hatte die Zicke nämlich ihre Zigarette eingeatmet. Die nach rekordverdächtig kurzer Zeit eintreffenden Rettungskräfte hatten dies jedoch zunächst nicht bemerkt, sondern nur die Schussverletzung behandelt, die Blutung gestillt, versucht, die Frau zu beatmen. Erst spät, zu spät, war dem jungen und nicht allzu erfahrenen Notarzt aufgefallen, dass seine Patientin inzwischen unter seinen Händen an einer glühenden Zigarette erstickt war. Der Mann hingegen, ein Geschäftsmann eher zweifelhaften Rufs, war sofort tot gewesen. Genickbruch. Die bemitleidenswerte Hausbesitzerin, eine angesehene Professorenwitwe, stand unter Schock und war nicht vernehmungsfähig. Von einer vierten Person, einem gewissen Tom zum Beispiel, war in dem Dreißig-Zeilen-Artikel keine Rede.

Der Füller hatte es gebracht. Der Füller, den Tom aus reinem Frust eingesackt hatte. Der Trödler in der Altstadt, dem er das Ding gestern Nachmittag auf den Tresen gelegt hatte, angeblich ein Erbstück seines jüngst verstorbenen Opas, hatte ganz glasige Augen bekommen. »Montblanc«, hatte er mit erstickter Stimme geflüstert, »Edition Lorenzo de Medici!« Und dann hatte er Tom aus dem Stand zwofünf geboten. Als diesem daraufhin für längere Zeit die Luft wegblieb, hatte er sein Angebot auf dreitausend erhöht, letztes Wort, und als Tom immer noch nicht reagierte, auf dreifünf, denn schließlich war Weihnachten, nicht wahr. Tom hatte stumm und feuchten Auges akzeptiert. Für die goldene Taschenuhr, in die er eigentlich seine Hoffnungen gesetzt hatte, hatte der Typ nur schlappe fünfundzwanzig bezahlen wollen. Und so hatte er sie als hübsches Andenken einfach wieder mitgenommen.

Vielleicht würde er sie eines Tages reparieren lassen.

AUTORENVITA

Wolfgang Burger, geboren 1952 im Südschwarzwald, ist promovierter Ingenieur und als Leiter einer Forschungsabteilung am Karlsruher Institut für Technologie KIT tätig. Er ist verheiratet, hat drei inzwischen erwachsene Töchter und lebt in Karlsruhe. Seit 1995 schreibt er Kriminalromane und hin und wieder auch Kurzgeschichten. Zuletzt erschienen sind sieben Romane um Kriminaloberrat Alexander Gerlach, den Chef der Heidelberger Kriminalpolizei.

Tatjana Kruse

Friede, Freude, Gänsekeule

Schwäbisch Hall

»Ho, ho, ho!«, rief Karl-Heinz in die Kamera, die an der Pforte vor der Villa auf dem Schwäbisch Haller Friedensberg die Besucher kritisch beäugte. »Der Weihnachtsmann ist da!«

»Sie sind zu spät. Nun aber hurtig«, krächzte eine geschlechtslose Stimme aus der Sprechanlage, und die Pforte glitt lautlos auf.

Karl-Heinz, Gerd und Rüdiger marschierten die Kiesauffahrt hinauf. Passenderweise fing in diesem Moment der Schnee leise zu rieseln an.

Vorn an der Villa trat eine Dame mittleren Alters vor die Tür. Sie trug ein graues Kaschmirkleid mit Perlenkette und einen äußerst gestrengen Blick zur Schau. »Etwas zackiger, meine Herren. Wir hätten beinahe schon mit der Gans angefangen. Das wird sich auf Ihr Trinkgeld auswirken!«

»Heiligabend ist immer die Hölle los, gnädige Frau.« Karl-Heinz lächelte entschuldigend. Dem Lächeln von Karl-Heinz konnte man eigentlich nicht widerstehen, schon gar nicht, wenn er, wie an diesem Heiligabend, in einem leuchtend roten Weihnachtsmannkostüm steckte. Kugelrund, verschmitzte Äuglein, breites Lächeln, Bassstimme – er spielte den Weihnachtsmann nicht, er *war* der Weihnachtsmann.

Aber die Kaschmirfrau widerstand seinem Charme dennoch. Hart wie Kruppstahl. »Das interessiert mich nicht«, erklärte sie. »Wenn ich Sie für fünf Uhr buche, dann will ich Sie auch um fünf Uhr hier haben und nicht um …« Sie blickte auf ihre diamantenbesetzte Armbanduhr. » … um sechs Uhr zwo.«

Karl-Heinz nickte verstehend.

Zweimetermann Gerd neben ihm war als Weihnachtself in grüne Leggins und rote Zipfelmütze gehüllt, ein Zugeständnis an alle, die zu viele amerikanische Weihnachtsfilme gesehen hatten. »Merry Christmas«, brummte er und beugte sich vor, um der Kaschmirfrau einen Kuss zu geben. Karl-Heinz boxte ihm seinen dicken Ellbogen gerade noch rechtzeitig in die Rippen. »Was denn?«, beschwerte sich Gerd, »sie steht doch unter einem Mistelzweig!« Karl-Heinz und die Kaschmirfrau rollten synchron mit den Augen.

Rüdiger beschlich ein ganz ungutes Gefühl. Er gab in diesem Szenario das typisch deutsche Christkind. Ja gut, eine Frauenrolle, aber er war auch nur die Aushilfe und musste froh sein, dass er überhaupt noch einen Job bekommen hatte. Das sicherte ihm die Miete. Zehn Auftritte bis Mitternacht, zweihundert Euro bar auf die Kralle.

Rüdiger trug ein weißes Spitzenkleid und eine wallende Blondhaarperücke. »Joyeux Noël«, rief er, improvisierend, um dem Multikulti-Gedanken Rechnung zu tragen.

Karl-Heinz warf ihm einen warnenden Blick zu. »Fröhliche Weihnachten«, korrigierte er.

»Jetzt noch nicht«, erklärte die Hausherrin barsch. »Drinnen warten schon alle. Ich hoffe, Sie wissen, was Sie zu tun haben?« Sie wedelte mit der Liste, die die drei Männer in Kopie auch schon von der Weihnachtsmann-Agentur erhalten hatten: die Namen der Anwesenden sowie eine Übersicht der Geschenke und die Reihenfolge des Verteilens.

»Keine Sorge, gnädige Frau, wir sind Profis«, versicherte ihr Karl-Heinz und nickte. Gerd nickte auch.

Rüdiger nickte ebenfalls, auch wenn er in diesem Augenblick noch nicht wusste, worauf er sich da eingelassen hatte, sonst hätte er zweifelsohne seine Christkindbeine in die Hand genommen und wäre gerannt, gerannt, gerannt …

Rüdiger war Schauspieler. Eigentlich.

Leider kein guter. Und selbst die Guten hatten ja schon Probleme, an Engagements zu kommen. Im Seniorenwohnheim Sonnenberg las Rüdiger bisweilen Rilke- oder Hesse-Gedichte, und im Kinderferientheater Brausemaus war er bereits eine feste Größe als Mädchen für alles, aber die Bretter, die die Welt bedeuten, kannte er noch nicht wirklich. Und seine Fernseherfahrung beschränkte sich auf einen Joghurtwerbespot, in dem man ihn für exakt 0,2 Sekunden von hinten auf einer Kuh reiten sah. Manchmal hatte er Glück und bekam bei den Freilichtspielen Schwäbisch Hall eine Statistenrolle, aber das gab finanziell nicht viel her und war ohnehin nur ein Sommerjob.

Seinen Lebensunterhalt verdiente er also größtenteils mit Gelegenheitsjobs, die er aber immer für sich zu nutzen wusste. Wenn er für *Clean & Easy* putzen ging, gab er den polnischen Putzmann und führte in seiner Tupperdose polnische Dauerwurstwaren als Pausenimbiss mit sich. In der Autowaschanlage *Wash & Clean,* direkt hinter der Bausparkasse, mimte er den zugezogenen Proleten aus dem Ruhrpott und trug unter der orangefarbenen Autowaschanlagenuniform ausnahmslos Netzhemden. Schauspieler, das war für Rüdiger eben kein Beruf, sondern Berufung.

Und nun hatte er diesen Job als Christkind in der Weihnachtsmann-Agentur bekommen. Als Krankheitsvertretung. Ein Anruf in letzter Minute. Rüdiger wusste noch nicht genau, wie er die Rolle anlegen sollte.

Karl-Heinz und Gerd dagegen waren alte Hasen in dem Gewerbe. Dachte Rüdiger. Da irrte er sich. Nur halb, aber immerhin. Also, alte Hasen ja, aber anderes Gewerbe.

Karl-Heinz und Gerd waren nämlich gar nicht Karl-Heinz und Gerd. Der echte Karl-Heinz und der echte Gerd lagen gefesselt und geknebelt in der Umkleide von *Rent-a-Santa.*

Aber das wurde Rüdiger erst klar, als Karl-Heinz mitten hinein in die Runde der Köhlbrand-Messerschmidts trat, eine Schnellfeuerwaffe aus seinem Weihnachtsmannsack zog und mit seiner donnernden Bassstimme »Hände hoch und keine Bewegung!« brüllte.

Die Köhlbrand-Messerschmidts gehörten zu der Hautevolee von Schwäbisch Hall. Schon seit Generationen. Uraltes Salzsiedergeschlecht der ersten Stunde.

»Ogottogottogott«, flüsterte Maximilian Köhlbrand-Messerschmidt III., das derzeitige Oberhaupt der Familie. Er sackte auf dem Sofa zusammen.

»Reiß dich zusammen, du Memme!«, bläffte seine Frau. Und an Karl-Heinz gerichtet: »Das wagen Sie nicht!«, der ihr gerade die Diamantuhr vom Handgelenk streifen wollte.

»Und wie ich das wage.« Karl-Heinz gab, nur mal so zur Warnung, eine Schnellfeuerrunde in die Stuckdecke ab.

Leise rieselte der Putz.

Im Salon befanden sich noch die erwachsenen männlichen Zwillinge des Ehepaares mit ihren jeweiligen blondierten Gespielinnen sowie die pausbäckige Haushälterin der Familie. Deren insgesamt zehn Arme waren längst oben. Nun folgten widerwillig auch die Kaschmirarme von Frau Köhlbrand-Messerschmidt, um eine Armbanduhr leichter.

»Na bitte, geht doch«, sagte Karl-Heinz schmunzelnd.

Kurz darauf saßen alle verschnürt und mit ihren Socken beziehungsweise Feinstrumpfhosen im Mund auf dem Perserteppich.

»Und du?«, fragte Karl-Heinz und richtete die Mündung des Schnellfeuergewehrs auf Rüdiger. »Bist du für oder gegen uns?«

Rüdiger stand wie zur Salzsäule erstarrt vor dem Kamin. Sein Hintern wurde zunehmend heißer, aber jedwede Bewegung war ihm unmöglich. Schockstarre. Wo war er hier hineingeraten?

Es schien ihm alles so unwirklich.

Das Ambiente um ihn herum war beschaulich-weihnachtlich:

riesige Nordmanntanne, geschmückt in Rot und Gold. Leise Weihnachtsmusik – natürlich nicht *O du fröhliche* wie in Plebejer-Wohnzimmern, vielmehr intonierte ein Knabenchor das *Weihnachtsoratorium* von Bach. Die Duftwolken von Plätzchen, einem Erzgebirgeräuchermännchen und Gans mit Apfelrotkohl waberten in der Luft.

In krassem Gegensatz dazu stand Karl-Heinz als Weihnachtsmann aus der Hölle mit dem Schnellfeuergewehr im Anschlag.

Rüdiger schluckte schwer.

Er war nicht zum Helden geboren. Schon die Androhung von Gewalt ließ ihn erzittern. Er war eine rückgratlose Memme und würde seine eigene Familie ans Messer liefern, wenn man ihm nur ein wenig Zigarettenrauch ins Gesicht blies.

Gerd lief derweil nach oben in den ersten Stock der Villa, vermutlich um den Schlafzimmertresor auszuräumen. Oder wo reiche Menschen sonst so ihre Habseligkeiten horteten. Rüdiger hatte keine Ahnung. Er zuckte zusammen, als Karl-Heinz sich vor ihm aufbaute. »Was ist jetzt? Bist du mit von der Partie?«

Rüdigers Adamsapfel hüpfte.

Einer Antwort wurde er Gott sei Dank enthoben, weil über ihnen plötzlich ein entsetzliches Geschrei ertönte, das einem das Blut in den Adern gefrieren ließ. Die unmenschlichen Schreie entrangen sich eindeutig der Kehle von Gerd. Wie schützten die Köhlbrand-Messerschmidts ihre Wertsachen? Mit eisernen Fußfallen? Die Schreie schienen nicht enden zu wollen.

Karl-Heinz fuchtelte mit dem Schnellfeuergewehr. »Was ist da los?«, verlangte er zu wissen.

Die gefesselten und geknebelten Köhlbrand-Messerschmidts guckten nur, wie man als Geisel eben guckt. Ängstlich. Bis auf die Hausherrin in Kaschmir, die guckte empört.

»Geh nachsehen!«, befahl Karl-Heinz und schubste Rüdiger in Richtung Treppe.

Rüdiger hob das weiße Spitzenkleid an, pustete sich eine blonde Kunsthaarlocke aus dem Gesicht und stieg vorsichtig die Stufen hoch. Der Gedanke an Flucht keimte kurz in ihm auf, aber Karl-Heinz stand mit dem Gewehr in der Tür und beobachtete mit dem rechten Auge die Geiseln und mit dem linken Auge ihn. Dabei half ihm, dass er von Natur aus schwer schielte.

Stufe um Stufe näherte sich Rüdiger den Schmerzensschreien von Gerd. Vielleicht hatten die Köhlbrand-Messerschmidts im ersten Stock ja einen Bodyguard-Schrägstrich-Ninja versteckt, der Gerd gerade mit gezielten Handkantenschlägen vierteilte? Rüdiger konnte kein Blut sehen. Sein Adamsapfel hüpfte schon wieder. Konnten Adamsäpfel Muskelkater bekommen?

Als er das Treppenende erreicht hatte, sah er, was das Problem war: Ein riesiger, gescheckter Pitbull hatte sich in Gerds grünes Weihnachtselfgesäß verbissen.

Rüdiger hatte einmal gelesen, dass es unmöglich war, den Kiefer dieser vierbeinigen Kampfmaschinen auseinanderzuhebeln, wenn sie sich erst mal verbissen hatten. Das sah nicht gut aus für Gerd.

»Mach doch was!«, schrie Gerd.

Rüdiger öffnete die erste Tür rechts. Ein Badezimmer. Ziemlich edelkitschig mit vergoldeten Armaturen. Auch hier Weihnachtsdeko in Form von weißen Keramik-Engeln. Er füllte einen Zahnputzbecher mit Wasser, trat wieder hinaus auf den Flur und schüttete das Wasser über den Hund.

Wenn in diesem Augenblick Hund und Opfer etwas einte – außer der Tatsache, dass sich die spitzen Hauer des einen in die Weichteile des anderen verbissen hatten –, dann der verächtliche Blick in ihren Augen. Der Blick galt Rüdiger.

»Hilft nicht«, konstatierte Rüdiger.

Gerd sah aus, als hätte er Rüdiger am liebsten erwürgt.

Der Hund knurrte.

»Ich sag mal Karl-Heinz Bescheid«, erklärte Rüdiger und trat den strategischen Rückzug an.

»Hat er wenigstens schon irgendwas einkassiert?«, wollte Karl-Heinz wissen, nachdem Rüdiger ihm Bericht erstattet hatte.

»Äh, hab ich nicht gefragt.« Rüdiger schürzte die Lippen.

Jedem anderen hätte ein Kerl wie der falsche Karl-Heinz in diesem Moment den Lauf der Knarre gegen die Nase gerammt, aber nicht Rüdiger. Rüdiger war das personifizierte Unschuldslamm. Naiv und lieb. Aber auch strunzdumm.

»Dann geh hoch und frag ihn«, raunzte Karl-Heinz. »Hier, nimm das Messer mit und schneid der Töle die Kehle durch.«

Alle Köhlbrand-Messerschmidts gaben Jammerlaute durch ihre Socken beziehungsweise Feinstrümpfe von sich, sogar die Kaschmirfrau, aber die vermutlich nur, weil sie Angst hatte, die Putzfrau könnte die Blutflecken nicht mehr aus dem Teppichboden bekommen.

Rüdiger stapfte die Treppe hoch. Er hatte noch nie etwas getötet. Nicht, dass er Vegetarier war, aber was er aß, pflegte bereits tot zu sein. Und im Grunde mochte er Hunde. Wer wusste schon, ob nicht Gerd in diesem Fall der Böse war und er den braven Haushund nicht grundlos getreten hatte? Vielleicht handelte es sich seitens des Hundes um reine Selbstverteidigung?

Oben war es in der Zwischenzeit noch lauter geworden. Gerd wirbelte wie ein Derwisch im Kreis und schrie gellend. Der Hund hing festgebissen an Gerds Hintern und rotierte in dieser Halbhöhe knurrend durch die Luft.

Rüdiger räusperte sich.

Gerd bekam in seiner Raserei davon allerdings nichts mit.

Nur der Hund sah Rüdiger, sah das Messer, sah die Butter an dem Messer und machte sich weiter keine Sorgen.

Auf dem Teppichboden lag der Weihnachtsmannsack von

Karl-Heinz. Vorhin war er noch schlaff gewesen, jetzt blähte er sich prallgefüllt auf. War bestimmt voller Beute.

Rüdiger nahm den Sack an sich.

Er schaute noch einmal den Hund an, von dessen wild glühenden Augen er immer nur bruchstückhaft etwas mitbekam, wenn der Pitbull an ihm vorbeigeflogen kam. Rüdiger ließ das Buttermesser fallen.

Gerds Geschrei folterte sein Trommelfell gewaltig.

Rüdiger schulterte den Sack und ging wieder nach unten.

Karl-Heinz stand nicht mehr in der Tür. Er stand vornübergebeugt am Esstisch und schnupperte.

»Rieche ich da etwa eine Hefeteigfüllung?« Er schnupperte geräuschvoll. Der falsche Karl-Heinz war nämlich begeisterter Hobbykoch. An die Haushälterin gewandt, meinte er: »Mit einem Sirup aus Honig und Sojasoße eingestrichen?« Er fuhr sich mit einer fleischigen Zunge über die Lippen.

»Du, Karl-'einz«, sagte Rüdiger, ohne dabei seinen falschen französischen Akzent zu vergessen. Eine Meisterleistung, wenn man sich die Gesamtsituation mal genau überlegte. »Gerd ist unabkömmlich, und das Messer war nicht scharf genüg für die Hünd.«

»Und was ist in dem Sack?«, wollte Karl-Heinz wissen, richtete sich auf und trat einen Schritt auf Rüdiger zu.

Dummerweise hatte Rüdiger schon vor Karl-Heinz' Frage mit dem rechten Arm Schwung geholt, um ihm den Sack zuzuwerfen. Der Sack traf Karl-Heinz folglich unvorbereitet, und zwar volle Kanne mitten ins Gesicht, weswegen er nach hinten stolperte, den Halt verlor und rücklings zu Boden ging. Dabei löste sich eine neue Salve aus dem Schnellfeuergewehr. Alle kauerten sich zusammen, auch Rüdiger. Er hörte noch einen dumpfen Knacks, dann Stille.

Die Stille des Todes.

Also, abgesehen von Gerds Schreien und dem Knurren des Hundes aus dem oberen Stockwerk. Und dem immer noch oratierenden Knabenchor aus den teuren Bose-Boxen.

Karl-Heinz lag reglos vor dem Esstisch. Auch sein Brustkorb hob und senkte sich nicht mehr.

Rüdiger tippte auf finalen Genickbruch.

Wenn Rüdiger in seinen zweiundzwanzig Lebensjahren etwas klargeworden war, dann, dass er nicht zu den hellsten Köpfen auf diesem Erdenrund gehörte. Zum Nachdenken brauchte er immer etwas länger. So stand er und stand er und erwachte erst aus seinem Grübelkoma, als es mit einem Schlag wirklich totenstill wurde. Die Knabenchor-CD war verstummt, und aus dem oberen Stockwerk hörte man weder Schreie noch Knurren.

In diese Stille hinein reifte in Rüdiger spontan eine Erkenntnis. Er steckte zu tief drin. Ein Anruf bei der Polizei stand mittlerweile außer Frage. Ihm kam zugute, dass die Agentur ihre Aushilfen schwarz beschäftigte und er deshalb einen erfundenen Namen hatte angeben können: Jacques Clouseau, französischer Austauschstudent.

Nein, es gab keinen Weg zurück. Er musste auswandern, möglichst weit weg, wie Patagonien oder Frankfurt an der Oder. Er würde sich etwas Geld von den Köhlbrand-Messerschmidts leihen und andernorts noch mal völlig neu anfangen.

Aber man durfte ihn bis dahin nicht erkennen. Also fing er an, Karl-Heinz zu entkleiden.

Karl-Heinz war im Übrigen nicht tot, nur komatös. Das feuerrote Weihnachtsmannkostüm war Rüdiger definitiv zu groß und hing formlos an seinem hageren Körper herab, aber egal, dann sah er eben aus wie der Weihnachtsmann nach einer Weight-Watchers-Diät. Er wollte ja keinen Weihnachtsmann-Schönheitswettbewerb gewinnen. Hauptsache, er war inkognito unterwegs und nicht als Rüdiger.

Eklig war der Bart. Rüdiger hasste Vollbärte. In denen lebten Suppennudeln, Zecken und anderes Kleingetier. Er spürte förmlich, wie die Eiterflechte zu wuchern begann, als er sich den Bart überstreifte. Aber es half ja alles nichts.

Als er sich rundum verkleidet aufrichtete und den Sack schulterte, hörte er auf einmal wieder das Knurren des Pitbulls. Nur sehr viel lauter. Und näher. Quasi direkt hinter ihm.

Rüdiger drehte sich um.

Und ja, da stand der Pitbull. So nah, dass Rüdiger das Namensschild am Halsband lesen konnte.

Sonja.

»Ho, ho, ho«, rief Rüdiger und versenkte das Messer tief ins Fleisch.

Es hatte etwas von einem Schlachtfest an sich.

Mit dem Tranchieren hatte er es nicht so: Soße spritzte auf, Gänsefetzen flogen.

Sonja sabberte erwartungsvoll.

Frau Köhlbrand-Messerschmidts Augenbrauen schossen nach oben. Sie hätte gern: »Passen Sie doch auf! Das ist eine Bio-Freilauf-Edelgans, nach einem Lafer-Rezept geschmort!«, gerufen, aber sie konnte nicht, sie hatte ihre Wolford-Strumpfhose im Mund.

»Tut mir leid, das mit den Soßenflecken auf der Damasttischdecke, aber durch diesen ekligen Bart sehe ich kaum etwas«, entschuldigte sich Rüdiger.

Man konnte ihm wirklich keinen Vorwurf machen: Es war ein billiger Einer-passt-allen-Rauschebart aus dem Fundus von *Rent-a-Santa,* für Rüdigers schmales Gesicht viel zu füllig und nach unsachgemäßer Reinigung zu urwaldgleicher Verstrupptheit föhngeblasen.

Rüdiger warf Sonja einige Gänsehappen zu, dann säbelte er herzhaft weiter. Er hatte eine lange Flucht vor sich und brauchte unterwegs womöglich eine Stärkung. Als er der Prachtgans endlich beide Beine amputiert hatte, strahlte er glücklich: »Gänsekeulen-to-go!«

Die große Standuhr mit dem Westminsterschlag schlug 19 Uhr, als Rüdiger die Gänsekeulen – in Stoffservietten gehüllt – in seine Weihnachtsmann-Hosentaschen schob. Er schulterte den Sack, von dem er noch nicht wusste, dass eine Viertelmillion Euro in steuerhinterzogenem Schwarzgeld darin lag und die Köhlbrand-Messerschmidts den Verlust dieser Summe den dreißig Minuten später eintreffenden Streifenbeamten nicht mitteilen konnten.

Sie konnten nur den falschen Karl-Heinz – schwere Gehirnerschütterung, geprellte Halswirbel – und den falschen Gerd – Kreislaufkollaps nach Hundebissschocktrauma – wegen Einbruchsversuchs mit Geiselnahme verhaften lassen. Dass ein Dritter im Bunde war, verschwiegen die Köhlbrand-Messerschmidts. Und auch *Rent-a-Santa* breitete den Mantel des Schweigens über den nicht versicherten Schwarzarbeiter. Es war, als hätte Rüdiger nie existiert.

Die letzten Worte des sehr real existierenden Rüdigers an die Köhlbrand-Messerschmidts lauteten: »Isch werde Rettüng für Sie verständigen, sobald ich genügend Vorsprüng 'abe.« Nur nicht aus der Rolle fallen! Das hatte er aus einem Zeitungsinterview mit Robert De Niro. Hoffentlich gab es in Patagonien oder Frankfurt an der Oder eine Theatergruppe, der er sich anschließen konnte. Ihm würde sonst was fehlen.

Dann schritt Rüdiger hinaus in die Nacht.

Pitbull Sonja sah ihm nach, sah zu den Köhlbrand-Messerschmidts, sah wieder zu Rüdiger und lief ihm wackelnd hinterher.

Hund und neuer Herr marschierten dem Horizont entgegen. Den Sonnenuntergang musste man sich dazudenken. Es war ja Heiligabend und somit um diese Zeit schon stockfinster in dem feinen Villenviertel in Schwäbisch Halls exklusivster Hangwohnlage.

Aber eins war klar, auch wenn es die beiden in diesem Moment noch nicht wussten: Sie waren auf ihrem Weg ins Glück.

Ein Weihnachts-Happy-End!

AUTORENVITA

Tatjana Kruse, Jahrgangsgewächs aus süddeutscher Hanglage mit Migrationshintergrund (Vater Schweizer, Mutter Friesin), lebt und arbeitet in Schwäbisch Hall (kein Synonym für eine Bausparkasse, sondern die vermutlich kleinste Metropole der Welt). Seit dem Jahr 2000 schreibt sie Kriminalromane, u. a. die *Kommissar Seifferheld*-Reihe im Knaur Verlag.
Mehr unter: www.tatjanakruse.de

Marita Erfurth

Und der Schnee rieselt leise

Bad Dürrheim

Es schneit ein bisschen.

Eva stellt das Autoradio an. Zum Glück nicht so laut. Ein Kinderchor singt Weihnachtslieder. Gefällt mir.

Schneeflöckchen, Weißröckchen, wann kommst du geschneit ...

Das Lied passt ja richtig. Wie schön.

Eva will jetzt unbedingt noch den Weihnachtsbaum besorgen. Meinetwegen. Obwohl sie das von mir aus gerne auch alleine hätte machen können. Immer glaubt sie, sie müsste mich überallhin mitnehmen. Andererseits fahre ich schon gerne mit. Ist mal 'ne Abwechslung. Wenigstens sind es noch ein paar Tage bis Heiligabend. Die Straßen um die Bad Dürrheimer Einkaufsmeile sind noch nicht allzu verstopft, obwohl Eva natürlich wieder mal über die Bundesstraße ins Industriegebiet fährt. Tausendmal habe ich ihr schon gesagt, sie soll über Hochemmingen fahren, weil das schneller geht. Und mehr Spaß macht. Aber so ist das eben, wenn man nichts mehr zu sagen hat. Die kleine Verbindungsstraße zwischen Sunthausen und Hochemmingen war früher immer meine Lieblingsstrecke. Wie oft bin ich nach Hochemmingen gefahren zum Fotoatelier Rolf Becker direkt an der Kurve. Gibt's schon lange nicht mehr. Und dann gegenüber noch 'ne Brezel geholt im Laden. Die waren gut. Gibt's heute auch nirgends mehr. So gute.

Hoffentlich nimmt Eva wenigstens einen Parkplatz, von dem aus ich etwas sehen kann. Ich bleibe natürlich im Auto.

Die haben da ja einen kleinen Weihnachtsmarkt aufgebaut. Haben die bisher noch nie gemacht, glaube ich. Wäre schön, da mal drüberzulaufen. Einen Glühwein trinken. Gekauft haben wir auf solchen Märkten eigentlich kaum mal was. Doch, die schöne Uhr mit dem Hund, der nach dem Schinken guckt, der über dem Kamin hin- und herpendelt. Wo war denn das? Ah ja, in Konstanz.

»Du bleibst natürlich im Auto.« Klar.

»Bin gleich wieder da.« Ich weiß.

Leise rieselt der Schnee, still und starr liegt der See …

Sie stellt das Auto direkt neben der Sammelstelle für Einkaufswagen ab. Gut. So kann ich den Baumverkauf am Eingang des Edeka-Marktes beobachten und die Stände sehen. Früher war das mal das P & Q. Den Namen denke ich heute noch, wenn ich den Laden hier meine. Weiß nicht mehr, was das bedeutet hat. Preiswert und Qualität? Irgend so was in der Art.

Ein komischer Weihnachtsmann ist das da. Was hat der eigentlich hier verloren? Nikolaus ist längst vorbei, und hier im Schwarzwald glauben wir nun mal ans Chrischtkindle. Sieht auch nicht so aus, als ob er was für die Kinder dabeihätte. Aber gut. Das Rot des Mantels sieht schön aus vor dem Grün der Fichten. Oder besser gesagt Nordmanntannen. Nordmanntannen – was für ein Name. Und viel zu teuer. Wenn Eva schlau ist, kauft sie eine Fichte. Kostet mindestens zwanzig Euro weniger. Früher haben wir den Baum ja immer selbst geschlagen. Darf man nicht mehr.

Was macht sie eigentlich? Warum kramt sie in ihrer Tasche herum und geht nicht endlich los? Ach so. Sie holt ihre Handschuhe raus. Bestimmt kauft sie hinterher am Stand da drüben noch Kerzen. Bienenwachskerzen für den Weihnachtsbaum. Als ob es normale Kerzen nicht auch täten. Aber besser riechen tun sie schon, wenn man sie ausbläst.

Bald ist heilige Nacht, Chor der Engel erwacht, hört nur wie lieblich …

Hoffentlich kühlt der Wagen in der Zwischenzeit nicht total aus. Ich friere nicht gerne.

Jetzt geht sie endlich los. Lauf doch ein bisschen schneller. Schade allerdings, dass ich den Eingang zum Einkaufsmarkt nicht sehen kann. Der weiße Transporter versperrt mir die Sicht, und jetzt weiß ich nicht, ob Eva erst noch in den Laden geht.

Neben mir kommt ein Wagen zum Stehen. Der parkt aber eng. Sehr eng. Hoffentlich schlägt er mit der Tür nicht gegen unser Auto. Ach so, eine junge Frau. War ja klar. Da passt die doch nie durch. Also gut, grade so. Die ist aber auch ziemlich dünn. Und jung. Anfang zwanzig, schätze ich mal. Hübsch. Hübsch und freundlich – hat mir zugelächelt. Wie nett sie aussieht. So schöne Stiefel. Mit Pelz am Rand. Könnte Eva auch mal tragen, so was. Sie geht direkt zum Markt. Scheint nicht viel kaufen zu wollen, sonst hätte sie bestimmt einen Einkaufswagen genommen.

Es ist ein Ros entsprungen, aus einer Wurzel …

Schönes, trauriges Lied. Würde ich lieber nicht hören. Weckt Erinnerungen. Alles vorbei.

Wenig los hier. Komisch eigentlich, wo sind denn alle? Vielleicht wegen der Wirtschaftskrise. Die Leute haben kein Geld mehr. Eva gibt auch zu viel aus.

Warum die Kleine nur so eng neben uns geparkt hat? Ist doch genug Platz da. Aber sei's drum.

Fange langsam an zu frieren.

Der Weihnachtsmann scheint Pause zu haben. Von was eigentlich? Habe noch nicht gesehen, dass er etwas verteilt hätte. Sind aber im Moment auch kaum Kinder da. Er kommt in meine Richtung. Geht zu dem weißen Lieferwagen. Aha. Sein Rentierschlitten. Sieht nicht gut aus, der Mann. Schlampig irgendwie. Ein dünner Mantel, jämmerliche Kapuze – bestimmt vom Schlussverkauf. Natürlich weiße Turnschuhe. Geschmackloser geht's wohl nicht. Und das Gesicht so voller Bart, als wär's eine Maske. Gruselig. Man sieht ja fast keine Augen, und sollte er nicht eine rote Nase haben? Weiß gar nicht genau.

Sieht aus wie an Fasnacht. Ist ja auch bald wieder. Na ja, für mich hat sich das ein für allemal erledigt. Auch nicht schlimm.

Das Röslein, das ich meine...

Da vorne scheinen sie Glühwein zu verkaufen. Und Bratwürste. Und daneben Lebkuchen. Habe mir doch gedacht, dass der Dicke da sich einen kauft. Vielleicht kommt Eva ja auf die Idee, mir was mitzubringen, Hunger hätte ich schon. Aber wahrscheinlich nicht.

Aha, die junge Frau kommt schon wieder. Und Eva ist noch weg. Typisch.

Jetzt geht sie auch zu dem Baumverkauf. Vergiss es, Mädchen. In deinen Smart bekommst du nie im Leben eine Tanne rein. Aber vielleicht liefern die ja auch? Wird aber teuer.

Wenigstens hat es aufgehört zu schneien. Sonst könnte ich gar nichts mehr sehen durch die Scheibe. Liegt sowieso schon genug Schnee. Hoffentlich sind die Reifen gut. Die Hirschhalde hoch ist es immer ziemlich glatt. Aber vielleicht fährt sie ja wenigstens über Hochemmingen heim. Dann könnte sie kurz beim Laufer anhalten und mal einen TÜV-Termin fürs Auto ausmachen. Aber daran denkt sie bestimmt nicht. Außerdem, vor dem Ortseingang wird es auch steil, und wahrscheinlich ist da gar nicht gestreut. Die nehmen da nie Salz.

Jetzt macht der Möchtegern-Weihnachtsmann die Türen am Lieferwagen hinten auf, so dass ich den Baumverkauf nicht mehr sehen kann. Prima. Ob Eva endlich dort ist?

Das Blümelein so kleine, das duftet uns so süß...

Von mir aus könnte jetzt mal ein anderes Lied laufen.

Was macht der da eigentlich? Steht bloß rum und verdeckt mir die Sicht. Hat mich wahrscheinlich nicht bemerkt. Hat sowieso nicht hergesehen. Warum auch. Hat ja genug damit zu tun, Löcher in seinen Lieferwagen zu starren. Tolle Pause.

Jingle bells, jingle bells...

Hier ist wirklich nichts los. Ich an seiner Stelle würde heimgehen und am Samstag wiederkommen, wenn es sich lohnt.

Aber der ist wahrscheinlich fest angestellt. Ob Edeka solche Leute zahlt? Oder die Aussteller vom Weihnachtsmarkt? Viel verdient er bestimmt nicht. Sicher Hartz IV. Darf der sich überhaupt etwas dazuverdienen? Na ja, ist nicht mein Problem. Jetzt tut sich was. Ob Eva …? Nein, das junge Fräulein kommt. Hat 'ne Plastiktüte dabei. Würde Eva nie machen. Die hat immer einen Korb im Auto.

Der Weihnachtsmann ruft ihr etwas zu. Kennen die sich? Jetzt geht sie hin. Würde ich nicht, an ihrer Stelle. Der sieht verschla… Hallo! Was ist jetzt los? Will der sie küssen, oder was? Sieht nicht so aus, als ob sie das gut findet. Die wehrt sich ja richtig. Die Tüte knallt auf den Boden und verschwindet halb unter dem Lieferwagen. Gott, ist mir jetzt heiß. Komm, reg dich nicht so auf. Tut dir nicht gut. Mensch, der hält sie fest und drückt ihr was vor den Mund. Das darf doch nicht wahr sein. Jetzt hab ich schon wieder Herzrasen. Was macht der denn? Die sackt ja ganz zusammen! Der hält sie fest und dreht sich mit ihr im Kreis. Spinnt der? Der schaut sich um. Wenn ich nur nicht so einen trockenen Mund hätte. Hat er mich gesehen? Jetzt schleppt er sie an sein Auto ran. Schmeißt sie einfach hinten rein! In den Laderaum! Scheiße! Scheiße! Der entführt sie. Das gibt's doch nicht. Meine Augen brennen, kommt bestimmt von dem Schweiß, der mir von der Stirn tropft.

Jetzt aussteigen und den Typen zusammenschlagen. Das Mädel retten.

Ich bin starr. Kann mich nicht bewegen. Kann einfach nicht. Mein Herz schlägt mir bis zum Hals. Gleich kippe ich um. Kommt denn da niemand? Jetzt knallt er die Tür zu und rennt nach vorne. Der steigt ein! Mir wird schlecht. Eine Entführung! Hilfe!

Die Nummer merken. Die Autonummer, Mensch. Ich kann sie nicht erkennen. Sehe sie nur verschwommen. Meine Augen brennen zu sehr.

Nein, der steigt nicht ein. Der kommt hierher. Der hat mich

gesehen. Um Gottes willen, ich bin ein Zeuge! Gleich muss ich kotzen. Der will mich umbringen. Grinst mir genau ins Gesicht durch seinen Scheißbart. Der geht ganz gelassen auf unser Auto zu.

Kling, Glöckchen, klingelingeling …

Da kommt einer. Danke, danke, Gott sei Dank! Den kenn ich. Der verkauft da drin immer Gürtel und so. Geheiligt und gesegnet seien alle Raucher. Er bietet dem maskierten Drecksack eine Zigarette an. Komm, nimm sie, Blödmann. Nein, er lehnt ab. Man glaubt es nicht. Der ist ganz entspannt. Lacht mit dem über irgendwas.

Bitte, Eva, komm jetzt! Solange der andere Typ da ist. Eva – wenn er sie auch …

Da kommt sie ja! Mach schnell! Mit dem riesigen Baum in den Armen sieht sie doch gar nichts. Scheiße, der Raucher geht. Der Maskierte will an meine Tür. Aber der ist zu dick, kommt nicht durch die enge Lücke. Jetzt ist Eva da. Redet mit ihm. Schaut dann besorgt zu mir. Was hat der ihr erzählt? Lass sie bloß in Ruhe, du, du …

Sie reißt die Fahrertür auf: »Was ist denn mit dir, Papa? Du bist ja knallrot und ganz nassgeschwitzt!«

Die Maske redet auf sie ein.

»Nein, ich weiß nicht, was er hat. Vielleicht wegen der Weihnachtslieder. Er kann seit seinem Schlaganfall nicht mehr sprechen.« Sie klingt erschüttert.

»Nein, schreiben kann er auch nicht mehr. Gar nichts. Ich glaube, ich fahre gleich zum Arzt mit ihm.«

Freu dich, du Arschloch. Ich kann dich nicht verraten.

»Also nochmals vielen Dank, dass Sie nach ihm gesehen haben.«

Die Maske geht zurück zu seinem Wagen.

Eva wischt mir mit einem Taschentuch übers Gesicht.

Macht mir auf die Türen, lasst mich nicht erfrieren …

Er fährt rückwärts aus der Parklücke.

»Du machst vielleicht Sachen, Papa. Du zitterst ja am ganzen Körper.«

Er fährt los. Mit der jungen Frau hinten drin. Eva macht das Radio aus.

»Wir fahren direkt zum Doktor. Wein doch nicht, Papa. Das ist bestimmt die Aufregung, wegen Weihnachten und so.«

Der Smart steht unbeeindruckt an seinem Platz.

»Schau mal, da hat jemand seine Tüte verloren.«

Ich möchte sterben.

»Hör mal, Papa – das glaubst du nicht.«

Will nichts hören, will nichts glauben.

»Gestern auf dem Edeka-Parkplatz, erinnerst du dich?«

Allerdings. Bis an mein Lebensende. Meine Augen werden schon wieder feucht.

»Da war doch so ein Weihnachtsmann, der mit uns geredet hat. Der sich Sorgen um dich gemacht hat.«

Mein Herz beginnt zu pochen.

»Der hat eine Frau entführt. Auf dem Parkplatz. Stell dir mal vor – wir hätten das fast mitgekriegt.«

Mein Herz pocht wie verrückt. Was ist los?

»Er ist in eine Geschwindigkeitskontrolle geraten, und die Polizei hat den Wagen überprüft. Dabei haben sie die Frau entdeckt.«

Mein Gesicht ist jetzt tränenüberströmt.

»Aber Papa, warum weinst du denn jetzt? Sie haben sie doch gefunden.«

»…«

»Papa – was ist denn nur? Wart mal. Hast du gestern … warst du deswegen?

O Gott!«

Maria Erfurth lebt seit nunmehr 30 Jahren mit ihrem Mann (und seit 23 Jahren mit dem gemeinsamen Sohn) in einem kleinen Dorf auf der Baar.

Die gelernte Heilpädagogin verbindet mit dem Schreiben vor allem die unbändige Lust zu beobachten, daraus viele (falsche) Schlüsse zu ziehen und manche Dinge davon aufzuschreiben.

Und der Schnee rieselt leise ist ihre erste Veröffentlichung.

PETRA BUSCH

Die Erscheinung des Herrn

IM MÜNSTERTAL

An meinen Händen klebt Blut. Das Blut des Herrn.

Der Polizist sieht mich an und schüttelt den Kopf. Dabei hatte ich mich so sehr auf ein paar Stunden im Schoß der Familie gefreut.

Außer dem Kommissar und einem Kriminaltechniker ist kein Mensch mehr hier, in dem ehemaligen Stall am Saum des dunklen Tannenwaldes, der sich die Berge hinabzieht. Dort, wo wir uns Jahr für Jahr versammeln und wohin Anton mich immer mitnimmt, um den Heiligabend mit denen zu feiern, die weniger besitzen als das Jesuskind in der Krippe. Die Polizei hat sie hinausgeschickt, in die Kälte der Weihnachtsnacht: Einsame, Obdachlose, Arme, Alte und Kinder. Auch die freiwilligen Helfer sind fort, die Kerzen gelöscht, die Punschgläser umgestoßen. Tische und Stühle bilden ein einsames Durcheinander. Ich weiß nicht, ob ich je wiederkommen werde. Doch das hat keine Bedeutung. Denn die anderen werden wiederkommen. Nächstes Jahr, übernächstes, das Jahr darauf … Jeder Einzelne. Das ist das Wichtigste.

Er war kurz vor halb acht Uhr gekommen. Als sich die Holztür öffnete und die eisige Luft für Sekunden den süßen Duft von Punsch und Tannenreisig durchschnitt, waren zwischen dem alten Mauerwerk und den Holzbalken längst alle Tische besetzt. Stimmengewirr und Lachen erfüllten den liebevoll ausgebauten Stall und vermischten sich mit den scheppernden Klängen des Klaviers, an dem wie immer der junge Karlis aus

Lettland saß. Er verstand kein Wort unseres Alemannischen, spielte aber alle deutschen Weihnachtslieder mit Inbrunst. Ein paar Kinder tollten um den großen Christbaum, der mit Äpfeln, Strohsternen und Kerzen geschmückt war. Daneben, in der großen, handgeschnitzten Krippe, wachten Maria und Josef über das Jesuskind im Stroh.

»Noch eine Waffel mit Vanillesoße, Bastian?«, fragte Irmgard, eine Helferin, den Jungen, der neben dem Pianisten stand. Bastian war gerade so groß, dass er auf die Tasten sehen konnte, und klapperdürr. Doch seine Stimme erfüllte in weichen, vollen Tönen den Raum. Anton, sein Vater, strahlte vor Stolz.

»Ja-ha-ha-haaa«, intonierte Bastian zur Melodie von *Stille Nacht*.

»Ich auch noch eine«, sagte die Bergfrau schmatzend und zeigte auf das letzte, herzförmige Waffelstück auf ihrem Teller. Sie saß zwischen Schwarzzahn und Anton, war über zwei Meter groß, in etwa halb so breit, und ruhte den gesamten Abend auf zwei zusammengerückten Stühlen. Ihre Kleidung glich einem zerfetzten Zelt. Niemand wusste, wohin Schwarzzahn, der nur noch ein paar dunkle Stümpfe im Mund hatte, und sie Jahr für Jahr nach dem Fest gingen, Hand in Hand, bis sie zwölf Monate später wieder den Weg aus den Bergen des Südschwarzwaldes hier in das Münstertal herunterkamen, auf dem ich Anton so oft begleitet hatte. Auch wusste niemand, wie die beiden wirklich hießen; viele blieben lieber namenlos. Wenn die Bergfrau aß, öffnete sich ihr Mund zu einer gigantischen Höhle, in der Pudding, Kuchen und Braten verschwanden. Außer ihr und mir bemerkte zunächst niemand das Erscheinen des Herrn. Als sich die Tür hinter ihm schloss, blieb die Höhle offen stehen.

Der Herr war in einen feinen, hellen Wollmantel gehüllt und blickte sich suchend um. Der Mantel musste ein Vermögen gekostet haben. Kamelhaar, vermutete ich. Er hatte ihn schon damals getragen. Genauso wie den Siegelring, auf dem ein großer Brillant funkelte. Seine Schuhe konnte ich im Gedrängel nicht erkennen, doch sicherlich glänzten sie genauso schwarz wie sein zurückgekämmtes Haar. Und ich bildete mir ein, dass sogar über die vielen Köpfe hinweg ein Hauch dieses würzigen Männerparfums wehte. Nina hatte es gemocht.

Die Bergfrau stieß Schwarzzahn mit dem Ellbogen an, stopfte sich das Waffelherz in den Mund, kaute weiter und murmelte, was einem Schrei gleichkam: »Da will einer fein pinkeln.«

Sofort verebbte das Stimmengewirr, und rund hundertzwanzig Augenpaare blickten zur Tür. Nur Karlis sah in seine Noten und spielte weiter.

Der Herr verbeugte sich leicht.

Zottel, der genauso gut vierzig wie siebzig sein konnte und nur aus langen, verfilzten Haaren zu bestehen schien, lachte kehlig. »Falsche Adresse?« Sein Mischlingshund Mädel, der sozusagen Partnerlook trug, stellte die Ohren auf.

»Fröhliche Weihnachten«, sagte der Herr.

Zottel grinste schief.

Geplauder und Besteckklappern setzten wieder ein.

Nur Anton legte Messer und Gabel beiseite. Ich glaubte, einen Schatten zu erkennen, der sich über seine Wangen mit den viel zu früh ergrauten Bartstoppeln legte. Anton war erst Ende dreißig.

Der Herr strich einen unsichtbaren Fussel von seinem Mantel und drängte sich in die Menge. Dann sah er mich. Sein Mundwinkel zuckte. Er nickte und wandte sich ab. Am Rollstuhl des einbeinigen Schorsch blieb er mit dem Mantel hängen.

»Pfoten weg, ey, das is *mein* Gefährt!«, blaffte Schorsch, als der Herr sich befreite, und schon traten an Schorschs Hals die Adern hervor, und er schrie: »Hau ab!«

Man erzählt sich, dass Schorsch früher, als er noch Taxi fuhr, einen Mann krankenhausreif geprügelt habe, weil der seinen Mercedesstern angefasst hätte.

Der Herr lächelte ihn an. »Ich freue mich auch, Sie kennenzulernen.« Ohne den Mantel abzulegen, quetschte er sich neben Schorsch an den Tisch, der nicht weit weg von mir stand, und griff nach der Weinflasche. »Darf ich?«

Keiner sagte etwas. Den Parfumduft hatte ich mir nicht eingebildet. Vom Nachbartisch sahen Anton, Schwarzzahn und die Bergfrau zu dem Herrn hinüber. Die Gespräche rundum verstummten. Karlis stimmte *Lasst uns froh und munter sein* an.

Der Herr schenkte sich ein und hob das Glas. Der Brillant blitzte. »Zum Wohl, die Damen und Herren.« Er trank und winkte Irmgard herbei, die gerade mit einem Teller dampfendem Braten und zwei Waffeln aus der Küche trat. »An dem Bukett müssen wir noch etwas arbeiten, meine Liebe. Und der Abgang«, er schürzte die Lippen, »könnte einen Hauch länger sein. Wie wäre es mit einem Reserve Pinot Noir?«

»Geh woanders pinkeln, wenn's dir nicht passt«, schnaubte die Bergfrau.

»Uns sind alle willkommen.« Irmgard stellte den Braten vor den Herrn und die Waffeln auf den Nebentisch. »Wir machen keinen Unterschied, liebe Bergfrau, das weißt du doch. Jeder, der zu uns kommt, darf mitessen und -feiern.«

Typisch Irmgard. Immer liebenswürdig, immer engelsgleich, selbst wenn der Teufel am Tisch saß.

Bastian schnappte sich eine Waffel und kletterte zu seinem Vater auf den Schoß. Der Herr schnitt ein Stück Braten ab, schob es sich in den Mund, kaute lange. Er wiegte den Kopf. »Beim Fleisch könnte man auch noch etwas Qualität nachlegen.«

Seit meiner ersten Begegnung mit dem Fremden dachte ich an ihn immer nur als »den Herrn«, weil er so elegant gekleidet gewesen war und nach Luxus und Bessersein geradezu stank. Nicht nur wegen des Parfums.

Antons Unterlippe begann zu zittern.

»Tut mir leid«, wandte sich Irmgard an den Herrn. »Für eine Restaurant-Verköstigung reicht unser Geld nicht.«

»Aber uns reicht's!« Wütend rollte Einbein-Schorsch ein Stück vom Tisch zurück. »Und der da«, er zeigte auf den Herrn, unter seinen Fingernägeln haftete Schmutz, »der gehört nicht zu uns!« Die Ader an seinem Hals pochte schneller.

Irmgard hob entschuldigend die Hände. »Wir sind auf Sponsoren angewiesen.«

»Was sind Sponsoren?«, fragte Bastian, während der Herr in aller Ruhe aß.

»Sei still«, zischte Anton dem Jungen zu. Seine Hände ballten sich, und die Schwielen verschwanden in den großen Fäusten.

Der Herr lehnte sich zurück und zog gelassen ein handgroßes Stück Papier aus der Innentasche des Mantels. »Sponsoren sind Leute mit Geld.« Er legte das Papier neben seinen Teller.

Neugier, Misstrauen, Verachtung … In den Augen, die ihn ansahen, war alles zu lesen.

»Leute«, fuhr der Herr fort und fixierte Bastian, »die diese Abende für dich und deine Freunde bezahlen. Für deine«, er zwinkerte mit einem Auge, »Familie.« Mit seinen manikürten Fingern strich er über das Papier. »Dir gefällt es doch hier, Bastian, nicht wahr?« Seine Mundwinkel hoben sich, doch in seinen Augen spiegelte sich Gleichgültigkeit. »Das ist ein Scheck, Bastian. Wisst ihr«, fragte er in die Menge, »was ein Scheck ist?«

»Was soll 'n das werden? 'n Almosen?«, blaffte Zottel, und seine Augenbrauen krümmten sich wie zwei dick behaarte Raupen. In seinem Bart hing ein Salatblatt.

Ein Stuhl schrammte über den Steinboden. Gemurmel erhob sich. Mädel knurrte. »Eingebildetes Arschloch«, raunte jemand.

»Wenn ich den«, der Herr hielt das Dokument hoch, »unterschreibe, ist es besiegelt.«

»Is was besiegelt?« Das Salatblatt fiel herab.

»Euer Heiligabend.« Mit einer Armbewegung umfasste er den Stall. »Edler Wein, Feinschmeckermenü, Geschenke. Auf Lebenszeit.« Einen nach dem anderen schaute er die Männer und

Frauen an: Zottel, die Alte mit dem Gesicht wie der Faltenwurf eines schlecht gegerbten Ledermantels, Spritze mit den zerstochenen Armbeugen und blutunterlaufenen Augen, Einbein-Schorsch, Schwarzzahn, die Bergfrau, Anton und Puppe, die Jugendliche, die als Einzige Wimperntusche aufgetragen hatte, viel zu dick und viel zu schwarz, und die ein hautenges Top und einen Minirock trug, an dem sich eine Naht auflöste. »Hat jemand etwas dagegen einzuwenden?«, fragte der Herr freundlich.

»Bist du ein Sponsor?« Bastian sprang von Antons Schoß herunter und stellte sich mit großen Augen vor den Herrn. »Kriege ich dann ein Klavier?« Er zeigte auf den Karlis, der ganz in sein Spiel vertieft war, fast so, als sei er mutterseelenallein in dem Stall und die Menschen nur weihnachtliche Dekoration.

»Natürlich, mein Junge.«

Familie. Sponsor. Am liebsten hätte ich laut aufgelacht.

Da setzte sich der Mann in diesen Stall, bei Kartoffelsalat, Braten und saurem Wein, während bei ihm zu Hause wahrscheinlich tagtäglich fünf Gourmet-Gänge und Champagner aufgetischt wurden. Ich wusste genau, was es bedeutete, nichts zu besitzen. Und wie gut es tat, diesen Abend mit Schicksalsgenossen zu verbringen. Für ein paar Stunden eine große, ja, heilige Familie zu sein, sich alle Sorgen zu teilen, das warme Essen und sogar die kleinen Geschenke, die unter dem Christbaum warteten – alles gespendet von einem anonymen Wohltäter, seit dem Jahr, in dem wir zum ersten Mal hierhergekommen sind: Anton, mit Bastian in dem Tragekorb, und ich.

Ich ahnte, was kam. Jedoch nicht in der gesamten Tragweite.

Also liebt Gott die arge Welt, spielte Karlis.

Könnte ich die Menschen nur warnen. Doch wer war ich schon, der ich tagein, tagaus in Antons Werkstatt gestanden und es schon damals nicht geschafft hatte, das Verhängnis abzuwenden.

Stumm verharrte ich auf meinem Platz, sah ihn vor mir, wie er das erste Mal bei uns erschien.

Es ist Mitte November. Hochkonjunktur. Der Herr schlendert durch die Schnitzerei. Die größte im Südschwarzwald, eingebettet zwischen bewaldeten Hügeln und Ziel zahlreicher betuchter Kunstliebhaber. Die Klüpfelschläge, mit denen die Gesellen ihre Balleisen in die groben Scheite treiben, erzeugen ein rhythmisches Hämmern.

Es riecht nach Harz und Leim.

Anton zeigt dem Herrn die Krippenfiguren; erklärt, dass sich Eichenholz für Außenfiguren am besten eignet, aber Jahre braucht, bis eine Restfeuchte von zwölf bis achtzehn Prozent erreicht ist; wie man das Splintholz unter der Rinde entfernt. Er reicht dem Herrn ein Stück Lindenholz, elastisch, zäh und kaum gemasert; Anton weist auf das lebhafte Holzbild der Lärche hin, sein Lieblingsmaterial, schwer und fast eisenhart. Er deutet auf das vergilbte Foto seines Vaters und erzählt, dass er die Schnitzerei in siebter Generation betreibt.

Der Herr bewundert einen Hirten mit Schaf auf dem Arm, jedes Fellhaar filigran ausgearbeitet, lobt den kunstvoll verschlungenen Turban des Königs, sagt etwas von Ästhetik und erstklassigen Proportionen und blickt aus den Augenwinkeln zu Nina, die kleine Laternen über dem Stall einer Musterkrippe befestigt.

Es riecht nach Harz und Leim und Luxusparfum.

Der Herr gibt sieben Krippen für die Dependancen seines Immobilienkonzerns in Auftrag. »Die Leute schätzen Tradition. Das schafft Vertrauen.« Er reicht Anton die Kreditkarte. Er lächelt. Nina lächelt. Nina ist Antons Frau. »Ich hole die Krippen selbst ab«, sagt der Herr.

Irmgard strahlte den Herrn an. »*Sie* sind das? *Sie* haben all die Jahre unser Fest finanziert?«

Wieder erhob sich ein Murmeln. Erstaunt, betreten, fragend.

»Ja.«

»Sie Engel! Sie haben uns ein Stück Leben geschenkt!«

Ja, dachte ich. So kann man es natürlich auch ausdrücken.

Ende November. Ich stehe reglos in der Ecke neben der Werkbank. Durch die Fenster der Schnitzerei fällt Dämmerlicht. »Wo ist dein Mann?«, fragt der Herr. »Liefert eine Bestellung aus«, sagt Nina. Er nimmt ein Jesuskind aus einem Karton und betrachtet es von allen Seiten. »Ich wollte die Krippen abholen.« Er sieht Nina an. Nina sieht ihn an. Er legt das Jesuskind vorsichtig zurück.

»Kann ich Ihnen noch etwas Gutes tun?«, fragte Irmgard und gestikulierte etwas zu heftig. Eine Haarsträhne klebte in ihrem geröteten Gesicht. »Noch ein Stück Braten? Ein Glas Punsch? Haben Sie irgendeinen Wunsch?«

Anton zog den Jungen zu sich und schlang die Arme um ihn. Mit einer Serviette tupfte sich der Herr sorgfältig den Mund ab. Dann faltete er sie zusammen und legte sie auf seinen leeren Teller. Sie sog sich mit dunklen Soßenresten voll. »Ja«, sagte er, und sein Gesicht glich einer hölzernen Maske. »Das Kind!«

Stille.

Auch Karlis spielte nicht mehr. Es schien, als hätten sogar die Kerzen ihr leises Knistern eingestellt.

Irmgard stand wie versteinert. Dann begann sie zu lachen, zuerst abgehackt, zögerlich, dann immer lauter, verstört, unsicher, ich wusste es nicht. Schließlich erstickte das hysterische Lachen in ihren Worten: »Sie sind mir ja einer. Unseren Bastian!«

Anton presste sein Gesicht in Bastians schmutziges helles Haar, und ich dachte, dass seine muskulösen Arme den Jungen erdrücken würden.

Nina schlingt ihre Arme um den Herrn. Sie zieht ihm den Mantel aus, legt ihn über eine Werkbank. »Du riechst gut.« Er streift ihr den Pullover über den Kopf und wirft ihn auf den Boden.

»Den Scheck gegen das Kind.« Die Stimme des Herrn klang hart, so als schlüge man zwei Lärchenholzstücke gegeneinander.

Draußen nähert sich ein Wagen. Licht schneidet durch die Dunkelheit. Der Motor verstummt, das Licht erlischt. Nina und der Herr nehmen es nicht wahr, und auch nicht die Schritte.

»Sch… schpinnschu«, stotterte Schwarzzahn, und zwei Zahnstümpfe zeigten sich zwischen aufgeplatzten Lippen. Es waren seine ersten Worte an dem Abend.

Die Tür zur Schnitzerei öffnet sich. Nina lacht, stöhnt, lacht, der Herr legt ihr die Hand über den Mund: »Pst, du schreist ja das ganze Gesellenpack zusammen.« Sie gluckst fröhlich. Das Licht geht an.

Anton hob den Kopf. Aus seiner Nase lief Rotz, Tränen verfingen sich in den Bartstoppeln, als er den Herrn ansah. Eine kleine Ewigkeit verging. Schließlich sagte er ganz ruhig: »Gehen Sie.«

Er hätte das schon vor Jahren sagen sollen. Er hätte es sagen sollen, bevor der Herr keuchend wie ein Ochse auf seiner Frau gelegen und bevor er zum nächstbesten, schweren Gegenstand gegriffen hatte.

»Lass sie in Ruhe«, brüllt Anton, und sein Arm fährt auf den Herrn nieder. Der rollt sich blitzschnell von Nina herunter. Die scharfen Kanten des Josef bohren sich tief in Ninas Schläfe. Ich kann meine Augen nicht vor der Katastrophe verschließen. Das Blut sickert durch Ninas helles Haar. Mir wird schwindelig.

Der Herr schüttelte den Kopf. »Nur mit dem Jungen.« Dann grinste er. »So ein Unfall, Anton … Das kann doch jedem Mann einmal passieren.«

Über Bastians Wangen liefen Tränen. »Ich will nicht zu dem Mann.« Er presste seine kleine Faust auf seinen Mund.

»Du wirst es gut bei mir haben. Du wirst in eine Privatschule gehen, bekommst ein Klavier, jeden Tag Pommes und Schokolade, und zum Geburtstag kaufe ich dir ein Fahrrad und einen Computer und …«

»Nein!« Antons Augen wurden schmal.

»Du machst einen Fehler, Anton. Bei mir hat Bastian eine Zukunft. Ich werde ihn wie mein eigenes Kind behandeln.«

»Verpiss dich«, raunte die Bergfrau, und Irmgard begann zu weinen. Von einer Christbaumkerze tropfte Wachs auf den Steinboden. Plitsch, plitsch, leise, monoton.

»Was meinst du, Bastian?« Der Herr beugte sich zu dem Kind vor. »Magst du zu mir kommen? Wir suchen die beste Klavierlehrerin und das schnellste Rennrad und …«

»Will kein Rennrad.« Bastian barg den Kopf an Antons Brust. Anton presste die Lippen aufeinander. »Warum gerade jetzt?«

»Aber Anton!« Der Herr hob die Hände. »Du bist am Ende! Haus und Werkstatt verfallen, die Angestellten gegangen … Das Wertgutachten liegt auf meinem Schreibtisch. Wusstest du das nicht? Von dem Erlös wirst du vielleicht«, er wiegte den Kopf, »ein Jahr zur Miete in einer Zweizimmerwohnung leben können. Und dann? Hartz IV? Das wirst du Bastian doch nicht antun wollen!« Fast zärtlich strich er über den Scheck. »So viel Geld. Alle Probleme wären gelöst.«

Der Herr zieht die Hose hoch, nimmt den Wollmantel. In der Tür dreht er sich noch einmal um. »Ruf den Notarzt«, sagt er. Später, im Morgengrauen, kniet Anton noch immer auf dem Boden und wiegt seinen Oberkörper vor und zurück. »Es tut mir so leid, mein Schatz, das habe ich nicht gewollt«, und sein Gesicht glänzt nass im ersten, spärlichen Licht, »er hat dich vergewaltigt, ich wollte dir doch nur helfen.« Sein Unterkiefer zittert unkontrolliert, irgendwann schläft er ein, murmelt im Schlaf immer wieder »Nina« und »Ich habe es doch nicht gewollt, mein Schatz«. In der Luft hängt der Geruch teuren Parfums.

»Du trägst die Verantwortung«, sagte der Herr zu Anton. »Eure Zukunft liegt in deiner Hand.«

»Gehen Sie.« Antons Worte waren ein heiseres Flüstern.

Der Herr zuckte mit den Schultern, steckte den Scheck ein und erhob sich gelassen. »Dann muss ich mich wohl an die Behörden wenden. Und wir müssen noch ein wenig Geduld haben, nicht wahr, Bastian?« Er streichelte dem Kleinen über den Kopf.

Bastians dünner Körper wurde vom Schluchzen geschüttelt.

»Du musst nicht weinen. Du und ich, wir werden jede Menge Spaß zusammen haben. Und wir besuchen auch deine Mama.«

»Gehen Sie!« Antons Augen blitzten wie zwei frisch geschliffene Hohleisen.

»Deine Mama wird sich freuen, wenn du sie besuchst.«

Bastian drehte sich um, immer noch eng an Anton gedrückt. »Mama ist tot. Du lügst!«

»Tatsächlich?« Die Augen des Herrn wanderten zwischen Vater und Sohn hin und her. »Hat dein Papa das behauptet? Nun, das macht nichts. Wenn du erst einmal bei mir bist, in der Stadt, zeige ich dir, wo die Mama wohnt.« Der Herr lächelte. »Sie hat es schön, dort, wo sie ist. Ein kleines Zimmer mit Bett, ganz weiß gestrichen. So weiß wie die Kittel der Leute, die sie pflegen.« Sein Lächeln gefror. »Sie braucht dich. Du könntest sie füttern und ihr den Speichel vom Kinn wischen, sie kämmen und im Rollstuhl durch den Park fahren.« Er deutete mit dem Kopf zur Tür des Stalls, in die große Scheiben eingelassen waren. Es schneite. »Natürlich nur im Sommer.«

Ende August bringt Anton das Baby mit nach Hause. Ich bin einer der Letzten, die noch hinter der Werkbank stehen. Die Gesellen sind gegangen. Wenn der Junge schläft, arbeitet Anton in der Schnitzerei. Er redet vor sich hin und schnitzt Teufelsfiguren und Gnome. Sie tragen die Gesichtszüge des Herrn. Wenn sie fertig sind, zerschlägt er sie mit der Axt. Als er eineinhalb Jahre alt ist, steht der Junge plötzlich auf wackeligen Beinchen in der offenen Tür. Er lacht, laut und glucksend, wie Nina es immer getan hat. Anton dreht sich zu ihm. »Pa pa«, sagt Bastian. »Pa pa.« Anton fällt vor ihm auf die Knie, schließt ihn in die Arme, weint. Am selben Abend schließt er die Tür der Schnitzerei für immer ab.

Bastian blickte zu dem Herrn hinauf. Seine Wimpern waren verklebt. »Du lügst«, flüsterte er.

Der Herr klopfte mit der Hand auf seine Brust, dort, wo die

Innentasche war. »Tut mir leid für euch mit dem Fest.« Er ging durch das Schweigen Richtung Tür.

»Warten Sie«, rief Anton.

Der Herr drehte sich um.

»Sie haben recht. Bastian ist … Er hat alle Möglichkeiten bei Ihnen.« Antons Stimme war brüchig. »Unterschreiben Sie den Scheck.«

Für paar Sekunden war es totenstill. Dann fuhr die Bergfrau hoch, die beiden Stühle fielen krachend um, und während sie »Du willst Bastian verkaufen?« donnerte, bellte Mädel los, Schorschs Faust krachte auf den Tisch, und er schrie: »Was bist'n du für'n verdammtes Arschloch!«

Der Herr setzte sich wieder und legte den Scheck vor sich hin. »Gute Entscheidung, Anton. Du wirst sie nicht bereuen. Und du solltest nicht versuchen, juristisch vorzugehen. Du hättest kaum eine Chance – und außerdem …« Er deutete mit dem Kopf zu mir.

Anton nickte. Er saß so dicht neben mir, dass ich seine Angst stärker zu riechen glaubte als das Luxusparfum.

Bastian sagte tränenerstickt: »Ich will nicht zu dem Mann, ich will bei Papa bleiben!«

Der Herr zog einen Füllfederhalter hervor.

Antons Unterlippe begann wieder zu zittern, und ich dachte, nein, bitte, mach dich nicht unglücklich, Anton, versuche nicht ein zweites Mal, ihn zu töten, denke an dein Kind …

Die Feder kratzte über das Dokument.

Der Schädel des Herrn splitterte unter meinen Händen.

»An deinen Händen klebt Blut«, sagt der Kommissar mit den weichen Gesichtszügen zu mir.

Ich antworte nicht.

Jenseits der Stalltür hat das Blaulicht aufgehört zu zucken, von Notarzt und Rechtsmediziner zeugen nur noch die Reifenspuren, die langsam unter der weißen Schneedecke verschwinden.

Der Bestatter schiebt den Sarg in den Leichenwagen, der seine Fracht aufnimmt wie ein großes schwarzes Tier seine Beute. Daneben steht die Bergfrau, die Taschen ausgebeult von den Zimtsternen, die sie noch schnell eingesteckt hat. Kauend verfolgt sie die Szene. Schorsch fährt mit dem Rollstuhl dicht an den schwarzen Mercedes heran, klopft gegen den Kühler und nickt anerkennend. Mädel schnuppert an den vielen Beinen und wedelt mit dem Schwanz. Irgendwo glüht eine Zigarette auf.

Anton steht etwas abseits. Seine Faust mit dem Scheck steckt tief in der Hosentasche. Neben ihm steht Bastian, eine viel zu große Wollmütze in die Stirn gezogen. Schneeflocken tanzen herab und setzen sich auf seine Schultern. Seine kleine Hand liegt in der von Anton.

Der Kommissar schaut hinaus. »Was meinst du?«, fragt er den Kriminaltechniker.

»Auf dem Josef sind nur die Fingerabdrücke des Holzschnitzers. Und der hat die Krippe mitgebracht und aufgebaut.« Er streift den weißen Overall ab und schließt einen großen Gerätekoffer.

»Ein harmloses Gerangel, ein unglücklicher Sturz auf die Krippe …« Auf der Stirn des Kommissars bildet sich eine senkrechte Furche, als er mich ansieht. »Und keiner weiß mehr, wie das Ganze angefangen hat?«

Die Rückleuchten des Leichenwagens werden zu immer kleineren roten Punkten, bis das Schneetreiben sie verschluckt. Die Menschen machen sich zu Fuß auf den Weg, ziehen in das Dunkel der Nacht hinaus, tragen ihre Last ein weiteres Jahr, wie die Tannen jetzt den schweren Schnee auf den Zweigen.

Der Kommissar dreht mich ein letztes Mal zwischen seinen Händen. Ein Schmunzeln umspielt seinen Mund. »Hundertzwanzig Zeugen können nicht lügen, nicht wahr, Josef?« Dann stellt er mich zurück in die Krippe, neben Maria und das Jesuskind. Sein Griff ist sanft. Ganz anders als Antons hartes Zupacken. Es hat sich genauso angefühlt wie damals, als seine schwieligen Finger sich zum ersten Mal um mich geschlossen haben.

Jesus lächelt mich an. Wahrscheinlich hätte ich genauso wie Anton gehandelt. Der Sohn, den man großzieht, das ist doch der eigene, sozusagen aus demselben Holz geschnitzt. Der ist doch heilig. Für ihn kämpft man. Sogar, wenn der Blutsvater der Herr ist.

EDITORISCHE NOTIZ

Der Krippenbau hat im Südschwarzwald eine lange Tradition und in den letzten Jahrzehnten eine beeindruckende Renaissance erfahren. Jahr für Jahr schmücken handgeschnitzte Krippen die weihnachtlichen Häuser, Kirchen und die berühmte Klosteranlage Sankt Trudpert im Münstertal. Berufskrippenbauer, wie der frei erfundene Anton einer ist, gibt es jedoch nicht. Die Münstertäler Krippenbauer sind heute eine lose Gruppe von Schnitzern. Ihre kunstvollen Figuren sind in Ausstellungen zu bewundern, bereichern den privaten Besitz des Freiburger Erzbischofs und wachen im Advent über den Chor des Freiburger Münsters.

Petra Busch, geboren 1967 in Meersburg, arbeitet als freie Autorin sowie als Texterin und Journalistin für internationale Kunden aus Wissenschaft, Technik und Kultur. Sie studierte Mathematik, Informatik, Literaturgeschichte und Musikwissenschaften und promovierte in Mediävistik. Ihre Arbeiten wurden mehrfach ausgezeichnet. Zuletzt erhielt sie für ihren psychologischen Kriminalroman *Schweig still, mein Kind* (Knaur) den renommierten Friedrich-Glauser-Preis für das beste Debüt des Jahres 2010. *Mein wirst du bleiben,* der zweite Roman um Hauptkommissar Moritz Ehrlinspiel und sein Team, erschien im Herbst 2011 (ebenfalls im Knaur Verlag).
Die Autorin lebt im Nordschwarzwald.
Mehr unter: www.petra-busch.de

SABINE THOMAS

Weihnachten unter Palmen

MÜNCHEN

Ein Weihnachtsdrama in 24 Sequenzen

I

Dienstag, 23. Dezember, kurz nach 12 Uhr Mittag, Weihnachtsmarkt am Rotkreuzplatz in München-Neuhausen, die Frisur sitzt. Aber vermutlich nicht mehr lange. Dicke Schneeflocken schwebten lautlos vom Himmel herab und verwandelten die Nymphenburger Straße in eine spiegelglatte Eisbahn. Ein Auffahrunfall vor dem berühmten Eiscafé Sarcletti legte den Verkehr komplett lahm. Und ich hatte bei allen möglichen Gewinnspielen angekreuzt, dass es in diesem Jahr garantiert keine weiße Weihnachten geben würde! Hätte ich doch lieber gewettet, dass ich wieder mal in letzter Minute losziehen würde, um panisch irgendwelche Last-Minute-Geschenke zu kaufen – diese Wette hätte ich haushoch gewonnen. Und wie jedes Jahr genehmigte ich mir erst mal einen Glühwein und ein Schoko-Bananen-Crêpe zur Einstimmung, bevor ich mich am 23. Dezember ins Weihnachts-Chaos stürzte. Während ich frierend auf die Crêpe wartete, piepte das Handy. Hektisch und mit steifgefrorenen Fingern wühlte ich im Dschungel meiner Handtasche. Jede Stunde erfuhr ich per SMS, welche Losnummern in der großen 100 000-Euro-Weihnachts-Tombola von *Radio Isaria* gewonnen hatten. Bisher Fehlanzeige …

2

Das Display leuchtete auf.

+++ DER HAUPTGEWINN DER WEIHNACHTS-TOMBOLA VON 100 000 EURO FÄLLT AUF DIE LOSNUMMER 448 977. HOLEN SIE IHREN GEWINN UNTER VORLAGE DES LOSES BIS SPÄTESTENS 24.12., 12 UHR, BEI RADIO ISARIA AB! +++

Mir wurde plötzlich heiß, trotz des eiskalten Windes, der zwischen den Weihnachtsbuden durchzog. Denn die Losnummer kam mir irgendwie bekannt vor … Mit den Zähnen zog ich die Handschuhe aus, brauchte mehrere Anläufe und kramte schließlich das zerknitterte Tombola-Los aus dem Portemonnaie hervor. Tatsächlich: 448 977! Der Hauptgewinn! Hunderttausend Euro! Ich! Das Ende aller Sorgen! Neues Auto! Urlaub! Weihnachten unter Palmen! Gleich morgen den Job kündigen!
Mit zitternden Händen und Herzklopfen stopfte ich das 100 000-Euro-Los zurück ins Portemonnaie. Ich würde sofort zu *Radio Isaria* fahren. Und dann: auf zum Weihnachtsshopping de luxe! Maximilianstraße statt Grabbeltisch!

3

Gerade als ich innerlich vor Freude einen Salto schlug und Glühwein und Crêpes zu einem der Stehtische balancierte, rempelte mich jemand von hinten an und riss an meiner Tasche. Heißer Glühwein schwappte über meine eiskalten Finger. Ich schrie auf, wirbelte herum und sah nur noch, wie ein Mann mit langem dunklen Mantel durch die Menge davonflitzte, mit *meiner* Handtasche – und dem 100 000-Euro-Los!

Sofort nahm ich die Verfolgung auf, rannte quer über den Weihnachtsmarkt, runter zur U-Bahn. Vollbepackte Menschenmassen quollen mir auf der Treppe entgegen. Ich sah gerade noch, wie der Taschendieb in die U-Bahn sprang und sich hinter ihm die Türen schlossen. Die U-Bahn fuhr ab.

Verzweifelt blickte ich mich um. Ich hatte nichts mehr, kein Geld, kein Handy, keine Auto- und Wohnungsschlüssel, und vor allem: Die 100 000 Euro waren futsch. Tränen stiegen mir in die Augen.

»Kann ich Ihnen helfen?«, fragte eine Stimme hinter mir. Ich schniefte und drehte mich um. Und mich traf fast der Schlag.

4

Es war ausgerechnet mein Nachbar, dem ich neulich beim Ausparken einen Kratzer in die lackierte Stoßstange gerammt hatte. Irgendwie hatte ich vergessen, einen Zettel an die Windschutzscheibe zu klemmen oder ihm Bescheid zu sagen. Ich wollte es tun, ehrlich. Ich spürte förmlich, wie ich rot anlief.

»Mir ist gerade die Handtasche geklaut worden. Alles ist weg.«
Er sah mich mitfühlend an. »Ausgerechnet an Weihnachten ...«, sagte er.

Kühler Wind aus dem Schacht kündigte die nächste U-Bahn an. Was sollte ich jetzt tun? Ich hatte ja nicht einmal eine Fahrkarte, um den Dieb zu verfolgen ...

»Brauchen Sie Geld?«, erkundigte sich mein Nachbar. Ich nickte beschämt. Wenn er wüsste! »Hier, damit kommen Sie über die Feiertage«, sagte er, drückte mir einen Fünfziger in die Hand und sprang in die U-Bahn. Ich sah ihm gerührt nach. Dennoch: Mit 50 Euro würde ich nicht weit kommen, von Geschenken gar nicht erst zu reden. Ich *musste* den Taschendieb finden!

5

Am Kiosk im Untergeschoss kaufte ich eine Telefonkarte. Dann suchte ich eine Telefonzelle und wählte meine eigene Handynummer. Nach dem fünften Klingeln meldete sich eine fremde Stimme. »Ja?«

Ich holte tief Luft. »Hier ist die Frau, die Sie gerade überfallen haben.«

Ich hoffte, dass er das Zittern in meiner Stimme nicht bemerkte. Klack. Verbindung unterbrochen. Ich drückte die Wahlwiederholung. Nach zwei Mal Klingeln ging er wieder ran. Er sagte nichts, atmete nur.

»Hier ist noch mal die Frau, die Sie überfallen haben. Sie können das Geld behalten und meinetwegen auch das Handy, aber die Tasche, das Portemonnaie und meine Schlüssel hätte ich gerne wieder. Bitte.«

Atmen. Im Hintergrund hörte ich eine Ansage. »IC 307 nach Hamburg-Altona. Abfahrt auf Gleis 13, bitte Türen schließen.« Er war also am Hauptbahnhof!

»Hallo?«, sagte ich. »Können wir uns treffen? Bitte! Ich verspreche auch, Sie nicht anzuzeigen!«

6

Er hatte einfach aufgelegt. Nicht mit mir! Ich kaufte eine MVV-Tageskarte und rannte wieder hinunter zum Bahnsteig, wo gerade die U-Bahn einfuhr. Genau fünf Minuten später keuchte ich die steilen Rolltreppen am Hauptbahnhof hoch. Mit etwas Glück würde ich den Taschendieb aufspüren. Als ich ihn vorhin anrief, stand er offenbar an Gleis 13. Würde ich ihn wiedererkennen? Er hatte dunkle Haare und trug einen langen dunklen Mantel. So wie ungefähr 100 000 andere Männer an diesem Tag, mal abgesehen von den Weihnachtsmännern.

Ich steuerte auf eine Telefonzelle zu und wählte erneut meine Handynummer. Diesmal hob er sofort ab, sagte aber wieder nichts.

»Bitte nicht auflegen! Hören Sie mir nur zu. Deponieren Sie meine Tasche einfach irgendwo in der Haupthalle. Ich rufe in zehn Minuten noch mal an. Okay?«

Ich lauschte. Er atmete. »Okay?«

Und dann kam wieder eine Durchsage. In Stereo. Via Handy und direkt über mir. Er war also ganz nah. Vor Schreck ließ ich den Telefonhörer fallen.

7

Schwer atmend blickte ich mich um. Der Handtaschenräuber musste ganz in meiner Nähe sein. Und mit ihm meine Tasche mit dem 100 000-Euro-Los der Weihnachts-Tombola! Ich tastete nach dem Telefonhörer, der neben mir baumelte.

»Sind Sie noch da?«, fragte ich, während meine Augen die Umgebung scannten. Gut, dass ich heute früh meine Kontaktlinsen eingesetzt hatte.

»Ich kann Sie sehen«, antwortete die Stimme.

»Prima«, gab ich zurück. »Dann können wir uns ja gleich treffen. Wo sind Sie?«

Irgendwie hatte ich ein sehr mulmiges Gefühl. Ich fühlte mich beobachtet. Wer jagte hier wen?

»Sie lesen gerne Krimis, nicht wahr?«, bemerkte er. Er hatte also schon meine Tasche durchwühlt und den Krimi entdeckt. Ohne Krimi ging ich weder ins Bett noch aus dem Haus.

»Ich schlage also vor, dass wir uns im Literaturhaus treffen«, fuhr er fort. »Ganz oben im Foyer. In genau zwanzig Minuten.« In diesem Moment ertönte bei ihm in Hintergrund die Durchsage: »Nächste Haltestelle: Karlsplatz-Stachus.«

Er hatte also geblufft. Und er hatte einen satten Vorsprung.

8

Am Marienplatz schlug mir der unnachahmliche Duft von Glühwein, gebrannten Mandeln, heißen Maroni und Bratwürsten entgegen. An jeder Ecke dudelte stimmungsvolle Weihnachtsmusik. Ich hatte mich so sehr auf den Besuch des Christkindlmarktes gefreut, auf die Krippen und geschnitzten Holzfiguren, auf Lametta und bunte Christbaumkugeln, aber jetzt hatte ich keinen Nerv dafür. Nur mein Magen knurrte unüberhörbar, als ich an den Buden mit den herrlichsten Leckereien vorbeikam. Ich lief durch die Theatinerstraße, durchquerte die weihnachtlich geschmückten Passagen der Fünf Höfe und erreichte völlig außer Atem das Literaturhaus. Würde er dort tatsächlich auf mich warten? Oder zumindest meine Tasche mit dem 100 000-Euro-Los?

Ich stieg in den Aufzug. Als die Türen zugingen, quetschte sich in letzter Sekunde ein Mann herein und drückte den Knopf für den dritten Stock. Langsam fuhr der gläserne Lift nach oben.

9

Ich warf dem Mann einen verstohlenen Blick zu. War er der Taschendieb? Größe und Haarfarbe kämen hin. Er trug allerdings weder Mantel noch Tasche. Aber das konnte auch ein Trick sein. Vielleicht hatte er die Beute schon anderweitig versteckt und wollte mich aus irgendeinem Grund in eine Falle locken und ... Mein Atem ging schneller. Der Lift glitt gerade durch das erste Stockwerk. In diesem Moment sah ich, wie ein Mann mit dunklem Mantel und meiner Tasche die Treppe runterlief. Der Dieb!

»Halt!«, schrie ich und trommelte gegen die Glastür. »Stehen bleiben!«

Ich drückte panisch alle Knöpfe. »Stopp! Ich muss hier raus!«

Der Mann neben mir blickte mich komisch an. »Kann ich Ihnen irgendwie helfen?«

Ich schüttelte den Kopf. Als sich die Glastüren im dritten Stock langsam öffneten, stürmte ich an ihm vorbei und flog förmlich die knarzende Holztreppe hinab.

10

Ich stürzte aus dem Literaturhaus und blickte mich schwer atmend um. In welche Richtung war der Dieb gelaufen? Einer Eingebung folgend überquerte ich den Salvatorplatz. Da! Er bog gerade bei Hugendubel um die Ecke. Ich beschleunigte meine Schritte. In der Theatinerstraße hatte ich ihn eingeholt. Er sah sich mehrmals nervös um und sprang in die festlich geschmückte Christkindltram, die zufällig gerade neben ihm gehalten hatte. In letzter Sekunde erreichte ich die Tram und versteckte mich im letzten Wagen hinter einem Weihnachtsmann, der Süßigkeiten an die Fahrgäste verteilte. Die Tram setzte sich ruckelnd in Bewegung. Ich beobachtete den Taschendieb, der im ersten Wagen Platz genommen hatte und sich offenbar in Sicherheit wähnte. Bei der nächsten Station würde ich in den ersten Wagen umsteigen und ihn lautstark auffordern, mir die Tasche zurückzugeben. Vorher würde ich den Fahrer unauffällig bitten, die Türen zu verriegeln und über Funk die Polizei zu rufen. Mein 100 000-Euro-Los war in greifbarer Nähe!

11

Am Lenbachplatz sprang der Dieb plötzlich aus der Tram und verschwand blitzschnell im Straßengewirr der Altstadt. Aber so leicht würde ich mich nicht abschütteln lassen! Ich verfolgte ihn weiter durch die Straßen, verlor ihn aus den Augen und landete schließlich atemlos am Platzl. Hoffentlich war er nicht im Hofbräuhaus untergetaucht! Zunächst suchte ich ihn im Hard-Rock-Café und bei Schuhbeck. Keine Spur. Dann beschloss ich, ihn noch mal von einer Telefonzelle aus anzurufen. Nach vier Mal Klingeln hob er ab.

»Warum sind Sie aus dem Literaturhaus geflüchtet?«, eröffnete ich das Gespräch.

»Sie waren nicht da, also bin ich wieder gegangen«, antwortete er. Es hatte wohl keinen Sinn, das auszudiskutieren.

»Wo sind Sie jetzt?«, fragte ich.

Er lachte. »Sie lassen wohl nicht locker, wie? Ich mache Ihnen einen Vorschlag: Wir treffen uns in genau einer Stunde am Isartorplatz vor dem Kino.« Und schon hatte er wieder aufgelegt.

12

Der Dieb hielt mich ganz schön auf Trab! Was sollte der Quatsch? Ich machte mich auf den Weg zum Isartorplatz. Diesmal würde er mir nicht entwischen! Im Café des Kino-Komplexes suchte ich mir einen Platz am Fenster und bestellte einen heißen Kakao. Langsam ging mein Geld zur Neige. Mehr denn je musste ich den Unbekannten überlisten, damit er mir die Tasche und das Portemonnaie mit dem 100 000-Euro-Los zurückgab! Ich war zu früh dran und blätterte nervös im Kinoprogramm. Vielleicht sollte ich jetzt schon die Polizei informieren. Würde der Dieb nicht sofort wieder abhauen, wenn er ein Polizeiauto oder Polizeibeamte entdeckte? Ich verwarf die

Idee und beschloss, den Fall auf andere Weise zu lösen. Sobald ich meine Tasche und das Los hatte, würde ich der Polizei eine detaillierte Täterbeschreibung zukommen lassen. Eine Stimme unterbrach meine Überlegungen. »Pardon, ist hier noch ein Platz frei?« Ich blickte auf.

13

Eine ältere Dame setzte sich mir gegenüber an den Tisch.

»Vielen Dank, dass ich mich zu Ihnen setzen darf«, sagte sie. Ich lächelte unverbindlich und blickte wieder aus dem Fenster. Noch zwölf Minuten bis zum vereinbarten Treffen. Ich hatte bereits bezahlt, und die Bedienung schaute immer wieder zu mir rüber. Vielleicht hätte ich doch mehr Trinkgeld geben sollen?

»Wissen Sie, es ist alles so hektisch. Trotz Weihnachten«, fuhr die Dame fort. Ich nickte abwesend und konzentrierte mich auf die Observation des Eingangs.

»Der Geist der Weihnacht ist völlig verlorengegangen«, fügte sie hinzu. »Früher war alles anders.«

Ich seufzte. Was sollte ich sagen? Weihnachten, das war für mich Geschenke auspacken und Plätzchen backen und der Tag, an dem die ganze Familie zusammenkam. Als Kind war es immer toll gewesen. Aber jetzt schien es so, als würde ich ein schwarzes Weihnachtsfest erleben, wenn nicht gleich ein kleines Wunder geschah.

Er kam nicht. Es war bereits zwanzig Minuten nach der vereinbarten Zeit. Ich beschloss, nicht länger zu warten, und verabschiedete mich von der älteren Dame, die mir inzwischen ihre ganze Lebensgeschichte erzählt hatte. Ich versuchte noch mal, Telefonkontakt zu dem Dieb aufzunehmen. So leicht würde ich nicht aufgeben! Aber er ging nicht mehr ans Telefon.

Mit der S-Bahn fuhr ich zur Donnersbergerbrücke und ging von dort aus nach Hause. Dort erwartete mich die nächste böse Überraschung: Die Hausmeisterin, die einen Zweitschlüssel für meine Wohnung besaß, war bereits in den Skiurlaub aufgebrochen.

Von einer Telefonzelle aus rief ich den Schlüsseldienst. Frierend wartete ich, bis er nach anderthalb Stunden endlich kam und innerhalb weniger Sekunden das Schloss aufgebrochen hatte. Ich war so erleichtert, wieder zu Hause zu sein, dass mir die horrende Rechnung in diesem Moment völlig egal war. Ich öffnete die Schreibtischschublade, in der ich noch einige Bargeldreserven aufbewahrte, und erstarrte vor Schreck: Das Geld war weg!

Ich blickte wie betäubt auf die leere Geldkassette. So viel Pech kann ein Mensch an einem einzigen Tag nicht haben, schon gar nicht an Weihnachten! Langsam dämmerte mir, was hier los war. Ich bekam eine Gänsehaut.

»Was ist jetzt mit meiner Bezahlung?« Der hauptberufliche Einbrecher vom Schlüsseldienst wedelte ungeduldig mit der Quittung.

»Ich – es tut mir leid, aber – ich fürchte, hier wurde gerade eingebrochen.«

Der Taschendieb hatte mich absichtlich durch halb München gehetzt, um in Ruhe meine Wohnung leer räumen zu können.
Der Schlüsseldienstmann stöhnte und knallte die Rechnung auf den Tisch. »Hier steht meine Kontonummer, aber wehe, Sie überweisen nicht innerhalb von 24 Stunden!«
Ich nickte müde. »Alles klar. Fröhliche Weihnachten.«
Er grunzte etwas Unverständliches und verließ die Wohnung.
Ich sah mich unbehaglich um.
»Minka?«
Die Katze kam zögernd unter der Couch hervor und maunzte kläglich. Ich hob sie hoch und ließ meinen Tränen freien Lauf.

16
Nachdem ich mich wieder einigermaßen beruhigt hatte, inspizierte ich die Wohnung gründlich. Außer dem Bargeld fehlte nichts. Im Gegenteil – der gestohlene Wohnungsschlüssel lag sogar mitten auf dem Küchentisch. Dummerweise fasste ich ihn an. Ausgerechnet ich, der größte Krimi-Fan überhaupt, benahm mich wie ein Anfänger und verwischte alle Fingerabdrücke und Spuren! Vielleicht sollte ich langsam mal die Polizei benachrichtigen, bevor ich noch mehr Unsinn anstellte. Ich rief die zuständige Polizeiinspektion 42 an und schilderte kurz den Fall. Der Polizist bat mich, nichts mehr anzufassen und zu Hause zu bleiben. Es könne aber noch Stunden dauern, bis die Kripo und die Spurensicherung bei mir eintreffen würden – heute sei Hochbetrieb.
Ich kochte mir eine heiße Ovomaltine, wickelte mich in eine warme Decke ein und wartete auf die Polizei. Neben mir auf der Fensterbank stand wie zum Hohn meine alte unverwüstliche Yucca-Palme. So hatte ich mir Weihnachten unter Palmen nicht vorgestellt!

17

Inzwischen war es dunkel geworden. Die Weihnachtsbeleuchtungen in den Fenstern der Häuser gegenüber blinkten um die Wette. Mir war trotzdem alles andere als weihnachtlich zumute. Aus den Resten im Kühlschrank hatte ich für mich und Minka ein kleines Abendessen zubereitet, nachdem Kripo und Spurensicherung ihre Arbeit erledigt hatten. Ich hatte mehrfach versucht, meinen Freund Florian anzurufen – vergeblich. Er war auf einer kurzen Geschäftsreise in New York und würde erst morgen Nachmittag wieder zurück nach München kommen, kurz vor der Bescherung bei meinen Eltern. Offenbar funktionierte sein Handy in den USA nicht, und ich hatte mir dummerweise den Namen seines Hotels nicht gemerkt. Ich hinterließ mehrere Nachrichten auf seiner Mobilbox. Dann wählte ich noch mal die Nummer meines eigenen Handys, das sich immer noch im Besitz des Räubers befand.

18

Keine Antwort. Die Mobilbox schaltete sich ein. Ich holte tief Luft.

»Ich hoffe, Sie hören diese Nachricht ab, bevor der Akku leer ist. Ich möchte Ihnen ein Angebot unterbreiten. Ein sehr gutes Angebot. Sie bekommen von mir einen sehr großzügigen Finderlohn. Sagen wir – fünftausend Euro. So viel ist mir die Tasche wert. Persönliche Erinnerungen, wissen Sie. Die Tasche ist ein Geschenk meines verstorbenen Großvaters ...«

Mein Großvater war quicklebendig, und ich hatte ein schlechtes Gewissen, dass ich ihn da mit hineinzog. Aber es ging nicht anders. »Rufen Sie mich bitte an. Egal wie spät es ist.«

Ich nannte meine Festnetznummer. Dann schaltete ich den Fernseher ein, zappte durch die Programme und blieb bei einer

Zirkus-Gala hängen. Mittendrin schlief ich ein. Weit nach Mitternacht riss mich das Telefon aus dem Schlaf. Mit Herzklopfen tastete ich nach dem Hörer. »Hallo?«

Stille.

»Hallo? Wer ist da?«

19

»Hier ist Ihr Alptraum«, raunte eine Stimme.

Ich war sofort hellwach. »Haben Sie meine Nachricht erhalten?«, rief ich. Er lachte. »Oh ja. Ihre herzzerreißende Geschichte von Ihrem toten Großvater. Wie rührend! Aber inzwischen habe ich Ihre Tasche mal etwas genauer unter die Lupe genommen. Und neben Ihrem spannenden Krimi habe ich noch etwas anderes Interessantes gefunden ... das Los der großen Weihnachts-Tombola von *Radio Isaria!*«

Ich schloss die Augen.

»Ach das Los – das ist nicht so wichtig«, brachte ich hervor. »Eine Niete ...«

»Eine Niete?« Er lachte laut. »Zufällig habe ich auch Ihre eingegangenen SMS gelesen. Sie haben den Hauptgewinn! 100 000 Euro! Abzuholen bis 12 Uhr am 24. Dezember! Sie haben noch genau 8 Stunden und 43 Minuten, um den Gewinn einzulösen. Ziemlich schäbig, mich mit schlappen 5 000 Euro abzuspeisen, finden Sie nicht? Ich will die Hälfte. Mindestens.«

Und dann legte er auf.

Ich zündete mit zitternden Händen eine Zigarette an und inhalierte tief. Ich Idiotin! Warum hatte ich vergessen, dass der Typ meine SMS-Messages lesen konnte? Ein Wunder, dass er selbst noch nicht auf die Idee gekommen war, den Gewinn einzulösen. Entweder hatte er es zu spät geschnallt, oder er hatte Angst, dass ich bereits den Sender informiert hatte und er bei Abholung des Geldes verhaftet werden würde. Ich griff zum Telefon und wählte die Nummer von *Radio Isaria*. Die Nachtmoderatorin meldete sich.

»Es geht um die Tombola«, sagte ich. »Ich bin die Gewinnerin.«

»Gratuliere!«, sagte die Moderatorin. »Dann kommen Sie bitte gleich morgen früh in den Sender. Wir müssen natürlich auch ein Interview mit Ihnen machen. Was haben Sie denn vor mit dem vielen Geld?«

Ich zog an der Zigarette. »Es gibt da ein Problem – das Los wurde mir nämlich gestohlen.«

Die Moderatorin lachte. »Tolle Idee! Sie sind bestimmt schon die Zehnte, die angeblich ihr Los verloren hat. Tut mir leid, ohne Los kein Gewinn. So einfach ist das. Trotzdem: fröhliche Weihnachten!«

Sie legte auf. Wutentbrannt wählte ich erneut die Nummer.

21

Der Radiosender glaubte meine Story nicht. Es blieb mir nichts anderes übrig – ich musste dem Räuber bei *Radio Isaria* auflauern, wenn ich ihn überführen wollte. Es sei denn, ich erreichte ihn vorher und hätte die Gelegenheit, mit ihm zu verhandeln. 50 000 Euro sind besser als nichts! Wieder rief ich ihn an.

»Ich habe nachgedacht«, sagte ich. »Wir machen den Deal. Fifty-fifty. Wo treffen wir uns?«

Er lachte. »Mooooooment. So easy geht das nicht. Woher soll ich wissen, dass Sie nicht die Polizei eingeschaltet haben?«

Ich zog an der Zigarette. »Sie müssen mir vertrauen. Ansonsten gehen wir beide leer aus.«

Er dachte kurz nach. »Das Risiko ist mir zu hoch. Ich will 80 000. Wenn schon, denn schon.«

Ich fiel fast in Ohnmacht. Andererseits waren 20 000 Euro immer noch eine Menge Geld – mehr, als ich in einem Jahr im Büro verdiente. Es piepte in der Leitung.

»Entscheiden Sie sich«, sagte er ruhig. »Der Akku ist gleich leer.«

»Einverstanden!«, schrie ich.

»Okay«, antwortete er. »Sie bekommen das Los. Ich habe es in einer der Telefonzellen im Untergeschoss am Marienplatz hinterlegt – im Telefonbuch A-K, auf Seite ...«

In dem Moment piepte es zweimal: Akku leer. Verbindung tot.

22

»Mist!«, fluchte ich und raste zum Marienplatz. Sämtliche Telefonzellen waren besetzt, lange Schlangen hatten sich davor gebildet. Eine Frau blätterte im Telefonbuch. Ich stürzte auf sie zu.

»Entschuldigen Sie bitte, ich habe etwas im Telefonbuch vergessen.«

Ich schubste sie beiseite und blätterte hektisch. Nichts! Schwer atmend blickte ich auf die Uhr. 11 Uhr 47. Mit fliegenden Händen durchblätterte ich alle Telefonbücher. Beim siebten Telefonbuch wurde ich fündig. Auf Seite 24. Ich schnappte das Los und rannte los. Noch 4 Minuten und 27 Sekunden bis zum Ende des Gewinnspiels. In 4 Minuten und 27 Sekunden würde ich um 100 000 Euro reicher sein!

23

24. Dezember, 12 Uhr, 2 Minuten und 18 Sekunden. Atemlos trommelte ich gegen die Eingangstür von *Radio Isaria*. Jemand hängte ein Schild in die gläserne Tür. GEWINNSPIEL BEENDET. FRÖHLICHE WEIHNACHTEN!

Ich wedelte aufgeregt mit meinem 100 000-Euro-Los, aber der Mann schüttelte nur bedauernd den Kopf, deutete auf das Schild und seine Armbanduhr und zog den Vorhang zu. Ich lehnte mich erschöpft gegen die Mauer und schloss die Augen. Alles umsonst! Alles weg! 100 000 Euro einfach weg! Keine Geschenke, nichts, niente, nada! Mein Traum von Weihnachten unter Palmen schmolz dahin wie die Schneeflocken auf dem Asphalt.

Ich stellte meinen Mantelkragen hoch und ging langsam Richtung Marienplatz. Es war deprimierend. Als hätte jemand einen Schalter umgelegt, war die Stadt plötzlich leer und einsam.

»Fröhliche Weihnachten!«, sagte plötzlich jemand hinter mir. Die Stimme kam mir irgendwie bekannt vor. Ich drehte mich langsam um.

24

Es war der Taschendieb! Er hielt meine Tasche hoch und grinste unbeholfen. Neben ihm stand mein Freund Florian. Ich sah zwischen den beiden hin und her. »Was geht hier ab? Ich denke, du bist in New York!«

Florian lachte. »Quatsch, ich war noch niemals in New York. Das war mein Weihnachtsgeschenk: ein personalisierter Live-Krimi! Ich dachte, dir macht so etwas Spaß. Weil du doch so auf Krimis stehst. Ich wollte dir nicht schon wieder eine Kiste mit Büchern schenken, du hast ja sowieso keinen Platz mehr in deinen Regalen. Und da habe ich jemanden vom Studentenservice engagiert, der dich überfallen sollte. Damit du selbst mal einen Krimi erlebst. War doch lustig, oder? Und dann noch der Hauptgewinn bei der Weihnachts-Tombola. 100 000 Euro! Der absolute Wahnsinn!«

Ich könnte ihn umbringen.

In dem Moment piepte Florians Handy. Das Display leuchtete auf. Er wurde kreidebleich.

+++ WEIHNACHTS-TOMBOLA VON RADIO ISARIA: HAUPTGEWINN WURDE NICHT ABGEHOLT – WIR SPENDEN 100 000 EURO FÜR EIN CHARITY-PROJEKT! +++

»Du hast doch das Los noch rechtzeitig eingelöst, oder etwa nicht?«

Ich schloss die Augen und küsste ihm eine Schneeflocke von der Nasenspitze. Weihnachten ist schließlich das Fest der Liebe. Oder?

Oder *nicht?*

Autorenvita

Sabine Thomas wurde sehr bekannt als TV-Moderatorin (TELE 5 u. a.) Sie hat einen preisgekrönten Roman (*Yaizas Insel*) und zahlreiche Kurzkrimis in Anthologien sowie Bildtextbände über Popstars wie Abba, Robbie Williams u. a. veröffentlicht, ist Herausgeberin von Krimi-Anthologien und schrieb Drehbücher für eine ARD-Krimiserie. Seit 2003 veranstaltet sie jährlich das Krimifestival München.

Mehr unter: www.sabinethomas.de

Volker Klüpfel/Michael Kobr

Stille Nacht, Kluftingers Nacht

Leutkirch

Das Gehen fiel ihm schwer.

Tief sackten seine Stiefel bei jedem Schritt in den schweren Schnee. Schon nach wenigen Metern ging sein Atem schnell, und im Mondlicht trug er ihn wie eine milchige Fahne vor sich her. Er blieb stehen und wischte sich mit seinen Handschuhen den Schweiß von der Stirn. Die Sonne war bereits seit über einer Stunde untergegangen, aber der Mond schien so hell, dass die Bäume Schatten warfen. Jetzt, da er stehen geblieben war, fiel ihm auch die Stille auf. Nur sein Keuchen war zu hören, alle anderen Geräusche schien der Schnee zu verschlucken. Er begann zu frösteln und setzte sich wieder in Bewegung. Noch etwa eine Minute stapfte er durch die Nacht, dann hielt er abrupt inne. Er hatte den Schatten gesehen und erkannt, dass er am Ziel war. Sein Opfer stand vielleicht noch fünfzig Meter von ihm entfernt, aber es gab keinen Zweifel, dass es der richtige war. Er sah sich um, um sicherzugehen, dass ihm niemand gefolgt war. Dann hatte er die Stelle erreicht. In seiner Manteltasche schlossen sich seine Finger so fest um das Holz, dass seine Knöchel weiß wurden. *Tu es,* rief er sich innerlich zu, *jetzt!* Sachte zog er das Werkzeug aus der Tasche. Für einen Moment brach sich das Mondlicht in der stählernen Klinge und warf einen blassen Lichtschein auf sein verschwitztes Gesicht. Er wog das Beil in seiner Hand. Es war schwer. Sein Herz schlug schnell, er holte tief Luft, hob den Arm und trieb die Klinge mit einem Krachen in den Stamm der Tanne. Unwillkürlich zuckte er zusammen: Er hätte nicht gedacht, dass er einen solchen Lärm verursachen würde. Sein zweiter Hieb war etwas zurückhaltender, auch der dritte und der vierte waren leiser. Beim fünften knackte es ein paar Sekunden, und die Tanne geriet ins Wanken, schwankte ganz leicht nach vorn, schien es sich dann aber noch einmal zu überlegen. Er duckte sich, doch der Baum änderte seine Richtung erneut und glitt mit einem Zischen der Äste, das klang, als würde eine Windböe hindurchfahren, sanft in den tiefen Schnee. Zufrieden betrachtete er sein Werk: Gut, der Baum war nicht besonders groß, aber ihn mit nur fünf Schlägen zu fällen, war für einen Mann seines Alters beachtlich. Er packte sein Werkzeug wieder weg, griff den Baum an der Stelle, an der er ihn mit der Axt durchtrennt hatte, und zog ihn vorsichtig durch den Schnee hinter sich her. Der Rückweg zu seinem Wagen kam ihm ungleich beschwerlicher vor als der Hinweg. Seine Oberschenkel brannten, und seine Schulter schmerzte. Er war froh, dass er die Rücksitze seines alten Passats, den er jetzt am Waldrand erblickte, bereits umgeklappt hatte, denn er schwitzte und wollte sich nicht länger als nötig in der Kälte aufhalten. In dem Moment, in dem er sein Auto erreicht hatte, zuckte ein greller Blitz vor seinen Augen auf. Kurzzeitig war er geblendet, und erst allmählich zeichneten sich hinter dem Lichtkegel die Umrisse zweier Menschen ab. Obwohl das gleißende Licht noch immer auf ihn gerichtet war, sah er, dass sie grüne Jacken trugen und auf dem Kopf eine Uniformmütze. Einer von ihnen seufzte tief und sagte dann: »Frohe Weihnachten, der Herr.«

Allmählich machte sich Erika ernsthaft Sorgen. Wieder schob sie den Vorhang des Wohnzimmerfensters zurück und lugte in den Hof. Kein Auto. Dabei war er schon über zwei Stunden weg, und längst war es dunkel geworden. Sicher, ihr Mann kam schon einmal später nach Hause. Als Kriminalkommissar in Kempten konnte er eben nicht immer pünktlich Feierabend machen. Aber heute? An Heiligabend? Er wusste doch, dass sie immer auf den Friedhof gingen, wenn es dämmerte. Das war fester Bestandteil ihres Weihnachtsrituals: Friedhof, danach bei seinen Eltern Bescherung, zu Hause Kässpatzen, anschließend Geschenke und allgemeine, tief empfundene Freude. Danach eine Runde Plätzle und Glühwein und schließlich mit einem Ächzen wegen des vollen Magens in die Christmette. Ob ihm irgendetwas passiert war? Die Straßen waren schneebedeckt und glatt. Nervös kaute sie auf ihren Fingernägeln herum. Ihr Streit fiel ihr wieder ein. Das war aber auch eine Zumutung gewesen, die sie nicht wortlos hatte hinnehmen können. Bestimmt ein Dutzend Mal hatte sie ihn gebeten, ihn ins Wasser zu stellen. Immer wieder hatte er versprochen, es »gleich morgen, bestimmt« zu erledigen. Als er den Christbaum, den sie schon Ende November so billig im Baumarkt erstanden hatten, nach seinem alljährlichen Heiligabend-Vormittag in der Stadt – an dem er, das wusste sie, auch wenn er es nie sagte, immer noch ihr Weihnachtsgeschenk besorgte – aus der Garage geholt hatte, um ihn zu schmücken, hatten sie die Bescherung gehabt: Wie immer hatte sie gespannt gewartet, bis er das Netz aufschneiden würde, das die Äste zusammenhielt, hatte sich auf den großen Moment der Enthüllung und den sicherlich schönen Baum gefreut. Doch was dann passiert war, hatte ihr die Tränen in die Augen getrieben: Als die Äste mit einem Schnalzen nach außen schnellten, erhob sich ein leises Prasseln, und einen Atemzug später war das Wohnzimmerparkett von Tannennadeln übersät, während vom Baum nur noch ein dürres, braunes Gerippe mit ein paar traurigen Nadeln übrig geblieben war. Man müsste ihn nur geschickt drehen, dann würde er wie neu aussehen, hatte Kluftinger nach ein paar Sekunden ungläubiger Stille noch versichert. »Entweder dieser Baum oder ich«, hatte Erika darauf mit zitternder Stimme geantwortet. Ein Satz, der ihr jetzt schrecklich leidtat. Wenn bloß nichts passiert war. Vielleicht hatte sie ja auch überreagiert. Wenn er nur käme. An Weihnachten mussten doch alle zusammen feiern. Notfalls auch ohne Christbaum.

»Glauben Sie mir, ich bin ein Kollege!«

»Natürlich, Herr Kollege. Drum haben wir Sie auch mit einer Axt und einer Tanne im Schlepptau nachts im Wald aufgegriffen. Da treffen wir Polizisten uns ja regelmäßig.« Die zwei Beamten sahen sich an und grinsten. Der ungeliebte Weihnachtsdienst schien abwechslungsreicher zu werden, als sie befürchtet hatten. »Wenn ich es Ihnen sage. Ich bin bei der Kripo Kempten. Hier in Leutkirch wissen Sie halt nichts über mich, aber in Kempten bin ich der Polizei bekannt.« Kluftinger horchte seinen Worten nach und fand, dass sie in dieser Situation wenig entlastend klangen. Wieder sahen sich die Beamten an, und der kleinere von beiden hob misstrauisch eine Augenbraue. »Wissen Sie was? Dann zeigen Sie uns doch einfach Ihren Dienstausweis«, sagte er. »Ja meinen Sie, ich nehm meinen Dienstausweis mit, wenn ich nachts im Wald …« Kluftinger stockte. Er lief knallrot an und fuhr fort: »Ach, lassen Sie mich doch einfach mit meiner Frau telefonieren. Sie kann mir meinen Ausweis bringen.«

»Geben Sie mir die Nummer, ich ruf an. Obwohl ich nicht glaube, dass wir damit weiterkommen. Aber heut ist ja Weihnachten …«

Kluftinger saß auf der Bank vor dem Tresen des großen Büros wie ein armer, bußfertiger Sünder. Hätte er doch nur diesen saudummen Baum in einen Wasserkübel gestellt. Hätte er nur einmal auf Erika gehört. Hätte er … Die Tür ging auf. Erika betrat den Raum, sichtlich aufgelöst, blass und nervös. Trotzdem erschien sie ihm wie ein Engel. Seine Andacht erstarb jedoch schnell, als nach ihr Annegret Langhammer, ihre beste Freundin, hereinkam. Für ein paar Sekunden hielt er die Luft an, dann entspannte er sich wieder. Er war nicht dabei, Gott sei Dank. Dr. Schlaumeier mit seinen guten Ratschlägen hätte Kluftinger jetzt auf keinen Fall ertragen. Auf Annegrets Mann, den Altusrieder Arzt und sein Intimfeind, konnte er in dieser kompromittierenden Situation ganz gut verzichten. »Da bist du ja! Bist du verletzt? Ich hab gleich die Annegret angerufen, du hast ja das Auto mitgenommen, wir sind sofort hergekommen, was ist denn passiert?« Erika sprach, ohne Luft zu holen. Kluftinger wusste gar nicht, wo er mit einer Erklärung hätte anfangen sollen. Und so beschränkte er sich auf ein »Nix passiert. Danke fürs Kommen. Und jetzt bitte den Ausweis.« Verwirrt reichte Erika ihrem Mann das Dokument, das er siegessicher an die Polizisten weitergab. Der große, hagere Beamte nahm ihn entgegen und bekam große Augen: »Entschuldigen Sie, Herr Hauptkommissar. Sie sind also tatsächlich der Kluftinger. Schon viel von Ihnen gehört …« Er hielt inne, da erneut die Tür aufging. Kluftingers ohnehin roter Kopf hätte nun im Dunkeln geleuchtet, denn was er sah, ließ seine Backen glühen: In der Tür stand grinsend, in einen Daunenmantel gehüllt, der aussah, als habe man ihn aufgepumpt, mit riesigen Antarktis-Überlebensschuhen und gekrönt von einer Pelzmütze, Dr. Martin Langhammer. »Ho, ho, ho«, polterte er mit tiefer Stimme. »Von drauß' vom Walde komm ich her, das Auto korrekt geparkt nun wär!« Kluftinger verzog das Gesicht. Bevor er etwas sagen konnte, mischte sich aber der kleine Polizist ein. »Wobei, eigentlich tut das alles nichts zur Sache. Sie haben sich illegal einen Baum verschafft. Polizist hin oder her. Ein Delikt, das wir verfolgen müssen.« Schnell blickte Kluftinger zu Langhammer, der sich neben Annegret und Erika gestellt hatte und ihn mit einem überlegenen Grinsen bedachte. Nie würde Kluftinger diesen Ausdruck in seinem Gesicht vergessen. Hilfesuchend blickte der Kommissar zum anderen Polizisten. Der hatte schließlich schon viel von ihm gehört. »Also … sicher hat der Herr Kluftinger eine gute Erklärung für sein Handeln, nicht wahr?«, warf der ihm tatsächlich einen Rettungsanker zu, den er sofort ergriff. »Äh … ja genau. Hab ich, hab ich. Also … ich … äh … ein Bekannter von mir, aus Altusried, der hat mich also gebeten, noch schnell einen Baum bei ihm im Wald zu schlagen. Für unser … Kinderheim. Eine milde Gabe, wissen Sie?«, log Kluftinger, und zu seinem eigenen Erstaunen gewann er dadurch wieder etwas Sicherheit zurück. Vor allem als er sah, dass Langhammer auf einmal schuldbewusst den Kopf senkte. Im gleichen Moment fuhr ein Stoßgebet aus der Leutkircher Polizeistation gen Himmel: Verzeih mir, liebes Christkind, dass ich an deinem Ehrentag so lügen muss! »… ja, und dann … und dann hab ich mich irgendwie verlaufen. Ich hatte ja den Baum und konnte nicht schnell gehen.« Kluftinger steigerte sich immer mehr in seine Geschichte. »Die Dunkelheit brach herein. Nach langem Suchen sah ich dann Ihr Licht. Gott sei Dank.«

»Siehst du?«, sagte der Beamte schließlich, indem er seinem Kollegen auf die Schulter klopfte. »Hat alles eine logische Erklärung, Alwin!« Und Alwin widersprach nicht, sondern zerriss das Formular, auf dem er den Fall bereits notiert hatte. »Gut, dann packen wir's mal wieder in Richtung Heimat, oder?«, sagte Kluftinger. Seine Frau schien nicht zu wissen, ob sie lachen oder weinen sollte. »Ich hol schon mal den Wagen«, bot Langhammer an und verschwand aus der Tür.

Wenige Minuten später kehrte er zurück, allerdings weniger gut gelaunt als beim ersten Mal. Er wirkte sogar richtiggehend blass, fand Kluftinger. Der Doktor blieb eine Weile im Türrahmen stehen und machte ein betretenes Gesicht. Er spielte nervös mit seinen Händen, dann sah er zu Annegret und sagte kleinlaut: »Die Schlüssel …« Seine Frau verstand nicht, ebenso wenig wie Kluftingers und die beiden Polizisten. »Ich, ähm«, er räusperte sich, » … also ich hab die Schlüssel wohl im Auto, quasi – liegen gelassen.« Annegret ließ sich in einen Stuhl fallen und seufzte: »Auch das noch!« Schnell war Langhammer bei ihr und beeilte sich hinzuzufügen: »Aber ich habe den Mercedes-Dienst schon verständigt. Die werden jeden Moment hier sein.«

»Wann?«, war alles, was seine Frau erwiderte. Langhammer murmelte etwas Unverständliches. »Wie bitte?«, hakte seine Frau nach. Widerwillig wiederholte Langhammer: »In einer Stunde etwa. An Weihnachten sind sie nicht so gut besetzt. Da würden sie sonst eh nicht gebraucht.« Es kostete Kluftinger große Mühe, sein Grinsen, das nun mit aller Gewalt ans Licht wollte, zu unterdrücken. Es war ihm, als höre er einen himmlischen Chor »halleluja« singen. Er blickte zur Decke und flüsterte: »Danke, Christkind!« Es hatte ihm die Sache mit der kleinen Notlüge also nicht übelgenommen. Doch sein Triumphgefühl hielt nicht lange an. Das Schluchzen seiner Frau holte ihn wieder auf den Boden der Tatsachen zurück. »Was ist denn, Erika?«, fragte er besorgt und legte unbeholfen den Arm um sie. »Na, das sind ja schöne Weihnachten. Hier auf der Polizei … Und unser Sohn ist ganz allein daheim und … und …« Der Rest des Satzes ging in einem Wimmern unter. Kluftinger blickte zum Doktor, der ihn mit einem strafenden Blick bedachte. Offenbar gab er Kluftinger die Schuld an der ganzen Misere. Doch auch auf Langhammers Gesicht legte sich schnell ein sorgenvoller Ausdruck, als Annegret, offenbar von Erika angesteckt, ebenfalls in ein herzerweichendes Jammern ausbrach. Ratlos blickten sich die Ehemänner an. Auch die beiden Polizisten standen hilflos und von der Situation offensichtlich überfordert mit hängenden Schultern hinter dem Tresen. Erika schien sich als Erste wieder zu fangen und flüsterte leise, bevor sie erneut in Tränen ausbrach: »Nicht einmal einen Baum haben wir.« Dann war der Raum sekundenlang nur vom Wehklagen der beiden Frauen erfüllt. Ihre Ehemänner versuchten vergeblich, durch Handauflegen ihre Gattinnen zu beruhigen. Ihnen war die Situation merklich unangenehm. Plötzlich durchbrach eine Stimme das Schluchzen der Frauen. Und sie sprach: »Das ist so nicht ganz richtig.« Alle Köpfe ruckten herum. Der kleinere der beiden Polizisten, der die Worte gesagte hatte, lief rot an. Nur das Radio, in dem heute Abend unablässig Weihnachtslieder liefen, quäkte leise »O du fröhliche« in die gespannte Stille. Der Polizist deutete mit dem Kopf in Richtung Ausgang. Dort stand, an die Wand gelehnt, noch immer der kleine Tannenbaum, den Kluftinger vor kurzem gefällt hatte. »Ich mein ja nur, wegen Ihrer Frauen«, erklärte der Beamte, und es war ihm anzusehen, dass er bereit war, einiges für ein Ende des Weinkrampfes zu tun.

Etwa zwanzig Minuten später saßen sie im Halbkreis um einen Schreibtisch herum, auf dem nun der Baum stand. Sie hatten das Licht etwas gedimmt und richteten ihre Augen ergriffen auf die Tanne, deren Zweige mit einer rot-weißen Flatterleine mit der Aufschrift »Polizeiabsperrung« und einigen Papierschlangen aus dem Reißwolf als Lamettaersatz geschmückt waren. Daneben brannten die Kerzen eines Adventskranzes. Und als einer der Polizisten plötzlich begann, leise eines der Weihnachtslieder im Radio mitzusingen, stimmten sie nacheinander alle mit ein: »Die Kinder stehn mit hellen Blicken, das Auge lacht, es lacht das Herz, o fröhlich seliges Entzücken! Die Alten schauen himmelwärts …« Zufrieden nahm Kluftinger wahr, wie sich seine Frau bei ihm unterhakte und ihre Wange an seine Schulter schmiegte. Sie seufzte erleichtert. Als er ihr einen Kuss auf die Stirn gab, flüsterte sie ihm ergriffen ins Ohr: »So ein schöner Baum …«

AUTORENVITEN

Volker Klüpfel, geboren 1971 in Kempten, aufgewachsen in Altusried, studierte Politologie und Geschichte. Er ist Redakteur der Kulturredaktion der *Augsburger Allgemeinen* und wohnt mit seiner Familie in Augsburg.

Michael Kobr, geboren 1973 in Kempten, studierte Romanistik und Germanistik, arbeitet heute als Lehrer und wohnt mit seiner Frau und seinen Töchtern im Allgäu.

Friedrich Ani

Die Geburt des Herrn J.

Maibach

»Das musste jetzt mal sein«, sagte Carl Jeckel am Tresen der Gaststätte Postgarten in Maibach, einem 3000-Einwohner-Ort im Schatten der Voralpen. Am Stammtisch brannten die vier roten Kerzen des Adventskranzes. Der Wirt, Leonhard »Hardy« Beck, blickte weniger gästeverachtend als gewöhnlich drein, und Monika, die mit ihren Hektikattacken auch den geduldigsten Gast brutal nervende Bedienung, hatte ihren freien Tag. Das Leben aus der Sicht von Carl Jeckel hätte an diesem vierten Advent kaum besser sein können.

»Musste sein«, wiederholte Jeckel.

Hardy nickte. Er war dreiundsechzig, seit mehr als dreißig Jahren Wirt und konnte sich nicht erinnern, jemals einem seiner Gäste mehr als fünf Sätze zugehört zu haben, inklusive seiner Stammgäste wie dem Jeckel Charly, dessen Redseligkeit nach Überzeugung des Wirts eine einzige Redunseligkeit war, besonders an Sonntagen.

Heute war Sonntag und Jeckel seit halb elf auf seinem Platz, und nichts deutete darauf hin, dass er seinen Hocker vor acht Uhr abends verlassen würde.

»Du kennst ja meinen Vater«, sagte er zum Wirt, zum Tresen, zu der Ansammlung von Gläsern auf dem abgeschabten Holzregal, zu seinem Weißbierglas. Weder Mensch noch Ding hörte ihm zu. »Er redet nicht viel, hockt beim Essen, schaufelt in sich rein, und meine Mama verzweifelt an ihm. Seit fünfundzwanzig Jahren. War übrigens nett, die Feier, die du zu ihrer Silberhochzeit ausgerichtet hast, hab ich dir das schon gesagt? Hab ich mich schon bedankt, die Zeit vergeht so schnell. War wirklich nett bei dir, war ja zu erwarten.«

Der Wirt nickte, die Gläser im Regal standen Kopf vor Begeisterung, das Weißbierglas salutierte.

»Schon wieder zwei Wochen her, der zweite Advent.« Er trank einen Schluck, und die Wahrheit schäumte ihm über die Lippen. »Jedenfalls, du kennst ja die Geschichte, er beschwert sich ständig über die Arbeit vom Paul, und der Paul lädt seinen Frust bei mir ab und wirft mir vor, ich würde meinen Laden schlecht führen und mich nicht kümmern. Mich nicht kümmern! Sepp-da-Depp. Wenn sich einer kümmert, dann ich. Ist das nicht so? Ich hab extra sonntags geöffnet, damit die Leute, die auf den Friedhof gehen, frische Blumen mitbringen können. Ist das nicht so? Seit wie lang hab ich mein Geschäft am Sonntag auf? Sag's mir, Hardy. Sag auch mal was, los.«

Hardy sagte: »So ist das.«

»Und das ist die Wahrheit, Herr Barheit. Aber bei uns lädt jeder seinen Müll beim anderen ab. Das war früher schon so, in der Kindheit, du weißt das, du kennst unsere Familie, deine Frau hat bei uns in der Gärtnerei eingekauft, später auch in meinem Laden noch. Die Gärtnerei hatte ihre kritischen Phasen. War das nicht so? Was sagst du? War das nicht so?«

Hardy sagte: »So war das.«

»So und nicht anders. Sepp-da-Depp. Und ich sitz am Tisch, zwischen meiner Mama und meinem Vater und hör mir das Gezeter an. Gezeter ist gut gesagt. Gebrüll und Gemüll.«

Jeckel lachte, allerdings so kurz, dass weder der Wirt noch die Männer am Fensterplatz einstimmen konnten. Jeder der beiden Gäste saß am eigenen Tisch, Wilhelm »Bremser« Bertold und Roland Fuchs kannten sich gut, aber wenn sie in den Postgarten gingen, vermieden sie übertriebene Gesten der Freundschaft. Bremser war Frührentner, früher bei der Berufsfeuerwehr in München gewesen, Fuchs arbeitete seit knapp vierzig Jahren auf dem Postamt, höhere Ziele hatte er nie gehabt, irgendwann wäre er beinah Dienststellenleiter geworden, und die Gründe, die seinen Karrieresprung verhindert hatten, lagen im Dunkeln, und dort sollten sie auch bleiben.

»Was für eine Kindheit, oder, Hardy? Ich hasse Maibach. Hab ich dir das schon mal so deutlich gesagt? Ja? Nein? Ich hasse Maibach, seit ich geboren bin. Ich war ein lausiger Skifahrer, erinnerst dich? Schuss runter, fertig. Im Sommer schwimmen in diesem verseuchten See. Damals hatten wir noch keine Ringkanalisation, das waren noch Zeiten. Und was mach ich heut? Verkauf Blumen. Und wenn ich tot bin, bin ich immer noch umzingelt von Blumen. Dann ist's aus mit dem Blumeneinkauf am Sonntag, so blöd wie ich ist niemand. Abgesehen davon, dass mein Laden dann nicht mehr existiert. Darf ich dir ein Geheimnis anvertrauen? Ich wollte zusperren. Die Sache hat sich dann erledigt. Vor drei Jahren war das. Und dann? Was dann? Sag was. Dann war ich so blöde, mit meinem Bruder darüber zu reden. Und du kennst den Paul, du kennst diese Arschgeige von Bruder. Der hat sich seit seinem elften Lebensjahr nicht verändert, auch im Hirn nicht. Besonders im Hirn nicht. Im Hirn hat der einen Fußball ohne Luft. Da bewegt sich nichts. Und ich geh auch noch zu dem hin und sag: ›Ich muss mit dir reden.‹ Bin ich irre geworden? Was meinst du, Hardy? Ende der Fahnenstange? Die Maibach-Pest? Das Dorftrottel-Syndrom. Sepp-da-Depp. Geh ich zu meinem Bruder und will mit dem ein ernsthaftes Gespräch führen. Wer ist jetzt der Debilere von uns zweien? Wer ist in dieser Runde der Megadebile? Sag mir das, sag's mir.«

Hardy sagte: »Schwer zu sagen.« Zwischendurch brachte er dem Bremser ein frisches Dunkles und Fuchs eine Rotweinschorle.

»Wir sind zu dir gekommen, weißt noch, oder? Saßen da bei der Tür – denkwürdiger Abend. Paul hörte mir zu, dann grinste er mich an, wie schon als Kind, schlug mir auf die Schulter, bestellte zwei Enzian, grinste weiter, als hätte er eine Gesichtslähmung, schob mir den Schnaps hin, trank seinen aus und sagte: ›Träum weiter, Bruderherz.‹ Soll ich dir verraten, seit wann ich diesen Spruch kenne? ›Träum weiter, Bruderherz.‹ Den hat der zu mir gesagt, da war er elf und ich acht. Ich schwör's dir, Hardy.«

Hardy stellte ein weiteres Weißbier vor Jeckel auf den Tresen und sagte, als meine er es ernst: »Zum Wohl.«

Augenblicklich tunkte Jeckel seinen Mund in den Schaum, hob dann das Glas und kippte es. Erfüllt von nährstoffreicher Hefe, setzte er seine Ansprache fort, fast beschwingt, mit gelegentlich von der Theke froschartig weghüpfenden Händen, die er danach wieder um das Glas legte, wie zur Beruhigung des Weißbiers.

»Dieser Mann ist ein angepasster Wurm, der ist innerlich aus seiner Muttererde nie rausgekommen. Begreifst du mich? Das ist mir plötzlich klargeworden, da hinten bei der Tür. Kannst du dir so was Ungeheuerliches vorstellen? Ich sitze bei dir an einem Montagabend, gemeinsam mit meinem hirnverwesten Bruder, trinke Schnaps und habe eine Erkenntnis. Und die Erkenntnis lautet: er der Wurm, ich der Schmetterling.«

Er senkte den Kopf. Dann machte er eine schnelle ausholende Handbewegung, verharrte, riss den Kopf in die Höhe. »Ich wiederhole das jetzt nicht. Damit du nicht denkst, ich schnapp über oder mach mich wichtig. War nur ein Gedanke. Aber eine Erkenntnis schon auch. Mein Bruder hat mit fünfzehn beschlossen, er wird Gärtner wie unser Vater und die Gärtnerei übernehmen, im Dorf bleiben, heiraten, Kinder kriegen, sich im Einheimischenmodell einkaufen und ein schönes Leben haben, arbeitsam, aber schön. Wie ist's gekommen? Genau so. Er hat's hingekriegt, hat seine Lehre gemacht, stieg in den Betrieb ein, expandierte, belieferte irgendwann sämtliche Pfarreien im Landkreis, vielleicht nicht alle, aber die meisten, freundet sich mit Bürgermeistern an, wickelt Geschäfte mit Rathäusern und Standesämtern ab, cleverer Bursche, der Paule. Und ich?

Was mach ich? Ich geh zur Polizei. Du weißt das, große Sache: Der Charly trägt jetzt eine Uniform, war schon was. Polizeiobermeister. Ich wollt später nach München, zur Kripo. Da schaust du. Das habe ich für mich behalten. Hab eh das meiste im Leben für mich behalten, was geht das die Arschgeigen an. Was? Sag's mir. Sag was.«

Hardy sagte nichts, legte dafür viel Ausdruck in seinen Blick. Jeckel empfand Zufriedenheit und Geborgenheit.

»Das war der Plan. Gehobener Dienst, raus aus Maibach und nie mehr zurück. Was erleben. Ist das verboten? Wie hört sich das in deinen Ohren an? Gut hört sich das an, selbstverständlich gut. Hat sich dann nicht ergeben, kommt vor. Sepp-da-Depp. Sagt dieser Blödmann von Bruder zu mir: ›Träum weiter, Bruderherz.‹ Ich hab zu ihm gesagt, zu meinem Fünfzigsten ist Schluss mit dem Laden in der Bahnhofstraße, soll ihn die Evelin übernehmen, hab ich zu ihm gesagt, die Evelin und ihr Mann, die kriegen das hin, das wird sich für die beiden lohnen. Und ich bin weg. Er fragt mich, was ich vorhabe, und ich sage: Berlin. Schaut er mich dermaßen blöde an, dass ich dachte, er brunzt gleich aus der Nase. Berlin. Als hätte ich einen Fluch ausgesprochen, verstehst du? Was ist schlimm an Berlin? Ich geh in die Hauptstadt, sage ich zu ihm, und dann schauen wir mal. Er fragt mich, ob ich spinne, ich sag zu ihm: ›Wenn hier einer spinnt, dann du, und zwar seit der Kindheit.‹ Er wurde langsam wütend. Erinnerst du dich? Da hinten saß er, an der Wand, mit dem Gesicht zu dir, sensationell verwirrt. Auf meinem Konto sind achtunddreißigtausend Euro, die haben sich angesammelt im Lauf der Jahrhunderte, die ich jetzt hier leb. Die reichen eine Zeitlang, was meinst du? In Berlin kann man billig durch den Alltag kommen, davon hat der Gärtner natürlich keine Ahnung, dem mangelt's vollständig an Vorstellungskraft. Der Paul hat die Phantasie eines Aschenbechers. Das weißt du so gut wie ich. Der Paul hat seine Birgit zu Haus sitzen, die kocht und hält das Haus in Ordnung, und seine zwei

Buben schreiben gute Noten und fahren Ski im Winter und gehen im Sommer tauchen, oben im Kolbsee. Mehr braucht er sich nicht vorzustellen. Sagt er zu mir, was das werden soll mit dem Weggehen, ich hätte ja schon als Polizist auf ganzer Linie versagt. So reden die über mich, seit jeher. Ich hab damals aber nicht versagt, das weißt du so gut wie ich. Ich war auf Streife, und wir fuhren ganz Bad Hochstädt ab, die Einkaufsstraßen, wegen der Einbrüche in letzter Zeit, und da ist plötzlich ein Lichtschein in der Jugendherberge, obwohl die eigentlich geschlossen war, und ich sag zum Haberl Werner, wir müssen rein, nachsehen, der Werner zögert noch, da knallt ein Schuss, wir aus dem Wagen, vorsichtig näher ans Objekt, wieder ein Schuss, wieder ein Lichtschein, unübersichtliche Situation, war doch alles nicht abzuschätzen, Sepp-da-Depp, was hätt ich machen sollen? Hätt ich warten sollen, bis der einen von uns abknallt? Kein Mensch wusste, was der für eine Waffe im Dunkeln auf uns richtet, es war Mitternacht, oder etwa nicht? War das vielleicht taghell? War da was zu sehen? Sag was. War da was zu erkennen in dem Haus? Nichts. Dann taucht das Gesicht hinter dem Fenster auf, und der Schein der Taschenlampe leuchtet, und ich seh die Pistole und dann? Was hättst du denn getan? Was hättst denn du getan, Bremser? Und du, Fuchsi? Ihr hättet alle dasselbe getan wie ich. Geschossen. Was denn sonst? Notwehr. Im Dunkeln. Der Einbrecher richtete eine Waffe auf uns, den Haberl und mich. Ein Schuss. Hinterher schreiben die Journalisten, ich hätt das realisieren müssen, dass der Junge bloß eine Schreckschusspistole hatte, das hätt ich hören müssen, ich hätt das merken müssen, dass nirgends eine Kugel einschlägt. Dass der bloß blufft. Hinterher haben alle Augen im Dunkeln und sehen alles und wissen alles und sind clever, wie mein Bruder. Auf der ganzen Linie versagt. Stimmt. Er hat recht. Die haben doch recht seit jeher, findest du nicht? Ich find schon. Rechter hat kein Mensch. Keine Anklage, klare Notwehrsituation. Die haben demonstriert in Bad Hochstädt, gegen mich, hast du das vergessen? Kann man nicht vergessen, die haben den Rechtsstaat beschimpft, die Justiz, uns alle. Die Eltern des toten Jungen vornweg. Er war siebzehn, er hatte eine Pistole, ich war im Dienst, da waren die Einbrüche in den vergangenen Monaten, der Schaden ging in die Hunderttausende, wir sollten patrouillieren, schauen, dass die Serie endlich aufhört, wieder für Ruhe sorgen, dafür wurden wir bezahlt. Kapierst du das, Hardy? Ist das angekommen in diesem deinem Gehirn? Sehr gut. Im Gehirn meines Bruders ist nämlich nichts angekommen, nie, und im Gehirn meines Vaters und meiner Mutter genauso wenig. Wenn ich denen erzählt hätte, dass ich zur Kripo will, hätten die gewiehert.«

Er wartete, bis der Wirt das frische Glas hinstellte, und packte ihn dann am Handgelenk. »Raus aus der Polizei, rein ins Geschäftsleben. Also doch noch. Sepp-da-Depp, so kommt's im Leben manchmal. Ich hab meinen Laden nicht zugesperrt, aber nicht, weil mein Bruder so gequatscht hat, garantiert nicht. Ich hab meinen Laden nicht zugesperrt, weil's mir egal war, das alles. Das ist die Wahrheit, Herr Barheit. Totale Egalheit da drin. Und in vier Tagen ist Weihnachten. Sehr schön. Fehlt nur noch der Schnee. Wahrscheinlich fällt der Schnee heuer aus, die Klimaerwärmung ist schuld. Oder der liebe Gott. Oder du. Oder du, Bremser. Ausgebremst. Ich muss jetzt nachdenken.«

Er verstummte, und der Wirt und die beiden Männer am Fenster überlegten, ob Jeckel tatsächlich nachdachte oder nur so tat. Für sie machte das keinen Unterschied, da ihnen egal war, was dabei herauskam.

Nach einigen Minuten, in denen ein adventliches Schweigen den Postgarten erfüllte, glitt Jeckel vom Barhocker, verrückte ihn ein paar Zentimeter erst zur einen, dann zur anderen Seite und stützte beide Hände auf die Sitzfläche. »Ich fühle mich wie neugeboren«, sagte er zum Wirt, zu den Gläsern im Regal, zu seinem halbvollen Weißbierglas. »Und wenn ich genau nachdenk, fühle ich mich eigentlich wie überhaupt erst geboren.

Nicht schlecht. Wie spät? Haufen Zeit schon wieder vergangen, das zermürbt einen. Hab ich zu meinem Vater gesagt: Rackerei zeitlebens, und die Zeit vergeht ohne dich. Hat er nicht verstanden. Meine Mutter saß mit am Tisch, schmierte sich ein Brot mit Marmelade, du kennst sie ja, sie kocht die Marmelade selber ein, seit meiner Kindheit geht das so, Brombeer, Himbeer, Erdbeer, die ganze Palette. Ich hasse Marmeladenbrote. Dann kam Paul, zu spät, hatte Streit mit seiner Birgit wegen der Kinder, der übliche Kram. Meine Mutter war selig, als die Familie wieder vereint am Tisch saß, Adventsfrühstück, selig sind die Adventsfrühstücker. Sehr wichtige Gespräche. Essen an Heiligabend, Würstel mit Kartoffelsalat, Gans am ersten Feiertag, völlig überraschend. Gegen das Blaukraut meiner Mutter kannst du nichts sagen, das sag ich dir, nichts kannst du sagen, also sag auch nichts. Mein Bruder rauchte, meine Mutter schnorrte eine, Ritual. Paul ging aufs Klo. Ich wartete, bis ich hörte, wie er die Tür verriegelte, dann nahm ich den vollen Aschenbecher, und die Kippen rieselten auf den schönen Teppichboden. So war das, mein Freund, schöne Sauerei alles in allem.«

Hardy sagte: »Wie geht's eigentlich der Miriam?« Den Satz hatte er für fast jeden seiner Stammgäste parat, der Wortlaut war jedes Mal der gleiche, bis auf den Namen der Frau, den wechselte er aus, damit keine Unstimmigkeiten aufkamen.

»Zu der geh ich jetzt«, sagte Jeckel. »Wir haben nichts mehr miteinander, aber manchmal kocht sie was, einen Braten, Hähnchen, sehr angenehm. Ideal für meine Verhältnisse. Ich zahl dann mal, wenn's dir keine Umstände macht.«

»Einundzwanzig siebzig«, sagte Hardy ungezwungen.

Wie die Kripo rekonstruierte, schlug Carl Jeckel zuerst zwei Mal mit dem schweren Kristallaschenbecher auf seine Mutter ein, dann ebenfalls zwei Mal auf seinen Vater, und als Paul Jeckel aus dem Badezimmer kam, zertrümmerte er ihm mit zwei gezielten Schlägen den Schädel. Seinen Vater erdrosselte Carl Jeckel daraufhin mit dem Telefonkabel, und als seine Mutter aus dem Zimmer kriechen wollte, auch sie mit einem Verlängerungskabel, das zum Fernseher führte. Als der Erste Kriminalhauptkommissar Peters ihn fragte, warum er das getan habe, sagte Carl Jeckel. »Das musste jetzt mal sein.«

Am vierundzwanzigsten Dezember schneite es dann doch noch im oberbayerischen Maibach.

AUTORENVITA

Friedrich Ani, geboren 1959, lebt in München. Er schreibt Romane, Gedichte, Jugendbücher, Hörspiele und Drehbücher (u. a. *Tatort, Rosa Roth, Kommissarin Lucas*). Seine Bücher wurden in mehrere Sprachen übersetzt und vielfach ausgezeichnet.

Als bisher einziger Autor erhielt er den Deutschen Krimipreis in einem Jahr für drei »Süden«-Romane gleichzeitig.

Sein 2011 erschienener Roman *Süden* stand wochenlang auf Platz 1 der Krimibestenliste in der ZEIT.

ANDREAS FÖHR

Die stille Nacht

IM VORALPENLAND

1. AKT

Die Limousine fuhr durch die Heilige Nacht und den Föhnsturm, der an diesem Abend durchs Voralpenland fegte. Der Mann am Steuer hieß Holger Wenger. Er war achtunddreißig Jahre alt, seine Züge weich, die Wangen unrasiert, die Augen von dunklen Schatten umrandet. Vor neunundzwanzig Jahren war Holgers Mutter in der Weihnachtsnacht mit ihrem Wagen gegen den zweihundert Jahre alten Ahornbaum gerast, der zwischen Moosrain und Hauserdörfl am Straßenrand stand. Die Polizei ging von Selbstmord aus. Vor neun Jahren erdrosselte Holger seine Freundin Sabine, nachdem er herausgefunden hatte, dass sie ihn betrog. Nach der Tat fuhr er zu dem Ahornbaum, an dem Holgers Mutter ihrem Leben ein Ende gesetzt hatte, und vergrub die Leiche dort. Der Hund eines Spaziergängers entdeckte die Tote noch am gleichen Tag. Das psychologische Gutachten bescheinigte Holger eingeschränkte Zurechnungsfähigkeit. Der durch den frühen Tod der Mutter verursachte Schock habe bleibende Schäden hinterlassen, vor allem psychotisch ausgeprägte Verlassensängste. Holger wurde wegen Totschlags zu sieben Jahren Haft mit anschließender Sicherungsverwahrung verurteilt. Aufgrund einer günstigen Prognose war er vorgestern entlassen worden.

Das Mädchen auf dem Beifahrersitz war blass und sagte nichts.

Ihre Augen blickten zur Wagendecke und blinzelten nicht. Die Würgemale am Hals bewegten sich nicht. Sie war tot. Holger wusste nicht genau, warum er durch die Nacht fuhr. Auch wusste er nicht, wo er hinfuhr, hatte aber ein Gefühl, als gehe es irgendwie in Richtung des alten Ahornbaumes.

Martin Wenger machte noch einen Rundgang durch den Speisesaal und überzeugte sich davon, dass die Tischdekoration stimmungsvoll war. Menschen, die Heiligabend in einem Hotel verbrachten, erwarteten ein angemessen festliches Ambiente. Martin tat alles, um den Wunsch seiner Gäste nach weihnachtlicher Erbauung zu erfüllen. Er selbst freilich hatte einen Beruf gewählt, der ihm das Weihnachtsfest vom Hals hielt.

Martin ging durch die Lobby und begrüßte die Stammgäste, die das Jahresende wie üblich in dem Hotel am Malerwinkel verbrachten. Beim Rezeptionisten erkundigte er sich, ob der BMW gereinigt in der Tiefgarage stehe. Der Rezeptionist sagte, der Wagen sei gereinigt, aber nicht mehr in der Tiefgarage. Martins Bruder sei damit weggefahren, habe der Hausmeister berichtet. Da sich der Bruder in Besitz der Wagenschlüssel befand, sei der Hausmeister davon ausgegangen, dass alles seine Ordnung habe. Ja, das habe es, sagte Martin und ärgerte sich. Denn er hatte Holger eingeschärft, er solle den Wagen nur im Notfall benutzen. Es sei auch noch jemand anders in dem Wagen gesessen, meinte der Portier. Eine Dame, die der Hausmeister aber nicht genau erkennen konnte. Martin bedankte sich und verließ schlechtgelaunt die Rezeption.

Martins Verstimmung rührte daher, dass er seine Freundin Jenny seit zwei Stunden nicht erreichen konnte. Ihr Handy war ausgeschaltet. Er wollte wissen, wie lange sie heute Abend bei ihren Eltern bleiben würde. Das neue Mädchen aus dem Service kreuzte Martins Weg und grüßte ihn lächelnd. Martin lächelte zurück und drehte sich nach ihr um. Sie wusste, wie man einen Hintern bewegt.

Martin ärgerte auch, dass sein Bruder ins Hotel gekommen war. Er war vorgestern aus dem Gefängnis entlassen worden und sollte zunächst bei Martin im Haus bleiben und fernsehen, am Computer spielen oder sonst etwas machen, bei dem er nicht mit anderen Menschen in Berührung kam. Martin wollte seinen Bruder langsam wieder in die normale Welt einführen. Wie genau, wusste er noch nicht. In der vorweihnachtlichen Hektik hatte er keine Zeit gehabt, sich etwas zu überlegen. Bis jetzt hatte er Holger weder ins Hotel mitgenommen, noch hatte er ihm Jenny vorgestellt. Möglicherweise hatte Holger das selbst in die Hand genommen. Und das war Martin aus mehreren Gründen unangenehm.

Er ging in sein Büro und wählte die Nummer des Autotelefons. Es dauerte eine Weile, bis Holger dranging. Er war mit dem Gerät nicht vertraut. »Apparat Martin Wenger.«

»Hier ist Marty. Du – ich sag's dir! Ein Kratzer wenn an den Wagen kommt. Wo bist du denn?«

Holger musste vor einer kleinen Brücke bremsen, weil ein Wagen entgegenkam. Dem Mädchen neben ihm fiel der Kopf auf die Brust. »Ich seh mir ein bisschen die Gegend an.«

»Welche Gegend?«

»Moosrain ...«

»Mann! Lass den Quatsch. Du fährst da heute Abend nicht hin.«

»Mama ist da gestorben. Heute vor neunundzwanzig Jahren. Ich will doch nur ein paar Minuten am Baum stehen.«

Dagegen wäre an sich nichts einzuwenden gewesen. Aber es war eben nicht nur Holgers und Martins Mutter, mit deren Gedenken der Baum verbunden war. »Hör zu, Holger, ich will nicht drum herumreden. Es geht nicht nur um Mama, okay? Wir beide wissen, dass an diesem Baum noch mehr passiert ist.«

»Was hat denn das eine mit dem anderen zu tun?«

»Keine Ahnung, das weißt du am besten.«

Holger schwieg.

»Ich mach mir einfach Sorgen, dass du das nicht verkraftest. Die Ärzte haben gesagt, du bist psychisch immer noch nicht ganz stabil.«

»Ja, ja. Vielleicht fahr ich auch nicht hin.«

»Lass es, versprochen?«

Holger gab einen unartikulierten Laut von sich, den Martin als Zustimmung deutete.

»Mal was anderes. Du warst im Hotel?«

»Äh …«

»Natürlich warst du im Hotel. Sonst hättest du den Wagen ja nicht.«

»Ja gut. Ich war im Hotel. Ich weiß, du hast gesagt, ich soll den Wagen nur …«

»Es geht nicht um den Wagen. Hast du Jenny getroffen?«

Holger sah zu dem Mädchen, das vor sich hinzudösen schien und langsam auf seine Schulter sackte. Er schob sie behutsam in eine aufrechte Position und überlegte, was er antworten sollte. Offenbar wusste Martin Bescheid. »Ja. Ich hab sie kurz getroffen.«

»Was habt ihr geredet?«

»Nichts Besonderes. Ich hab gesagt, ich bin dein Bruder. Und sie sagt, hi, ich bin die Jenny. Wie geht's und so solche Sachen. Wieso?«

»Eigentlich wollte ich dir noch was sagen, bevor du sie triffst. Ich hab dich nämlich ein bisschen angeschwindelt.«

»Inwiefern?«

»Als ich gesagt habe, sie hätte mich beschissen … es könnte sein, dass sie dir was anderes erzählt.«

»Ja meinst du, ich glaub der Schlampe mehr wie dir?« Holger wurde laut.

»Holger! Jetzt reg dich doch nicht immer gleich so auf. Außerdem … na ja, wie soll ich sagen … sie hätte nicht ganz unrecht.«

Holger war sichtlich irritiert. »Was heißt das?«

»Es war eigentlich umgekehrt.«

»Wie – umgekehrt?«

»Na ich hab sie ... betrogen. Nicht schlimm. Aber sie hat's rausgekriegt. Inzwischen hat sie's mir aber verziehen. Wir haben uns heute ausgesprochen. Ist also alles wieder im Lot, okay?«

Holger lenkte den Wagen an den Straßenrand und betrachtete mit offenem Mund das Mädchen neben sich, dessen lebloser Oberkörper sich wieder auf seine Seite zu neigen begann. Er schob das Mädchen mit einer Hand vorsichtig in Richtung Beifahrertür. Nach ein paar langen Sekunden fand er wieder Worte. »Hey Mann! Wieso ... ich mein, wieso erzählst du mir so einen gottverdammten Mist?! Heißt das, Jenny hat dich gar nicht ...?«

»Genau so ist es. Ich bin das Schwein. Hier im Hotel laufen halt jede Menge scharfe Mädels rum. Mein Gott, ich bin auch nur ein Mann.«

Holger war den Tränen nahe. »Ich versteh das nicht. Wieso erzählst du dann ... das ist doch ... nicht in Ordnung!« Er warf einen kurzen, verzweifelten Blick auf das Mädchen neben sich.

»Das war aus der Situation raus. Du kommst grad aus'm Knast und sagst: Mensch Marty, jetzt lern ich endlich mal Jenny kennen. Hätt ich sagen sollen: Tja, Pech. Die ist grad sauer auf mich, weil ich eine aus dem Service genagelt hab?«

»Aber da muss man doch nicht so eine verfickte Scheiße erzählen!!!«

»Holger! Hör mir mal zu, du warst gerade acht Jahre lang im Knast. Weil ... na ja, im Endeffekt, weil deine Freundin dich betrogen hat. Du bist in diesen Dingen eben sehr empfindlich. Ich hab gedacht, wenn ich dir die Wahrheit sage, bin ich das letzte Schwein für dich. Und da hab ich halt irgendeinen Käse erzählt.«

Holger schwitzte und wagte nicht nach rechts zu sehen. Er stellte den Motor ab und sank weinend auf das Lenkrad.

»Holger? Was ist denn los?«

»Nichts«, erwiderte er und versuchte, seine Fassung wiederzufinden.

»Sag mal – du hast Jenny doch nicht blöd angemacht deswegen?«

»Nein. Es ist nur … verstehst du, wenn du's mir gleich gesagt hättest, ich … ich hätte mich einfach anders verhalten.« Holger atmete schwer aus.

»Geht's dir nicht gut? Irgendwas ist doch.«

Holger versuchte, nicht zu hyperventilieren, und umklammerte mit zitternden Händen das Lenkrad. »Martin – ich muss dir was sagen …« Holger rang mit sich. Sollte er seinem Bruder die Wahrheit zumuten? Ihn damit zum Mitschuldigen machen, obwohl er doch ihn, Holger, belogen und damit das tragische Missverständnis heraufbeschworen hatte, das wiederum zu der unangenehmen Situation geführt hatte, in der Holger sich jetzt befand.

»Was musst du mir sagen?« fragte Martin, nachdem von Holger nichts mehr kam.

»Es fällt mir wirklich schwer, es dir zu sagen. Aber es geht nicht anders. Man … man kann die Wahrheit nicht ewig verdrängen.«

»Um was geht es denn, Herrgott noch mal?«

»Ja Martin, ich habe Jennifer getroffen. Und was dabei herausgekommen ist, wird dir nicht gefallen.«

»Nämlich?«

»Bitte versuche jetzt, das einfach mal ganz ruhig aufzunehmen.«

»Spuck's halt endlich aus!«

»Nun – um es kurz zu machen … Die Frau ist nicht gut für dich.«

Martin war leicht konsterniert. »Wie kommst du dazu, so was zu sagen? Du kennst sie doch überhaupt nicht.«

»Okay. Sie hat dich diesmal nicht beschissen. Wie auch immer, aber das kannst du abwarten. Die … die kann morgen schon weg sein, und du hörst nie wieder was von ihr. Taucht einfach nicht mehr auf.«

»Holger! Bitte!«

»Glaub's mir. Diese verdammten Blondinen – die sind so.« Holger schluckte und rang mit den Tränen. »Sabine war auch … blond.«

»Was redest du da eigentlich? Jenny ist brünett.«

Holgers Gesicht verzog sich ungläubig. Er blickte vorsichtig zu dem Mädchen und schaltete die Innenbeleuchtung ein. Die schulterlangen Locken hingen seitlich vom Kopf, der immer noch auf ihrer Brust lag, und verdeckten das Gesicht. Holger streckte seine Hand in Richtung der hellen Haare, wagte aber nicht, sie zu berühren. »Sie ist nicht brünett«, sagte er ins Telefon. »Sie hat lange, aschblonde Locken.«

Martin dachte eine Weile über Holgers letzten Satz nach. Dann lachte er und schüttelte den Kopf. »Nein, nein. Jenny hat kurze, braune Haare. Wen du meinst, das ist die Jenny aus der Buchhaltung. Du … du hast doch nicht geglaubt, dass das meine Freundin ist.«

»Ich hab einfach nach Jenny gefragt. Und die kam aus deinem Büro. Gibt's da noch eine?« Eine entsetzliche Ahnung war dabei, sich zur Gewissheit zu verfestigen.

»Das glaub ich jetzt nicht! Du musst doch irgendwas gemerkt haben?«

»Die hat natürlich alles abgestritten. Ich denk noch: Klar, das passt. Die kleine Nutte! Bescheißt meinen Bruder und lügt mir ins Gesicht.«

»Was erzählt sie denn?«

»Irgendeinen Quatsch. Du wärst ihr unheimlich und würdest sie immer so komisch ansehen. So'n Zeug. Ich dachte, die Alte tickt nicht richtig …«

Martin spielte gedankenversunken an einem Kugelschreiber herum. »Ja, hab ich schon von anderen Leuten gehört, dass die

Geschichten über mich erzählt. Keine Ahnung, warum. Vielleicht will die was von mir, und ich hab's nicht gecheckt. Weiß man ja nie bei Frauen.«

»Die ist nicht ganz sauber im Kopf, oder? Die ist doch krank!«

»Kann sein. Jetzt bring mal den Wagen zurück.«

Holger blickte zu dem Mädchen. »Du – ich brauch noch 'ne Stunde.«

»Ja, aber gib Gas, okay?«

Nachdem Martin aufgelegt hatte, bemerkte er, dass Jenny auf seiner Mailbox war. Sie war noch bei ihren Eltern, wollte aber in Kürze bei ihm sein. Martin rief sie an. Wie sich herausstellte, war Jenny den ganzen Tag nicht im Hotel gewesen und hatte auch Holger nicht getroffen. Martin atmete durch und freute sich auf einen Abend ohne weitere Komplikationen.

2. AKT

Die junge Frau starrte ihn aus dem Kofferraum an. Holger legte ihre Handtasche neben die Leiche und einen Pullover über ihren Kopf. Dann überlegte er, ob er den Klappspaten schon herausnehmen sollte. Aber das hatte Zeit, bis man am Baum war. Diesmal würde er tiefer graben. So tief, dass kein Hund je irgendetwas finden würde. Holger fragte sich nicht, warum er das Mädchen dort begraben wollte. Der alte Ahornbaum war für ihn der Ort für die Toten. Das war so. Da musste man nicht fragen, warum. Holger drückte auf einen Knopf, und der Kofferraumdeckel schloss sich mit leisem Summen. Der Föhn blies Holger ins Gesicht. Er sog die warme Luft tief ein und stieg wieder in den Wagen.

Die Benzinanzeige hatte schon die ganze Zeit rot aufgeleuchtet. Als Holger den Wagen startete, fiel sie ihm wieder auf, und er kam zu dem Schluss, es sei nicht gut, wenn der Wagen unterwegs stehenblieb. Der Reservekanister lag im Kofferraum hinter der Leiche. Es bereitete Holger einige Mühe, ihn hervorzuziehen, zumal er die Tote nicht ansehen mochte. Während das Benzin langsam aus dem Kanister in den Tank lief, lauschte Holger in die stürmische Nacht. Auf das Rauschen der Bäume und den Klang einer Kirchturmglocke, den der Sturm von irgendwoher mit sich trug. Als der Wind drehte, hörte Holger plötzlich ein anderes Geräusch. Es klang wie das Schließen einer Autotür. Ganz nah schien es zu sein. Holger blickte auf. Nur wenige Meter entfernt stand ein Streifenwagen, aus dem soeben zwei Polizisten ausgestiegen waren und jetzt auf Holger zukamen. Holger erschrak, ließ den Kanister fallen, eilte zum noch offen stehenden Kofferraum und drückte den Knopf, der den Deckel endlos langsam nach unten fahren ließ. Er schloss gerade noch rechtzeitig, so dass die beiden Polizisten keinen Blick mehr in das Innere des Kofferraums werfen konnten.

»Guten Abend«, sagte der ältere der beiden Polizisten. »Frohe Weihnachten erst amal. Ich bin Polizeiobermeister Leonhart Kreuthner. Das ist mein Kollege Polizeimeister Schartauer.«

»Hallo. Frohe Weihnachten.« Holger lachte hektisch. »Ah je! Sie müssen arbeiten an Weihnachten?«

»Ja, diesmal hat's uns erwischt. Kann man Ihnen helfen?«

»Wie? Nein. Ich hab grad ein bisschen Benzin nachgefüllt. Kein Problem.«

Kreuthner musterte Holger. Seine billige Jacke, das unrasierte Gesicht, die fettigen Haare – all das passte nicht zu dem Wagen.

»Kennen wir uns?«, fragte Kreuthner. »Sie kommen mir irgendwie bekannt vor.«

»Nein. Nicht dass ich wüsste.« Doch auch Holger erinnerte sich jetzt an den Polizisten. Kreuthner hatte ihn vor neun Jahren verhaftet. Er sah Holger eine Weile an und sagte nichts. »Ja dann, schöne Weihnachten noch«, sagte Holger und stieg in den Wagen.

»Zeigen S' uns doch mal Ihre Papiere.« Kreuthner trat einen

Schritt zurück, um einen Sicherheitsabstand zwischen sich und Holger zu bringen, und wies Schartauer mit einer Kopfbewegung an, sich so zu stellen, dass er eingreifen konnte, wenn es erforderlich werden sollte. Holger fand die Fahrzeugpapiere unter der Sonnenblende und reichte sie Kreuthner zusammen mit dem Führerschein. Der Polizist warf einen Blick in die Papiere.

»Sie sind nicht der Halter des Wagens?«

»Nein. Der gehört meinem Bruder.«

Kreuthner gab die Papiere an Schartauer weiter, der zum Streifenwagen ging.

»Kann ich mal den Verbandskasten und das Warndreieck sehen?«

Holger überlegte fieberhaft, was er tun konnte, aber es fiel ihm nichts ein. Und so tat er gar nichts.

»Was ist?« fragte Kreuthner.

»Ich … ich weiß nicht, wo die Sachen sind. Ich fahr den Wagen das erste Mal.«

»Im Kofferraum vielleicht?«

Holger sah Kreuthner mit offenem Mund und immer noch ratlos an. »Im Kofferraum. Na klar.«

Kreuthner deutete auf einen Knopf, auf dem ein Auto mit offenem Kofferraum abgebildet war. Holger trat der Schweiß auf die Stirn, als er den Knopf betätigte. Der Polizist ging ans Wagenende, wo sich der Kofferraumdeckel mit sonorem Summen öffnete.

Kreuthner hielt seine Dienstpistole auf Holger gerichtet. »Steigen Sie aus dem Wagen. Hände aufs Autodach.« Kreuthner trat hinter Holger. Schartauer, der im Streifenwagen saß, bemerkte jetzt, dass etwas passiert war. »Beni! Komm her.«

Schartauer ging unsicher und irritiert zurück zum BMW. Kreuthner wies mit dem Kopf auf den offenen Kofferraum. Schartauer wurde bleich, als er die Leiche sah.

»Schau nach, wer das ist. Da liegt a Handtasch'n.«

Zögernd beugte sich Schartauer in den Kofferraum. Als er wieder auftauchte, hatte er die Handtasche in der Hand und suchte darin nach Papieren. Schließlich förderte er einen Personalausweis zutage und zeigte in Kreuthner. »Scheiß, verdammter. Das gibt's doch net«, murmelte Kreuthner, als er den Namen auf dem Ausweis las.

»Wieso is des jetzt schlecht, dass *sie* die Leiche is?«, wollte Schartauer wissen.

Kreuthner ging mit Schartauer ein paar Schritte zur Seite, so dass sie Holger noch im Blick hatten, er sie aber nicht mehr gut hören konnte. »Die war vorgestern auf'm Revier«, sagte Kreuthner leise.

»Aha?«

»Die hat ihren Chef angezeigt. Der is Geschäftsführer von irgendeinem Hotel in Egern.«

»Und wegen was hat sie ihn angezeigt?«

»Sie hat behauptet ...« Kreuthner stockte und sah unwillkürlich zum Kofferraum des Wagens. »Sie hat behauptet, er will sie umbringen.«

Schartauer musste tief durchatmen. »Ja und?«

»Ich hab natürlich gedacht, die spinnt.« Kreuthner wies auf den Kofferraum. »Wer rechnet denn mit so was!« Er drückte Schartauer die Dienstwaffe in die Hand und trat auf Holger zu.

»Sie sind Hotelgeschäftsführer?«

»Ich? Nein, ich bin arbeitslos. Mein Bruder ist Hotelgeschäftsführer.«

Kreuthner betrachtete Holger eingehend und versuchte, sich zu erinnern, wo er den Mann schon mal gesehen hatte. »Sie fahren den Wagen heute das erste Mal?«

»Das ist richtig.«

»Ihr Bruder hat Ihnen den Wagen einfach so gegeben?«

»Na ja«, Holger wurde etwas verlegen. »Ich sag mal so: Ich weiß, wo der Schlüssel ist.«

»Das heißt, Sie haben sich den Wagen einfach genommen?«

»Ja schon. Aber ich hab inzwischen mit meinem Bruder telefoniert. Er sagt, das ist okay.«

Die Polizisten tauschten einen bedeutungsvollen Blick.

»Ist irgendwas mit dem Warndreieck?«, fragte Holger, der spürte, dass sich die Dinge in eine für ihn günstige Richtung entwickelten und dieser Entwicklung durch ein hohes Maß an Harmlosigkeit auf die Sprünge helfen wollte.

»Wo ist Ihr Bruder im Augenblick?«

»Im Hotel. Er wartet, dass ich ihm den Wagen bringe.«

Kreuthner trat an Schartauer heran und flüsterte: »Wir brauchen sofort einen Haftbefehl für den Bruder.« Schartauer nickte, gab Kreuthner die Dienstwaffe zurück und entfernte sich in Richtung Streifenwagen.

»Sie können die Hände vom Dach nehmen«, sagte Kreuthner und wies Holger mit einer Geste an, zum Kofferraum zu gehen. Dort angelangt, schreckte Holger beim Anblick der Leiche mit großer Geste zurück und rief aus: »Oh, Scheiße! Wer ist das denn?«

Kreuthner stellte sich neben Holger und betrachtete die Leiche der blonden jungen Frau. »Eine Angestellte von Ihrem Bruder. Die hat gestern Anzeige gegen ihn erstattet.« Er nahm Holger am Arm zur Seite. »Ich fürchte, Ihr Bruder steckt in Schwierigkeiten.«

Holger schüttelte ungläubig den Kopf, holte hektisch eine Zigarettenschachtel aus der Jacke, steckte sich eine Zigarette in den Mund und entzündete mit zitternden Händen ein Streichholz.

»Ich glaub, ich brauch auch eine«, sagte Kreuthner.

Holger gab ihm die Zigaretten und die Streichholzschachtel.

»Ist das sicher, dass das mein Bruder war?«

»Sicher is gar nix. Aber das werma schon rausfinden. So wie die Leiche ausschaut, ist die voll mit DNA-Spuren. Wer immer das war, wir kriegen den Täter.«

»Aha«, sagte Holger, und Besorgnis huschte über sein Gesicht.

Nachdem Kreuthner seine Zigarette angezündet hatte, warf er das brennende Streichholz auf den Boden, was unter normalen Umständen zu nichts weiter geführt hätte. Die Brandgefahr war im Winter gering. Was Kreuthner nicht wusste: Als Holger den Reservekanister hatte fallen lassen, war noch Benzin darin gewesen. Dieses Benzin war über die letzten Minuten hinweg ausgelaufen und hatte am hinteren Teil des BMW kleine Rinnsale gebildet. Neben einem solchen Rinnsal landete Kreuthners noch brennendes Streichholz. Die Benzindämpfe entzündeten sich, und in Sekundenschnelle lief das Feuer den kleinen Strom entlang unter dem Wagenboden hindurch auf die andere Seite und kletterte an Benzinresten, die am Autolack hafteten, zum noch offenen Benzintank hinauf. Obwohl sich Kreuthner und Holger schon um einiges vom Wagen entfernt hatten, wurden sie von der Explosion auf die andere Straßenseite geschleudert, wo sie in einem großen Schneehaufen landeten und bis auf leichte Verbrennungen unverletzt blieben.

EPILOG

Der Wagen mit der Leiche brannte infolge der Explosion vollständig aus. DNA-Spuren konnten daher nicht mehr gesichert werden. Dennoch wurde der Hotelgeschäftsführer Martin Wenger noch in der gleichen Nacht verhaftet. Im Keller seines Hauses fand man die Leichen von vier weiteren jungen Frauen, die in den letzten Jahren auf ungeklärte Weise verschwunden waren. Martin Wenger wurde wegen fünffachen Mordes zu lebenslanger Haft verurteilt. Sein Bruder Holger Wenger lebt heute als Barkeeper in München und hat seine unglaubliche Geschichte an einen Verlag verkauft.

Andreas Föhr, Jahrgang 1958, gelernter Jurist, arbeitete einige Jahre bei der Rundfunkaufsicht und als Anwalt. Seit 1991 verfasst er erfolgreich Drehbücher für das Fernsehen, mit Schwerpunkt im Bereich Krimi. Unter anderem schrieb er für »SOKO 5113«, »Ein Fall für zwei« und »Der Bulle von Tölz«. Für seinen Debütroman *Der Prinzessinnenmörder* ist Andreas Föhr mit dem begehrten Friedrich-Glauser-Preis ausgezeichnet worden. Andreas Föhr lebt bei Wasserburg.

MANDELPLÄTZCHEN-REZEPT

140 g weiche Butter
100 g Zucker
1 Eigelb
10 Tropfen *Bittermandelöl* ☠
225 g Mehl
50 g gemahlene Mandeln
50 g gehackte Pistazien

ZUBEREITUNG

Die Butter mit dem Zucker in einer Rührschüssel cremig rühren, Eigelb und Bittermandelaroma dazugeben, dann das Mehl und die Mandeln untermischen und kneten, bis alle Zutaten gut vermischt sind. Anschließend die Pistazien unterkneten, den Teig zu einer Kugel formen und ca. eine Stunde im Kühlschrank ruhen lassen.

Den Backofen auf 190° C vorheizen und zwei Backbleche mit Backpapier auslegen.

Den Teig ca. 3 mm dick ausrollen und mit einer beliebigen Form (oder einem Glas) Plätzchen ausstechen. Die Plätzchen mit ausreichend Abstand zueinander auf die Bleche legen und ca. zehn Minuten backen.

☠ Wenn der ein oder andere Leser ungebetene Weihnachtsgäste loswerden möchte, einfach die Dosis des *Bittermandelöls* um ein x-Faches erhöhen. Aber Obacht: auf eigene Gefahr!

Andreas Föhr

DER PRINZESSINNENMÖRDER

Kriminalroman

Auf dem Heimweg von einer Zechtour macht Polizeiobermeister Kreuthner an einem eisigen Januarmorgen einen grauenvollen Fund. Unter dem Eis des zugefrorenen Spitzingsees entdeckt er die Leiche einer 15-Jährigen. Sie wurde durch einen Stich mitten ins Herz getötet und trägt ein goldenes Brokatkleid. Als man im Mund des Opfers eine Plakette mit einer eingravierten Eins findet, ahnen der ewig grantelnde Polizeiobermeister Kreuthner und sein Chef, Kommissar Wallner, dass dies nur der Anfang einer grauenvollen Mordserie ist.

Der mit dem Friedrich-Glauser-Preis ausgezeichnete Autor Andreas Föhr blickt mit seinem außergewöhnlichen Debütroman in mörderisch kalte Abgründe – mitten im idyllischen Oberbayern.

Knaur Taschenbuch Verlag

Petra Busch

Mein wirst du bleiben

Kriminalroman

Miriam will ihre Mutter Thea ganz für sich, schon immer, um jeden Preis. Als diese bei einem schweren Unfall das Gedächtnis verliert, geht Miriam ganz in der Pflege auf. Auch wenn Thea von ihrer Tochter nichts mehr weiß. Hauptsache, Thea bleibt immer bei ihr in der Wohnung, dann kann nichts passieren. Dann wird Miriam nicht verlassen. Doch zwei Morde in der Nachbarschaft zerstören das erzwungene Idyll. Dass Hauptkommissar Ehrlinspiel das Leben der Opfer und Nachbarn durchleuchtet, macht Miriam ganz nervös. Als Thea aus ihrem goldenen Käfig ausbricht und in brütender Hitze durch Freiburg irrt, ahnt sie nicht, dass sie in großer Gefahr schwebt …

Knaur Taschenbuch Verlag

Judith Merchant

NIBELUNGENMORD

Kriminalroman

In einer der sagenumwobenen Höhlen des Siebengebirges, wo Siegfried einst den Drachen tötete, wird eine Frauenleiche gefunden. Noch am selben Tag wird in Königswinter die Ehefrau des Notars vermisst. Hat die Geliebte des Notars, die exzentrische Künstlerin Romina, ihre Widersacherin kaltblütig aus dem Weg geräumt? Als sich Kriminalhauptkommissar Jan Seidel die Bilder der Künstlerin anschaut, sieht er das Mordmotiv förmlich vor sich: Verzerrte Frauenfratzen kämpfen um einen strahlenden Helden. Aber nicht nur Jan Seidel, sondern auch seine eigenwillige Großmutter Edith erkennt, dass die Lösung des Falles weitaus komplizierter ist ...

Knaur Taschenbuch Verlag